U0943642

路非·著

【典藏版】

8

江山为聘

【下册】

青岛出版集团 | 青岛出版社

图书在版编目（CIP）数据

江山为聘. 下 / 路非著. — 青岛：青岛出版社，2022.8

（凤逆天下：典藏版；8）

ISBN 978-7-5552-9236-4

I. ①江… II. ①路… III. ①言情小说—中国—当代 IV. ①I247. 5

中国版本图书馆CIP数据核字（2022）第026560号

FENG NI TIANXIA〔DIANCANGBAN〕8 JIANGSHAN WEI PIN（XIA）

书　　名　凤逆天下〔典藏版〕8 江山为聘（下）

作　　者　路　非

出版发行　青岛出版社

社　　址　青岛市崂山区海尔路182号

本社网址　http://www.qdpub.com

邮购电话　18613853563　0532-68068091

责任编辑　龚雅琴

特约编辑　孙红彦

校　　对　耿道川

装帧设计　小　贾

照　　排　孙顾芳

印　　刷　三河市良远印务有限公司

出版日期　2022年8月第1版　2022年8月第1次印刷

开　　本　16开（700mm×980mm）

印　　张　134

字　　数　1668千

书　　号　ISBN 978-7-5552-9236-4

定　　价　260.00元（全8册）

编校印装质量、盗版监督服务电话　4006532017　0532-68068050

第十七章 攻城略地

三日之后的深夜，北曜国一支骑兵悄悄从山路绕到南翼国大军的后方，连夜奔袭，半路上劫了从南翼国帝都的粮仓押运来的六十万石粮草，断了南翼国大军的补给。

同时，宇文战亲自率领一支五千人的精锐，其中包括二十多位实力七星以上的召唤师，悄悄潜入南翼国大军营中，一把火将仅够三天吃用的粮草烧得一干二净。

待南翼国的将士反应过来，立刻排兵布阵，准备与这五千精锐展开一场大战。可惜，宇文战早有准备，火一点起来，燕州城门打开，数万大军便冲了出来。仓皇中，南翼国大军只好吹响号角，大军向前。宇文战则带着精锐轻松退走。

退到半路，夜色漆黑，看着南翼国军营中冲天的火光，宇文战却眉头深锁，喃喃道："北堂悠是当世名将，不可能如此不警觉。"

"元帅，快看空中。"一个士兵忽然大声喊叫起来。

宇文战立刻抬头，只见被火光照亮的夜空中，无数巨大的黑影掠过，飞得太高，一般人根本看不清楚那是什么。

一些召唤师凭着元气感觉出来，纷纷面色大变，道："是灵兽！都是飞行灵兽啊！"

"天哪！怎么可能有这么多飞行灵兽？"

一般来说，灵兽和人类的世界是完全隔绝的，只有少数与召唤师契约的灵兽，才会出现在人类环境中。

似乎为了回应他们的震惊，那些灵兽在高空一阵盘旋，忽然飞低，从山峦间掠过，无数巨大的翅膀带起阵阵狂风。

宇文战看着灵兽飞行的方向，苍老的脸上忽然露出一抹恐惧之色，道："不好！迅速回城！"

他的话音刚落，那些飞行灵兽背上，接二连三地有人类的身影站起来，竟是无数身强力壮的弓箭手。眨眼之间，无数箭矢如同密集的雨点般从天而降，远处立刻传来此起彼伏的惨叫声和大喊声。

宇文战的面色瞬间惨白，他眼前一黑，差点儿从马上摔下来。

“元帅！”后面的将士连忙扶住他。

宇文战把手下推开，狠狠地一抽马臀，大喝道：“回城！”

五千精锐军风驰电掣般赶往燕州城。

空中的飞行灵兽越来越多，燕州城的上空完全被灵兽遮盖。守城的将士也不是吃素的，第一轮箭雨过后立刻重整队形，候补的弓箭手与盾牌手合作，射出无数火箭回敬给天空中的灵兽。

半空中也有人惨叫着掉下来，但那些黑色的灵兽根本不惧任何箭矢，依旧强悍地在半空中盘旋。不少灵兽口中吐出火焰或寒冰，向守城的将士攻击。而对方也不甘示弱，城墙上一阵地动山摇，随后就见在偌大的城池前，一只巨大的青色乌龟破土而出。

青龟长长的尾巴上长满了锋利的倒刺，四肢从坚硬的龟壳下面伸出，前面一只爪子举起来一挥，就将天空中飞行的灵兽拍掉了四五只。这是燕州城的守护神兽——青灵地甲龟，属于六阶神兽。

每个国家在重要城池、重镇，特别是军事要塞，都会以强大的灵兽和召唤师镇守。大战之时，最后关头，拼的就是神兽究竟强大到何种地步。燕州是北曜国最重要的北方城市，一旦失守，就等于给敌人开了一扇后门。这青灵地甲龟是经过无数人的努力，才让它乖乖地镇守在此。

千百年来，没有一个国家能够越过燕州半步，天然的地理优势已经是御敌的最好屏障，而青灵地甲龟更是没有哪个国家敢来挑衅。

北曜国一直强盛，也是因为有两只神兽，一是外围的青灵地甲龟，二是徽京的镇国神兽天火麒麟兽。天火麒麟兽和南翼国的千年玄紫灵龟一样，都是受世人膜拜的神物。

黑夜中，无数灵兽飞过燕州城的上空，来势汹汹。

这和一般的攻城之战不一样，因此守将没有等到宇文战下令，就匆忙地将青灵地甲龟请了出来。这临危不乱的决策明显是正确的。天空中飞行的大多是灵兽，在这只神兽面前，自然没有多少优势可言。

然而，守将看着青灵地甲龟一扫尾、一抬爪子就大杀四方，高兴狂笑的时候，根本不知道，在无数灵兽的上方，一点晶莹的雪色正飞快地俯冲而下。

携寒冰之威降临的冰灵幻鸟一出现，那些灵兽纷纷退开，让出地方。被风吹得飞舞的精美黑袍衬着凰北月高挑的身材，如同悠然绽放的青莲，周身诡异的黑色元气中，青光若隐若现。她清冷的眸子淡淡地扫了一眼正杀得兴起、怒吼声震天响的青灵地甲龟，唇边掠过讥讽而冷淡的笑意。

此时，匆忙赶回来的宇文战也刚好登上城楼，汗都来不及擦，便一眼看见驾驭着冰灵幻鸟的诡异黑衣少女。

“是她！”宇文战眸子里精光一闪。

少女的脸庞陌生，冰灵幻鸟他却熟悉得很。来此之前，他已经听宇文获多次说起过要小心这个少女，看来这么久没有出现的她，是在准备这场精妙绝伦的空中夜袭。

然而，宇文战也没有慌。攻城战和一般高手之间的战斗不一样，高手战斗拼实力，攻城战拼的则是谋略和阵法。

宇文战抽出腰间的剑，对着天空一指，道：“结阵！五行七杀阵！”

他的话音落下，数十位召唤师嗖嗖嗖地飞出去，在青灵地甲龟的身后摆好阵形。五种属性的元气在他们手中凝聚，然后通过阵中的一人，顷刻间形成一把巨大的五色宝剑。

凰北月听说过这种五行七杀阵，此阵是由五种不同属性的高手合力，将所有元气通过阵法传给中间那个人，那个人的实力会瞬间提升无数倍。一个七星的召唤师只要阵法纯熟，很可能一跃成为天阶高手。虽然这种阵法维持的时间不长，在作战中发挥的力量却是非常恐怖的。

然而，凰北月只是冷淡地看着。

阵中那人头发散乱，举着巨剑跳上了青灵地甲龟的背，对着天空中的凰北月一阵咆哮，然后双脚踏在虚空中，朝她冲过来。

凰北月驾驭着冰灵幻鸟向旁边一闪，青灵地甲龟的尾巴却顺势扫了过来。她冷冷地瞥了一眼，不躲闪，一只手陡然伸出，竟然强悍地抓住了那长满了倒刺的尾巴。与此同时，她的纳戒上金光一闪，虎啸震天，浑身浴满金色赤金圣火的小虎由上而下猛扑向青灵地甲龟。

凰北月这才召唤出雪影战刀，左手持刀，轻松地挡住了那人的一剑。手臂一阵剧痛，那人不可置信地看着她。怎么可能？他们已经跟随宇文战征战天下多年，论五行七杀阵的运用，没人比他们更加纯熟，而结阵的人绝对都是天阶高手，这个看起来瘦瘦弱弱的丫头，竟然这么轻松就挡了他一招？

“没有什么好惊讶的，不是同等级的对手，根本没有必要打。”凰北月冷冷地道。她的另一只手松开青灵地甲龟的尾巴，随即握成拳头，拳头表面立刻覆盖了一层黑色的元气薄膜。

凰北月略带怜悯地看了那人一眼，然后出拳如风，猛地打向那人的胸膛。瞬间，那人因阵提升为天阶实力，一看凰北月的拳风很恐怖，立刻将大部分元气调到胸口来抵御，但是……

随着那人一口血喷出来，凰北月的拳头还没有碰到那人的胸膛，那人的身体已经被拳风猛击出去，倒在地上。结阵的数十个人被突然返回来的自身元气狠狠地冲击，个个面色苍白，嘴角溢出了血。

凰北月重新站在冰灵幻鸟的背上，不去看这些手下败将，而是将目光转向宇文战，道："宇文大人一生未尝一败，这样的神话，今日在此恐怕要被打破了。"

宇文战冷冷地一哼，道："想不到竟会有和阁下这样对立的一天，老夫无话可说。阁下有什么高招，尽管使出来吧！老夫在这里等着。"

"我打仗也不喜欢拖泥带水，所以一向秉承一个原则，那就是……"凰北月说着，左手寒冰凝聚，如同藤蔓生长，慢慢地形成一把巨大的弓箭。她的右手中，则是青光闪耀的火焰之箭。

她动作优雅地将箭搭在弦上，对准了宇文战，道："擒贼先擒王。"

宇文战眼中精光一闪而过。凰北月一丝犹豫都没有，立刻松开手指。顿时，飞箭离弦，划破空气，势不可当。

南翼国大营中，看着燕州城外灵兽和高手的激烈之战，此次的统帅北堂悠才从营帐中走出来。

接应宇文战的十万大军已经迅速回城防守，战斗的时间不长，但南翼国的将士们依旧因为粮草被抢而神情委顿。没了粮草，这仗根本没法儿打。而北堂悠似乎觉得这样的情况还不算是最糟糕的，竟让人通报三军，帝都派下的六十万石粮食在路上被劫。

将士们更是激愤，连最后一丝希望都没有了。他们千里迢迢而来，还没开始打仗，就先被饿死了。

北堂悠这才慢悠悠地站到指挥台上，威武的盔甲衬得这位年轻的将领面容刚毅，英俊迫人，那一身威严绝对不输给当今皇帝在军中的英武霸气。

"军中没有一粒米，路上的粮草也被劫，六十万大军饿死在燕州城下，尸体都能码到燕州城头上。"北堂悠微微笑着，看着一张张被死亡震慑出恐惧表情的脸，继续开口道，"可是在你们眼前，有一个地方，不仅有粮食，还有美酒，你们知道那个地方在哪儿吗？"

彼时，那一双双如狼似虎的眼睛便越过北堂悠挺拔的身体，看向燕州城。他们之前觉得那是难以攻陷的堡垒，此刻却觉得，堡垒也不过如此。六十万尸体能码到城头去，六十万活人还打不破那一堵城墙吗？

夜空中，无数灵兽掠过，灵兽上面，闪着锋利的箭矢寒芒。北堂悠抬头看着，说："睿侯已经在前面把路开好了，不想饿死的，就拿起武器，跟本帅一起打进燕州城吧！"

这短短的几句话，对断粮的将士们来说，煽动性太大了，前一刻涣散的军心，此刻空前凝聚。众人拿起各自的武器，整装待发。

就在此刻，忽然从燕州的方向传来一阵剧烈的地动山摇。北堂悠猛然转身，只见远处的燕州城被无数火光点亮，可是因为天空中盘旋着无数黑色的灵兽，这边的人根本看不清楚那边究竟发生了什么事。

然而，一股极强的元气扑面而来，让他面色一变。那是魔兽的气息，北曜国终于被逼得亮出王牌了！

"走！"北堂悠一声令下，六十万大军立刻气势汹汹地涌向固若金汤的城池——燕州。

破空的箭矢在冲到宇文战额前一寸距离时，忽然被一股无形的力量一挡，箭头生生地折断，啪嗒一声掉在地上。宇文战已经是满头冷汗，双目含威地看向凰北月，却忍而不发。

凰北月则慢慢松开握着冰雪弓箭的手，任精美的弓箭化为冰元气消散。她没有再射第二箭，因为知道没有那个必要，她的目的已经达到了。

宇文战身前慢慢地出现一个人影，银白色的头发随风飘扬，一双眼睛充满冷意，盯着凰北月。

"终于出现了啊！厉邪。"凰北月淡淡地笑着说。

厉邪并不说话，只是举起左手的白色宝剑，布满图腾的脸上，杀意毫不掩饰。

无须多言，直接动手！

厉邪的身影忽然消失在原地，再次出现的时候，已经距离凰北月很近。凰北月看着雪白的影子倏然靠近，左手凭空一抓，握住一条雷电凝成的鞭子。

"雷神之鞭！"

恐怖的鞭身靠近厉邪的一刻，厉邪不敢大意，立刻闪开。他心里可是清楚得很，此刻的凰北月绝对不是当初的凰北月。

厉邪刚刚闪开，身后爆响的鞭声便如附骨之疽般涌上来。

"臭丫头！"厉邪冷冷地骂了一声。忽然，他收起左手中的宝剑，右手那柄一直被他当成装饰物的扇子也换到了左手。

那把风雅的扇子，难道也是武器不成？凰北月目光一凝，不知道他会使出怎样的招式。出乎意料的是，厉邪拿着那把扇子，没有结印，只是由左往右扇了一下，什么事都没有发生。

这家伙不可能只是虚张声势吧？凰北月凝着眉，手上动作慢了一下，便被厉邪逃过了这雷神之鞭。

厉邪远远地退开，脸上露出十分诡异的笑容。凰北月心里一沉，立刻双手结印，身体周围无数黑色元气缭绕，形成了一道坚不可摧的壁障。然而，更让人意外的是，她所在的地方忽然天塌地陷般震动起来。紧接着，她就被一阵狂风卷进了一个旋涡中，顿时感到天旋地转。千钧一发之际，凰北月将红烛从灵兽空间里放出来，然后便被旋涡拉扯进无尽的深渊中。

凰北月没有太担心，只是觉得有些郁闷。厉邪的这把扇子，简直就是铁扇公主的芭蕉扇啊！只是不知道，这把扇子是不是也有一扇就能将人扇出十万八千里之外的威力。

旋涡停下来的时候，凰北月睁开眼睛，看见了几个绝对不想同时面对的人。对方显然也很诧异她的突然出现，三双眼睛齐齐地看着她。

三双魔兽的眼睛皆是暗红色，寒意森森，诡异无比。

“呵呵，这是谁啊？”一个女人的声音首先响起来，继而是冷笑声。

凰北月站稳后，抬起头，扫视着面前三个气势不一样却同样实力强大的人。戴着精美面具、一身红衣妖娆的魇离她最近。他手中拿着地火双月镰。此刻，这把镰刀已经完整，黑色的断刀连接在尾部，让镰刀看起来更大、更锋利。

大概因为终于将断刀和原本的镰刀合在一起，他此刻正在试刀，不想她竟然忽然出现了。真是时机凑巧，情况不妙！

天夔站在几级台阶之上，凰北月到来之前，正和昀离讨论着如何对付拥有万兽无疆的凰北月。昀离和她的意见相左，她的面色十分不悦。

而昀离，自从在暖泉谷和凰北月成亲之后，这还是凰北月第一次见到他。他和往常没什么两样，只是面色更加冷漠，眼底的暗红更加嗜血而已。

昀离看见凰北月，眼中明显闪过一抹惊讶之色，但很快就平静了下来。

“天堂有路你不走，地狱无门你闯进来！”空荡荡的修罗城大殿中，回荡着昀离杀意渐起的声音。

凰北月觉得一阵头疼，心中暗暗诅咒厉邪。那家伙太狠了，纯粹是把她往火坑里推啊！

三个魔兽，个个对她恨之入骨，巴不得将她剥皮剁碎。在这种情况下，她真不知道应该怎么办才好！跑吧，太没面子了！打吧，三对一很棘手啊！

然而此刻，似乎不允许凰北月做决定，天夔已经一步步从台阶上走下来，边走边狠狠地盯着凰北月，道："我还从没和她交手过。二位，今天这个机会是不是让给我了？"

魇看了她一眼，缓缓地收起地火双月镰，无数花瓣散落，他的身影已经消失在原地，转而出现在昀离身旁，摆出一副看戏的姿态。

这两人准备借天夔的手，好好探一探她的实力吧？凰北月抬起眼眸看着那两人，心中冷笑：哪有那么容易让你们看戏的？

凰北月漫不经心地卷着衣袖。天夔看见她这么傲慢的样子，心中大怒，忽然足尖一点，身体如离弦的箭一样冲向她。天夔双手结印，冰冷的刀锋便从四面八方向凰北月围去。

凰北月的左手现出雷光，拖着长长的尾巴，一个横扫，雷神之鞭瞬间将天夔的刀锋毁得七七八八。

台阶之上，看见这一幕的昀离不禁挑了一下眉，道："她果然集齐了五种咒印。"

"风连翼竟然会帮她，让我很是诧异啊！"魇的声音妖孽魅惑。

昀离倒是一点儿都不惊奇，只是淡淡地说："修罗王为情所困，注定与我们道不同不相为谋。"

"情？"魇不屑地说出这个字，似乎觉得非常可笑，"那是什么玩意儿？黑子，你当初想娶她，也是为了情？"

"你问得太多了。"昀离不悦地说。

魇开心地笑道："魔兽也会有情，当真是天下奇闻啊！"

昀离不理他的嘲笑，继续盯着凰北月和天夔。

天夔的怒气和杀气都很重，看得出来，她想置凰北月于死地。因此，她每一次出招，都是凌厉恐怖的杀招。

修罗城的王殿差点儿被天夔打得坍塌了一半，凰北月却从始至终都只是在躲避和防守，并没有真正地出招攻击。

凰北月这样的举动无疑激怒了性情冷傲的天夔，她表情愁苦的脸庞忽然狰狞起来，嘴巴张开，一颗流光溢彩的珠子便喷了出来。

"天夔的妖火琉璃珠，可是凝聚了传说中的下界妖火，当年的轩辕谨也曾因为这珠子吃过大亏。"

昀离看见天夔吐出妖火琉璃珠，吃惊的同时，也察觉到天夔如临大敌的心情，想必她也发现此刻的凰北月不再是之前的凰北月了。五种咒印集齐之后，凰北月实力大增，靠着万兽无疆源源不断的元气，已经能和化魂的魔兽分庭抗礼了。

万兽无疆曾给天夔带来极大的耻辱，因此，遇到拥有万兽无疆的凰北月，她是绝对要杀之而后快的。

妖火琉璃珠一出现就光芒大盛，珠子里刺眼的血红色忽然爆发出来，瞬间照亮了整座王殿。

凰北月下意识地抬手挡了一下，却从指缝间看见两只血红色的猛兽忽然从妖火琉璃珠里冲出来，一只是喷火的恶龙，另一只则是聚雷的红蛇。不过，这两只猛兽的尾部都连接在妖火琉璃珠里，看起来也是被封印在里面，它们没有办法出来。

天夔站在两只灵兽中间，对着凰北月冷冷地一笑。她抬起手正想下令，心脏却猛然一跳，一股强悍的力量正在抗拒她的意识。

看见她脸上露出诧异的表情，凰北月微笑着慢慢抬起手，将手腕上那道红色的符咒露出来。

"不可能！"天夔眼中映出符咒的轮廓，瞬间发出一声凄厉的嘶吼。

"以地狱魔兽之契约命令，我是你的新契约者。"凰北月淡淡地道。

"不可能！"天夔仍歇斯底里地大喊着，不顾一切地冲了上去。王玺已经被毁，她身上没有任何契约，再也没有人可以命令她了。

凰北月冷冷地看着她。她还未靠近凰北月，红色的符印便光芒大盛，刺眼的红光喷薄而出，瞬间将天夔淹没在其中。

"啊……"天夔发出凄厉的惨叫。

凰北月听着令人毛骨悚然的声音，心底忽然闪过一种十分不舒服的感觉。

待光芒散尽，天夔呆呆地站在原地，满眼不可置信。这是真正的符印，可以完完全全令她臣服的符印。

昀离看着这一幕，眸中有冷冷的杀意闪过，想不到，凰北月竟然还留着这样一张底牌，怪不得当日她能那么随便就毁了王玺。原来，她根本不需要王玺，就可以随心所欲控制地狱魔兽天夔。

"这个臭丫头……"看来，魇也想明白了凰北月当日的所作所为，心中更加愤怒，齿缝间挤出一句十分凶残的话，"本大人今天不会让她活着回去。"

"你想动手了吗？"昀离问。

"天夔没用了，你拖着她，别让她来碍事，我去收拾那个臭丫头。"正好他也想试试终于完整的地火双月镰是不是还称手，这武器，他已经好多年没有用来杀人了。

凰北月抬头看见魇的身影迫近。对魇，她可不敢像对天夔那么大意，于是咬破手指，将血滴在了符印上。

"吾以契约命令，把他挡下来。"

她的这道命令自然是对天夔下的，不过看样子，天夔似乎也不敢违背符咒。

妖火琉璃珠里的两只猛兽狂吼一声，立刻冲向魇，半路上却被一条细细的鞭子啪的一声缠住。两只兽发出低吼，便被狠狠地拽向一边，连昀离都出手了。

凰北月知道大事不妙，没有再管天夔。让天夔去拖着昀离好了，否则昀离与魇合力对付自己，那才头疼呢！

凰北月一转身，暂时没有接魇的招，而是飞快地离开王殿，往外跑去。

已经拥有风之咒印，可想而知她的速度会有多快。如同一阵旋风，她立刻远离了魇的攻击范围。

魇的镰刀一砍下来便落空了，他当即冷哼一声，追出去。

从修罗城出来，在幽深的密林中，两人你追我赶，其间短暂的交手，不知道毁坏了多少苍天巨树。

"臭丫头，你以为你逃得了吗？"

魇追了半天，耐心已经被消耗一空。他居然停了下来，开始双手结印，而镰刀就飘浮在身旁。刺啦啦……宁静的树林中，忽然从地下钻出无数绿色的藤蔓，翠绿的叶片，含苞欲放的花朵，如同恶魔的手一样，从四面八方向凰北月聚拢。

凰北月一刀砍下许多蔓延而来的藤蔓，知道想要继续进行追逐战是不可能了，便慢慢地转回身，似笑非笑地看着魇。

"再过一会儿，你就笑不出来了。"魇重新握住地火双月镰，红色刀刃上寒芒闪烁，如同他眼底的光芒。

凰北月看着那张绝美的面具，微微怔了一下，随即收起思绪，右手中，雪影战刀缓缓地成形。

"我会再次封印你。"凰北月目光坚定地看着魇，道。别怪她心太狠，不狠的话，如何立足于这个人吃人的大陆？

魇只当自己听见的是一个笑话，嗤笑一声，眨眼间便出现在凰北月的身边。

凰北月眸中精光一闪，举起雪影战刀。

两人的兵器相撞，顿时，森林中如同被投放了一颗原子弹，巨大的蘑菇云升腾起来，直冲天际。无数树木和藤蔓被蘑菇云包围，全部化成灰烬。片刻之后，一片青光刺破蘑菇云，一跃冲天。凰北月握着雪影战刀的手腕上有鲜血缓缓地流下来。在她身后，魇一身飘逸的红衣，身上看不出鲜血的痕迹，握着地火双月镰的双手却有些麻木。

已经能把他逼到这种地步了，这个丫头的实力增长得很恐怖嘛！不过，她再厉害，也无法超越谨儿。魇手中的地火双月镰忽然转了一个圈，变成黑色的部分朝上。黑色部分会吸收任何人和兽类的元气。

凰北月眯了一下眼睛，正想退开一个安全距离，魔却根本不给她这样的机会。她脚步才一动，脚下便忽然出现了地狱一般的火海，魔的眼睛被火焰映得通红。他邪恶地冷笑，地火双月镰一转，直朝她的面门而来。

凰北月更快地结印，天空中霎时冰箭如雨，寒气逼人，火海瞬间就被熄灭了。

此时，魔却势不可当地直袭上来。

这样诡异的武器，不与他近距离打斗是最明智的，但以他的速度来说，又显然是不可能的。凰北月将大半元气都布置在身体周围，青光如同蜘蛛网，一层一层地包裹着她。纵然这样，她身上还是被黑色镰刀的刀刃擦了一下，大半元气瞬间都消失了。

凰北月面色一变，果真好厉害！连万兽无疆的元气都能吸走，看来由他当年造成的连轩辕问天都无可奈何的浩劫，比想象中还要恐怖啊！

“哈哈哈……”魔张狂地大笑起来，“臭丫头，就算你变得和轩辕谨一样强，也逃不过我的手掌心。”

这家伙真是猖狂得让人咬牙切齿！凰北月飞快地闪躲着地火双月镰，双手结印，喝道：“六道天元符！”

刚好在魔的脚下出现了白光闪烁的六棱星。星芒中，黑色的斑点飞快地爬上他的身体。魔动作一顿，随即单手结了一个和她相反的印，轻笑道：“破！”他脚下巨大的六棱星轰然破碎。

凰北月顿时目瞪口呆。怎么可能？这种程度的六道天元符，可不是她当年的三脚猫技术啊！

魔轻狂地大笑，道：“忘了告诉你，臭丫头，六道天元符是本大人发明的！你竟敢在我面前班门弄斧。”

凰北月一时无语，原来是碰上六道天元符的老祖宗了！不过，青出于蓝而胜于蓝，她可不相信，他一定是最强的。

青色的光芒忽然暴涨，凰北月周围的空间好像被挤压在了一起。

魔一直盯着她。

空间挤压的时候，她的身影也消失了一两秒。待再次出现的时候，她已经站在他的身后。她念完咒语，双手按在虚空处，大喝：“六道天元符！”

这一次，出现在魔脚下的六棱星闪烁着青色的光芒。黑色的斑点如潮水一样迅速爬上了他的身体，顷刻间就淹没了他的头顶。

凰北月握起拳头，黑色的元气薄膜比之前更加厚实。她毫不犹豫地一拳狠狠地打在魔的小腹上。

魔闷哼一声，道：“臭丫头！”随即，被六道天元符禁锢的黑色镰刀，忽然被他用力地刺进了凰北月的腰侧。

她想杀他，哪有那么容易？

凰北月紧紧地锁眉，拼命想从他身边离开。因为她能感觉到，黑色的镰刀在她的身体中，更加疯狂地吸着她所有的元气。凰北月心中大骇，再次一拳打向魇。

魇闷哼着，面具下面缓缓地溢出血。这狠狠的一拳所产生的推力，让凰北月脱离了地火双月镰。可是短短的几秒钟，她的元气就被吸得一干二净。没有元气，她就和灵兽空间完全失去了联系。凰北月的身子在半空中，忽然像断线的风筝一样坠落下去。

上千米的高空，这样掉下去，一定会粉身碎骨吧？凰北月脑中飞快地想着各种各样的办法。她如何才能自救？万兽无疆会不会在最后时刻出来保护她？

魇看见眼前的人忽然向下坠落而去，怔了一下，心尖上闪过一抹锐利的痛楚感，让他不由自主地从六道天元符中抽出爬满符咒的手，一把抓住凰北月的手臂。

往下坠落的力量扯得魇的小腹火烧一样疼，他垂下眼睛，暗红色的眸中瞬间闪过一抹复杂的情绪，愤怒、不解。他怎么会救她？该死的臭丫头！

他想松手，可是看了一眼下面云烟飘过的半空，不仅没有松开，反而更加用力地抓着凰北月，同时，嘴里骂骂咧咧地道："臭丫头，哪有这么容易让你死，本大人还没好好折磨你呢！"

她的元气被吸走了，他正好抓了她回去，先好好折磨一番，让她跪地求饶，让她后悔骗了他一次又一次。然后……然后……是杀了她？哼！以后的事情以后再想，他现在用不着浪费脑力。

凰北月努力地仰起头来，以一个很别扭的姿势看着魇。精致的面具戴在他的脸上，和他飞扬的夭红衣裳极其相称。

这样一个妖孽的男人，不管怎么变，心里始终还留着一点点温情吧？黑水禁牢中那么多年的相伴，他怎么可能说忘就忘了？凰北月只觉得心里有一股温暖的水流轻轻地淌过，脸上努力挤出笑容来，道："我知道你一定不会让我掉下去的。"

尽管腰侧的伤口很疼，血流出来甚至浸湿了衣服，凰北月脸上的笑容还是灿烂明媚，如同黑夜里燃起的篝火。魇看得怔了一下，随即气急败坏，带着几分讥讽冷哼道："哼！你知道什么？我只是不想让你死得太容易。"

"我就是知道。"凰北月固执地说，声音有些哑，"我知道你舍不得。"

这句话像炸弹一样，炸得魇一时之间蒙了。半天，他才挤出一句没有半点儿威胁力的话："你胡说！"

"如果你觉得我是胡说，现在就把手放开。"凰北月忽然说，一双明眸定定地看着他。

魇看得很清楚，那双清澈的眼眸中，十分清楚地映出他戴着面具的模样。面具是死的，绝美精致，半点儿表情都没有，但他知道自己隐藏在面具之后的表情，带着几分难以置信的怒气。这个臭丫头竟敢威胁他！她以为他当真不敢松手吗？

“我只要松开手，你摔下去就会粉身碎骨，摔成一摊肉泥。”

“那就让我粉身碎骨吧！我摔成肉泥也不关你的事，反正你不会关心。”她倔强地把头扭向一边。

“你……”魇咬牙切齿地瞪着她。他看着那张无惧的面孔。本来处于弱势的是她，她应该求着他才对，现在自己竟被她威胁了，岂有此理！他心里虽然愤愤不平地想着，但最后也没有松手，反而手上一用力，使劲将凰北月拽上来。

六道天元符的符咒慢慢地从他身上散去，只是腹部被凰北月的两拳打得阵阵抽痛，魇愤恨地抓起凰北月的手，看了一眼她纤细的手指。他难以想象，这样一双漂亮的柔荑，居然有那么大的力道，打得他生生吐了好几口血，内伤不轻。

“落在我手里，很快你就会明白，得罪我会有多么悲惨的下场。”

凰北月听着他恶狠狠的话语，却一点儿都不怕，心里反而还有点儿高兴。她看着他脸上的面具，说：“魇，以前的你去哪里了？我不想把你送到暗无天日的黑水禁牢里。”

魇怔了一下，然后讽刺地说：“大言不惭的臭丫头，你以为你有本事封印我？”

“今天被地火双月镰所伤，下次，这东西就奈何不了我了。”凰北月嫣然一笑。

魇冷笑道：“没有下次了。”

凰北月抬起头，满眼温柔地看着他。她那双眼睛里的潋滟波光，一瞬间竟让他失神。

然而，就在魇失神的短短半秒钟内，一股强大的元气忽然接近。魇回神之时，一道黑色的雷光从天而降，打中了他的手臂。一阵剧痛让魇不由自主地松开了手，怀中的人顷刻间便从半空掉落下去。

他想伸手去抓住她，忽然一个人出现在他的眼前。周围的空气中，无数黑色雷电堆积起来，轰隆隆作响，蓄势待发。那人抬起手，以迅雷不及掩耳的速度，将手中一团暗藏着强大力量的雷元气送进魇的怀中。

魇为了躲避，骤然后退。可是，那团雷元气忽然爆炸，几乎将空间都撕裂。魇不得不抬手挡在眼前，红色的纸伞从虚空中撑开，挡在他的面前。爆炸的黑色雷光到了伞外，便呈放射状，像一朵瑰丽的大丽花绽放在半空。

那人一击之后不再停留，足尖在虚空中一点，身子便骤然下沉。他速度飞快，片刻之后就接住了不断往下坠落的凰北月。整个动作一气呵成，如行云流水，仿佛演练了无数遍，可这才是他们第一次合作。

凰北月不禁笑着赞赏道："这一次太及时了。"

墨莲搂着她的腰，近距离的接触让他有些腼腆地别开脸。他说过会保护她，当然要及时出现。

半空中，巨大的幻灵兽飞掠而过，两个人一起降落在幻灵兽的背上。

墨莲扶着凰北月坐下来，低头看见她腰侧流血的伤口，目光一暗，便转身想去找魇。凰北月一把抓住墨莲，摇了摇头，道："不用了！今天到此为止，以后还会和他交手的。"

墨莲很听她的话。只要是她说的，他就绝不违逆，只是心中暗暗将魇记恨上了。竟敢伤害他的月，下次看见那个人，他绝对不会放过。

幻灵兽从云烟上飞过，头顶的天空中，无数堆积的黑色雷光不断爆炸。而每一次爆炸，交织的雷光都会形成一张恐怖的巨网，里面隐约可见魇妖艳的红色衣摆。

凰北月看着如此规模庞大的雷云风暴，不禁暗暗称奇。墨莲的实力一向都让人不能小觑，只是没想到被三把无极天锁压制住的他，还能发挥出这么强悍的力量。上一次，自己死在他的手里，真是一点儿都不冤枉啊！

幻灵兽飞出了老远的距离后，凰北月才看见魇脱离了爆炸的黑雷。他站在一堆弥漫的硝烟中，红衣飞舞。尽管他手中的红伞有些破了，却依然掩饰不住那绝代风华。

魇狠狠地看着凰北月和墨莲离去的身影，哼了一声，转身飞回修罗城。

此刻的修罗城在天夔和昀离的打斗中毁去了大半。

魇进去的时候，看见狂怒嘶吼的天夔被无数条细细的红色火焰之鞭缠住，绑在一根黑色的圆柱上。昀离则坐在一堆乱石中，冷漠地研究着手里的妖火琉璃珠。

既然天夔已经被凰北月的契约压制住了，那留着天夔，似乎也没有多大的意思。这只地狱魔兽天生就是魔兽，凝聚了无数邪恶的力量，和由神入魔的他们根本不是一个级别。

天性中的高傲让昀离对天生的魔兽本来就没有多少好感，他费尽心思地将天夔从血池地狱的封印中救出来，不过是想利用她而已，只是没想到她竟这么没用，被凰北月一个小小的契约就压制住了。

只是，那个丫头真有一手。她毁了王玺之后，是如何和天夔缔结另外一层契约的？脑海中浮现出那张清丽可人的小脸，昀离烦躁地握紧手里的琉璃珠。

昀离身上强烈的杀气，让刚刚走进来的魇发出一声幸灾乐祸的笑声："黑子，对付一只地狱魔兽也能让你不爽成这样，看来你的实力也不过如此嘛！"

昀离早就察觉到他来了，只是一直没抬头理会。此刻听见他开口，才冷笑道："你说收拾那个臭丫头，结果如何了？"

"要不是墨莲那个小浑蛋半路出来搅局，她早就是我的囊中之物了。"魇仍然猖狂地道，根本不提他在凰北月那里吃了亏的事情。

不过，魇不说，昀离未必不知道。嘴角慢慢地浮现一抹讥讽的弧度，昀离道："以你的实力，你没有让她重伤，我很意外。"

"有什么好意外的？她得到了五种咒印，加上奸诈的本性，本大人一时失手也很正常。"魇拼命给自己找着借口。

昀离只是淡淡地笑着说："我的意思是，你没有故意放水吧？"

"怎么可能？"魇差点跳起来，大喊，"你当本大人是什么人？她又是什么东西？我可没有像你一样被情乱了心。"

"我只是说说而已，心虚的人才会这么激动。"昀离嗤笑一声，刻薄地说。

魇气得眼睛都红了，瞪着昀离，道："黑子，咱们是结盟，可是，我现在很不爽你这个盟友。"

昀离淡淡地瞥了他一眼，对他的怒气选择了无视。他挑起了怒火，又云淡风轻地不了了之，每次都这样，魇哪能不生气？

魇看着昀离转过身去，也冷笑一声，道："黑子，我知道你嫉妒我。你看上了那个丫头，却没办法得到她。"

昀离闻言，冷冷地看向他。昀离那种阴沉的眼神，让魇哈哈大笑起来。魇扳回一局，心情大好，甩着衣袖大步离开王殿。

燕州一战，南翼国大获全胜。

凰北月被厉邪扇走之后，红烛对战厉邪，打得厉邪不得不退走。小虎对战青灵地甲龟，不幸挂彩。不过，对方也没讨到多少便宜。

飞行灵兽数量太多，宇文战拼死抵抗，最后还是被北堂悠率领的愤怒之师破开了城门。南翼国大军一举攻占燕州。宇文战被俘。

进城之后，北堂悠打开燕州粮仓，让鏖战一夜的将士吃饱喝足。

凰北月赶到燕州时，只见城头上挂着南翼国的旗帜。旗帜迎风飘扬，十分耀眼。

从此以后，北曜国的这座北方重要城市正式被南翼国占领，成为之后千百年里，南翼国最重要的北方防线。而北曜国失去燕州，也预示着这个强盛百年的庞大帝国，自此开始步入衰落和灭亡的时代。

这一战，两国都损失无数将士，正如北堂悠所说，死去将士的尸体堆积起来，能够码到燕州城城头。后世的史学家称这一战为“血色黎明”。因为将士们一夜血战，直至黎明，天边的晨曦被流成河的鲜血染成了瑰丽的红色。

睿侯月夜因此一战，名噪卡尔塔大陆。

凰北月踏着清晨的阳光，闻着弥漫在空气中的血腥味，慢慢地走进燕州城。

投降的北曜国士兵被绑缚在城门外的空地上，用愤恨的目光瞪着凰北月，似乎想将她身上瞪出无数个血窟窿来。

凰北月目不转睛地大步走进去。她身后的墨莲却是目光阴冷地扫视了一眼那些目光凶狠的降兵。慑于墨莲身上散发出的诡异气息，那些败兵才不甘心地将目光移开。

“睿侯！”北堂悠看见凰北月进城，从街道一边策马过来，下马后冲凰北月抱拳微笑，“恭喜睿侯拿下燕州，打开了通往徽京的大门。”

“这一战，你功不可没，我会如实禀奏皇上。北堂悠阁下，我很庆幸选对了人。”凰北月真心实意地说。

北堂悠这一招置之死地而后生，用得实在太妙了！明知道两军交战，粮草最重要，宇文战一定会派人劫持粮草，烧毁粮仓，可他偏偏听之任之，知道也不管。等什么都没有了，他才激起将士们的斗志，攻打燕州。虽然太冒险，不过这种手段，正符合她的心意。

北堂悠敢这样兵行险着，可见才能有多了得。西戎国有他在还亡国，当真是太冤枉了。此人，收入麾下最好。

好在战野心胸宽广，求贤若渴，同时也颇具慧眼，能看出北堂悠是个人才，并同意让她任用。

“睿侯过奖了。”北堂悠谦虚地说了一句，两人便并肩走向城中。

北堂悠向凰北月简单叙述了一下这一战的经过。

“可惜让厉邪带着青灵地甲龟逃走了。”凰北月惋惜地说。要是在这里逮住了厉邪，她就可以直接去见风连翼了。

“以后还有机会。这一次，北曜国是真正的元气大伤，想必短时间内，风连翼都不会有太大的举动了。”北堂悠说。

凰北月笑了笑，说：“这跟我预想的不一样。我不是要打得他偃旗息鼓，我是想逼他出现。”

北堂悠闻言，倒有些不解，要是风连翼亲自出马，可没有这么好对付。现在，就算已经攻占了燕州，他也没有把握北曜国会因此而亡国，因为还有一个风连翼在，而这个人的心计智谋远非常人可比。

“不过，顺其自然吧！既然他和战野都有一统天下的雄心，那我们迟早会在战场上相见的。”凰北月深吸一口气，道。

凰北月回到帅府，便有从临淮城赶来的使者进来，带来一个天大的喜讯。

对很多人来说，这都是天大的喜讯，但是当凰北月听到消息时，不知怎么的，竟有几分惋惜。战野，帝王之路选择了你，就等于把万里江山送给了你，同时，也把幸福从你身边抢走。

“睿侯大人，陛下的大婚，举国同庆，礼部老早就准备好了一切，吉日也选好了，就在下月初二。恰逢燕州大捷，陛下一定希望在大婚典礼上看见大人啊！”

那个使者十分乖觉，传了消息后，便对凰北月献媚。这个睿侯可是皇上的心腹，如今战功显赫，将来一定是南翼国的权贵，他当然要赶紧巴结了。

凰北月让人给了使者一笔丰厚的打赏，笑道：“燕州刚打下来，还有许多事情没有处理。陛下的婚礼，我恐怕去不了了。”

“大人，陛下大婚可是重中之重啊！”使者不禁小声提醒道。

大婚看似只是一件喜庆的事情，可是婚礼上各方势力波谲云诡，不可小觑！

“我明白。我虽不去，但已准备了一份贺礼。”凰北月招招手，对吉克吩咐道：“能打下燕州，是陛下天威浩荡。听闻陛下大婚之喜，我特意献上燕州以及周围九城为贺礼，恭贺陛下大喜！吉克，你带着城池图和使者一起去临淮城。”

“是！”吉克郑重地点头。

使者见她已将一切安排好，便不再多说，高高兴兴地拿着赏钱离开了。

凰北月揉了揉额角，抬头看见站立一旁的北堂悠，便笑道：“皇上大婚，会大赦天下。千代楹虽说不能放她自由，但想必不会再将她禁足。悠阁下，你帮皇上完成大业，皇上也必定会实现你的心愿。”

“多谢皇上。”北堂悠非常恭敬地冲着帝都临淮城的方向遥遥一拜。

凰北月笑着站起来，道：“燕州已拿下，接下来如何治理，交给你了。”她拍了一下北堂悠的肩膀。对这个人，她是非常信任的。

千代楹是他的死穴，只要千代楹还被战野安然无恙地软禁在临淮城，北堂悠就绝对不会叛变。

北堂悠点了点头，忽然想起什么，便说：“冬儿的心里很放不下过去，你是不是……”

凰北月停下脚步，想了想，便说：“让吉克和冬儿一起去临淮城贺婚吧！”

北堂悠一听，虽然没有再说什么，但嘴角还是露出一抹宽慰的笑容。

第十八章
魔兽临世

燕州战败的消息传回徽京，朝堂震动，朝臣纷纷上奏，指责国师厉邪。

当初，是厉邪一意孤行要挑衅南翼国，先在边境闹事，继而派兵攻打。谁知道南翼国有个睿侯那么厉害，率兵打得北曜国节节败退，还主动侵略，现在连要塞燕州都拿下了。这一切，归根到底还不是厉邪的错?

如今的南翼国空前强大，这个时候厉邪上门挑衅对方，本来就是找死。陛下却一而再、再而三地纵容他。大臣们在朝堂上叫嚣，可惜陛下几天没上朝了。听说燕州失守，他也没有发怒，只是召见了厉邪。

厉邪出来之后也没什么表示，只是告诉众臣，陛下下令休兵养民。

“休兵养民？我们肯休，南翼国怎么肯？他们才攻下燕州，正好利用地势之便，一路乘胜追击，怎么可能休兵养民？”大臣们压根儿不理解。

厉邪冷冷地说：“南翼国不会来攻。这个时候，他们都自顾不暇了。”说完，他留下一群愣怔、不明真相的大臣，扬长而去。

厉邪说得没错。燕州大捷，南翼国没有乘胜追击。皇上战野下令加固城防，安抚民众，没有急着出兵。其中很重要的原因，是燕州十里之外刚刚归入南翼国版图的一座村庄，一夜之间被猛兽血洗。

那座村庄靠近浮光森林，听闻最近常有猛兽出没。原本，森林深处的灵兽和人类相安无事，可是近来不知道为何，那些灵兽充满了戾气，频频袭击落单的行人。为了不引起民众恐慌，消息被封锁。直至深夜，凰北月才偷偷进入村庄查探真相。

深夜，满地的尸体和空气中浓浓的血腥味，让人十分不舒服。

天空中飞过不少秃鹫，一些低阶灵兽也跑出来肆意地啃食尸体，饱餐一顿。

凰北月走过的地方，那些灵兽都纷纷避退。她的气势太强，没有灵兽胆敢靠近。但是，凭借着强悍的灵魂力量，她还是能察觉到那些低阶灵兽身上，隐隐有种不同寻常的气息散发出来。

凰北月细细地感知了一会儿，便面色凝重。那是魔兽的气息！这些低阶灵兽身上竟然都有魔兽的气息！这种感觉虽然不像面对一只强大的魔兽那么恐怖，但周围有这么多双带着魔性的双眼盯着她，还是让她心底有些发寒。

她知道由神入魔，但从没听说过灵兽也会变成魔兽。如果这样也行，魔兽恐怕就不会这么稀少了。所以，根据她的判断，这些灵兽不是要变成魔兽，而是被某只强大的魔兽元气感染，身上才会带着那种至邪至恶的气息。

她大胆地走过横七竖八躺着许多尸体的街道，头顶上秃鹫聒噪的叫声更是让这座死亡村庄显得诡异恐怖。

凰北月走到村庄的东面。这里最靠近浮光森林，魔兽的气息也更加强烈。她站在一口水井边，从这里看出去，是广阔的庄稼地，再往前还有几条连绵的山脉。夜色中，山脉就像一头沉睡的巨兽。

闻到水井中有浓重的血腥味，凰北月不禁低下头仔细闻了闻，顿时皱起眉头，好像整口水井里都是鲜血。凰北月拿出发光石，随意扔到幽深的井里。发光石瞬间照亮了井里狭窄的空间，同时一张熟悉的面孔映入凰北月的眼帘。

老实说，在这种到处都是尸体的地方看见这样诡异的一张熟人的脸，别提有多恐怖了，连凰北月这样不信鬼神的人，也不由自主地打了一个寒战，手臂上冒起一层细细的鸡皮疙瘩。

“天夔？”凰北月看清楚井里的人确实是和自己相处了很多天的地狱魔兽天夔，不禁诧异地道。

王族魔兽实力强大，为了得到天夔的力量帮助，昀离甚至不惜代价让她解除天夔的封印。而天夔也如他所愿背叛了修罗城，打破了效忠修罗王的契约，与昀离为伍。

昨天他们才在修罗城交过手，天夔的实力虽然没有魇的那么恐怖，但也绝对不弱。妖火琉璃珠的真正厉害，她凰北月还没有领教过。到底是谁，竟然有本事将天夔打成这副德行，并埋葬在这口水井中？

因为天夔在水井里，原本清澈的井水此刻如同血池地狱，变成了黏稠的血红色，不断地冒着泡泡。天夔大睁的眼睛因为发光石的突然出现而转动了几下，证明她还活着。

“呃……”天夔看见趴在井口向下看的凰北月，眼中现出怨毒之色。可她刚开口，就不停地有血泡涌出来。

“是谁把你打成这样的？”凰北月看着垂死挣扎的天夔，好心地问，“是昀离？”

天夔脸上露出悲伤而苍凉的表情，喉咙里发出咕咕咕的诡异声音，像是在嘲笑谁一样。

凰北月知道自己猜对了，不禁叹息一声。能够利用的时候，天夔未必不是一颗好棋子，可是一旦不能利用了，昀离肯定不会手下留情。只不过，天夔变成现在这样，凰北月要负一半的责任。凰北月对地狱魔兽从来没多少好感，也没想着要补偿什么，只是在天夔死之前，她还可以稍微利用一下。

凰北月屈指一弹，纳戒中一枚绿色的丹药出现在手中。她轻轻地将药弹进天夔的口中。这枚丹药治疗内伤的效果非常好，天夔吞下之后，立刻觉得胸腔不再被巨大沉重的力量压迫着，能够轻松地呼吸了。

"这个村子里的人都是昀离杀的吗？"凰北月寒心地问。

在她心里，一直觉得昀离就算入了魔，以他原本高傲的性子，也不屑于像真正的魔兽那样见人就杀。这一点，比起魇来，他做得好太多了。

不管什么时候，他总是那样高高在上、矜贵严肃，这些普通人的鲜血怎么配弄脏他的手？只不过，他身为魔兽，将来会变成什么样子，谁也说不清楚。

天夔冷笑。这表情已经充分肯定了凰北月心中所想。凰北月不由自主地叹息了一声。昀离啊昀离，初见的时候，你多么骄傲，为何沦落至此呢？

"凰北月，你别高兴，早晚会轮到你的。"天夔用她那沙哑的声音说，"他已经到了，你也活不了多久了。"

凰北月面无表情地听着。她的目的已经达到。果然是昀离做的，这样看来，他确实已经在附近了。

凰北月冷冷地看了一眼垂死的天夔。魔兽是不会死的，只要有足够条件，便会再次复活。这里有这么多鲜血，足够温养天夔了。而这样一个祸患，留下来终归是对自己不利，杀不死，就只有封印了。

凰北月体内元气一转，符源中的几抹红色元气忽然出现在手腕上，形成一个复杂的符纹图案。

凰北月口中轻声念咒，同时，那符纹在手腕上光芒大盛。这是当年轩辕谨封印天夔时所用的符咒，只要有万兽无疆，就能再次启用。

天夔对这个符咒非常熟悉，不由得大怒道："你想封印我，没那么容易！"

随着她的怒吼，井里的鲜血忽然如同煮沸的水一样沸腾起来，咕咚咕咚往上冒着气泡。气泡爆炸，一些诡异的红色元气散发出来。红色元气靠近的地方，立刻被腐蚀出一个大洞。眨眼之间，井壁便扩大了一倍。

凰北月看着这样的情景，微微皱了一下眉。她没想到，到了这个地步的天夔，居然还有这种变态的后招。凰北月立刻放弃封印。

她本想离开井边，但转念一想，这么多腐蚀性的气体，如果散发出去，附近一定会寸草不生，而如果蔓延开去，远处的燕州等几座重要城镇也会受到影响。南翼国好不容易才赢了这一仗，她自然不能眼睁睁地看着到手的胜利被毁得一塌糊涂。

凰北月打定了主意，先是在井口布了一层结界，然后继续结封印符。红色气体从井底蔓延上来，遇到结界的时候，稍微阻滞了一下。片刻之后，结界竟然被腐蚀出一个洞来。

凰北月大惊失色。结界只是虚无的元气膜，竟然也会被腐蚀？她震惊的片刻，红色元气已经钻出来，遇到空旷的地方，蔓延的速度更快。就在红色元气即将靠近凰北月的时候，她的背后忽然被人拽了一下。她下意识地起身后退，回过身去，只看见不远处一个黑漆漆的模糊身影站在那里。

夜风带着浓厚的血腥味道吹过来，暗淡的月光照亮溅在他黑袍上的血污，几只乌鸦在他身后扑棱棱地飞起来，怪叫着飞向不同的地方。凰北月眯了一下眼睛，这才看清楚那人的面孔。

"昀离，没想到会是你。"她失望地说，"这些普通人，对你来说，就像蝼蚁一样，你杀他们有何意义？"

昀离没有立刻回答她，只是淡淡地看向她身后从井里蔓延上来的红色气体。然后，他嘴角一扬，一抹得逞的笑容一闪而过。他转过身，打算离开。

凰北月哪会让他这么轻易地离开？她上前一步，挡住他的路，道："这些毒气是怎么回事？"

"她死了。"昀离淡淡地说。

凰北月眉头微蹙。魔兽怎么会死？她还从未听说过魔兽会死。

"这叫自焚，将体内元气压缩成一点，在气源中爆炸。"昀离转而看着她，暗红色的眼睛分外诡异，"魔兽是由邪恶凝聚而成的，有多邪恶，就有多强大。这些恶气，在他们自焚之后，会变成带着剧毒的瘴气。"

凰北月恍然大悟，随即大怒道："这也是你策划好的？"

昀离淡淡地一笑，没有否认。

凰北月转过身去，瘴气近在眼前，她的手臂被他一拽，又向后退了几步。瘴气所过之处，连地面都被腐蚀得塌陷下去。如果任由瘴气扩散出去，明天早上，这些瘴气就会出现在燕州城外。

凰北月拽回自己的手，浑身黑色的元气暴涨，在身体周围覆盖了厚厚的一层。

昀离似乎知道她想干什么，正想开口，她已经不顾一切地冲进了瘴气中。

有万兽无疆的元气保护，凰北月很快就冲到那口水井边，飞快地结印念咒，周身青芒萦绕，十分刺眼。瘴气不断地侵蚀着她身边的元气，但慑于万兽无疆的威力，又不得不退向一边。

旳离看着站在井边忙碌的少女，眼眸颇有深意地眯了起来。她的胆大果真不是说说而已。她这样一往无前地冲进瘴气中，只要稍微出点儿差错，就会立刻被腐蚀成一摊液体。她很勇敢，一直都是这样，永远不会改变。

旳离不动声色地看了一会儿，嘴角浮现冷笑，衣袖底下，苍白修长的手露了出来，飞快地结印，猛然按向地面。

轰隆一声，他脚下的街道忽然塌陷，内部滚滚的泥土陷落。然后，一股红色的瘴气如同泉水一样，从地底喷涌出来。

井边的凰北月好不容易才将井口封印起来，要消耗元气和瘴气对抗，还要结印，已经累得满头大汗。她正抬手擦汗，忽然听到身后传来轰隆的响声，转头一看，喷涌而出的瘴气差点儿让她一口血喷出来。

浑蛋旳离！她在这里辛辛苦苦地封印，他却在后面给她捣乱。

旳离站在喷涌的瘴气之后，一双眼睛冷冷地看着她。他是魔兽，那些瘴气喷在他身上，一点儿影响都没有。而凰北月如果不靠着万兽无疆的元气包裹，恐怕当场就会被腐蚀殆尽。

凰北月站在水井边。旳离那边喷涌的瘴气实在太多，她也没敢轻易靠过去，只是隔着无数瘴气与旳离对视。两人的目光激烈地相撞，似乎凭空产生了无数火花。

"你要天下太平，大陆一统，是吗？"旳离轻声问。

凰北月道："而你想看人间浩劫，是吗？"

"我是魔兽。"

"我是人类。"

"魔兽无情无心。"

"人也可以无情无心，但我做不到。"

旳离笑着沉默了一会儿，才开口说："我知道。"

"所以，你故意挑衅我，是为什么？"

"万兽无疆。"旳离淡淡地说出凰北月并不陌生的四个字。

他果然还没有死心！他想要万兽无疆，用尽各种手段。

"万兽无疆，我不会给你，也不会给任何人。这块黑玉，我会毁了它，不管用何种代价。"

她说这话的时候，万兽无疆明显有些愤怒地震动了一下，包裹在她身体周围的元气差点儿就控制不住地偏移了，不过被她强行压制了下来。

万兽无疆与凰北月相互制约，可是说到底，万兽无疆只是一块黑玉，而凰北月是人，黑玉再聪明强大，也不会有人类复杂的心思和手段。

自从集齐五种咒印之后，凰北月和万兽无疆的关系就不再是她一直依靠万兽无疆的元气，有时候她自身的青色元气也能隐隐地压制住万兽无疆。

这种形势的转变，都是因为她重塑过一次灵体，她的灵魂被淬炼得出乎意料地强大，这大概出乎万兽无疆的意料吧！

昀离听了凰北月的话，似乎笑了一下，道："问天当年也想过要毁了万兽无疆，可最后的结果还是那样。你想步他的后尘吗？"

"我不会步他的后尘，我跟他不一样。"

"哦？"

"轩辕问天的失败在于他太爱长公主。他为了长公主，放弃了太多，而我……不会。"

昀离深深地看了她一眼，低声道："很好！我很想看看，最终的结果，你和问天到底有什么不同？"他一扬广袖，身影从瘴气中淡去。

凰北月见他要走，不再管那喷涌的瘴气有多猛烈，脚在地面用力一踏，被腐蚀的地面立刻土屑飞溅。她的身子化为一道黑色的光，破开瘴气，朝昀离的方向疾射而去。

昀离面无表情地看了她一眼，手指上，五条细细的红色软鞭瞬间长出来，在瘴气中一甩，冲着凰北月而来。

凰北月在半空中的身子陡然一转，脚踝擦着一条鞭子闪过去。她乘机在鞭子上一荡，瞬间到了昀离面前，猛然出拳，狠狠地打在他的脸上。

砰的一声，昀离向后跌去，在地面拖了很长一段距离才停下来。昀离慢慢地直起身来，抬手擦了一下嘴角，低头看见手背上有血迹，目光立刻变得异常凶狠。

凰北月从瘴气中走出来，雪影战刀在手中缓缓地凝聚成形。她走到昀离身边，将刀尖指向他："怎么堵住瘴气？"

昀离沉默不语。凰北月的刀尖又凑近几分，抵在昀离的脸上。他脸上有鲜血流出，可依旧冷漠地不开口。握着刀柄的手有些发抖，凰北月一个字一个字地说："我真的不想亲手封印你。"

闻言，昀离抬起手，将脸上的刀尖推开："我也不想亲手杀了你，所以，别逼我。"

"没有必要在今天分胜负，以后还有更好的机会。"昀离说着，转过身，走了几步就不见了。

昀离离开之后，周围又响起此起彼伏的灵兽吼叫声，惊悚恐怖。

透过四处蔓延的红色瘴气，凰北月能看见天边已经露出鱼肚白。天快要亮了。天亮之前，她一定要想个办法把瘴气堵住。

这时，天空中掠过巨大的黑影。凰北月抬头一看，是墨莲和幻灵兽。大概因她一整晚都没有回去，墨莲担心，便跑出来找她了。

凰北月站在没有瘴气靠近的一幢房屋的屋顶，对墨莲招招手。片刻之后，站在她身边的墨莲看着眼前弥漫的瘴气，也惊呆了。

“暂时把瘴气堵住，我来封印。”凰北月对墨莲说。

见他点头，她便一下子跳进瘴气里。

“月。”墨莲喊了她一声。

红色的瘴气很浓，片刻间，他就看不到凰北月的身影。墨莲心中一急，什么都不想，就跟着跳了下去。

刺啦……几乎是沾到瘴气的一瞬间，墨莲就闻到一股焦臭的味道，他的头发和身上的衣服最先被腐蚀。他还没弄明白是什么情况，瘴气里，一道黑色的影子瞬间来到他的身边，扑进他的怀里。刹那间，黑色的元气便把他全身上下包裹起来。

“笨蛋！你跟下来干什么？”凰北月又气又急，脚尖一点地面，便带着墨莲回到刚才站立的屋顶。

凰北月看着他的头发和衣服都被腐蚀了，甚至露在外面的皮肤上也有伤口，更加生气。不过，生气归生气，凰北月立刻从纳戒里翻出很多药来，一层一层地涂在墨莲的脸颊和手背上，防止瘴气继续腐蚀。

墨莲怔怔地看着她生气的样子，她的眉眼间凝着深深的担忧和焦灼。那一瞬间，他觉得自己立刻为她去死都是开心的。他的心脏忽然飞快地跳了一下，好像有一头欢腾的小鹿在里面飞快地奔跑。

不知道是不是脑子糊涂了，墨莲竟一下子抓住凰北月的手，鼓起巨大的勇气，似乎要立刻说出心中憋着的许多话。他目光灼灼地看着她，道：“月，我……”

他还没来得及说完，忽然，红烛的声音远远地传来：“主人！发生什么事了？”

凰北月抬头一看，是红烛带着吱吱赶过来了，大概也是担心她。

墨莲立刻把手缩了回去。凰北月本想问他刚才想对她说什么，却见墨莲已经转过身去，便没有问。

吱吱眼尖，一眼就看出墨莲的神色不对，跑到墨莲身边，问他：“你刚才做什么坏事啦？”墨莲摇摇头，很谨慎忐忑的样子。

“肯定做坏事了。”吱吱蹲在墨莲面前，用手戳他，小声追问。

凰北月看着两个幼稚的小家伙，笑了笑。随即，凰北月转头去看红烛，面色渐渐凝重，道："先封印这些瘴气。"

红烛点点头，和凰北月一起下去忙碌。

墨莲为了躲避吱吱的骚扰，也赶紧召唤出幻灵兽，在半空以雷元气将汹涌的瘴气压回地下。

凰北月在地上结阵，只见浓郁的红色瘴气中，道道青光闪烁而出，四处飞散游走，碰上青光的红色瘴气立刻变得淡薄稀疏。

片刻之后，地上的阵法形成，旋转的巨大风眼如黑洞一样发出狂猛的吸力，将周围的红色瘴气尽数吸进去。凰北月看着风眼把最后一丝瘴气都吸进去后，立刻来到阵法前封起阵眼。青芒在她的指缝间一闪而过，最后全部缩回阵法中，一切归于平静。

此时，天已经亮了，薄薄的晨光从一幢幢民房后面透出来，照亮了街道上那些死相凄惨、横七竖八的尸体。天空中，秃鹫的鸣叫像是一首挽歌，在村庄上空悲伤地回荡。

凰北月擦着额头上的汗水，从内心深处感到疲惫，对于茫茫未知的前路，第一次生出仓皇的感觉。整个村庄的无数无辜生命摆在眼前，任何人都不可能视若无睹，无动于衷。

她从来没觉得自己是个好人。她没有什么同情心，更没有可笑的善心，想为世界做点儿什么贡献。她也没有想过要成为一个伟大的人。她所做的一切只是听着自己内心的声音，想报答对自己好的人，想弥补曾经犯下的过错。

做完这一切让她心安理得的事情之后，她就可以安安心心地去找个安静的地方过完一生。可是，这么简单的心愿，为什么一定要踏着鲜血和生命才能实现呢？

她觉得累，很想扔下这一切一走了之，但是望向远处的临淮城，感觉心中还是无法割舍。樱夜，死亡的世界一定很安静吧？我做这一切，会不会让你觉得不那么冷呢？

"主人，这里要怎么办？"红烛悄悄地走过来，道。整个村庄的人都死了，这么多尸体，看着都让人心酸。

凰北月沉默不语，手指间涌出无数烈焰，狂猛地喷向清晨中的村庄。转瞬间，整座村庄都在火舌的舔舐中，慢慢地化为灰烬。

魔兽出世，这里绝对不是第一个遭难的地方，当然，也绝对不会是最后一个。嗜血的本性会让一些本就凶残的灵兽更加邪恶。

根据十多年前的记载，上一次魔兽出世的时候，整座大陆都如同陷入地狱。那时候，没人能阻止肆无忌惮的魔，要不是轩辕问天的出现，魔已经将卡尔塔大陆毁得一干二净了。

万兽无疆带来的诅咒，太可怕了。

待火焰熄灭，凰北月才带着红烛等人返回燕州城。

几天之后，战野大婚，整个南翼国都欢欣鼓舞，真正的举国同庆。

半夜，凰北月站在燕州的城楼上，能看见远处一些城池闪烁着炫目的灯火，燕州城里就更不用说了。

凰北月看着这些，恍惚间，有种天下太平的错觉。她经常看着看着就笑起来，好像一切都过去了。

有一天晚上，她一个人迎风站在角楼上，狂风肆意地吹着她的衣摆和头发。她站了很久，才察觉到有人不知不觉地靠近她。不过，她也没有太戒备，只是慢慢地转过头去，看着不远处的身影。

月光下，一双浓黑如墨的眼睛深深地看着她。她怔了一下，忽然热泪盈眶，半天才委屈地喊出两个字："师父！"

师父的黑色长发迎风飞舞，做工精良的黑色长风衣上，暗色花纹极其精致。一直以来，师父都是一丝不苟的人，一点点旁人根本不会注意的细节，都会苛刻地要求完美。对她，他也是从来不放松。她从小都觉得他是一个非常冷酷的严师。他向来不苟言笑，话也不多。他心情好的时候，偶尔能容忍她的一点点不完美。他心情不好的时候，她连大声呼吸都不敢。

在这个时代生活了将近十年，她对师父的面容依然记忆犹新，像刻在脑子里一样，永远那么鲜明。严厉的师父，在她的生命里却是最重要的亲人。

师父，你是不是想我了？我丢了这么久，你一定在到处找我。你一定很着急，是吗？你终于找到这儿来了！你终于要带我回家了吧？我们这就走……

"师父！"凰北月精神恍惚地向前踏了一步，竟一脚踩空掉了下去。那一瞬间，她的心脏扑通跳了一下。在被人接住的时候，她还有些失神。

"师父，咱们回去吧！"她真的很不喜欢这个人吃人的地方，要在这里生存，先得把心剜出来扔掉，太残酷了！

她宁可像以前一样做个冷血无情的杀手，那样还好一点儿，因为那时的她从来没有动过情，被她杀死的人都是该死的，不像这里，死去的永远是无辜的人。

那抱着凰北月的人在城墙上一踏，便顺势飞到城外。

那人悄无声息地落了地，才慢慢地将凰北月松开，后退一步。

凰北月抬起头来，这才看清楚，那张月光下冷漠疏离的俊美脸庞，并不是记忆中的师父，而是……似曾相识的昀离。那双漆黑冷漠的眼睛，让凰北月好半天都没有说出一句话来。她现在的感觉，就好像当年在第七塔下面的火海中，第一次看见灵尊时一样。

他慢慢地转身，慢慢地踱步走开。凰北月立刻跟上去，道："师父，你的眼睛……"

"他吞了天夔的妖火琉璃珠，有些虚弱。"灵尊淡淡地说，空灵的声音好像从远处传来一样。

凰北月一怔，随即喜道："如果现在有我在旁边帮忙，师父能够把他压制下去吗？"短短的时间内，满腔的忧愁抑郁就被抛开，她依旧思路清晰，聪明冷静。

很可惜，灵尊只是摇头。凰北月失望地垂下肩膀，同时更加惋惜地看着灵尊的背影。

"我有好久没和师父说过话了。"凰北月深深地呼出一口气，轻松地笑着说，"记得以前和师父喝酒，师父从来喝不过我。"她的酒量可是从小就练出来的，里面有很多技巧，而灵尊几乎不沾酒，无欲无求。像他这么无趣的人，难以想象一个人是怎么打发时间的。

凰北月笑着走到他面前，从纳戒里拿了一坛陈年好酒和两个杯子出来，然后随意地在草地上坐下，抬头对他笑道："不如再来喝几杯吧！"虽然之前发生了好多事情，他还强迫她嫁给他，差点儿就洞房成功了，可那是另外一个昀离，她一点儿都不计较。真正的灵尊不会强迫她。他才不屑去要手段。

凰北月笑容明媚，看得灵尊心里微微一动。他没有拒绝，在她对面坐下，执起酒杯。两人碰了一下杯子，痛快地喝下酒。他还是不胜酒力，一杯酒下肚就微微皱起了眉头。凰北月则爽快许多，立刻将两人的酒杯斟满，然后举起自己那杯，道："今天晚上，不醉不归，如何？"

灵尊举杯，陪着她喝下去。烈酒钻进胃里，滑下肠道，顿时，他的全身都热了起来。凰北月一边喝，一边和他说着一些有意思的事情，最后，从天下的动荡竟说到了她刚刚失恋被甩。

"都说谈感情容易误事儿，看来，以后做事儿真不能谈感情。"

闻言，灵尊居然少有地赞同她，点了点头，道："说得对。"

凰北月瞥了他一眼，嘿嘿贼笑，道："我也就随便说说，师父不用在意。"

"今晚喝过酒，也许明天见面，你还是要杀我。"灵尊垂着眸，淡淡地说着，"我不会手下留情的。"

"啊，我也不会呢！"凰北月自顾喝了一杯酒。这酒真烈，喝下去烧得肠子都疼了。

她放下酒杯，擦着嘴角流下的酒液，然后端起酒坛，为他倒酒。哗啦哗啦的酒水倾倒出来，那淡淡的琥珀色，在月光的晕染下，有种梦幻般的美感。看着酒液散发出来的珠玉般的光芒，凰北月一时怔住。酒杯已经倒满，酒液溢出杯子，流到草地上，她也没有发觉。

灵尊抬起头，淡淡地看了她一眼，然后不疾不徐地伸出手，轻轻地握住她的手腕，道："满了。"

凰北月讪讪地收回手，不好意思地笑了一声，替自己斟满酒，道："师父的酒量变大了。记得以前，要是喝这么多，师父绝对不肯再跟我喝。"

"确实不能再喝了。"灵尊看了她一眼，如画的眉目间锁着愁绪。他顿了一下，手指在纳戒上轻轻一弹，拿出一块小小的黑色玉片递给她。他动作优雅，像一位刚刚参加完舞会的中世纪贵族，举手投足间都有让人赏心悦目的美感。

凰北月看着静静躺在他掌心的玉片，没有伸手去接。喝过酒的脸上泛着一抹淡淡的红晕，她深深地喘息一下，面上有些不自然的神色。

"六魂封印。"她喃喃地说着，觉得太阳穴突突直跳，喝了酒的喉咙火辣辣的，像在被火灼烧。

灵尊静静地看着她，仿佛整个人都是不存在的。

凰北月静默了一会儿，忽然摇头，沙哑着声音说："我不要这个！我……"

"我不想被封印在黑水禁牢。与其被囚禁，吾宁一死。"他淡淡地开口道，好像说着很平常的事情。

凰北月大声道："你不会死！我向你保证，我会毁掉万兽无疆，破除这个诅咒。"

灵尊微微一笑。她很少见他笑，原来他笑起来，竟像是次第盛放的青莲般清雅。

"不封印我和魔，你毁掉万兽无疆等于是自寻死路。"

"我会想到办法的。"凰北月赌气地别开脸，不去看他。

灵尊沉默片刻，才慢慢地开口道："帮我杀了他，帮我留住神兽最后的尊严。"

灵尊轻声慢语地道，根本不像在说生死之事。

他怎么能这么淡然呢？连她都忍不住红了眼眶，他却还能那么平静地看着她。

"我尽了最大的能力，把半数以上的魂魄都封印在里面了。"灵尊轻轻地握了一下那块承载着他本体魂魄的黑色玉片——六魂封印，"记住，下次见面的时候，千万不要手下留情。"

"还有别的办法吗？"凰北月问。

灵尊摇摇头，将六魂封印轻轻地放在她面前，低声说："拜托你了。"

凰北月端起酒杯，狠狠地灌了一杯酒，动作太急，一下子呛得眼泪都流了出来。她抬起手慌忙地擦着眼睛，月光铺洒下来，落满她的眸子。

灵尊静静地看了她一会儿，然后慢慢地倾身向前，张开手臂默默地抱住她。

凰北月哽咽了一声，说："其实不用担心，如果师父的魂魄去了司幽境，我一定会把师父带回来。夜王还欠我一个人情呢！"

"魔兽死后是不会有魂魄的，一旦他们从尘世间死掉，就永远消失了。这样很好，我不喜欢把希望寄托在来生。"

灵尊慢慢地说完，放开凰北月，又最后深深地看了一眼她红着眼睛的样子，嘴角微微勾出一丝笑容。

"问天把你交给我的时候，你也哭得眼睛红肿地看着我。那时候，你才几个月大。"

"师父，我……"

她想说她不是北月郡主，不是那个被轩辕问天托付给他的孩子，但这些话还没有说出口，灵尊已经紧紧地皱了一下眉头，而后飞快地转身离开。他离开时太仓促，酒坛都被踢翻了，酒水全部洒出来，浓郁的酒香弥漫在空气中。

他离开得这么急，肯定是无法压制魔性了。凰北月低头看着手里的黑色玉片，然后用力地收紧手指，心里暗暗发誓：她会履行承诺，杀了入魔的旳离。

第十九章 出使北国

六魂封印的事情，凰北月只告诉了红烛和孟祁天。孟祁天觉得不可思议，道：“原来入魔之后的魔兽，还会偶尔恢复清醒。看来，昀离天性里对魔兽是真的很厌恶啊！”

“以前的魇可从来没有清醒过。他是在黑水禁牢里被封印了十七年后，才渐渐变得有些善良。不过，那样其实也不算恢复。”红烛说。

孟祁天点头。魇是因为在黑水禁牢里逐渐对凰北月产生了感情，所以出来之后才没有以前的凶残暴戾。不过，现在的他也变回去了。

凰北月默默地靠在窗前，听着他们你一言我一语地讨论，心里却只想着万兽无疆和招魂术的事情。如果最后她和墨莲配合，以招魂术将封印在黑玉中的灵兽魂魄全部召唤出来，送回司幽境，释放黑玉里的力量，后果会是什么？万兽无疆可没有那么老实听话啊！

说到底，万兽无疆里恐怖的不是那些魂魄，而是拘禁那些魂魄的力量。这股力量让轩辕谨、轩辕问天，以及她，都获得了超出所有人的强大实力。他们可以在大陆上呼风唤雨，却都落得一个惨淡的下场。

凰北月想起前面两人的结果，不禁满脸冰霜。她可不想重蹈他们的覆辙。

“王，北曜国的使者求见。”门外，阿萨雷大声通报。

正在思索的凰北月闻言，不禁怔了一下。北曜国的使者？随即转念一想，她就明白使者求见的目的了。

凰北月阴险地笑了笑，说：“不见！让他们滚回去告诉风连翼，我不接受他的任何条件。”

“是！”一听她这话，阿萨雷立刻欢欢喜喜地出去了。

孟祁天皱眉道：“这样得罪北曜国，似乎不太明智啊！”

“嘿嘿。”凰北月奸笑两声，“他们是为了宇文战的事情而来，而这个宇文战可不同于一般人。宇文家族是卡尔塔大陆上名望最大的家族之一，与布吉尔家族不相上下。他们在北曜国行事低调，但不表示无所作为。”凰北月站起来，侃侃而谈，“宇文战身为这一代的宇文家族长，向来很得人心。他被俘虏，风连翼若不闻不问，触怒了宇文家族，北曜国可就真是内忧外患了。”

“有这么严重吗？”红烛不解地问。牺牲一个宇文战，也没什么嘛！

孟祁天听凰北月说了几句，已经明白她的打算了，不禁佩服地笑道：“宇文战是不算什么，可是，宇文家族在军中的地位可不小，不少将领都出身于宇文家族。”

“现在，宇文战就等于是我手里的一张王牌，不借此机会敲诈一下风连翼，我都觉得对不起我自己啊！”凰北月坏笑道。

“没错！这次要让厉邪知道，他在北曜国可不像是在修罗城，一切都能在他的掌控之中。”孟祁天高深莫测地说，“治国可没那么容易。他这个国师，这次可不好下台了。”

凰北月笑着点头。

红烛在一旁看着，不禁摇头。这两个人碰在一起还真是……狼狈为奸。

接下来的两个月，北曜国又派了两拨使者来，带来的礼物和条件一次比一次丰厚，可还是被睿侯拒之门外。

北曜国使者也不笨，派人悄悄贿赂凰北月身边的人，连府里看门的王二都被塞了几个金币。无奈的是，这些人收钱不办事，让北曜国使者白白等了几天。临走的时候，北曜国使者皆骂南翼国的人奸诈狡猾，不讲信用。

北曜国最后一次派来的使者是宇文荻。军人出身的他和一般文臣可是大不一样。睿侯不见使者？他就大白天堵住出去巡查城防的凰北月，让她避也没地方避。

其实宇文荻都来了，凰北月也没想过要继续回避。她看着策马在大街上威风凛凛的宇文荻，便笑道：“宇文将军，好久不见啊！”

宇文荻也没管她的客套之言，开门见山地说：“我奉敝国皇帝命令前来出使，想和阁下谈谈不久前北曜国统帅宇文战被俘一事。”

“哦……”凰北月故意拖了一个长长的尾音，“宇文将军尽管放心，令尊在我这里过得很好，似乎有点儿乐不思蜀了。”

“月夜阁下，咱们明人不说暗话，想必你也很清楚，我想干什么吧？”宇文荻怒道。

凰北月摸着下巴，沉吟了一会儿，终于收起一脸玩笑，正色道：“我现在要去巡防。这件事，请宇文将军下午到我府中详谈吧！”说完，不等宇文获反应，凰北月便一挥马鞭，飞快地奔出去。

宇文获面色铁青。他早就知道，跟凰北月谈条件不会那么容易，现在看来，她根本是一只老谋深算的狐狸。

宇文获心里虽然这么想着，下午还是乖乖地去了燕州的元帅府里等着。他早早地去了，茶水喝了一杯又一杯，眼看天已经黑透了，才见凰北月姗姗而来。

宇文获的面色已经难看得不能再难看了，凰北月却假装看不见，让人备了一桌好菜，请他坐下，一边吃一边谈。

宇文获喝茶都喝饱了，哪里还吃得下？他只是沉着脸，道："敝国皇帝让我带了一件礼物来，送给阁下。"说着，他从纳戒里拿出一个长形锦盒交给红烛，让她递给凰北月。

凰北月夹了两口菜，才不紧不慢地将锦盒打开。锦盒里垫了好几层白色的丝绒，一支晶莹雪白的玉箫静静地躺在丝绒上。她静默地看了两秒，随即面色如常地将白玉箫拿起来，轻轻地抚摸，道："这原本就是我的东西，现在只不过是物归原主罢了。"

宇文获自然认得那支白玉箫，也不说什么。他本来一点儿都不饿，但为了掩饰焦虑，还是低头扒饭吃。

凰北月拿着那支白玉箫抚弄了很久。当初，这支白玉箫被魏嫣然拿走之后，她就一直没要回来。后来，魏嫣然用这支白玉箫吹了《月魄》，成为风连翼的皇后……

"他的条件是什么？"凰北月低声开口道。

扒了一口饭的宇文获怔了一下，随即明白过来她是同意谈条件，高兴得饭都没嚼就咽了下去，暗道：陛下果然神机妙算，知道凰北月看到这支白玉箫，就会答应谈条件。

"陛下说了，只要阁下同意放回被俘的宇文战，北曜国愿意永世退出燕州城。除非南翼国进逼，否则绝不往前一步。"

这样的条件算是主动求和了。他能做出这样的让步，看来，北曜国内部的贵族势力，比她想象的要强大许多。

风连翼若想大刀阔斧地改革，清除贵族势力，就必须和南翼国讲和，没有外患，才能彻底解决内忧。可若是坐等北曜国改革强大，就等于是在身边养了一头猛虎。中国历史上可是有商鞅变法的前例，她当然不是这么容易被糊弄的。

"这个条件，我可以答应。不过，我还要北曜国东部的十二座港口城市全部开放贸易。并且，南翼国可在西部龙城到祁阳城之间开设空中运输队，北曜国不得阻拦。"

凰北月说完许久，宇文获才算是将她的一番话消化下去。他顿时拍案而起，道："睿侯不要欺人太甚！"

"我的条件只有这两个。你回去禀报贵国皇帝。他若是答应，我凰北月亲自护送宇文战去徽京，同时签下和约，两国之间相安无事。"

"那若是陛下不答应呢？"宇文战愤恨地问。

凰北月轻抚着白玉箫，微微一笑，道："那我也会亲自去徽京走一趟，带着百万精兵。"

宇文荻冷哼一声，离去。

宇文荻走后，过了一会儿，孟祁天才进来。他坐在凰北月面前，笑问："你这条件看起来苛刻，不过在目前这种形势下，受益最大的还是风连翼，是不是？"

"我可以让他改革国内，清除旧贵族势力，使北曜国强大。不过，我也要南翼国能永远制约他们。"凰北月轻声说。

孟祁天沉默片刻，还是说："你想得很周到。北曜国虽然打了几次败仗，可是瘦死的骆驼比马大，现在想一口吞掉他们，南翼国也会损失不小。"

"战野还年轻，以他的能力，将来会发生什么还不知道。现在，做到我们这一步，已经够了。"凰北月说着，竟有种如释重负的感觉。

第二天，凰北月就派人快马加鞭回临淮城，向战野禀报和谈的条件。他们占据优势，战野和朝中大臣对此自然欣然同意。

而北曜国一方，在十天之后也传来愿意和谈的消息。

据派出去的探子回来禀报，和谈之事，风连翼没有发表任何见解，也没有表态，一直是朝中大臣在议论。最后，主和的胜过了主战的，才去请风连翼下令。主和一派以十一皇子风雅玉为首，宇文家族也在其中。

时令进入秋季，硕果丰收的季节，睿侯月夜带领使团亲自前往北曜国。

和谈事关重大，南翼国朝中老臣怕她一个女子无法完成大任，硬是让一个安国公薛仰带着一万兵马随行。

凰北月轻车简从，只带了自己信任的十几个人。北堂悠和吉克驻留燕州，一旦有变故，便可率兵前去接应。

这个安国公，说起来和凰北月可是老熟人，不，老仇人。

原本安国公对凰北月这个皇帝的心腹重臣没什么太大仇恨，顶多只是私下里钩心斗角而已，可是安国公手下有几位实力不错的高手进言，说当年害了薛彻和薛梦的正是这个睿侯。

安国公起初不相信，后来偶然间，亲眼看见冰灵幻鸟和一头红发的凰北月，这才真正信了。不过，这个老狐狸也算是能忍的。他生气之后平静下来，不动声色，依旧像什么事也不知道一样，跟着凰北月去北曜国。

安国公这种对手，如今凰北月已经不在意了。一路上，她也不和他多说什么。他们各做各的，谁也不干涉谁。

以他们快马的脚程，就算是带着一个俘虏，十几天赶到徽京也是绰绰有余的。但是安国公非要让仪仗队排开，不肯丢了南翼国的威风。就这样，队伍一路上走走停停，做足了表面功夫，磨磨蹭蹭了二十多天才到。

阿萨雷这帮脾气暴躁的人气得跳脚，要不是凰北月严令不许去找麻烦，早把安国公一帮人打回临淮城了。

到了徽京，如今已被封为赵王的风雅玉亲自出来迎接。

风雅玉从小就对凰北月有种崇敬夹杂着一点点复杂心思的感情，见了她喜不自禁，跳下马就跑上来，仰着头，道："师父！"

凰北月环顾了一下四周，也跳下马背，对他礼节性地抱拳，笑道："赵王亲自迎接，不敢当。"

风雅玉这才想起自己的身份，面色一肃，对她做了一个"请"的手势，道："睿侯千里而来，辛苦了！请先到驿馆休息。"

两人并肩往前走。待没人在身边的时候，风雅玉才低声说："知道师父平安无事，子曜高兴得几天都没睡好。"

"小孩子不好好睡觉，会长不高的。"凰北月说。

风雅玉比她高出半个头，看着她，道："师父，我已经长得很高了。"他现在可不是小孩子了！

凰北月偏头看他，居然要微微仰头。她不禁感叹了一下自己真的是……这具身体再长高一点儿没问题吧？

徽京城中很多百姓围在道路两侧，争相目睹打得他们节节败退的睿侯月夜是何等厉害的模样。在最近纷纷扬扬的传言中，这位睿侯已经被百姓传得跟妖魔鬼怪一样，有着三头六臂，只差没生吞活人了。

然而，当看见和风雅玉一起进来的黑衣少女时，不少人都以为睿侯还在后面呢！他们伸头伸脑地望了半天，也只看见安国公肥胖的身子坐在轿子里被抬进城来。于是，和看起来人畜无害的凰北月相比，安国公的形象自然更加符合传言中的帝国将领。所有人都将怨恨的目光转向他，要不是周围有士兵把守，恐怕不少人已经开始扔石头和臭鸡蛋。

安国公原本就因为赵王没有理会自己而暗暗生气，现在莫名其妙被这么多人目光怨毒地瞪着，更是气不打一处来。

他们在驿馆里短暂地休息了一会儿。晚上，皇上设宫宴，百官作陪。

凰北月从风雅玉这里已经了解到现今北曜国国内两方势力的详细情况。同意议和的一派，自然是对她欢迎备至；主战并且痛恨议和的一派，则恨不得将她剥皮抽骨。

安国公不知道从哪里听到了风声，怕在宫宴中出事，便称病不去参加。他不去更好，省得碍手碍脚。

凰北月在房里打扮了一番，梳了发髻，破天荒地簪上珠花，换了一件雪白的襦裙。腰部点着一圈白色纱罗的荷叶边，腰带轻盈地垂下，顺着裙摆如流云一般。

她很少这么精心打扮自己，站起来的时候飘飘似仙，看得红烛眼睛都直了。

北曜国的习俗和南翼国的有些不同，北方民风开放，男女之防不算严厉，不少女子盛装出席，完全不避讳和男子谈笑。

用来举行宴会的宫殿宽阔奢华，金碧辉煌，北曜国的皇亲贵胄、文武百官都在，喝得酒酣耳热。

大殿中，歌姬、舞姬已经开始表演，丝竹管弦，音声靡靡。

大臣列位而坐，拱卫着高处的帝王。

风连翼撑着下颌，慵懒地靠在扶手上，半垂着眼眸，根本不看那些美貌的歌姬、舞姬。他的容貌已经是这座宫殿中最炫目的一道风景，那些美人儿在他面前全都黯然失色。只不过，这样倾国倾城之色，却因为那高高在上的地位和凶残的手段而没有人敢觊觎，甚至没有人敢抬头去看他一眼。

“陛下，南翼国的睿侯月夜到了。”

听到侍女柔美的声音在耳边响起，风连翼这才慢慢地抬起眼睛。

此时，大殿中的舞姬正旋转着脚步轻盈地散开。灯影中，一道雪白的身影如同盛放的莲花一样，慢慢地走了进来。

喝过酒的脑袋有些昏沉，风连翼凝神去看，才终于看清楚那个人的样子。

因为今天的主角之一已经登场，歌舞便停了下来。文武百官也都放下酒杯，纷纷抬起头看着。

睿侯是个年纪轻轻，而且相貌绝色的少女，着实让不少人吃了一惊。不过，很少有人会去打她的主意。晋城和燕州一战，她名声大噪，最出名的就是她那强悍的身手和冷酷的性格。美人儿虽美，让人看着心痒难耐，可是为了美人儿把性命搭进去，就太不值当了！所以，多数人都只是看看凰北月，继而去观察风连翼的反应。

凰北月走进来，说了一些礼节性的话，冷酷而不失风度，严肃却并非挑衅。说完之后，凰北月等着风连翼开口，没想到对方却怔怔地看着她。

大臣们急了。陛下不会比他们还沉不住气吧？在敌国使臣面前这样出神地肆意打量她，可不仅是丢脸丢大发了，要是惹得这个睿侯不高兴，两国间好不容易扭转的局面又要再次破裂。

“咯咯……”

大臣中，不少人假装咳嗽提醒。奈何帝王却置若罔闻，依旧看得出神。最后，还是凰北月掩着唇轻轻地咳了一声，声音不轻也不重，却暗含一股细微的风元气，轻轻地送到风连翼的耳中。

风连翼回神，慢慢地抬起头，眯起狭长的双眸，冷漠地看了凰北月一眼，随意挥了挥手，示意她入座。他一句话也不说，面对她的坦荡和冷静，似乎有点儿失态了。

她今天的一身打扮，就像当初在南翼国的长公主府，她还是北月郡主，十二岁的小丫头，总是一身素净地出现，不施脂粉，不爱鲜艳，看起来与世无争、清冷淡漠。

到了晚上，她却着一身深沉的黑色，如幽灵一样行走在临淮城的大街小巷，穿梭于王府豪宅，盗药炉、斗强者，搅得满城风雨。

她一身素锦，勾起他对往事的回忆，那些恰恰是他唯一能保留的最初的爱。

凰北月入座之后，宴会继续。她的到来让这场宫宴真正达到了高潮，酒酣耳热之际，不少同意议和的大臣都向她敬酒。她一一礼貌地回敬。

北国民风开放，喝过酒后，不少人借着酒劲儿去找歌姬、舞姬胡闹，满场热闹。风连翼轻晃着酒杯，支着下巴漫不经心地看着，可是眼睛不管往哪里转，就是不会转向凰北月的方向，像刻意无视她一样。

凰北月暗自一笑。这样的男人啊！有一个词形容他最好，那就是……闷骚。她站起来，不管他看没看自己，径直走到他面前，嘴角挑起一抹轻狂的笑，道：“关于和谈的细节，有些地方，我想和陛下私下里谈谈。”

“这件事，朕已经交给赵王全权处理。有事，睿侯找他谈也是一样。”

他沙哑的声音让她呆住了。他的声音怎么会……她失神的空当，他已经站起来，慢慢地往外走去。

凰北月立刻跟上去，动作快得不可思议，一闪身已经到了他面前，拦住他：“我想和你谈。”

“朕和睿侯无话可谈。”他冷淡地扔下话，不想停留。

身后的侍从看着这情况，想上来礼貌地把凰北月请走，可是慑于她身上冷酷的气势，又有些犹豫不前。

凰北月见风连翼如此决绝地要离开，一怒之下，喊道：“我怀孕了！”

这简直就是八点档剧情啊！她汗颜地想着。

风连翼骤然停下脚步，像是被雷劈了一样，一瞬间背脊僵硬，一动也不能动。

见他如此反应，凰北月立刻心虚地耷拉了一下眉毛，脸颊像火烧一样，火辣辣的。

相比他们两个人，那些无辜的侍从才是被雷得外焦里嫩。个个呆若木鸡，全然被雷劈煳了的样子。什么？敌国的睿侯和他们的陛下……怀孕？怀孕！

半晌，风连翼慢慢地转过身，深紫色的眼眸定定地看着凰北月："你说什么？"

凰北月有点儿过意不去，摸摸鼻子，走到他面前。风连翼挥手，让侍从都走开，看了她一眼，然后走向最近的宫殿。

关上宫殿的大门，风连翼这才回身看着凰北月，道："说清楚。"

凰北月抬头看着他。宫殿里灯火通明，照得他的轮廓非常深邃迷人。

"你说你舍弃所爱了，为什么还要帮我？"她紧紧地盯着他的眼睛，不容许他有半点儿逃避。

"这件事并非帮你，朕是为了修罗城考虑。你不要想多了。"被她清澈的双眸看着，他依旧说得不轻不重，似乎真的没有在乎的必要。

"原来是这样！阁下也是为了天下而顾全大局的人啊！"凰北月不无讥讽地说。他真有这么伟大的奉献精神？见鬼了！

"凰北月，你不要得寸进尺。"他冷声警告。

凰北月嗤笑，无赖地说："我得寸进尺又如何？你能把我怎么样？"

风连翼垂眸，看了一眼她平坦的小腹。凰北月有点儿脸红，低声嘟囔道："哪有那么容易一次就中……"

闻言，风连翼知道被她忽悠了，脸色一沉，愤而转身离开。凰北月扑上去，从后面抱住他的腰，道："我不管是为了什么，我只知道你帮了我。你连我的一声感谢之言都不想听吗？"

"我不想听你的感谢之言。"他还是冷漠的样子，声音沙哑地道。

"那你想要什么？"

"我想……"要你。

没有说出口，风连翼有些自嘲地冷笑一声，道："睿侯如果真想感谢我，就在和约上让步吧！十二座港口打开，北曜国等于打开国门让人随意进出。"

没想到，他竟然会拿和谈的事情来说。凰北月心里一阵刺痛，微微闭上眼睛，脸颊贴着他的背，喃喃地说："没问题，可以谈。"

和谈的内容本来就存在诸多不可能的地方，她只是先提出来，明天还会和北曜国的人详细商谈，最终才能确定。

"多谢睿侯。"他说得很礼貌，无端端就让两个人之间的距离变得很遥远。

凰北月慢慢地松开手。软磨硬泡、纠缠不休不是她的作风，她不想这么做。倒不是自尊心太强的关系，而是他们这样对立的立场，实在不适合破镜重圆、重修旧好。他们才在战场上打得你死我活，如果立刻就如胶似漆，不是很奇怪吗？

其实不管是他，还是她，心结早就没有了，剩下的还是彼此熟悉的默契感。她喜欢他身上带来的温暖，不由自主地想要靠近他，而他则喜欢看她笑起来没有任何牵挂的样子。

她不适合深宫高墙，也不适合耕织平淡。她是一只搏击长空的雄鹰，只适合又高又远的天空。

风连翼拉开门，走出去。

夜风一下子灌进来，吹得凰北月的一头青丝飞舞。

远处的灯光让他的背影看起来如此迷离。

"翼。"凰北月忍不住开口道，让他停住。

欢笑声和歌声远远地传来，不知道歌姬唱的什么歌，又柔又缓，歌词却听不真切。

"我爱你。"她笑起来，灯火辉映，双眸璀璨如星。

他微微顿了一下，随即说："我也爱你。"最爱也不过如此，如痴如狂，像是得了一种无法治愈的病，病入膏肓，药石不灵。

他说着，却继续向前走去，离她越来越远。凰北月站在空旷的大殿中，深深地吸了一口气，笑道："我们，总有一天会重逢的。"

宫宴没有结束，凰北月就早早地离开了。

第二天，她像以往一样换上黑色长袍，去和北曜国大臣商议和谈的事情。

这种大事，安国公自然要参与。因为只要这次和谈成功，他回去之后，在国内的声望就更盛了。

说起来，安国公毕竟是老谋深算的老狐狸，在谈判桌上，直接让北曜国几位大臣吹胡子瞪眼睛。凰北月在一旁冷眼看着他，也不插嘴，只在关键的时候才开口说一两句，却往往都是决定性的话。

渐渐地，那些精明的北曜国大臣也看出来他们两人不和，便乘机打蛇随棍上，各个击破，将十二座港口通商改为七座。这恐怕是北曜国最大的让步了，她要是再不知足，对方可就得翻脸了。凰北月也没想过和他们僵持，不管怎么样，南翼国已经得到最大的利益。她点了点头，在和约上签字认可。

大怒之下，安国公不顾颜面，拂袖而去。凰北月无所谓地笑了笑。自古以来，政治家和军人都是不一样的。政治家想要利益最大化，军人则往往要考虑为了利益而付出的代价。

和谈结束，凰北月亲自进宫面见了风连翼，亲手将签字画押的和约交给他，双方交换。从此之后，南北两国经济贸易往来更加通畅无阻，没有兵戈，休养生息，皆大欢喜。

这次和谈出奇地顺利，除了安国公有点儿小小的不愉快，竟没有受到半点儿阻碍。

之前，风雅玉已经跟凰北月说过，北曜国中有不少大臣反对此次议和，对她更是恨之入骨，在她来之前，已经密谋要如何除掉她。可是如今和约已经签订，却不见那些人有所动作。按照凰北月一贯的思维考虑，此事绝对不正常。

回到驿馆中，凰北月立刻吩咐阿萨雷等人加紧戒备，同时收拾行装，准备离开北曜国。

“王，外面有个人想见您。”一个赫那拉族的人跑进来，一脸为难地说。

“不是说过不见客吗？”凰北月抬起头来。她正往和约上洒下一层特殊药水，同时在上面封印了自己和战野的气息。

和约事关重大，如果真的在北曜国发生什么变故，她将和约送回去，也只有战野能过目，谁也别想偷看。

那人一张年轻的脸庞涨得通红，道：“那人厉害得很，咱们兄弟几个都没办法拦阻她，只好进来通报。”

“哦？”凰北月一寻思，就知道是谁了，微微一笑，“请进来吧！别怠慢了贵客。”那人这才欢欢喜喜地出去了。

片刻之后，一个披着粉紫色斗篷的女人走进来，轻移莲步，婀娜生姿，绝对令人失神。

凰北月站起来，笑道：“皇后娘娘纡尊降贵光临，有失远迎，失礼了。”

粉紫色的斗篷被轻轻地拉下，露出魏嫣然那张美艳绝伦的面庞。她秋波暗转，盈盈一瞥间尽是魅惑之态。领她进来的人逃也似的飞奔出去，哪里敢多做停留？

“公子别来无恙。”魏嫣然看着凰北月一身黑色的长袍，束起的长发英姿飒爽，竟是一点儿没变。实际上，这张脸早就不一样了，只是那双眼睛还是那么漆黑如墨，闪闪发亮，身上的气息还是那么尊贵傲然。

凰北月听出魏嫣然的口气有些冰冷，只好默默地在心里叹了一口气。

“皇后请坐！我让人沏一壶好茶来。”凰北月从桌后走出来。

魏嫣然冷冷地说：“不用了！我来，只是想和你说几句话。”

“哦？那在下洗耳恭听。”凰北月讪讪地站住，面对这个美艳妖娆的女人，连她都有点儿吃不消啊！不知道风连翼面对她的时候，会不会有那么一丁点儿动摇呢？虽然她对他有绝对的信心，可是一看见魏嫣然，她的信心就开始动摇了。

咦，她现在不是在吃醋吧？

魏嫣然慢慢地坐下来。她穿着斗篷，将自己包裹得严严实实的，倒没有故意对凰北月用媚术，只是行动间不免流露出一些娇态。

凰北月看得汗颜不已，同为女人，自己真是太失败了。

"公子还记得当年在北曜国答应过嫣然的事情吗？"魏嫣然放柔了声音，询问。

凰北月一怔，眉心不自觉地蹙了一下。她当然记得，她答应过魏嫣然会带魏嫣然离开这个是非之地，让魏嫣然和她的母亲团聚，永远摆脱魏武臣的威胁。可是，后来发生了太多事情，她身不由己，没能帮上魏嫣然。

魏嫣然假装没有看见她皱眉的动作，反而带着一抹魅惑的笑容，问："听说公子已经铲除了魏武臣，那么公子何时才能带嫣然离开，去和母亲团聚呢？"她一双剪水秋眸晶莹水亮，盈盈波光像是月光下的一泓清泉，无声地媚人。

凰北月心里一紧，一股凉意从脚底生出。魏嫣然的母亲……

当初，她迫使魏武臣投降后，为樱夜的死而愧疚难安，加上魏武臣已经不敢轻举妄动，战野和宇文获进入东离国都城的时候，并没有迫害任何一个平民，对于曾经的皇亲贵族也是一应善待。

可是，她不知道魏武臣在那种时候还那么凶残。他让东离国皇帝投降时，便命令下属，将他喜欢的几个孩子送走，然后，将所有女眷都屠杀殆尽，一个不留。

这件事，魏武臣嫁祸给皇族，实则是他自己下的手。等凰北月知道的时候，已经是很久以后了，而魏嫣然的母亲也没能逃过……

"皇后……"凰北月喉咙干涩，不知道怎么开口，"你母亲她……"

"公子是不是把她接出来了？"魏嫣然盈盈一笑，"公子答应过的。"

凰北月摇摇头，低声道："对不起！我没有救她。她被魏武臣杀了。"

魏嫣然怔怔地看着她，脸上还保持着明艳的笑容。过了许久，那笑容才缓缓地消失。她妖媚的脸上爬满了冰霜。

"多谢公子对我说了真话。"嘴角勾起一抹冷毒的笑，魏嫣然道，"你这样的人，怎么会把我放在心里呢？我其实从来不敢抱着希望，你怎么可能会帮我？"

"当时发生了太多事情，我不知道魏武臣会那么狠毒。"

"其实这样也好！母亲她一辈子过得太痛苦。她连生我的时候都被锁着铁链，魏武臣看中的只是她的幻术血统而已。她现在死了，也算是结束痛苦了。"魏嫣然站起来，眼睛有些湿润，低头擦了擦眼角，"公子，我走了。"

凰北月看着这个身世悲苦的美丽女人，愧疚地说：“皇后，我能帮你什么？”

“不敢！公子和我不是一个世界的人，您高高在上，我卑贱如土，何必浪费同情心？”

“你是北曜国的皇后，比谁都尊贵！”凰北月纠正她。

“皇后？”魏嫣然冷笑道，“我怎么当上皇后的，想必公子一清二楚吧？没有你，我怎么可能当皇后？”

凰北月默然，不敢继续说。魏嫣然虽然没有表露出来，但凰北月还是看见了她隐藏在悲伤里的危险气息。

凰北月心里闪过一丝不安，抬起头时，魏嫣然已经拉起斗篷，快步走出去了。

“嫣然！不要做傻事！”凰北月大喊。

斗篷下，魏嫣然的嘴角扬起一抹冷笑。凰北月现在才来说这些，不会觉得太晚了吗？她现在孑然一身，什么都不在乎，再也没有什么东西可以失去了。

第二十章
影子骑士

魏嫣然离开之后，凰北月立刻把阿萨雷叫进来，问：“薛仰那个老狐狸呢？”

“安国公刚刚回到驿馆。此前，他去了一趟徽京的佣兵公会。我们的人没法跟进去，不知道他在里面干了什么。”

对安国公这老狐狸，凰北月尽管不把他放在眼里，可还是派人时刻盯着他，不能让他弄出什么乱子来。

凰北月闻言，手指在桌子上一下一下敲打着，片刻后，转过身，道：“去通知安国公，我们明天一早就出发，让他尽早做准备，本侯可不等他！”

“是！”阿萨雷立刻出去了。

凰北月在椅子上坐下，凝眉沉思了一会儿。魏嫣然的事情，她很抱歉，现在已经没有办法弥补，只希望魏嫣然在北曜国能安然地度过一生。

可是，在这种愧疚之外，她心里还有另外一层不安。这种不安太强烈了，让她完全没有办法安静下来。

“冰，你出来一下！我有件事情让你去做。”

灵兽空间里的冰灵幻鸟立刻出现在她面前，翡翠色的眼眸静静地注视着她。

第二天一早，凰北月带着和谈的队伍，如期起程。

安国公竟然出乎意料地没有再故意刁难，一路上也不像来时那么跋扈高调，一切都听从睿侯的指挥。

徽京城楼上，有人看着渐行渐远的南翼国使者队伍离去，一声叹息悄然飘散。风连翼顺着风吹的方向，把一捧细碎的洁白花瓣撒入空中。然后，他手指微微一弹，习惯性地想借着风元气的力量将花瓣送向远方。可是，风中那些细碎的花瓣却慢慢地飘向城楼下，如同落雨，无奈地落入泥土中。

风连翼怔了一下，随即苦笑道："影凰，朕失去了风元气，连从小陪伴的你，都一同消失了吗？"周围只有轻柔的风，没有人回答他。

影凰，只忠于最强大的风属性召唤师。曾经的风连翼是，而现在，已经不是了。

第四天傍晚，凰北月一行人已经远离了徽京城，到达浮光森林边缘的一座小镇沙河镇。这里人烟稀少，但是有不少佣兵聚集，是一个佣兵进入浮光森林做任务的中转地点。

这里鱼龙混杂，不少黑暗佣兵盘踞于此，常常一言不合就制造抢掠打杀的事件。而这些人也早已经习惯，就算看见路边躺着个死人，也见怪不怪。

凰北月并不想在这里停留。安国公却在这时候犯老毛病，躺在马车里奄奄一息。吃了药后，侍从说安国公需要静养，不宜长途奔波。可是荒郊野外，这些贵族哪里敢住？无奈之下，他们只得在沙河镇里找了一家客栈，暂时住下。

睡到半夜，凰北月被一阵风吹醒。她睁开眼睛，只见床边一个模糊的影子孤单单地站着。说那是影子，是因为那个身影淡得几近虚无，如果是个人，至少那个身影是黑色的。她一时以为是错觉，眨了一下眼睛，那个影子就消失了。

凰北月坐起来，走到窗边，推开窗户，冷风倒灌进来，夜凉如水。

秋天了，北国的气候寒冷，冬天会更早地到来。

四周安静极了，偶尔有一两声夜鸟的鸣叫，点缀着静谧寂寥的夜。安静，但是有种不安的骚动在暗中酝酿。

凰北月很快穿好衣服，走出去。

秋天的月亮特别圆特别亮，一地清辉洒下来，到处都光洁明亮。

凰北月抬头看着天上的月亮，瞳孔中映出一轮明月的影子，可是月亮的中心忽然多了一个鲜红的圆点。她的瞳孔一阵紧缩。周围一阵风刮起来，带着非常浓的血腥味。

月亮上的圆点瞬间扩大，整个皎洁的月亮全被染上鲜血一样的红色，魔兽的嘶吼瞬间响彻整座沙河镇。

那些佣兵，不知道是不是约好了，只见无数身影飞快跃上屋顶，手持武器朝着凰北月等人所住的客栈而来。

凰北月面色一沉。这里果然有埋伏！

阿萨雷等人都是身经百战、经历过无数危险的，个个警觉性非常高，听到兽吼的声音便都齐刷刷地出来了。

"王，一定是那个该死的安国公耍诈！"看着那些飞快杀来的佣兵，阿萨雷额头上的青筋暴跳，愤怒地说。

凰北月飞快地看了一眼安国公的房间，门紧闭着，想必他早就计划好了。

嘴角冷冷地扬起，她道："你们对付这些佣兵。"说着，凰北月让小虎从灵兽空间里出来。

赤金圣虎的一声怒吼足以震慑得那些佣兵止步不前，他们脸上纷纷露出恐惧的神色。神兽，四阶神兽啊！

凰北月不再管这边，足尖一点，便到了安国公的房门外。这种时候，她也用不着礼貌地敲门了，飞起一脚，把门踹开。映入眼帘的一幕，让她忽然怔了一下。

"再来晚一点儿，他就活不了了。"冰冷邪恶的声音在她进来的那一刻响起。

"睿……睿侯救命……"安国公哆哆嗦嗦地说了一句。他肥胖的身体被挂在房间的梁柱上，一身肥肉恶心地颤抖着。房间里的护卫全死了，地上横七竖八的全是尸体。

凰北月冷冷地看了安国公一眼，目光便转向安然坐在椅子上的恐怖男人。

"这个老狐狸，跟我处处不对盘，昀离阁下杀了他，我还要感谢你呢！"

"你……你心思歹毒！"安国公尖着嗓子喊了一声，因为害怕而颤抖得更厉害。

凰北月脸上现出讥讽的笑容，道："我歹毒？你和北曜国的那些奸贼暗中勾结，让他们假扮成黑暗佣兵半夜来袭击我，就不歹毒吗？"

被戳破了奸计，安国公立刻脸色苍白，却依然狡辩道："这……这其实是皇后魏嫣然的意思。她说除了你，老夫便能重新和北曜国谈一次，绝对不会吃亏！这都是为了南翼国！"

凰北月听他说得大义凛然，只是冷笑。只不过，听到是魏嫣然指使时，她心里还是有种凄凉的感觉。凰北月冷笑一声，不再理会安国公，只是抬头看向昀离："深夜造访，阁下有何贵干？"语气冷淡，连半点儿客气都不想假装。

到现在，他们两个都没有必要假装客气了。过去的昀离还有三分灵尊的影子，现在则完完全全是一只凶残狠辣的魔兽。

昀离一双血红色眼眸看着她，冷冷地道："把六魂封印交出来。"

"笑话！那是我的东西，凭什么交给你？"凰北月目光直直地看着他，道。

昀离站起来，一步一步逼近她，道："凰北月，不要敬酒不吃吃罚酒！"

"我这个人天生就喜欢和别人唱反调。"凰北月直接挑衅他。她可从来不是怕被威胁的人。

昀离怒了，一张俊美的脸庞因怒气而扭曲得变形。

她想着他从前的清俊淡漠，现在的昀离简直是对灵尊的一种侮辱。凰北月只觉一腔怒火烧起来，不等昀离出手，已经抬起手，召唤了一团风元气。风元气形成风暴，狂卷着袭向昀离。这家客栈立刻在风暴中迅速瓦解，变成了一片废墟。

风暴中，一只指甲尖利、呈血红色的手伸出来，抓着风暴的边缘，如同抓着一张脆弱的纸张，稍稍用力，就撕碎了风暴的表面。凰北月面色一沉，飞快地退了一步，手中立刻出现火神鞭，赤红的鞭子上缭绕着火焰。她手上一阵元气波动，青色的火焰便缓缓注入火神鞭中。青白两色的火焰相互交缠，释放出更加庞大的力量。

昀离从风暴中走出来，血红的双眼阴沉得可怕。他扬起左手，两只火焰形成的庞大幻兽便出现在半空。

一条龙、一条蛇，二者的尾部都拘禁在昀离的手心。这原本是天夔的妖火琉璃珠的能力，被昀离吞噬之后，进化得更加恐怖了。

两只幻兽对着凰北月发出凄厉的嘶吼，嘴巴一鼓，两道火柱便双双喷射出来，速度之快，超乎任何人的想象。妖火的力量恐怕比小虎的赤金圣火还要恐怖几分，那炽热的能量还没有靠近凰北月，她便已经感觉到一种皮肤无法承受的灼热和刺痛。

凰北月抿着唇，锐利的双眸狠狠地瞪着朝自己靠近的火焰，身体之前的空间在灼热的力量烘烤中慢慢地扭曲起来。她扬起火神鞭，狠狠地抽在扭曲的空间上，顿时，无形的空间仿佛一张张开的巨大嘴巴，将两只幻兽的火焰悉数吸进去。凰北月则踏着火焰飞身而起，一鞭子狠狠地甩向昀离。

昀离冷漠地抬起眼睛，右手中五条细细的红色软鞭迎上来，和她的鞭子紧紧地缠在了一起。嗞嗞嗞……两种力量强大的火焰碰撞在一起，无法融合，发出刺耳的爆响。

“你想利用六魂封印杀了我，简直是做梦。”昀离冷冷地瞥着凰北月。

凰北月笑道：“若六魂封印不能对付你，你干吗这么着急来找我要？”

“臭丫头！”昀离被说中了心思，怒吼一声，用力一扯细细的软鞭。

凰北月在力气上敌不过他，竟被他扯得向前跌了一两步，不过很快就重新站稳。眼看着那两只幻兽已经恼羞成怒，转头准备从背后攻击她，凰北月收起火神鞭，身子一矮，从两只幻兽的脚下钻过去。

行动的瞬间，凰北月双手结印，在地上猛地一拍，六道天元符死死地困住了两只幻兽。她行云流水的动作让人眼睛一花，昀离来不及阻挡，便一闪身到了她的身后。在她从幻兽脚下出来的时候，一道火焰凝成的剑砍向她的后背。

轰隆一声，火焰腾空而起，一瞬间，天上血红的月亮都变得更加妖异。昀离的脸上露出了嗜血的笑容。打中了！他亲眼看着那一剑生生地将凰北月的后背分成两半。

昀离伸出手在火焰中四处摸索，寻找凰北月的纳戒。只要拿到纳戒里的六魂封印，他就无所畏惧了。

昀离正摸索着，忽然感到后背传来一阵寒意。魔兽的警觉在那一瞬间让他变幻出了无数幻影，并迅速分散开来，晃得人眼花缭乱。

然而……

“哼！化成灰我也认得你！”冷傲的嘲笑声在昀离的头顶响起。

紧接着，包裹着青色和黑色元气的雪影战刀以迅雷不及掩耳的速度狠狠地砍向其中一个幻影。一声闷哼之后，那些幻影全部重合在一起，聚成了左边手臂齐肩而断的昀离。

魔兽的血溅了一地，那两只幻兽失去了主人的元气供给，狂吼一声，随即像一摊烂泥一样摔倒在地上，嗷嗷惨叫两声后便化成了灰烬。

凰北月提着沾满鲜血的雪影战刀从昀离身前穿过，慢慢地落在地上，青色光芒如同无数利刃，萦绕在她的身体周围。她动了一下脚，转过身，清冷的眼眸看着他，道：“灵尊将大部分魂魄都封印进了六魂封印中，他要我杀了你，你觉得现在的我，有没有那个能耐杀你呢？”

若不是六魂封印让他大部分实力都消失了，他也不会这么急不可耐地来对付她。昀离此刻感觉到真正的威胁了。昀离肩膀上血流如注，阴沉地看着凰北月，道：“灵尊他懂什么？他忠心耿耿的代价，也不过是被抛弃而已。他什么都不懂，却想阻挡我。”

“真正什么都不懂的人是你。”凰北月不紧不慢地说，“入魔之后，在你眼中，一切都是黑色的。你已经失去了自我，根本就不记得以前的梦想。”

“哼！凰北月，说这么多，是想让我回头是岸吗？”昀离冷笑道。

凰北月摇摇头，道：“我知道这是不可能的，所以，我要完成灵尊的心愿，杀了你。”

血红色的眼睛里充斥着无尽的邪恶，昀离道：“别得意！我死之后，可不像天夔那样！你想杀我，就让卡尔塔大陆陪葬吧！”

凰北月目光一沉，雪影战刀忽然脱手飞出去。青芒四溢，雪影战刀飞旋到昀离面前，忽然被当的一声撞了回来。火花在空中一闪而过，凰北月伸手接住雪影战刀，定睛一看，只见魇的地火双月镰浮在昀离身前，像一个挑衅者那样看着她。

只有武器出现，人却无影无踪。昀离皱了一下眉，凰北月则慢慢地抬起头，看向天空中那轮血红的明月。高悬的血月之下，有一个夭红的身影逆风而立，精致的面具上泛着冷光。

魇动了一下手，将地火双月镰收回，血色的双眸中满是嘲讽之色，说：“黑子，你沦落到要靠我保护，丢不丢人？”

昀离抿着唇，道：“灵尊跟你不一样，你天生就邪恶，他则硬要跟我反着来。”

“呵呵……”魇阴柔地笑了一声，目光慢慢转向凰北月，“还不是这个臭丫头在作怪。”

凰北月面无表情地冷哼一声，道：“魇，黑水禁牢的滋味你是尝过的，还想再尝一次吗？”

激怒魇很容易，她的话才说完，一簇红花便激射到眼前。她抬起刀一挡，当当当几声，红花全部钉在了刀刃上。

“接得不错，可是，接下来就没那么容易了。”魇轻轻将地火双月镰转了一个圈，在血色的月光之下，划出一个圆满的弧度。瑟瑟狂风吹着他的头发，阵阵腥风中弥漫着死亡的味道。

远处飘来一阵淡红色的雾气，很快将魇的身体淹没得看不见。同时，站在凰北月面前的昀离，也消失了身影。

“主人，”红烛悄悄地出现在凰北月身边，握紧了手，低声说，“小心，血雾里有什么东西。”

凰北月也听到了那窸窸窣窣靠近的声音，似乎已经在身边，但是又察觉不到半点儿元气。脚下似乎有什么声音，凰北月低头一看，瞬间头皮发麻，只见一条红色的小蛇已经顺着她的脚踝爬上来。

咔嚓！她手起刀落，那条小蛇瞬间被砍成两截，在地上挣扎一下，就静静地死去了。一缕红色的轻烟慢慢地升腾起来，凰北月立刻捂住口鼻，将小蛇踢开。

“呵呵，小心中毒哦！”魇魅惑低沉的声音在她耳边轻轻地响起。

凰北月有了上一次的教训，打斗中，绝对不会让魇靠近，身子一晃，就消失在原地。

魇就在她的身后，地火双月镰差一点点就碰到她了。凰北月回过身，青色的光芒渐渐地在身体周围凝聚成一层薄膜。红烛在她身后，缓缓地变成银白色的巨龙，头上的犄角之间隐隐有金色的雷光闪现。

魇眯着眼睛看了一眼，随意地说：“黑子，这丫头要玩儿真的了。她要是开启黑水禁牢，你是不是负责破掉？”魇对关了自己十七年的黑暗牢笼，还是有些畏惧。

“当然。”不知道从哪个方向传来昀离冰冷的回答，“杀了她！”

魇偏了一下头，看了凰北月一眼，双眸中有一丝犹豫闪过，最终还是点了点头，道：“知道了！杀一个臭丫头，对我来说最简单不过了。”

雾气弥漫过来，再次遮挡了魇的身影。

凰北月不敢大意，足尖在地面一点，脚上的能量瞬间让地面现出一个洞。而激发出来的力量也让她瞬间破开重重雾气，飞了上去。紧接着，魇追上来，挥舞着镰刀，横劈，下钩，斜砍，眨眼之间已经和凰北月过了数招。

青色元气紧紧地裹着凰北月的身体，刀枪不入，加上她躲闪腾挪之间快得让人眼花缭乱的动作，魔根本近不了她的身。她吃过一次亏，怎么可能再吃第二次？

只是在浓密的雾气中，两个人的目光遥遥对上，含着绝不示弱的决心，他们动起手来就更加不手软。

红烛庞大的身躯在浓雾中穿梭了一阵，一声龙吟后，终于穿破雾气，飞到凰北月的身边。凰北月跳上红烛的背，衣袖迎风展开，无数冰箭激射出去。

魔根本不屑一顾，身边花瓣飞舞，轻描淡写地挡下了凰北月所有凌厉的攻击。

魔冷笑一声，道："臭丫头，别把我当成那些败在你手里的废物，否则你会后悔的。"

凰北月冷眼看着魔。她可从来没有轻视过这位对手，只不过和他打，不必像和昀离动手那样，可以一切都豁出去。

昀离是被湮灭了本性的灵尊，灵尊对他恨之入骨，她也一样。可是魔，她从来到这个世界，就和他在一起。数年的相伴，朝夕相处，吵架斗嘴，他们时而翻脸冷战，时而互相算计，时而嬉笑怒骂……

往日相处的一幕幕浮现在她脑海。他们从一开始的邪恶对立，到后来的惺惺相惜，再到决战生死，她总会想起，他为了她而舍弃本性，帮北月郡主换来眼睛的事情。

她犹记得那时候最后一次说话，他半夜巴巴儿地在房里等着她，焦急又心疼，却也拿她无可奈何。他没有继续劝她，第二天却在她不知道的情况下，代替她完成了转移之术。而后，他再次慢慢地被魔性主导……

凰北月想起以前的事情，一恍神。魔的地火双月镰猛然探向她，凌空一转，锋利的红色刀刃变成黑色。

"主人！"红烛惊叫一声。她想不明白，这种时候，主人怎么会这么大意？

凰北月反应迅速，雪影战刀向下一挡，猛地和黑色刀刃撞在一起。然而，让她震惊的是，她以本体元气淬炼出来的雪影战刀，居然在与黑色刀刃一撞之下就融开了。

眼眸陡然睁大，凰北月暗道糟糕，难道这次又要重蹈覆辙？要是不小心再被黑色刀刃击中，吸走了元气，有昀离在这里，她可就没有那么容易保命了。

电光石火间，一阵狂风忽然卷着魔的黑色刀刃凶猛地往外一扯，一道模糊的影子随即在血雾中若隐若现。这突如其来的变故显然让魔也大吃一惊。他连忙一收镰刀，空气中，立刻有几点鲜血溅出。

凰北月也怔了一下。有浓雾遮挡，她什么都看不到，但是明显有人帮她解围。

"风灵兽？"魔察觉到对方的气息，更加吃惊。

风灵兽影凰在卡尔塔大陆上已经消失了数千年，曾有无数风元气登峰造极的高手，也没能成功地将风灵兽召唤出来。风灵兽的高傲丝毫不亚于幻灵兽。

风属性一向难以捉摸和掌控，风灵兽的实力虽然算不上最强，然而，风灵兽那神出鬼没的诡异身法，还是令很多高手忌惮。

魇一察觉出对方是风灵兽影凰，身子便轻盈地向后退开。

凰北月也没有想到风灵兽会帮她解围，下意识地往四周一看，有些焦灼而期待地寻找那个熟悉的身影，却没有任何风连翼会出现的迹象。

他没来，却派了影凰来帮她，算是另外一种温情吧？凰北月在心里默默地想着，另一边的魇却斜睨着影凰，道："我没记错的话，风灵兽的契约者，应该是修罗王风连翼吧？"

虚幻的影子根本没有人看得清楚，他们也只能凭着感知能力，察觉到那股风元气来自凰北月的身边。

风灵兽虽然没有现身，一个淡淡的声音却响了起来："护佑吾主。"

听到这话，凰北月和魇都怔了一下，眼中闪过不解之色。吾主？他的主人应该是风连翼吧，和凰北月有什么关系？

影凰一向沉默寡言，说了这句话后，就再也不开口了，只是默默地在凰北月身边，也不对魇出手，什么都不做。也只有刚才凰北月一时大意，差点儿中招，他才会出手帮一下。果然是性格高傲的风灵兽啊！

魇冷哼一声。凭空多了一个敌人，他自然不爽。但一个小小的风灵兽，他还不放在眼里。凰北月会御风，他也会。镰刀在手中一转，魇结印召唤出碧睛红花蛇王。

魇站在碧睛红花蛇王硕大的脑袋上，衣袍展开，周围的风元气被他暗暗地吸过去，渐渐地在蛇王的脑袋下方形成一个巨大的风旋涡。

凰北月感受着风元气的流动，暗暗一皱眉，同样站在红烛的肩膀上，收起雪影战刀，一柄青光流溢的宝剑出现在手中。她的手指在剑刃上轻轻地摸了一下，指腹被划破，鲜红的血涌出来。她面无表情地用血在空气中画出一个方圆一米左右的巨大的怪异符号。那是黑水禁牢的启阵式，封印的第一步。

魇一眼就认了出来，这个启阵式害得他被苦苦关了十七年，再次看见，瞬间就让他血红的眼中充满了锐利的寒芒。她准备封印他了吗？这个臭丫头未免太自信了！别忘了，这里不仅有他，还有昀离呢！昀离被伤了手臂，只是暂时疗伤而已，不用多久就能出来继续应战。

碧睛红花蛇王脑袋下方的风旋涡越来越大，慢慢地形成一个扭曲的空间，而在那空间里，隐隐约约的炽热火光也显露出一丝刺目的红色。

风元气向下延伸，连接到土地中。

随意操控地狱之火，是魇这把地火双月镰的红色刀刃特有的恐怖技能。风元气撑开的空间，能直接将地狱之火引出来，而后他以风元气的能量做支撑，瞬间摧毁敌人。这是他的得意之作，已经十多年没有使用。这丫头有福了，让她第一个尝尝厉害吧!

凰北月看着风旋涡中越来越明亮的火光，瞳孔中一片冷傲的冰霜之色。地狱之火……火神鞭也能召唤地狱之火，她曾经看见红莲使用过。只是这地狱之火属于外界火，不被火属性元气控制，想要召唤，就必须付出巨大的代价。上一次，红莲的下场，她也亲眼见过了。因此自从得到火神鞭，她也不曾有过去召唤地狱之火的念头，好在她还有别的技能。

凰北月写完黑水禁牢的启阵式，轻轻地呼出一口气，对着启阵式默默地念了几句咒语，看见启阵式上面闪过黑色的光芒，才满意地收回手。

黑水禁牢太复杂，不是一朝一夕可以促成的，光是一个启阵式，就要耗费不少时间。在启阵式完成之前，是不能进行下一步的，所以在这段时间里，她必须用尽一切办法拖住魇。凰北月收回流血的手指，紧紧地握住青色宝剑，双手交握，举剑直指天空。随着她口中念动的咒语，金色的雷光瞬间冲上天空。

红烛抬起头，脑袋上的犄角间交织着金色雷光，最终汇聚成一线，和青剑上的雷光一起，汇入天空中滚动的浓密乌云中。

轰隆隆……乌云中传来震彻山河的雷鸣之声，无数金色的闪电在乌云周围爆闪，并且越来越大。这是天罚！完整的天罚！

凰北月默默地念着咒语，一双眼睛冷冷地扫向魇。魇也在酝酿地狱之火。两人目光碰撞的时候，魇怔了一下。那张精致绝美的面具遮在他脸上，凰北月看不到他的表情。不过已经无所谓了，她再次封印他之后，让他在黑水禁牢里慢慢磨去魔性，再变成以前那个妖孽的魇吧!

两人对峙的天地之中，电闪雷鸣，火焰翻腾，天崩地裂，地动山摇，似乎末日到来。恐怖的元气在四周流动，方圆百里之内的人只要实力稍微弱一点儿，都会被这恐怖的元气震得吐出一口血来。

万兽无疆的主人和由神入魔的魔兽一战，一切似乎又回到十九年前，让无数人感慨不已!

百里之外的一座高山上，两道身影先后而至。

最先出现的男子，身穿金色长袍，面带微笑，正是光耀殿上一任圣君——宋秘。尾随他而来的人坐在轮椅中，面色苍白，看起来十分虚弱，正是司幽境的夜王——萧阑。

夜王看着百里之外的恐怖战斗场面，脸色也微微变了，道："没想到他们这么厉害。”

“十九年前的浩劫，司幽境置身事外，现在这一战，算是弥补了当初的遗憾了吧？”宋秘淡淡地笑着说。

夜王抿着苍白的唇，问：“凰北月真的会死吗？”

夜王看着那制造出天罚的恐怖力量，心里始终不安。就算他们相距这么远，他也能感觉到那种浩荡的元气波动。原来万兽无疆的威力这么恐怖！

“她当然会死，只不过在死之前，要先替我们解决了那两只魔兽，免得以后麻烦。”宋秘冷冷地看着那边的战斗，嘴角噙着对一切了如指掌的笑。

夜王点点头。那两只魔兽都是因为万兽无疆而入魔，也算是那块黑玉造的孽了。就让他们始于万兽无疆，也终于万兽无疆吧！

夜王问道：“墨莲到现在都不见踪影，你真的有把握，他会帮我们毁了万兽无疆和凰北月？”

“墨莲啊！他是我养大的，这孩子是只野兽，有时候，野兽比人更听话。”宋秘笑着说。

有他的话，夜王也就稍稍放心。他点了一下头，便转着轮椅后退，道：“我回司幽境等你的好消息。”

宋秘微笑着目送他离开。

宋秘最后看了一眼远处的战斗，一挥手，淡淡的金光掠过，身影便消失了。

片刻之后，宋秘只身出现在燕州城外，慢慢走入城外的一片树林。

一会儿后，一个红衣少女跟上他。

“你也来了。”宋秘没有回头，也能察觉出身后的人是谁。

红莲抬起头，一双眼睛熠熠生辉，道：“要对付她，怎么能少了我？”

“很好。”宋秘欣然笑道，“墨莲在哪里？”

“在前面。”红莲抬手指了指前方，脸上闪过一抹委屈，“只是他不想看见我们。”

宋秘脚步一顿，道：“你去告诉他，凰北月在沙河镇遇到了昀离和魇，她一个人应战，恐怕会力不从心，让他去帮忙吧！”

红莲睁大眼睛，道：“圣君这是要帮她？”

“我们要先借她的手杀了昀离和魇，然后才轮到她。红莲，不要急于一时，让你报仇的时候，自然会让你痛快。”

红莲这才点点头，道：“一切都听圣君的。”她转过身，飞快地往前而去。

墨莲得知她带去的消息，自然不会犹豫，立刻赶往沙河镇帮凰北月。

红莲回来的时候，带着一脸忧伤难过之色，眼角还挂着泪水，站在宋秘面前轻轻抹泪。

“哭什么？”宋秘斜眼瞥着她，“你想要他，他总会是你的。”

“怎么可能？”红莲自嘲地摇摇头。她现在已经不敢抱有幻想了。墨莲不会爱她，永远都不会。她心里比谁都清楚。何况她现在是个半死不活的人，有什么资格和墨莲在一起？

宋秘神秘地笑着，忽然打了一个比方：“你喜欢一个盛满美酒的白玉杯，如果里面的美酒没有了，那杯子你就不喜欢了吗？”

“当然喜欢！”红莲说，“杯子就是杯子，那些酒不过是额外的装饰而已。杯子空了，我还是喜欢杯子！”

宋秘笑道：“墨莲就是一个杯子。现在的他盛满了美酒，很快美酒枯竭，他就只是一个空杯子，你还愿意一辈子喜欢他吗？”

红莲坚定地点头，道：“不管他变成什么样子，我都愿意照顾他一辈子！”

“那就好。虎毒不食子，我也不愿意对他真正下手啊！”

红莲听到宋秘的话，心里忽然掠过一阵寒意，但她不敢多说话。她的小命捏在圣君手里呢，只要他动动手指，她就可能魂飞魄散。她不想死，她要和墨莲在一起。

第二十一章
黑水禁牢

小虎驮着阿萨雷等人狂奔向远处，尽管已是极光一样的速度，还是不免被远处的元气一震。

几声低呼惨叫声响起，几个年轻人纷纷从小虎背上摔下来，龇牙咧嘴地抬起头。阿萨雷躲在小虎的身后，探出一个脑袋，一边揉着屁股一边说："好恐怖的战斗，这就是魔兽的实力吗？"

"地狱之火太可怕了，燃烧起来，连远处的人都差点儿被融化。"虽然大家疼得龇牙咧嘴，但还是有人同情一下那些在战局中没能跑出来的佣兵。

"咱们王的天罚也毫不逊色啊！"

阿萨雷面色一沉，说："看起来王和魇的实力不相上下，二人打得难分难解。魇可是进化过两次的魔兽啊！"

小虎道："还有一个昫离没出来呢！"

众人一下子沉默了。是啊！还有一个昫离呢！

阿萨雷一拍脑袋，说："对了！墨莲不是跟我们合作吗？那小子来的话，应该能挡一下昫离，让王封印魇。"

"对，我去找墨莲吧！"小虎自告奋勇地道。

虽然小虎不太待见那小子，可对他的实力，确实不得不佩服。

"阿萨雷大哥，那是幻灵兽吗？"一个年轻人忽然指着天空兴奋地大喊道。

阿萨雷抬头一看，果然，遮蔽了一半天空的巨大黑翼正在扇动。那不是幻灵兽是谁？

"嘿！不用我们去找了！"阿萨雷大喜。

幻灵兽在半空中盘旋一圈，忽然猛冲下去，黑色雷光爆闪，压制了地狱之火。

一瞬间，天罚光芒大盛。从天而降的金雷充斥在空气中，每一寸空气都因金雷的能量撞击而发出刺耳的爆破声。

一道金雷猛然在魇的头顶爆响。他的身子一动，便从原地消失了。

可是，碧睛红花蛇王的速度哪里比得上他的？它稍微慢了一步，惊雷便擦着坚硬的鳞甲爆炸。

一片血肉横飞中，坚不可摧的甲片被轰飞了几片，直接炸出一个可以看见骨头的坑来，神兽的惨叫声响彻在天罚交织而出的天罗地网中。而下一秒，从天而降的巨大爪子便抓住了蛇王的身体，凭空将它提起来。

“嗷……”碧睛红花蛇王怒吼出声。

它抬头看见那薄如蝉翼的黑色羽翼，顿时怔了一下，继而大惊道：“圣……圣灵？”

幻灵兽懒得看它一眼，像雄鹰抓住地上的一条小蛇那样高傲，甚至不屑一顾。

幻灵兽从战局中飞出去，便松开爪子，将碧睛红花蛇王扔在地上。

墨莲从幻灵兽背上站起来，居高临下地俯视着魇，眼角的桔梗花差一点儿便是盛开的状态，至少还有一把无极天锁压制着他。

这小浑蛋……魇咬牙切齿地看着墨莲。凰北月的帮手一个接一个出现，彻底激怒了他！

魇站在地狱之火的中心，燃烧的烈焰如同盛开的红花包围着他。恐怖的高温之下，他脸上精致的面具渐渐被融化，完美的面具后面露出狰狞的面孔，如同魔鬼一样丑陋。不能容忍任何一点儿不美好的魇生气地一把将面具扯开，一道狰狞的疤痕从额头一直延伸到下巴上，横亘了他的半张脸，完全毁了那张妖艳美丽的面孔。

凰北月看见他脸的一瞬间，心也狠狠地跳了一下。那么自恋爱美的魇，让自己的脸上多了一条丑陋的伤疤，就像他说的那样，它时时刻刻提醒着他：犯过一次的错误，绝对不能再犯第二次！这同样也提醒着她：愧疚的心帮不了任何人，她不够冷血的话，只能看着他继续屠戮人间。

刚从黑水禁牢里出来的魇是不屑于杀人的，那时候的他心存善念。现在，凰北月依然相信，那才是魇真正的本性。

虽然中间隔着无数金雷和火焰，彼此的目光还是毫无阻碍地碰撞到一起。魇眼中有渐渐被火焰灼烧起来的邪佞，看着都令人心惊。凰北月慢慢地将视线移开，抬头看向墨莲，微笑着道：“谢谢你赶过来。”

墨莲看向她。没有无极天锁的压制，他说话比以前流利多了，道：“他交给我，你退后。”

人生能得一真心相待的知己，便是在危险的时候，能完完全全地感受到他的守护。不过，她不需要被人保护。他们可以并肩作战。

“你来得正好，昀离差不多该出来了，你帮我守着外围。魇，必须由我来封印。”

凰北月挥了一下手，万兽无疆的黑色元气在衣摆间飞舞乱蹿，在她的身体周围形成了实质一般的壁障，这气势比方才强大了数倍。

她的一头黑发如同被魔法浸染一般，逐渐变成比火焰还要耀眼的赤红色。她身后是冒出黑色火焰的黑水禁牢启阵式，隐约中，可以看见阵中泛起波涛一样的黑水，似乎能听见水流的声音。

墨莲看见启阵式，也明白了凰北月是想封印魇。确实，魔兽是没有办法杀死的，除非他们自己焚烧自己，但魇显然是不可能这样做的。

墨莲知道凰北月的用意，也不再多说，慢慢地退到一个可以保护她的安全距离，冷眼看着魇。身后有如此强大的人作为后盾，凰北月再也没有什么后顾之忧了。今天封印魇，是必须要完成的。

魇看到他们这边的阵势，自然不甘示弱。红色元气从他体内渗透出来，炽热的温度将周围的空间都灼烧得扭曲起来，比地狱之火更加恐怖。他脸上的神色有几分凝重，双手在身前结出一个奇异的印结。霎时，夭红的元气如同突破了大坝束缚的洪水一样喷涌而出。

红色的元气霸道地横扫周围的空间，碰上天罚降下的雷光，也悍然地迎了上去。双方相撞，立刻天地都摇晃起来。

灼热的浪潮猛烈地席卷过来，凰北月下意识地抬手挡在眼前，从指缝里看着魇的变化，脸色也不禁有些苍白。

这才是魔兽的真正实力吗？凰北月心中刚刚浮起这样的念头，脚下的空间忽然塌陷了一半，一道足以媲美小型炸弹的爆响声差点儿穿破她的耳膜。紧接着，她身体周围的金雷中，便骤然出现了一道夭红的身影。怎么可能？这可是接近数百米的距离，他竟然瞬间就到了自己的近前，而且还破开了她的重重金雷。

凰北月咬着牙冷喝一声，迅速出手，青色宝剑引了数道金雷砸下来，接二连三在魇的头顶爆响。魇全部有惊无险地躲过，随即，他的镰刀重重地砍在凰北月身前的黑色壁障上。

“臭丫头！躲着算什么本事？有种出来跟本大人好好打一场！”无数爆响的雷光中传来魇疯狂的笑声。

凰北月透过壁障冷冷地看着他，青剑再次扬起，第二轮天罚，在魇的身后形成密不透风的金雷。她冷笑一声，道：“等你躲得过我的天罚，再来和我打吧！”她的话音落下，无数金雷便从四面八方冲魇包围过去。

魇咬着牙，夭红色的元气开始急速地奔腾，一朵接一朵的红色花朵盛开在元气中。红花怒放，花瓣舒展开来，竟然生生地将金雷吞噬进去。

凰北月眼睛一眯，放开青色宝剑，双手在胸前迅速结印。魇也放开了地火双月镰，用和她一样的速度开始结印。两个人竟然同一时间结印，看来这场战斗并不会像想象中那样持续太长时间。

高手对战，有时候一招便可定胜负。只是这一次，两人旗鼓相当，似乎没有那么容易就决定胜负吧？在远处观战的阿萨雷等人，一颗心都提到了嗓子眼儿，眼睛也不敢眨一下，死死地盯着前方。

“没有猜错的话，这一招，应该能决定胜负了。”阿萨雷喃喃地说。

小虎也道：“主人会用‘天罚’。魇呢？”

“嗞……”不少人都倒吸一口凉气。魇的绝招，似乎一直都没有见过啊！不知己知彼的战斗，一向都有些悬乎啊！

然而，这样忐忑不安的猜测声，仅仅维持了不到三十秒的时间，便被战场中惊天动地的轰隆声打破了。

“天罚！”

“八荒雷火劫！”

两人的印同时结成，一黑一红两股凶悍无比的能量，瞬间从对方身边爆射出去。能量所过之处，扭曲的空间中发出刺眼的白色光芒，阻挡了所有人的视线。没有人能够看清楚那里究竟发生了什么，一切只不过发生在眨眼之间。

两股能量轰然碰撞，顷刻间，整个空间都沉寂下来。

大音稀声，大象无形！天地恍若回到鸿蒙初劈的一刻，一切都静得骇人。

墨莲的眼睛里被白色的光芒反射出一道锐利的光芒。层层叠叠的能量波翻涌而来，附近的山头直接被削平了一半，他和幻灵兽却停留在半空中，岿然不动。

“下去！”墨莲沉声说。

幻灵兽翅膀一动，便迎着逆流的凶悍元气俯冲向下。

他们行动之后，天地间，震耳欲聋的爆炸声才轰然响起。那片被吞噬的空间里白光闪烁，墨莲根本看不见战斗中心的两个人究竟怎么样了。到处都是混乱四散的元气和浓浓的血腥味，即使依靠再敏锐的感知能力，他也无法察觉到爆炸中心的能量波动究竟如何。

“月？”墨莲忧心忡忡，不顾一切地往白光中冲去。

“天罚！”忽然，一个冷漠的声音在他身后无情地响起。

如此混乱波动的时候，正是偷袭的最好时机。

墨莲听到那声音时，怔了一下。紧接着，四面八方有无数金雷汇聚，金色的光芒照亮了他苍白的脸庞。金雷比想象中的速度更快，在墨莲反应过来的一瞬间，便轰然击下。身在半空中的墨莲，生生被打得连同幻灵兽一起向下坠落。

一丝血迹出现在嘴角，墨莲冷冷地抬手擦掉。忽然，他反手出去，黑色雷光形成一只恐怖的手掌，在半空的白光中狠狠地一捏。

一声闷哼响起，偷袭的人终于现形。

“哼！不愧是光耀殿的死神！”昀离的动作飞快。被那只恐怖的手掌在后背生生地扯下一块皮肉，鲜血横流，他却还笑得冷然而邪佞。

幻灵兽转身向上，逆着一道道金色惊雷迎上去，那强悍的速度和力量让人瞠目结舌。

昀离断掉一只手臂，袖子空荡荡地飘来飘去，脸色有些苍白，却不减魔兽的凶残。

可是若要比凶残，四把无极天锁全被除掉、露出本性的墨莲才是真正最凶残的。宋秘培养出来的猛兽，绝非吹嘘。只不过，墨莲不会选择除掉四把无极天锁，要对付被六魂封印桎梏的昀离，现在已经足够!

墨莲左边眼角的黑色桔梗花绽放出无比诡异的寒芒，映着一双漆黑的眸子，阴森恐怖。

昀离微微一怔。这个墨莲的实力他是亲眼见过的，当初墨莲杀凰北月时的手段可是半点儿都不含糊。虽说现在还有一把无极天锁压制着墨莲，但他自己也被封锁了一半以上的魂魄，所以在这种时候和墨莲对上，绝对不是一件好事。

这样想着，昀离已经慢慢后退，隐入身后的刺目白光中。

墨莲眼中冷光一闪，立刻追上去。

铿铿！几声兵器交接的声音在附近响起。

片刻之后，凰北月的身影便从白光中闪现出来，脚步踉跄了一下。墨莲连忙上前扶住她。她身上受了不少伤，可还是笑出声来，抬手擦着嘴角的血迹。

白光渐渐消散，魇和昀离的身影也一同出现。魇的情况比凰北月也好不到哪里去。他身上华丽的红色衣服、长长的衣摆被火焰烧毁。宽大的外袍已经被他脱下，只剩下长袍勾勒着他颀长的身材。

“臭丫头！”魇冷哼一声。巨大的镰刀撑在地上，支撑着他身体的重量，而他眼中的凶狠半点儿都没有减弱。他一开口，口中腥甜的鲜血味道就涌了出来，让他的戾气更盛。地狱之火重新在他脚下燃烧起来。

墨莲将凰北月推到一边，道：“你休息一下吧！”说完，他便不由分说迎战魇。

只见黑色的雷光缭绕，天地都为之变色。

凰北月看了一眼，便慢慢地将目光转向昀离。这样也好，先让墨莲消耗魇的力量，她先对付了昀离再说。她的手腕一翻，一片黑色的玉片便出现在手中，灵魂的气息隐隐流动。

昀离的双眼立刻亮起来。

万兽无疆的元气涌入六魂封印中，强大的灵魂力量立刻跟着元气游动，而后悉数暴涨而出，在昀离周围竖起六根黑色的巨大方柱。

凰北月站在一根方柱的上方，面色和嘴唇比刚才更加苍白了几分，飞舞的红发却依旧让她的气势凌厉无比。

六根方柱中，有三根上面散发出隐约的红光，另外三根则暗淡无比。

凰北月口中念着咒语，片刻之后，六根方柱全部连起来，没有一丝缝隙，任谁也别想逃出去。凰北月低下头。

昀离已经化为黑龙的形态，庞大的身躯狠狠地撞击在那三根没有光芒的方柱上。轰隆隆！他每撞一下，方柱便摇摇欲坠。然而，他没撞几下，便抬起头来，凶残地瞪着凰北月。紧接着，他张开嘴，一枚滚滚燃烧的焰核便从喉咙里滚出来。

凰北月向上跃起，雪影战刀横扫半空，巨大的冰刃砍向昀离，将焰核一分为二，一半撞在一根柱子上，熊熊燃烧起来，另一半被冰刃压向地面熄灭。

昀离狂吼一声，龙爪向上一抓，坚硬锋利。他抓住雪影战刀，扯得凰北月猛然下坠。

“昀离，你还不明白吗？你一半魂魄都在六魂封印中，根本不是我的对手！”凰北月怒道。他此刻垂死挣扎，不过是白白浪费力气罢了！

灵尊煞费苦心要除掉入魔的昀离，这家伙逃不掉的。她不知道当初灵尊是如何艰难地挣扎着破开魔性，生生封印了自己的一半魂魄的。高傲如灵尊，怎么能容许自己堕落成这样凶残的魔兽？

一股怒气在胸膛中激荡，凰北月再也不手下留情，看着在六魂封印中挣扎不肯罢休的昀离，目光一寒，双手结印。

“六道天元符！”她手中光芒大盛的六棱星，从后面罩向昀离的身体。

昀离的动作忽然顿住，黑色的符咒瞬间爬满他的身体。

“嗷！”昀离痛苦地大吼一声。他回过头来，血红的双眸中布满了黑色的符咒。他不甘、愤怒，怨气冲天。

魔兽是天地间至邪至恶的存在，他们的元气能引来无数恶灵和性情凶残的灵兽。天空骤然变了颜色，无数黑色巨龙过来，聚在六魂封印的上空。

凰北月心里一惊，莫非昀离想要和天夔一样，宁愿自我焚毁，也不愿意被她封印吗？她想到那恶毒的瘴气。天夔尚且如此，昀离形成的瘴气想必更加可怕！念及此，凰北月便深吸一口气，收起雪影战刀，左手拈着一缕黑色的元气，元气慢慢形成一把黑色的剑。她将那把剑狠狠地抛下，插在了黑色巨龙的颈部。一声惨痛至极的嘶吼声响起来，震彻心扉。

凰北月微微怔了一下，鼻尖有些发酸，但还是毫不犹豫地将第二把形成的剑抛下……

接二连三，六把黑剑都插在昀离身体上的时候，他终于轰然倒下，奄奄一息地躺在了封印的中心，鼻中发出哀哀的声音。他怎么能想到，自己一世强者，自以为能逆天而行，却落得这样的下场。

“师父，再见了……”

凰北月站在一根方柱的上方，看着剩余的三根柱子上面都出现了红色的光芒，而每一道光芒都连接着昀离的身体。光芒慢慢升起，汇聚在凰北月的手心。她手掌一握，正想结印，将六魂封印完全封闭起来。这样昀离就再也没有办法跑出来了。

就在这个时候，一道金色的光芒忽然从她的眼前一闪而过。她只觉得手腕上一阵刺痛，身周的黑色元气本能地反击。可是，握在她手里的红色光芒还是被强行夺走了。

凰北月大惊失色地抬起头来，却看见宋秘正一脸笑容地站在她的对面，一只手里的金色权杖上还隐隐流露出肃杀的气息。他握着那团关键的红光，身上的金色衣袍迎风飞舞。

“多谢了。”

“你想干什么？”凰北月大喝。刚才她忙着封印，竟然疏忽了外来的偷袭。宋秘这一次又想玩什么花样？

六魂封印是灵尊的心血所在，若被宋秘毁掉的话，她发誓上天入地也不会放过他。

“月儿，你总是多疑。我是感谢你，封印了魔兽，让天下太平啊！”宋秘微微笑着说。那一脸如同春风般和煦的笑容，此刻只让人觉得恐怖。

“恐怕你是感谢我为你除掉了绊脚石吧？”凰北月冷笑道，眼睛像猫一样眯起来，“六魂封印至关重要，也只有灵尊可以封印，你若是毁了它，昀离再出来，你将来后悔莫及！”

“当然，我怎么会将他放出来呢？”宋秘目光一转，眼眸里淡淡的金色分外耀眼，“我只不过想借他一用而已。”

“你休想！”凰北月冷冷地说。她浑身暴涨出黑色元气，足尖在方柱上狠狠地一踏，身体便如离弦之箭般射出去。

宋秘冷眼看着她的动作，金色权杖抬起，无数金色星砂飞舞而出，纷纷扬扬地落在六魂封印中。眨眼之间，宋秘整个人便连同六魂封印消失在她的面前。

凰北月一怔。好强大的结界！

宋秘是结界大师，对他来说，所有的空间，都来去自如。而且，他还能随心所欲地带走任何空间里的东西。

凰北月见六魂封印消失在原地，大怒之下，半秒钟都没有耽搁，飞快地结印，双手重重地往地上一拍。

"空间封印！"

浩浩荡荡的元气凶猛地铺天盖地涌出去，空气都恍若变成一排排剧烈的波浪，在上下起伏波动。她不可能让他带着灵尊的心血离开。她的空间封印很强大，只要将周围空间暂时封印起来，阻挡宋秘的去路，待她找到他，他就绝对别想逃走。

可是，就在封印一层一层向外扩张的时候，墨莲和魔的战斗也进入了白热化。黑色雷光裹着地狱之火爆炸，造成的震动辐射向四面八方，如同火山喷发的势头。那一瞬间爆发的威力，将结印的凰北月狠狠地撞了出去。轰隆一声，空间封印的阵法消失，滚动的元气波浪也趋于平静。

凰北月抬起头，像是看着不可知的宿命一样，目光带着几分茫然，看着空荡荡的半空。

宋秘逃了……只是电光石火的一瞬间，宋秘和六魂封印的气息就消失得无影无踪。而恰恰也在这一瞬间，万兽无疆忽然从纳戒中自动浮现，丝丝精纯的黑气渗透出来，感应着不远处的黑水禁牢启阵式。

凰北月将目光转开，只见悬于半空的启阵式，此刻已经形成一座式样古老的黑色楼阁。楼阁之前，高高地耸立着七七四十九根黑色圆柱，气势恢宏，是黑水禁牢！

额头上有大颗大颗的汗珠儿滚下来，凰北月再次站起来。红烛从启阵式后面盘旋出来，和她的目光一撞，便咆哮一声，数条冰龙从四个方向扑向魔。

魔和墨莲打，虽然吃力，但毕竟还有一把无极天锁压制着墨莲。魔可是处于优势。地火双月镰吸走了墨莲身上一半的元气，打得他节节败退，只差一点点，这一战就分出胜负了。可是红烛的突然介入，让魔怒气冲冲地后退，给了墨莲喘息的机会。

四条冰龙在魔面前相撞，碎冰飞溅。凰北月拂开碎冰，出现在魔的侧面。

魔环视了一下四周，加上幻灵兽的话，现在是四对一！

"臭丫头，人多吓唬人少，以为本大人那么不经吓吗？"魔瞥着凰北月，自负地说。

确实，正如他所说，人多欺负人少，他也不一定会败得很狼狈。他经过黑水禁牢的一次封锁，而后重新入魔，重新进化，实力绝对胜过昀离。他才是真正的魔兽。

凰北月面色苍白，慢慢地说："不是吓唬你，是封印你。"

魇看着她清丽却坚决的小脸上沾了血污，苍白的皮肤仍透出一种至死也不动摇的韧劲儿，心里忽然有种水流一样的声音轻轻地划过。在他寂静得如同枯竭山谷的心里，水流的声音像是渴望被滋润的干涸发出的痛苦召唤，来自灵魂深处。

这种感觉很熟悉，似乎是陪伴了他十七年啊！对了，是这种声音，曾经很熟悉的，每一天都能听见，晨昏朝暮，日升月落，四季交替……每一次听到水流的声音，他于黑暗中总会若有所觉地抬起头来，透过一双明澈的眼眸看着无聊的世界，来来去去，不断重复。有时候，水流的声音里夹杂着阵阵哭声，懦弱、无助、彷徨。

他简直不敢相信，眼前这么懦弱的一具身体，当真封印了他吗？哭什么？怕什么？身为弱者，自然任人欺负，但只要勇敢地站起来，凶狠起来，别人就会畏惧，因为通常被人畏惧的只有强者而已。他多少次不屑，多少次冷笑，然后暗自努力。

这身体困不了他多久，因为太弱了。她的实力弱，连意念都如此薄弱。有时候，她睡着之后，意志都会被他剥夺。有一天，他察觉到这具懦弱的身体终于倒下，灵魂的气息奄奄一息，终至陨灭，黑暗中永远亮着的一盏孤灯，光芒也慢慢地减弱……

他靠近四十九根铜柱，准备破除封印出来，而就在这时候，一股他在这里从未感受到的强大力量涌进了这具奄奄一息的身体。灵魂的强势打压得他一直跌落到黑水的深处，昏迷了好几天。他醒过来时，被一双璀璨高傲的双眼震惊得久久无言。从前，这双眼睛看人是悄悄地抬起，怯生生地瞥一眼，现在却是由上往下、冷傲疏狂地俯视。

这丫头，是浴火重生了吗？他看着她所做的一切，当真觉得在黑水禁牢里的日子不再那么无聊了。

啊，黑水禁牢……

对，没错！这水声是在黑水禁牢里，日日夜夜不息流去的黑水。

似乎这一刻才回到现实中，魇缓慢地抬起头来，看见盘踞在上空的黑色庞然大物。黑水如同瀑布一样倾泻而下，泰山压顶般的四十九根巨大铜柱，依旧让他觉得沉重不已。

魇偏着头，漫不经心地看着黑水禁牢，张狂地说："要把我弄进这里面，你们几个联手试试吧！"

红烛第一个冷哼，道："魇，别太得意，一会儿有你的苦头吃！"

墨莲是沉默的人，不用多言，已经开始动作。火焰从他身上的黑雷中生出来。

凰北月第一次看见他使用雷元气以外的属性，感觉有点儿惊人。

事实上，墨莲的火元气并不比任何人弱，只不过他更喜欢速度快而且杀伤力更强的雷元气，其他的元气便被他隐藏起来了。

卡尔塔大陆上，甚少出现能够同时拥有两种以上的元气，并且两种元气都十分强大的天才，除了魔兽，墨莲便是其中一个。他的火元气相比其他人的平静了许多，悄无声息地出现和渗透，恐怖程度却不输给任何人。

墨莲的火元气扑向地狱之火，与红烛的冰元气相撞交融，正是冰火两重天。

眉心微微蹙了一下，魔举起镰刀，正待动作，忽然一个影子出现在他的眼前，并且一只手狠狠地捏在他红色的那部分刀刃上。

黑色的拳头重重地砸在他的小腹上，魔闷哼一声，想将地火双月镰翻转过来，然而，那双手却出乎意料地有力。他大怒之下，竟然放开地火双月镰，和她徒手搏斗起来。敢小看他？就算近身搏斗，他也不会比她弱。

眨眼之间，两人在半空中便以常人根本看不清的速度飞快地过了上百招。那又狠又快的力道很快就让彼此都皱眉不爽。但是此刻，谁先支撑不住，谁就先死！

墨莲和红烛停下攻击，担心他们两人距离这么近，一不小心凰北月便会受伤。

“放心吧！主人自有分寸的！”红烛对墨莲说，让他放心。

墨莲听到她的话，没有回应，只是眼睛一眨也不眨地看着那两人的惨烈搏斗。

两人双拳中凝聚着元气，每一次拳脚相向，都是正儿八经的肉搏。他们看不出来，妖娆绝色的魔会这么狠辣的打法，更加看不出来，凰北月瘦小的身子竟然有这么强的爆发力。

凰北月终于瞅准一个机会，欺身而上，整个身子都灵活地钻进魔的怀中，手肘狠狠地一撞，拳头重重地砸在他的胸口。

“我这辈子没有多少可以夸耀的本事，连万兽无疆都不算。唯一让我自傲的，只有师父从小教授我的搏斗术。”冰冷的声音在魔的耳边响起，嘴角溢出血，凰北月却依然说得骄傲自豪。

两人都没有动用元气战斗。在这种时候，多么恐怖的力量都比不上这样真正的血肉相搏痛快恣意，也没有什么比这个更加痛彻心扉，更能泄恨。

魔下手从不留情，凰北月更是要多狠辣有多狠辣，两人的身上、脸上都挂了彩。凰北月被魔一拳打破了眼角，左边眼睛肿了起来。

“确实很厉害！和你打一场，甚至觉得此生都无憾了！”魔冷笑着说。

他一连两次重击，直接打得凰北月口吐鲜血。心脏狠狠地跳了一下，凰北月干脆闭上眼睛，凭着在黑暗中的感知能力，拼死相搏，一拳又一拳，打得拳头都肿起来了。

这丫头疯了不成？魔被凰北月这种悍不畏死的气势逼得连连后退。她这种打法，简直是要和他同归于尽。他怔了一下。她竟然想死吗？因为难以置信，魔抬起头来，第一次看见这个闭着眼睛和他玩儿命的臭丫头，竟然满脸都是泪痕……

下一秒，凰北月低吼一声，重重一拳向魇砸来，带着破风之声。魇怔了一下，没有躲闪，便被凰北月打中。紧接着，凰北月又扑过来，魇依旧没有躲闪，凰北月便闭着眼睛直直地扑进了他的怀里。他怔了一下。她也怔了一下。

随即，她双手紧紧地扣住他的腰，手中骤然出现一柄青光流溢的宝剑，抵在他的背心。剑身迅速延长，刹那间贯穿他和她的身体。她闻到他身上传来浓郁的花香。这个男人长得妖孽一般，身上还这么香，真是……

她没有片刻耽搁，剑身贯穿他们的一瞬间，口中也开始念咒："逆流之黑水，诸神之旨意，万象更迭之初，以神之剑为指引，吾以血肉献祭，引黑水横穿六界，尽数归于吾身。陨落之花，禁锢之神，请打开……黑水禁牢！"

这是她在心里默默地念过无数次的咒语。凰北月清晰流畅地念完之后，忽然眼前一黑。无数黑水流下，黑水禁牢打开了。

万兽无疆脱离她的身体飞出，一张张符纸排列成阵。她被抽空了元气，身子勉力支撑着，一只手紧紧抓住魇的衣襟，道："不要怕，只是暂时封印，我会……我一定会让你重见天日……"

魇听着她哽咽的声音，却扬唇笑了，妖孽魅惑，艳绝天下。

怕？他怎么会怕？被封印的人是他，坠入黑暗的人是他，会害怕的人却是她。她怕一个人行走，身边再也没有人可以陪伴。

孤独，是最强的武器。

"北月，向前走，不要怕，我……"魇的话还没有说完，狂泻而下的黑水便瞬间将他们两人一起淹没。

风云涌动，云开雾散，阴霾许久的天空中第一次出现刺目的阳光，万丈光芒，耀人眼目。

"月。"墨莲立刻上去，跳入黑水中，四处摸索，终于将湿淋淋的凰北月捞了起来。可是，只有她一个人，魇已经不知所终。

凰北月已经晕过去，浑身是伤地靠在他的怀中，身体紧紧地蜷缩着，像个婴儿。半空中的符纸立刻封印在四十九根铜柱上面，光芒一闪，黑色元气大盛，和凰北月的身体相融之后，便顺着黑水悉数涌入了她的身体。黑水禁牢，封印成功！

看着这一幕的红烛终于松了一口气，恢复成人类少女的模样，脸上带着浅浅的笑意，终于成功了！

阿萨雷和小虎等人纷纷赶过来，围在凰北月身边，道："太好了！魔兽的威胁，暂时可以解除了吧？"

红烛点点头。但现在还不能太高兴，因为还有宋秘，他带走了昀离和六魂封印，不知道想要干什么。

“墨莲，我们先带主人回去吧！”红烛俯下身，对墨莲道。

墨莲点点头，召唤幻灵兽过来。一行人很快就离开了这里。

激战之后的地方荒芜颓败。

被夷平的小山之后出现几个骑兵模样的人。他们穿着盔甲，护卫着中间的绝色女子。他们在被夷为平地的沙河镇前面停下，左右环顾一周。

绝色女子拉下斗篷的帽子，婀娜的身段和妖艳的面容让人倒吸一口凉气。

“怎么回事？”眼前的景象让她面色一变。她没有想过会看到这样一幕，这明显不是一般的战斗啊！

那几个护卫见她发怒，连忙说：“找不到一个活口，兴许是被薛仰出卖了！”

魏嫣然看着前方战斗之后的惨烈场面，轻声道：“不是被出卖了，是出现了更加可怕的对手。”

“既然这样，皇后万金之躯，请速速回徽京吧！”一个护卫连忙说。要是皇后有个三长两短，他们可是长着十个脑袋都不够砍啊！

“我不回去。”魏嫣然淡淡地说。她早就不想回去了，这个皇后当得毫无意义。这么平淡无望的生命，她想好好绽放一次。

魏嫣然不理会护卫的劝阻，毅然策马奔向前方。

第二十二章 万兽无疆

魇，你为什么从不回应？黑水缓缓地从脚下流过，凰北月只觉皮肤上一阵冰凉，凉得鸡皮疙瘩都冒出来了。

凰北月披散着头发站在铜柱之外，伸手轻轻地抚摸着熟悉的黑色柱子，轻声呢喃：“魇，你听不到吗？”回应她的，只是肆意流淌的黑水的声音。

凰北月叹息一声，转过身，消失在黑水禁牢。

她离开之后，深牢里还是一如既往地安静，没有半点儿人的气息，似乎从来都没有人在这里面住过。

重新在床上睁开眼睛，凰北月倒吸了一口凉气，身上的伤口还真疼。以前近身搏斗，她很少这么拼死地去打。一般没有对手能在她手下坚持三分钟以上，而能坚持的都绝对是强者！可是魇，太可怕了！

凰北月坐起来，咬着牙活动了一下筋骨，心窝处的剑伤最疼。不过，大大小小的伤她早就习惯了，有万兽无疆在，她的伤口总是痊愈得很快。

这是燕州的清晨，距离那场战斗，已经过去了一夜。

被封印在黑水禁牢里的魇一直没有声息，也不像以前一样，凰北月在心里就能和他联系。现在，是他不愿意再和她交流，还是另有原因呢？

只是她没有时间去求证了，受她命令将与北曜国和谈的和约送回南翼国的冰灵幻鸟已经回来了，安国公就算想搞什么鬼都不可能了。何况那个老家伙在那场战斗中，已经不可能活下来了。

这件事，她没有必要对任何人负责。安国公一死，薛家也就倒了。安国公的几个孩子都是没用的东西，尤其是那个薛彻。她现在要做的最重要的事情，是找到宋秘。

她推开门走出去，刚好看见孟祁天匆匆地走进来。他一见她，连招呼都来不及打，就问："墨莲来过吗？"

凰北月一怔，看着那张总是挂着春风般笑容的脸上此刻却是一片凝重的表情，也忍不住紧张。

"我刚醒，没见过他。发生什么事了？"

"对红莲和墨莲，宋秘都有一些特殊的召唤方法，能够让他们不知不觉地到他身边去。"孟祁天的面色更加难看，他连忙转身往外走，"天未亮的时候，冬儿看见他出门之后就消失了，以为他是来看你。"

凰北月闻言，心咯噔一下，直直地往下沉去。

墨莲从没来过，那他是被宋秘带走了吗？一想到这个可能性，面色一下沉下来，凰北月立刻道："去找宋秘。"

孟祁天停下脚步，皱着眉，道："你也知道，宋秘这样的结界高手，行踪一向成谜，要找他就像大海捞针。"

凰北月沉吟片刻，道："或许，我知道他在哪里。"说完，她便不顾身上的伤，执意要往外走。

孟祁天见状，忙道："他在哪里？我去找吧！"

"你去了没用。"凰北月坚决地说。别说宋秘的实力深不可测，单是那个地方，就不是一般人闯得进去的。

见她这么坚决，孟祁天不再阻拦，只是表示要跟她一起去。

凰北月却笑道："孟祁天，那个地方不是高手去得越多就越有帮助，你还是留下来吧！墨莲，我一定会带回来的。"

"可是你的伤还没有好。"孟祁天想继续坚持。

凰北月不在意地摇摇头，微笑道："放心好了！我的命硬得很，想要我死，哪有那么容易啊？"

孟祁天摇头叹息，道："兰薰而摧，玉缜则折。你多加小心，也要小心……墨莲。"

凰北月怔了一下，随即问道："都说他是不祥之人，但是，那又如何？跟我在一起的人，也没有什么好下场，难道就要我从此不再接近任何人了吗？"

"你能这么想，当然是好的，墨莲知道一定很开心。"

眼眸微微一转，凰北月调笑地看着他，道："嘿，你这人看起来如春风和煦，可是天性凉薄，我不懂，你为何对墨莲这么好？"

被问到这样的问题，孟祁天也有那么一瞬间的呆愣，但是思忖了半秒，便笑着说："大概是因为在光耀殿里，他是唯一干净的存在吧？我们都满身脏污邪恶，只有他依旧保持着本性。”

“冲你这句话，等墨莲回来了，一定让他敬你三杯酒！”

“哈哈哈……”孟祁天仰头大笑，“我只求他别因为你而离开光耀殿，便已经很高兴了！”

“人各有志，你何必勉强？”凰北月眨眨眼睛。

一番对话倒是让她心情大好，感觉身上的伤也没有那么疼了。

她和孟祁天之间，现在少了很多隔阂，静静地坐下来，两个聪明人倒是能愉快交谈，引为知己，再加上有墨莲的关系，就更近了一层。人与人之间的关系很微妙，就像洋葱，总要一层一层剥开皮才能看到内心。

凰北月与孟祁天告别之后，带上自己的人，便立刻前往太阳西沉的地方——司幽境！

天空半明半暗之时，凰北月隐约能看见雄伟的城池出现在夕阳的万丈霞光中。

冰灵幻鸟向下飞行。吱吱站在最前面，双手的动作虽然不熟练，但依然很认真地在结印。遇到外围的结界阻挡，不用费力攻打，她的结界都能破开。身为司幽境的少主，这点儿本事，自然是有的。

他们进入结界之后，司幽境堡垒便出现在眼前。吱吱打开结界的速度很快，一时还没有被人察觉。

凰北月小心行事，让所有人都藏匿好气息，悄悄地从城池一角飞掠而过，没有惊动任何人。

片刻之后，土王才若有所思地走出来，环顾四周，抓过一个巡逻士兵问道：“刚才结界是不是被打开过？”

“土王大人，结界没有被打开啊！”士兵一头雾水地道。

“哦，是吗？”土王摸摸光溜溜的脑袋，兴许是刚才喝了酒产生幻觉了吧？他重重地一拍那士兵的脑袋，“好好看守！连只苍蝇都不能放进来！”

“是……是……”士兵连声答应着，被那一巴掌拍得龇牙咧嘴，疼啊！

这边毫无所觉，另一边，凰北月已经悄然潜入雷王府。

整个司幽境里，能让凰北月有一点儿信任的只有雷王。她也不指望雷王会因为她而背叛夜王、帮着自己，只是想先弄到点儿可靠的消息。

她在雷王府住过几天，早已熟门熟路，眨眼间便潜到了书房外面。凰北月看见里面亮着灯，窗户上映出两个人的影子，不由得一怔，然后悄悄地靠近。

“这是陛下的打算，我们身为臣子，最好不要多加干涉。”柔婉的女子声音传来，是火王火夕。

有人叹息了一声，听那粗犷的声音，凰北月便知是雷王无疑了。

“雷怒大哥，如果她来找你，你知道该怎么办了吧？”火夕道。

“我……”雷王的声音听起来非常疲惫，他犹豫了一下，还是点点头，道，“我知道了。”

站在窗外的凰北月心中一凉。即使他们没有明说，她也明白那话是针对她的。凰北月没有感叹世态炎凉、人情淡薄，只是各自立场不同而已。她和雷王说不上什么交情，上一次帮她逃出司幽境，他已经是仁至义尽，她又能多要求什么呢？

凰北月无声地笑了一下，不再停留，鬼魅一样的身影迅速消失在司幽境无穷无尽的黑暗夜雾中。

深夜，一个人行走在夜雾中，才能体会到司幽境的可怕。雾气中，无数游魂发出沉闷的低吟声，若有若无地从耳旁掠过，阵阵凉意尾随在身后，让人直起鸡皮疙瘩。就算凰北月是无神论者，也难免有些心悸。不过，好在深夜的司幽境没有任何人出来，她才能顺利地到达王宫之外。

她望着王宫里高耸入云的瞭望塔，只见上面隐约有一点灯光在闪烁。

吱吱说过，夜王萧阑很少在王宫里。他多半时间都是在瞭望塔上，有时候听鹿涯占卜，有时候一个人看着夜空发呆。

进入王宫就没有那么容易了，凰北月潜伏在黑暗中，能看见几个潜伏在王宫外围的夜影。他们是夜王的影子，黑暗里一定有他们的存在。

凰北月像深夜里捕食的毒蛇，清冷的双眼冷冷地盯着一个夜影的背影。在他停下来张望的时候，她猛然扑上去，动作凶猛迅捷。她一手拧断他的脖子，让他没有半点儿机会向同伴发出警告。

凰北月从这个倒霉的夜影身上扯下印有特殊标记的斗篷穿上，一脚将尸体踢到城墙下的狗洞里，然后一跃而上，大大方方地进了王宫。

一路上都很顺利，只有在靠近瞭望塔的时候，她才被两个夜影拦住。他们盘问她来干什么，并且要对暗号。他们对自己人一般不会有多少戒心，所以在反应过来之前，已经被凰北月衣袖中悄无声息钻出来的黑色火焰烧得连灰都不剩。

十九重高塔，凰北月一跃而上。

顶端的房间里灯火通明，大祭司鹿涯捧着命盘对月遥遥一拜，手指仔细地一掐算，猛然睁开眼睛。

一张清冷秀丽的小脸骤然出现在他的眼前，漆黑如夜的双眼冷冷地打量着他。

鹿涯惊出一身冷汗，倒退一步，撞在柱子上，手里的命盘差点儿摔在地上。

凰北月蹲在栏杆上，像只优雅敏捷的黑猫，张扬的斗篷在夜风中肆意飞舞。

听到动静的夜王转着轮椅转过身来，看见凰北月的那一刻，也呆住了。他的手放在轮椅的扶手上，轻轻一按，三秒钟之后，却依旧无人响应。

"夜王陛下忠心的夜影们，已经化成夜雾里漂泊的魂魄了。"凰北月淡淡地笑道。然后，她从栏杆上潇洒地一跃而下，走进高塔。

她无视鹿涯，走到夜王身边，按着他瘦弱的肩膀，道："看在吱吱的面子上，我不伤你。不过，你最好也识相一点儿，懂吗？"

夜王脸色苍白，冷笑一声，道："听说你封印了魇。"

"你既然知道了，那就好好合作吧！你现在不是我的对手。"

"你想怎么样？"夜王声音沙哑，喉咙里发痒，但也没有咳嗽出来。

"宋秘在哪里？"

夜王抿着唇，随后道："寡人不知道。"

凰北月目光一闪，杀意渐起，不过还是被她强行压下去。她冷哼一声，一挥手，将吱吱从灵兽空间里放了出来。

"瑶儿！"到底是骨肉至亲，夜王看见吱吱，失声惊呼。

凰北月笑着将吱吱搂过去，摸摸她白白嫩嫩的小脸。吱吱像是被逗弄的小猫一样，脸在她的手心蹭着，那没出息的样子，看得夜王心里一堵。

"夜王陛下，不杀你，是因为我疼吱吱。我不希望她这么小就没了父亲。她还是个不懂事的孩子，很多事情都没人教导。"凰北月漫不经心地说。

吱吱适时地用稚嫩的嗓子喊了一声："父王，月儿姐姐不是坏人。"

夜王慢慢地闭上眼睛，内心一阵挣扎。而后，他慢慢地睁开眼睛，道："寡人一日在王位，就须一日为司幽境考虑。由舍妹造成的灾祸，就在寡人这一代终结吧！瑶儿，就算没有父王，你终有一天也会长大的。"

凰北月听他说完，愤怒地上前，一把揪住他的衣领，道："少废话！萧阑，别得寸进尺！我是轩辕谨的传人，她造成的灾难，自有我来承担。谁要你多管闲事？"

"你是万兽无疆的主人，你敢说不贪恋从她身上得到的力量？"夜王倏地抬头，病弱的人一瞬间气势凌厉，一双眸子锐利地盯着她。

凰北月呼吸一滞。贪恋？她贪恋的是万兽无疆的力量？

"呵呵呵……"一声声低笑从她的喉咙里逸出来，有点儿诡异，听起来让人毛骨悚然，"为了这块破玉，我失去了那么多，我贪恋它？"

夜王被她诡异的笑声吓了一跳，不禁身子后仰，盯着她的面庞。

“月儿姐姐……”吱吱胆子小，还从来没有见过如此失态的凰北月，早就吓得小脸苍白，伸出小手拽了一下她的衣袖。

凰北月缓缓地松开夜王的衣领，恢复一脸冷漠的神态，轻轻地瞥了夜王一眼，道：“既然你执意不说，我也不勉强。我知道宋秘在司幽境，不管他藏身在哪里，我掘地三尺也要把他挖出来！”

夜王剧烈地咳嗽，看着她转身往外走，怒道：“司幽境由不得你乱来！”

“哈哈哈……”凰北月狂笑道，“笑话！天上地下，岂有我凰北月不能乱来的地方？你不是说我是乱命之人吗？好得很！我就乱给你看！”说完，她大步走出高塔。

夜王一激动，从轮椅上站起来，急忙追出去，道：“凰北月，你知道乱来的后果是什么吗？”

“废话！不知道我找你干什么？”凰北月冷笑道。

红烛从灵兽空间里现身，挡住夜王的去路。

“夜王陛下，毁了司幽境，这些孤单的魂魄无处可去，便会涌入大陆，形成可怕的戾气，凝聚成魔兽，是不是？”红烛笑着说。

夜王一怔，喃喃地道：“你既然知道，为何还……”

凰北月微微转过脸，道：“我费尽心机封印魇和昀离，与修罗城为敌，追杀宋秘，你却说我是乱命之人。我现在终于明白，轩辕谨为何对司幽境恨之入骨了！”

这几句话让夜王回忆起前尘往事。他忽然觉得一阵天旋地转，道：“你跟谨儿不一样。”

“我确实跟她不一样。我没她那么傻，最后还会对司幽境手下留情。我凰北月不负天下人，天下人最好也别负我！否则，大家同归于尽又如何？”

她说得决绝而冷酷，眼眶微微泛红，冷笑的声音让高塔之中的众人心里都掠过一阵寒意。她绝不是危言耸听，而是真正的威胁。

夜王轻声咳嗽，半晌道：“宋秘在……北边。”

凰北月一听，立刻往外走。夜王叫住她：“凰北月，神灵看着世间的一切。”

“这个世上没有神！”凰北月斩钉截铁地说完，已经走到高塔之外的栏杆边，召唤出冰灵幻鸟，飞身上去。一人一鸟便迅速消失了。

夜王皱眉看着浓雾弥漫的黑夜，轻声叹息道：“不信神，神又岂会庇护你？”

夜王略微寻思了一下，还是抬了抬手。黑暗中，几个夜影出现，匍匐在地，等待着他的吩咐。夜王目光一暗，慢慢地开口道：“乱命之人，不能让她活在世上。”闻言，那几个夜影便领会，悄无声息地消失了。

司幽境的北边是一座怪石嶙峋、寸草不生的荒山。说来也怪，荒山下面有一条巨大的河流横穿而过，这么充足的水源，山上竟然连一棵草都没有。

越过山脉，就是卡尔塔大陆北边荒芜广阔的冰荒高原。这一带是魔兽盘踞的地方，虽然千百年来没有多少人看见过魔兽，但是威慑力依然存在。宋秘会选择这个地方栖身，想必就是看中这里险峻的山势，以及恶劣的环境。

冰灵幻鸟停在一处陡峭的悬崖边。这里有个山洞，是整座山脉唯一的入口。

凰北月从它背上跳下来，让它回到灵兽空间里，然后只身走进黑暗的山洞。

山洞很深，伸手不见五指。凰北月没有点灯，凭借着在黑暗中视物的能力，一步一步摸索着往前走。

路面崎岖不平，仿佛一不小心就会掉进不见底的深坑，凰北月走得很小心。

地底传来流水的声音，那条大河应该是从山底下穿过去的。

她走了半个时辰，路面才渐渐平坦了一些，走势却是越来越往下，而越往下走越令人觉得寒冷刺骨。这里的寒冷不同于外面的冰天雪地，是真正冷到骨子里的那种。凰北月打了好几个寒战，不得不调动身体里的火元气四处游走，以补充热量。不过，也因为她走入了真正的冰原中，黑暗慢慢散去，逐渐有冰雪的光芒映入眼帘。

凰北月连忙加快脚步，很快走进一个到处都是坚冰的地底山洞里。山洞很大，头顶满是坚硬锋利的冰锥倒垂下来，脚底似乎只有薄薄的一层冰面。下面隐隐有水流的声音，时不时有些恐怖的巨大黑影游过去。

她从纳戒里找了件雪白的狐裘披上，一边搓着双手，一边往前走。她又走了很久，冰洞渐渐缩小，变成一条长长的通道。通道两边有无数大大小小的圆形冰洞。凰北月沿着冰洞走过去，没想到会在其中一个冰洞里看见墨莲的身影。他正躺在那里。

凰北月怔了一下，停下来，心脏扑通扑通直跳。他怎么躺在那里一动不动？好像被冰封了一样。凰北月的嘴唇颤抖着。不知道是因为寒冷，还是心底害怕，她很怕走过去摸到一具冰冷没有呼吸的身体。

“墨莲？”凰北月站在洞口，轻轻地喊了一声。

冰洞里回荡着她自己的声音，却没有他的回应。她心里一阵绞痛，痛得不可思议。凰北月红着眼睛扑上去，抱住墨莲冻僵的身体，那冷冰冰的肌肤让她忽然忍不住哭起来，泪水不停地往下掉。

“墨莲！墨莲！”她大声喊着他的名字，用力掐着他冻得硬邦邦的人中。

终于，她看见他那结满冰霜的眼睫微微地颤了一下。凰北月的双手间游动着温热的火元气。她不停地揉着他的脸：“醒过来！墨莲，我带你回家了。”

回家？他曾经问过圣君，家是什么？圣君告诉他：“墨莲，你不会有家。”

为什么不会？如果什么都没有的话，那他因何而来到这个世上？

“喀喀……”墨莲忽然咳嗽起来，吐出一口混着血的碎冰碴。

墨莲想要睁开眼睛，睫毛却被冰雪冻得粘在一起，撕扯着好疼，疼得他眼睛都湿了，但他还是努力地把眼睛睁开。

黑漆漆的眼眸里映出凰北月哭泣的脸庞，从她眼眶里滚下的眼泪一滴一滴落在他的脸上，滚烫得惊人。墨莲怔怔地看着她，任她捧着他的脸，任她垂下头来贴着他的脸颊，大声地哭泣。好半天，墨莲才抬起僵硬的双手，轻轻地抱住她，哑声说：“不要哭。”

她的眼泪是涩的，那一定是不好的。她伤心成这样是为什么？难道是为了他吗？她终于在乎他了吗？

凰北月吸着鼻子抬起头来，用力擦去眼睛里的泪水，低声说：“我没哭，看见你醒过来，这是高兴才哭。”

高兴为什么哭？他不懂啊！

凰北月看出他眼里的疑惑，笑着说：“只有太高兴了才会这样。”

墨莲抬手擦了擦她的眼睛，组织了一下语句，说：“孟祁天跟我讲过一个故事。在很远的地方，有个穷人娶了一个牧羊女，牧羊女一哭，眼泪就会变成珠宝，那穷人因此成为巨富，和牧羊女幸福地住在豪华的宅子里。”

凰北月破涕为笑。她想不到孟祁天那种人不仅什么都精通，还会讲这种专门骗小孩的故事，也只有墨莲才会相信这么美好的童话。

“如果我是那个人，宁可一生贫穷，也不会让牧羊女哭。”墨莲努力擦去凰北月的眼泪，“我爱她，绝不让她掉一滴眼泪。”

凰北月好不容易被他擦干的眼泪又掉下来。这个固执的笨蛋啊！

看见凰北月又哭起来，墨莲慌了，匆匆坐起来，捧着她的脸，懊恼自己不是无所不能的神，不能把眼泪从她身上驱走。

凰北月深吸一口气，用力将泪水忍回去。她其实是不喜欢哭的，长这么大都没哭过几次。要不是看见他冷冰冰地躺在这里，她怎么可能这么难过？从樱夜的死开始，她就慢慢地失去了所有，风连翼、昀离、魇，还有被封印记忆的洛洛。若是连墨莲都保不住，她以后做任何事情，还会有意义吗？为什么越是想保护的东西，就越是容易失去？

凰北月努力擦干眼泪，扬起笑脸，道：“我们先离开这里，你……”她低下头一看，脸颊烧红，连忙把眼睛移开。刚才她太着急了，竟然都没注意看。墨莲躺在这里，身上一件衣服都没有穿，光溜溜的。她这眼福，啧啧……

墨莲不明所以，只是看见她的脸颊突然很红很红，忙把手伸过去探她的额头，关切地问："你生病了？"

"没有！"凰北月坚定地摇头。

凰北月在自己的纳戒里找啊找，好不容易找到一套合适的男装，反手递给他："你先穿上衣服！"

墨莲接过衣服，一件一件地往身上套。套了半天没听见他说"好了"，凰北月不禁问："好了没有？"

"这个……"墨莲甩了甩手上一个粉红色的兜肚，脸上挂着孩子气的单纯笑容，"给我干什么？"

凰北月转头一看，一把抓过来，心想：这一世英名算是毁他手上了！失策，失策！万分失策啊！

还没等她为自己的失误感叹，眼睛一瞥，她忽然看见墨莲身后那面巨大的冰壁。因为冰壁透明如同镜面，所以十分清晰地映出了墨莲的后背。

墨莲很瘦，后背上更因为无极天锁而疤痕累累。四个孔非常均匀地分布在他肩膀以下的脊骨附近，其中一个孔上露出一把黑色的圆锁，应该便是第四把没有取出来的无极天锁。

这是她第一次这么清楚地看见无极天锁，虽然震惊，却不是让她一直盯着看的原因。真正让她震惊的，是此刻在墨莲的后背皮肤上，以红黑两种颜色绘制着一个非常恐怖的图腾。说是图腾，其实也不准确，因为在很多复杂的图形之中，还隐藏着一些奇异的咒纹。

凰北月看见那些咒纹的瞬间，脸色立刻变得十分苍白。咒纹是被包裹在图腾之间的，而且是后来才被加上去的，在此之前，咒纹已经形成了。

这些咒纹的形状很眼熟，她最近和孟祁天在研究招魂术，因此……凰北月紧握的手指忽然隐隐颤抖起来。她看墨莲的样子，似乎根本不知道他的后背上除了无极天锁，还多出一个奇怪的东西。

墨莲没看到她震惊的目光，径直拉起衣服，挡住了后背上的咒纹和图腾。

凰北月还没有从震惊中回过神来，心绪瞬间乱成一团。那是什么？那究竟是什么？

墨莲很快穿好衣服，转过身来，见凰北月眼睛一眨不眨地看着他，不禁呆了一下，以为是衣服不合身。

这身衣服不知道是她从什么地方打劫来的，留在纳戒中以备不时之需，其实穿在他身上还挺合身的。她的纳戒里都是宝贝，这件衣服也不是粗糙布料，虽然比不上他以前的冰魄寒衣，式样上却比冰魄寒衣漂亮多了。

墨莲抬头，从冰壁中看了自己一眼，确实和以前不大一样。他窘迫地抓抓头，迟疑了一下，还是不确定地开口道："月？"

"墨莲！"凰北月一开口，才发现自己的喉咙非常干涩，"你怎么会被宋秘带来这里？他有没有对你动手？"

闻言，墨莲微微偏了一下头，然后摇摇头，道："我看见他，想追，之后忽然出现一个结界，就什么都不知道了。"

"那……"凰北月很想问问他知不知道后背上那个奇异的咒纹是什么，可是忽然之间觉得很难开口。

招魂术，听说要付出很惨重的代价，才能让招回来的魂魄留在这个世间。墨莲，你究竟付出了什么？

墨莲见她神色有异，很担心，犹豫了一下，还是以最直接的方式伸手抱了抱她，因为羞涩，声音有些闷闷的："月，你怎么了？"

"我想知道招魂术的事情。"凰北月低声喃喃道，"如果要把招回来的魂魄留下来，需要付出什么样的代价？"

墨莲浑身一震，迅速放开她，慢慢地后退，目光闪烁着，不敢看她。

"墨莲，"凰北月走上去，摸着他苍白的脸庞，凝视着他，"告诉我，你付出了什么？"

墨莲垂着头，漆黑的睫毛掩着双眼，让她什么都看不到。只有开在眼角的桔梗花充满诡异地看着她，似乎略带嘲笑。

"不要怕！无论司幽境从你这里拿走了什么，我都会帮你拿回来。我不允许任何人伤害你！"凰北月坚定地说。

夜王欠她一个人情，答应会帮她做任何事。她当初就是为了墨莲才这样要求的。无论他们拿走了墨莲身上的什么东西，都要还回来。

墨莲听到她的话，心里狠狠地一颤，慢慢抬起脸，冲她挤出一个难看但是发自内心的笑容："我付出的，已经有回报了。"

他不允许任何人伤害她。这句话，在他心里回荡了千千万万次。每次想起来，他都觉得甜蜜如糖。这就是最好的回报，不管为她付出了什么，他都无所谓。

凰北月一怔，低下头，慢慢地将头靠在他的胸膛上，深深地吸了一口气，道："墨莲，你这么好，要更好的人才配得上你。我……"

"我只喜欢你。"不等她说出更让他无措的话，墨莲已经抢先说了。他到哪里去找比她更好的人？

凰北月心里泛起一阵酸涩微痛的感觉。这一生，有很多人是她不能辜负的。风连翼是她倾心爱上的，而墨莲是让她不忍心扔下的。她应该怎么办？

“澈儿，你爱上她，是注定要痛苦的。”宋秘的声音出乎意料地响起来。

凰北月猛然转身，一眼就看见冰洞之外的结界波动。

片刻之后，宋秘从结界中走出来，穿着像以前一样清雅的青色长袍，看起来温文尔雅。

“哼！我正愁找不到你！”凰北月冷笑道，“你倒自投罗网来了。”

宋秘知道她的实力已经是万兽无疆的巅峰，也没有走过来，隔了一段距离看着他们，道：“凰北月，墨莲被你毁了，如果没有爱上你，他会是我手里最好的武器。”

“闭嘴！”凰北月冷冷地一喝，双目冷然。

她的话音落下，一道锐利的冰刃就射向宋秘的脸。宋秘偏过头，冰刃直接没入他身后的冰墙，堪称惊险。

“毫不逊色于轩辕问天的实力。”宋秘淡淡地送出一句评价。

凰北月眯起眼睛，道：“你错了！我比问天强，而且比他狠！”宋秘不置可否。

她封印了魇，依旧安然无恙，虽然有墨莲的帮助，可她的实力同样很恐怖。

“我来，不是想和你打的。”宋秘温雅地微笑道，俊逸潇洒，面容不老，看上去真是人畜无害。可惜，他这样的伪装没有一直保持下去。

“那你想怎么样？”凰北月冷冷地问。起初的逍遥王处处维护她、帮助她、为她着想，现在的他们却针锋相对，命运真是弄人啊！

“我们来做个交易吧！”宋秘笑着看了墨莲一眼，“我拿墨莲换你的万兽无疆，如何？”

墨莲一怔，不由自主地抓住凰北月的手，低声道：“不要……”

凰北月反握了一下他冰冷的手，心思微微一转，便明白了墨莲后背上的图腾是宋秘搞的鬼。养了这么多年，墨莲就是他最得意的一件武器，宋秘怎么可能会不想办法控制墨莲呢？

她心里一紧。这个交易，宋秘其实不是在征询她的同意，根本就是在威胁她。如果她不同意，他自有办法控制墨莲。可如果她同意给他万兽无疆，他真的会放过墨莲吗？

凰北月面上依旧不动声色，只冷冷地说：“万兽无疆，不是和它结契的人，拿着它就等于拿着一块废料。你想干什么？”

“我自有主张。你答不答应？”

“墨莲后背上的图腾和咒纹是你搞的鬼？”凰北月没有回答，反而挑眉问。

“当然！我不这样做的话，招魂术很快就会反噬他。你想知道，他拿什么做了交换吗？”宋秘笑着说。

脸色骤变，墨莲一闪身到了宋秘面前，一手抓出去。宋秘似乎早就料到他会这么做，身子一动就躲进了结界中，只余下一阵快意的笑声。墨莲一拳打在结界上，瞬间手上鲜血直流。

凰北月连忙上去，一边拿出纱布帮他包扎伤口，一边抬头看着他的脸——那是暴怒的神色。上一次她看见这样的墨莲，是四把无极天锁都被抽出之后，他疯了一样攻击她。现在，他竟然因为暴怒而扭曲了面孔，实在让她心惊。

在宋秘说出那句话的时候，他忽然那么愤怒，那么，宋秘要说的话究竟是什么？她没有问，只是稍微安慰了墨莲一下，便说："走吧！我们先出去。"

她拉着墨莲的手往外走。他很听话，也不反抗，乖乖地跟着她。走在冰天雪地里，两个人穿着斗篷，还冷得发抖。

没走多久，凰北月忽然听见黑水禁牢里传来熟悉的水流声。自从将魇封印在里面，她还从未听到里面有任何动静。此时，仿佛有人走在黑水中，靠近铜柱一段距离后就停了下来。

凰北月一喜，. 心神微微一动，看向黑水禁牢。一盏孤灯在不远不近的地方燃烧着，铜柱上无数符纸安静牢固地镇压着，铜柱里面只是一片漆黑，她屏住呼吸等了一下。

水声波动了一下，一个沙哑的声音忽然响起来："去杀了昀离。"

"魇？"凰北月一怔，惊喜地在心里喊，"你没事了吧？"

"杀了昀离。"魇简单地重复了一遍，不愿意和她多说话。

但是，如果他真的不想理她，又何必特意跑来和她说这个？管她是生是死？看来，他终究做不到袖手旁观啊！

能听到他说话，凰北月就安心许多，也不追着他多问，他想说自然会说的。只是对他的话有些疑惑，她认真地问："宋秘抓了他，究竟有什么用？"

"笨蛋！他来找你交换万兽无疆，你还不明白吗？"魇哼了一声，道。

凰北月皱眉。她想过这个可能，但没想过宋秘真的会这么做。万兽无疆认人，没有神兽中的皇族，它根本不屑于结契。

宋秘是想利用奄奄一息的昀离，先和万兽无疆结契。然后通过昀离和万兽无疆之间的契约关系，他大概也能和万兽无疆联系上。

只不过，这样做太冒险。万兽无疆的反噬是很可怕的，对神兽只是化魂，对人类可就不好说了，除非宋秘已经有办法，确保这样做可以万无一失。如果真是这样的话，宋秘绝对不会这么轻易就放她带着墨莲离开。

见她明白，魇一句话也不说，再次消失在黑水禁牢中，一点儿声息都没有。

凰北月转过头，看着乖乖跟在身后的墨莲。可以先让墨莲离开这里，她则收拾了宋秘再出去。身在六魂封印里的昀离不足为惧，宋秘的实力全靠各种各样精妙的结界。她小心一点儿也没问题，只要杀了昀离，就能解决问题。

答应了灵尊的事情，她不能食言。为了保住灵尊最后的尊严，她绝不会允许宋秘利用昀离。她正要开口对墨莲说，却没想到一直沉默的墨莲先她一步开口，喃喃地问："月，你知道吗？有一种虫子叫蜉蝣，它们早上出生，晚上就死。朝生暮死，一生这么短。"

"虫子的世界和人类的不一样。对它们来说，朝生暮死就是一生，已经可以做很多事情了。"凰北月莫名地看着他，"蜉蝣的故事，也是孟祁天告诉你的？"

墨莲点点头。片刻后，他凝视着她，身体冻得发抖，嘴唇青紫，却开心地笑了笑。

"看着我干吗？"凰北月不好意思地摸摸鼻子，"墨莲，吱吱在司幽境，你先出去找吱吱，好吗？"

"我不出去了。"墨莲说着，慢慢地将手从她掌心抽出来，恋恋不舍地，贪恋她指尖的温度。

凰北月一怔，忽然惊讶地问："墨莲，你想干什么？"

墨莲的手刚要在周围布置结界，却被她一把推开。她疾言厉色地道："宋秘我自会对付，用不着你！你老老实实地滚出去，等着我！"

是她的声音太严厉了吗？为什么墨莲听完她的话，眼睛就开始泛红？

"墨莲？"她不解地看着他。

"就算我死了，他也会找到我。那时候，就没有人能阻止他了。"墨莲红着眼睛说。

"你在说什么？"凰北月听不懂，心里却泛起一阵恐怖的感觉，那种感觉让她身体的最后一丝温度都消失了。

墨莲摇着头，后退一步，忽然落下眼泪，哑声说："我是不祥之人……如果他不说，我差点儿就忘记了。我贪心地想和你在一起，可这样不对，会害了你。"

"你不会害我的！你在胡说什么？墨莲！"凰北月大喊一声。

墨莲已经飞快地转身跑了。凰北月刚想追上去，一个巨大的黑影忽然挡在她面前。凰北月猛然止步，面如冰霜，冷喝道："让开！"

幻灵兽低下头，高傲地瞥了她一眼，傲慢地说："别挡他的路。"

"是你别挡我的路！"凰北月凶狠地说，双目中怒火燃烧，"让开！否则，我不客气了！"

幻灵兽根本高傲到连对她的威胁都不屑一顾，只是冷笑道："你能阻止什么？墨莲的宿命，从他还没出生就注定了。他根本不应该来到这个世界上。"

凰北月难以置信地看着它，对方却只是语气惨淡地说："没有人比我更疼爱他了。

所以，他想做的事情，我一定会帮他完成。”

“你不明白什么叫爱！”爱？让他去送死就是爱吗？

话不投机半句多，她也不打算多说，反正说什么都没用，不如直接动手。拦她的路？笑话！

幻灵兽也知道无法交谈，一提气，口中喷出黑色的火焰，炽热的高温瞬间将周围的寒冰融化。凰北月轻巧地一闪而过，从黑焰之后钻出来，接着，闪烁的雷光铺天盖地砸下。

“雷神之鞭！”

幻灵兽面无表情地挥动翅膀，以为可以轻松闪开，却想不到另外一边是个陷阱。

“六道天元符！”

六棱星光芒一闪，瞬间就困住了幻灵兽的一只脚，黑色咒纹爬上幻灵兽的身体。

幻灵兽大怒道：“凰北月，你爱他吗？像你爱风连翼那样爱着他？”

凰北月从幻灵兽身后闪过，打算去追墨莲，闻言停下脚步，微微转过身，道：“你们不要逼我。不管我爱不爱他，我都要救他！”

“哈哈哈……”幻灵兽冷笑。这还是凰北月第一次听到这只高傲的神兽发出笑声，虽然带着讽刺，“如果你不爱他，就别去救他，因为只有你的爱才能拯救他。你不爱他的话，就让他离开吧！”

“人生在世，有很多不一样的活法，你们不明白！”凰北月冷冷地说完，不再和幻灵兽多说，一转身便离开了。

幻灵兽冷笑一声，道：“哼！你不了解墨莲。”

凰北月沿着来时的路一直追到之前墨莲躺着的冰洞，都没有看见他的身影，只好继续往前追去。剩下的路，她没有走过，不得不谨慎起来。

一些冰洞里出现了人影，和墨莲一样，那些人赤条条地躺在寒冰之上，皮肤青白，看起来应该已经死了。被宋秘抓来这里的肯定不是普通人，他们也许有着特殊的能力，也可能是绝世高手。凰北月看着这些人，心里更加不安。

前面似乎有路口，她加快脚步走过去，刚想冲出去，忽然被旁边一个冰洞里的人吸引了目光。凰北月慢慢地后退两步，走进那个冰洞，只见一个人衣着完好地趴在地上，六根黑色的柱子将他包围起来，柱子上已经结满冰霜。

六魂封印里的昀离，看他的样子还活着。

凰北月走过去，蹲下。静静地躺在她纳戒里的万兽无疆忽然有些骚动，似乎非常想出来。她没有理会万兽无疆的动静，只是将手伸进六魂封印，将昀离脸上的头发拨开。

他闭目沉睡着，呼吸轻不可闻，半点儿动静都没有。

六魂封印已经完成，他困在里面暂时出不来，可还是得杀了他才行。否则，他在里面休养恢复之后，一样能出来。她想以黑水禁牢封印昀离，可是一时之间找不到好的容器，黑水禁牢必须要有一个适合的人做容器才行。

适合的人不容易找，因为并非实力强大就能容纳黑水禁牢，还得要那个人的心不会被魔兽的魔性侵蚀。而且，被囚禁于黑水禁牢，对灵尊来说，比入魔更让他尊严扫地。他骄傲成那样，宁愿死，也不愿意在囚牢里困一辈子。

现在就动手吗？凰北月皱眉看着没有动静的昀离，抬起手，黑色元气缓缓地凝聚……

昀离将眼睛轻轻地睁开一条缝，纯净的漆黑眸子淡淡地瞥了她一眼，苍白的唇角向上微微一扬，有些欣慰地笑了笑。

动作忽然一顿，手紧紧地握成拳头，凰北月低声道："师父，我下不了手。"

灵尊静静地看着她，目光安静宁和，悠远如薄雾中的远山。他一向都是这样清心寡欲的性子。若不是成魔，他就该一直这样。

"我深恨这样的宿命，结束吧！"他慢慢地开口，眼底的漆黑渐渐被血一样的红色侵蚀。

凰北月握紧着拳头，狠下心来……

"哈哈哈……凰北月，你真的下得了手吗？我知道你很在乎你师父。杀了我，他就永远消失了！"血红的眼眸瞬间睁开，射出可怕的红光，他狰狞地大笑起来。

魔性又开始侵蚀了，方才还理智冷漠的灵尊不见了。

见他变成昀离，她倒是坚定了决心和勇气。该死的魔兽！

昀离看见她瞬间发狠的冰冷目光，忽然一怔，随即明白过来，她是真的能下手，便努力挣扎起来，大声道："宋秘，你的计划不想完成了吗？还不快滚出来！"

闻言，凰北月一愣，随即身后忽然有劲风袭掠。她就地一滚，刚才所在的地方立刻被一片散落的星砂灼烧出一个巨大的黑洞。

凰北月转头一看，身后什么都没有。宋秘从结界里出来，又迅速地躲进结界中，很明显是不想现在和她真正交手。她看向六魂封印的地方，发现刚才还在冰洞里的六魂封印也不见了。这里到处都是宋秘的结界，他来去自如，神出鬼没。

眉毛冷冷地挑起来，凰北月一脸不爽，迅速结印。随后，双手在地面猛地一拍，无数土色的符咒从她的双手向四面八方辐射扩散，速度飞快，遇到阻挡便立刻爬上墙壁。瞬间，四周到处都是符纹。

最终，光芒一闪，符纹消失。凰北月拍拍手，站起来，大步往外走。

待我封印了空间，看你怎么像钻地鼠一样到处跑？

而就在这个时候，山脉北部的荒原之上，一行快马从远处飞驰而来。

“皇后娘娘在哪里？”一个侍卫模样的男人四处张望。

“大人，刚才是您跟在皇后娘娘身边啊！”旁边的侍卫说。

那人脸色剧变，连忙吩咐人四处去找。要是弄丢了皇后，他们这一行人回去，全都要掉脑袋啊！

在这些人分开去找人的时候，利用幻术躲过侍卫的魏嫣然才慢慢地策马从一块巨大的岩石后面出来。此处天寒地冻，是北曜国的最北部，和千里冰原接壤。极寒的风从四面八方吹来，她身上的斗篷猎猎飞舞，原本娇艳妩媚的脸颊苍白憔悴。她抬头看了一眼远处高耸的山脉。从那个地方渗透出来的强大威压摄人心魄，而她就是一直追着这股威压来的。

有幻术血统的人对威压的感知十分敏锐，何况对于凰北月的气息，她早就牢记于心了。魏嫣然想到这里，心里不禁掠过一阵尖锐的痛楚。魏嫣然拉了拉遮挡在脸上的斗篷，一鞭子狠狠地甩在马臀上，飞快地朝着荒山疾驰而去。风扬起斗篷的边缘，她妩媚的脸上是从未有过的坚定之色。

魏嫣然来到荒山脚下，弃了马，徒步走进去。山势险峻，恍若被一把巨刀从中间劈开，留下中间一条陡峭的小路。魏嫣然沿着小路走进去。

天光从缝隙中隐约渗透下来，周围如同蒙着一层雾气，看什么都朦朦胧胧的。

她的心脏怦怦直跳。这样在黑暗中行走，完全不知道前路是什么，也许是死境，可是她竟一点儿后退的想法都没有。也许这一生都没有真正为自己活过，让她连死都不惧怕了。

眼看小路渐渐走到尽头，前方的雾气散开了一些，她快步走上前。她刚走了两步，忽然听到一声痛苦的咆哮。那声音像是从野兽口中发出来的，震得地动山摇，险峻的山峰上，一些碎石滚落下来。魏嫣然险险地避开，被那道惨烈的声音惊得险些掉头就跑。

到底是什么人才会发出那种恐怖的惨叫呢？凭着精妙的幻术，魏嫣然一步步向前，终于走到了小路的尽头。突然，金色的光芒从眼前疾闪而过，刺得她眼睛都睁不开。

魏嫣然闭了一下眼睛，再睁开的时候，便看见一个身穿华丽金袍的男人站在一块巨大的石头上。黑发迎风而动，男子的侧脸十分俊美，嘴角噙着一抹淡淡的笑，他看起来温文尔雅，如果不是手中还握着一根带血的棍子。

“逍遥王？”魏嫣然喃喃自语。

这个男人是南翼国的首席炼药师——逍遥王宋秘。早年时，她曾在魏武臣那里见过他。她认得那张脸是宋秘的，但那身金色的衣袍分明是光耀殿圣君的。魏嫣然心思一转，便明白了，原来逍遥王就是光耀殿圣君。

"不用做无谓的挣扎了。墨莲，这是你的宿命，从你还未出生时起，它就已经注定了。"宋秘垂眸看着下面，嘴角的笑容带着一丝怜悯，似乎在对自己垂死挣扎的宠物说话。

"呜……呜呜……"从宋秘站立的巨石前面传来断断续续的呜咽声。

魏嫣然虽然看不见，但听他提起墨莲，便知道巨石后面的人是谁了。

墨莲，光耀殿的墨莲，那个实力恐怖、强大如死神一样的"野兽"，曾经的凰北月也命丧在他的手下。

那么，宋秘手中的黑色棍子便是传说中的无极天锁吧？那用来压制墨莲恐怖力量的东西。宋秘在这里解开无极天锁是想干什么？难道还想对付凰北月吗？

魏嫣然正这么想着，看见宋秘忽然抬起头，淡淡的金色眼眸眯了一下，嘴角的笑意更浓了一些。随后，他一闪身，便躲进了后面的一个结界。

魏嫣然一怔，随即努力以幻术去看。周围都是结界，一层又一层，数都数不清。如果凰北月在这样的情况下战斗，必输无疑！

她在担心什么？如果凰北月真要来的话，被宋秘偷袭又关她什么事？她们之间，从来都是无关的。魏嫣然自嘲地一笑。她千里迢迢而来，追着凰北月的气息，不就是想亲眼看看凰北月的下场吗？

凰北月飞快地从出口跑出去。前方是一座山谷，两边拔地而起的山峰险峻陡峭，尖锐的巨石遍布其上，有的甚至从上往下倒挂下来，形成威胁之势。她抬起头去看，头顶只露出细细的一线天，透出微弱的天光。天快亮了。

周围静悄悄的，忽然，一声悲鸣般的低吼声响了起来。她心里一沉。这是墨莲的声音！

凰北月身形一动，立刻向声音发出的方向闪去。此时，在她没有看见的结界中，宋秘手指一动，一把流光溢彩的金色弓箭便出现在他手中。他淡淡地一笑，用手指间的金色元气凝聚成箭矢，搭在弓弦上，而后猛地抬起手，对准凰北月的方向。

"他果然是想偷袭！"魏嫣然脸色一变。

金色的箭矢发出璀璨的金光，如同召唤死神的光芒，映得魏嫣然的眼睛一阵刺痛。她看看宋秘，又看看凰北月。

蒙蒙雾气之中，那抹身影纤瘦单薄，凰北月瘦弱的肩膀是如何撑起那么多人的希望，以及那么广阔的世界呢？她曾经也将希望寄托在上面，如同一个最美的梦，日日等待思念，想着总有一天会实现愿望。然而，她最后失望了，被抛弃在冰冷的绝望中。

可是，尽管如此，每当想起当初那种充满希望的感觉，魏嫣然还是觉得那是人生中最美好的时光。

那时候，温柔的月光下，一袭黑衣、矜贵清冷的少年吹出婉转的箫声，踏月而来，最终踏在她的心上。他对她微微一笑，道："嫣然小姐，我会带你离开的，让你和你母亲团聚。"

他说要带她离开，脱离魏武臣的控制，去过自由自在的生活，再也没有枷锁和威胁。她可以做一个普通人，不用再被魏武臣像礼物一样送来送去，被不同的男人蹂躏欺负。

带她走……这个承诺太美好，所以她才会固执地相信。同样，也是因为一切太美好，所以失望的时候，她才会恨得那么彻底。可是，那终究是最美好的梦啊！虽然没有实现，可终究存在过，她幻想过，期望过……

脑海中，往事如潮水一样涌上来，魏嫣然热泪盈眶，忽然从藏身的地方冲出去，以这辈子最快的速度飞扑出去，口中大喊着："小心！"

凰北月的身子刚好移动到魏嫣然的附近。在这个地方，她走每一步都小心翼翼，没有施展平时鬼魅一样的身法，否则，早就到了墨莲的身边，也根本不会让魏嫣然接近自己。

在听到魏嫣然声音的一瞬间，凰北月立刻感觉到身后紧迫的危险直透后背，一阵恐怖的凉意让她浑身的汗毛都竖了起来。该死的宋秘，竟敢暗算她！

刺眼的金光从后面射来，凰北月本能地闪躲。但是箭矢的角度十分刁钻，在到处都是倾倒的巨石中，她竟然避无可避。难道她要硬拼这一箭，然后过去将宋秘揪出来?

凰北月眉心一沉，忽然一具软软的身体紧紧地贴上她的后背，两条手臂用力地抱住她的腰。而就在这一瞬间，肉体被刺穿的声音也传到她的耳朵里。

凰北月的后背也被箭矢刺进去一点儿，虽然疼，但是她心里的震撼，已经完完全全将这一点儿痛楚自动忽略了。

身后的人紧紧地抱着她，被那一箭刺穿心脏的时候，只是轻微地发出一声闷哼，然后用极细的声音说了一句话："公子，带我走……"

"哼！凰北月，你的运气还真好！"宋秘收起金色的弓箭，冷冷地一哼。

一击未中，他也不打算射出第二箭。既然他已经暴露了位置，第二箭绝对不可能射中凰北月。偷袭，已经没有效果了。

凰北月转过身，扶着身后的人，让她平躺在自己的怀中。

"魏嫣然……"凰北月不敢相信自己的眼睛。怎么会是魏嫣然？她想着最后一次看见魏嫣然的时候，这个美艳的女人眼中那种危险的光芒。她千想万想，绝对想不到魏嫣然不但没有对付她，反而还以命救了她。

“我……”魏嫣然抬起双眼，盈满泪水的双眸楚楚动人，嘴唇微微勾起，一丝浅笑浮现，像个初经世事的小女孩。

“你真傻。”凰北月低声说。

凰北月抓住魏嫣然抬起的手，紧紧地握着。那一箭，就算她生生地挨了也没事，顶多重伤而已。可是魏嫣然，她会死的啊！

泪水滑落下来，魏嫣然轻轻地摇头，道：“你知道吗？我这一生都没有做过梦，只有你给了我一个美梦，真的好美……”

“对不起！”凰北月想起魏嫣然的那个梦，沉重的内疚感瞬间又涌上心头。

当初，如果自己考虑得再周全一点，就不会让魏武臣对魏嫣然的母亲下手。那样，她就可以兑现承诺，让她们母女团聚。

她只是给了魏嫣然一个残缺的美梦，却比直接给她一个完整的噩梦更加残忍。因为她比谁都清楚，那种带着希望的等待是多么痛苦。

魏嫣然红着眼睛，拒绝了凰北月从纳戒里拿出的灵药。她只想亲自给自己一个结局。这样，不是更好吗？她不可能活下去的，生命的璀璨就在于死亡这一刻。

所有的前尘往事都涌上脑海，她有的尽是心酸苦涩，唯有和凰北月的一段，是甜美的期待。

“凰北月，我好羡慕你！你一定要……好好地活下去……”动人的双眸渐渐失去了光彩，美艳的脸庞苍白无色，尽管嘴角带着笑容，她却是没有生命了。

金光闪闪的箭矢射中她的瞬间，凝聚成箭矢的金色元气便钻进她的身体，横冲直撞地将她的五脏六腑都破坏了。

宋秘费尽心机地暗算，是想置凰北月于死地，怎么可能手下留情？若魏嫣然没有为凰北月挡掉，那么这一次，凰北月真要受重伤了。

魏嫣然的手无力地垂下去。凰北月咬着牙，克制着心里的酸涩，将怀中失去了生气的身体慢慢地放平。

“我一定会活下去，杀了宋秘，为你报仇！”眼眶有些发红，凰北月没有哭。在那个卑鄙的男人面前，她不能哭。

为了她而死去的魏嫣然，死前的那一句话不断在她脑海中回响：“公子，带我走。”

没关系！魏嫣然，死去之后，灵魂是自由的，你一定会和你母亲的魂魄团聚。

我……真的很抱歉！

第二十三章 凤逆天下

凰北月慢慢地走出去。

因为一线天中漏下的天光太少，周围也没有任何光源，所以四处都是灰蒙蒙一片。她抬起手，火元气四散，四周瞬间就被照亮。她站立的位置，前方还有一个牢固的结界。结界的对面是六魂封印和昀离，再里面是宋秘。

宋秘长身而立，手里拿着一根黑色的棍子。凰北月一眼就认出那是墨莲后背上最后一把无极天锁。她心里一沉，是一种冰冷的感觉。

宋秘握着无极天锁，皱着眉，一张脸冷若冰霜，略带金色的眼眸非常失望地看向一个角落。

凰北月顺着他的目光看过去，忽然咬紧牙关，才没让自己惊呼出来。墨莲，那是墨莲！

被抽走最后一把无极天锁的墨莲，眼角的桔梗花妖异地绽放，衬着那双黑漆漆没有一点儿眼白的眼睛，如同一座引人深陷的地狱。可是，他没有像上次凰北月看到的那样充满戾气，也没有像一只毫无感情的野兽，只知道攻击和杀戮。他缩在角落里瑟瑟发抖，双手胡乱地抓着身旁的一块石头，身上血迹斑斑。

“呜……呜嗷……呜呜……”墨莲发出困兽般哀哀的声音。

凰北月看见墨莲的一瞬间，双目圆睁，道：“宋秘，你这个该死的畜生！”她握起拳头，一拳轰然打在了结界上。

轰隆一声，结界发出巨大的震响，牢固的结界表面出现无数细碎的裂痕。

魏嫣然的死，加上如同困兽一样的墨莲，让凰北月的怒气前所未有地爆发出来。该死的宋秘！不杀他，凰北月这辈子都不会安宁！

随即，凰北月的第二拳又狠狠地砸上去。

宋秘淡淡地看了她这边一眼，然后又转过头，带着满眼的失望和厌恶，就好像对自己的亲生儿子从小抱有最大的期望，却发现儿子长大以后是个白痴。那种失望和厌恶，让他俊美的脸都扭曲起来。

“我早就知道你这么没用！哼，浪费那么多年培养你，休想让我白忙一场！”

宋秘说着，竟然大步走向墨莲，将手中的无极天锁一旋，抵在墨莲的肩膀上。他的另一只手则单手结印，金色的符印在手中变幻出一道道残影。

紧接着，他五指成爪，修长的手指上忽然长出半寸长的尖利指甲。他狠狠地压下手掌，按在墨莲的头顶，尖利的指甲从墨莲的头骨插进去。墨莲惨叫一声，想站起来反抗，宋秘却将无极天锁狠狠地刺入他的后背。墨莲呜了一声，反抗不了，跌倒在地。

凰北月的第三拳直接轰碎了加固无数层的结界。她抬头看见这一幕，二话不说，让红烛从灵兽空间中出来。龙的形态冲天而起，龙角间有金色的雷光劈下。

宋秘抬起一只手，用金色的权杖往后一挡，将雷光挡住。

凰北月向前一步。忽然，六魂封印一阵震动，六根方柱剧烈地摇晃起来。昀离慢慢地站起，撑在一根方柱上，抬起血红的眼睛，手指上的细红软鞭忽然甩了出来。

凰北月向旁边躲避，只见六根漆黑的柱子如同灵尊的眼眸，深深地看着她。她心里瞬间鼓起勇气。她知道这是灵尊最后留给她的东西，一个制胜的法宝。先前不可能毁灭的昀离，此时在六魂封印中只能苦苦地挣扎，所以，她不会手下留情。

“六魂封印，封！”手中涌出无数道黑色元气，凰北月眨眼间扑向六魂封印，六根方柱被紧紧地缠在一起。

昀离双目如血，怒吼道：“不可能！不可能！啊……”

被缠紧的六根方柱忽然聚拢，合在一起，瞬间就把昀离的身体挤碎了。

“我不信！灵尊，你到死也不肯屈服吗？我不会这么轻易就死的，要死也要拉着这个丫头垫背。”昀离凄厉地惨叫道。

六魂封印合拢的一瞬间，凰北月似乎看见封印中的昀离，双眼一会儿漆黑如墨，一会儿鲜红如血。

昀离，远离阳光，堕入黑暗，而身为皇族神兽，他本应永远高高在上！

凰北月一瞬间心如刀绞，双手紧紧地合在一起。六魂封印也紧紧地压迫着昀离，他不死，便不罢休。

突然，昀离的惨叫变成仰天狂笑，笑声终止的一瞬，六魂封印忽然爆炸，血一样的烈焰猛然喷射而出。凰北月站在旁边，一下子被轰了出去，撞在嶙峋凹凸的怪石上，当场喷出一口血。

浓浓的瘴气蔓延出来，剧毒无比，飘散在空气中，空间也被腐蚀扭曲。然而，瘴气出现的瞬间，火焰也燃烧得更旺。瘴气所过之处，火焰也随即而至，生生地将瘴气吞噬进去，燃烧成虚无。

凰北月知道这是灵尊在最后一瞬帮了她。他终于彻底和阳光拜别，永远消失在这个时空之中，并且再也不会有来生。他如愿以偿地保留着神兽的尊严离开，她也做到了对他的承诺。

师父，最后一刻火焰腾起的瞬间，你是不是看到了？那光芒刺眼如阳光啊！

凰北月从地上爬起来，泪水不停地在眼眶里打转。可是，她片刻都没有停留，手中青光凝聚成宝剑，无数青芒飞舞缭绕，像乱舞的流星一样飞向宋秘。

宋秘看见昀离身死，狠狠地一皱眉，知道已经没有人能再帮他拖住凰北月的脚步了。虽然此时他还没有将墨莲身体中的一切拿走，但也足够了。他要墨莲出生，是为了招魂术；他养着墨莲，是希望墨莲终有一天能真正成为他的武器。可惜，墨莲因为一个女人背叛了他。不过，他早已有了万全的准备。

与其说墨莲是一件武器，不如说是一件绝顶的容器。墨莲的天赋、血统，全是被精挑细选出来的。他费尽心血和时间才将墨莲培养出来，为此付出了无数代价。他不会容许自己这些辛苦被白白浪费。

宋秘放开墨莲，立刻抽身后退，而墨莲也软软地倒了下来。

凰北月扑上前去接住墨莲：“墨莲！”墨莲倒在她的怀中，依旧发出呜呜的哀叫声。他眼角的桔梗花如同枯萎了一般，花瓣片片垂落，颓败地散在他的眼睛下方，像一片厚重的阴影。他苍白的皮肤没有一丝血色，看得人心脏痉挛。

凰北月低声喃喃道：“没事了，有我在呢！”

墨莲浑身哆嗦着，根本不知道抱着他的人是谁。没有无极天锁的压制，他本性全无，只有可怕的兽性。可是这一次，他极力压制着，宁肯自残，也不动手。

他不想动手。他知道宋秘会让他对付谁。他已经错过一次，悔恨难当，绝对不想再错第二次。因为如果那样，他就没有办法再让她回来了。招魂术只可用一次，他已经没有什么可以用来作为交换了。

墨莲的身子在凰北月怀中脆弱地蜷缩起来。凰北月摸摸他的头，让他轻轻地靠在一块石头上，轻声说：“等我一会儿。”

凰北月站起来，墨莲便立刻倒了下去，趴在地上。凰北月回头看了一眼，知道他没有力气，也就不再勉强，只是大步上前，用清冷的眸子盯住宋秘。

宋秘看着凰北月微笑。他抽走了墨莲的大部分能力，整个人都变得不一样了。金光灿灿的衣袍上，一层黑色的雷光缓缓地凝聚，手中的权杖也变成黑色，他皮肤苍白，目光深邃。最重要的是，他的眼角下，一朵黑色的桔梗花正慢慢地绽放，诡异而恐怖。

"呵呵呵……"宋秘低声笑着，看着自己的双手，十分有成就感，"终究没有白忙一场。这孩子，总算不是个废物。"

凰北月面如寒霜，冷冷地道："你伤他一分，我要你百倍偿还！"

"试试看吧！"宋秘狰狞地说，"我深信，墨莲不比任何人差，甚至比万兽无疆更强。"

凰北月不想听他继续说出让她想杀人的话，直接动手。青光如练，从凰北月的手臂两侧飞射而出，想困住宋秘。宋秘狰狞地笑出声来，双手一抓，竟然生生地抓住了那两道青光。

凰北月一怔，蓦然想起当初四把无极天锁完全释放之后的墨莲对她展开的恐怖攻击。虽然她已经死而复生，但想起当初的一战，还是心有余悸。宋秘，会比那时的墨莲更凶猛吗?

青光被抓住，凰北月却冷静沉着，手指一动，青光忽然分成细细的无数光芒，像蛇一样顺着宋秘的手掌爬了上去。

宋秘抓住青光一扯，黑色雷光便从他的皮肤表面浮现出来。他低吼一声，震得所有青光四散飞舞。

凰北月被震得急速后退，但又立刻扑了上来。黑气与青光缠绕成一团，和宋秘的金色元气斗在一起，光芒耀眼。瞬间，整片山谷都被照亮。

光芒中，万兽飞跃而出，嘶吼声震彻山谷："吼吼吼……"

冰、火、风、雷、土，五种元气凶猛相撞，激射出更加强大的元气波动。

山谷不停地震颤着，无数石头从山上滚落下来，纷纷砸落在地面。

万兽奔腾中，无数黑色雷光忽然汹涌而出，夹杂着金色的元气，所到之处，嘶吼的猛兽身影便被湮没，化成灰烬。

光芒一收，凰北月向后滑出，腰侧受了重伤，鲜血流淌，可她眉都没有皱一下，只是冷冷地抬头盯着前方。

宋秘的身影也慢慢出现。他身上也有不少伤口，却仰头狂笑道："哈哈哈……万兽无疆也不过如此！我早就知道，墨莲绝不会让我失望，哈哈哈……"

浑蛋！凰北月咬着牙，狠狠地吐出一口血沫，握紧青光流溢的宝剑，对着红烛点点头。红烛会意，金色雷光从龙角间迸射而出。

宋秘冷眼看着凰北月的动作。对付昀离的时候，她已经受了不轻的内伤，他不信她还能撑很久。

"凰北月，万兽无疆的时代应该结束了。以后，该是我宋秘的天下。"他邪佞地笑起来，瞬间扭曲了那张原本俊美的面孔。

凰北月只是有些可怜地看着他，道："宋秘，你被恨冲昏了头。是你的天下又如何？即便你超过轩辕问天，惠文长公主也不会爱上你。"

"闭嘴！"宋秘闻言，立刻面目狰狞地吼道，"就算她不爱我，强大的力量也会让她屈服，再没有人能阻止我得到她。"

"可惜，时间已经回不去了。"凰北月看着因爱生恨而变得这么可怜的人，除了叹息，不知道还能做什么。

宋秘怔了一下，金色的眼眸定定地看着凰北月："当年看见你的时候，我以为看见了她。我得不到她，或许你可以补偿。"

凰北月眯起眼睛，冷笑道："你真是昏头了。只要我凰北月活着一天，就绝对没有你生存的空间。"

"我能把墨莲变得不再是他自己，也能把你变得不再是你。"宋秘似乎已胸有成竹，大笑起来。

凰北月面色一沉，青色宝剑指向天空，轰隆一声，引天降惊雷。

"天罚！"

红烛的龙角间爆射出的金雷与凰北月的惊雷汇聚在一起，瞬间交织出恐怖的雷网来。

宋秘的头顶上方，一个惊雷劈过。他闪身躲开，身边却接二连三有惊雷炸响。宋秘召唤出黑色雷光，在身体周围抵挡天罚。

天罚的威力不可小觑，全盛时期的凰北月使出的天罚，比当初轩辕问天和昀离合力使出的更加强大。骤降的天雷恍若真是上天的惩罚，不留情面，任何人只要碰到，立刻就会被劈成灰烬。

"吼吼……"

那块神秘的黑玉中，时不时便有一只实力强大的猛兽跳出来，是高阶的灵兽，甚至是神兽。猛兽们围在宋秘的身体周围，似乎等着他稍微虚弱一点儿，便会集体扑上来，将他啃食得连骨头都不剩。

宋秘冷眼看着凰北月。他知道天罚耗费的元气巨大，凰北月已经将万兽无疆召唤出来，以万兽无疆源源不断的黑色元气做支撑，持续不断地降下惩罚。他一只手抬起权杖，黑色雷光便顺着手臂爬满权杖。他轻轻地摇晃，权杖顶端的宝石忽然发出刺眼的光芒。

"神怒！"宋秘阴森森地笑起来。

透过无数闪烁的金色雷光和黑色雷光，凰北月看见宋秘的笑容，那实在是令人胆战心惊的一笑。心脏狠狠地一颤，凰北月下意识调动黑色元气防备全身，但是转念一想……

“红烛小心！”凰北月忽然大喊起来。

就在她喊出来的一瞬间，宋秘的权杖转了一个方向，刺眼的金色光芒忽然射了出去，带着某种神秘的力量，猛然刺向红烛的心脏。天降金雷，也无法阻挡金色的神怒。

几只距离红烛很近的猛兽被凰北月的意念催动，不顾一切地扑了上去。可是，只要碰上金色光芒，猛兽便立刻化成一朵黑色的莲花，迅速绽放，迅速凋零。红烛身形庞大，维持着天罚，几乎避无可避。

宋秘的狂笑声回荡在四周。

凰北月没有选择，身形一晃，重重寒冰在红烛面前竖起。她自己则飞身而上，在金芒穿破寒冰的时候，一剑将金芒斩断。金芒缩回宋秘的权杖，而天罚也迅速回收。凶猛的金雷没办法一瞬间就回归原位，不少泄漏出来的雷光便开始反噬原主。凰北月还好，红烛则直接被天罚震得飞了出去。红烛刚好撞在一块凸起的锋利岩石上，后背被划开一条恐怖的口子。

“这就是天罚的缺点。”宋秘握着权杖走出来，“这么多年，我一直都在研究关于万兽无疆的一切。天罚密布的雷光很恐怖，但是，只要能够突破一点儿，便能将其彻底摧毁。”

能把天罚的缺点都看透，宋秘若不是敌人的话，他们或许可以探讨一番。凰北月也早就发现了天罚的缺点，只是还没来得及改良。若不是宋秘偷了墨莲的力量，就算让他发现了破绽，也绝对不可能真的破了天罚。他原本的实力不够档次，她根本无须担心。可是这一次，她失算了……

凰北月提着剑与宋秘面对面站着。打到这个时候，两人都非常狼狈。凰北月受了重伤，宋秘想必也不好受。接下来，就看谁的手段更强更狠。

墨莲慢慢地睁开眼睛，眼前一片跳跃的火光，刺得他什么都看不见。手在碎石堆里摸索，他终于挣扎着爬了起来。渐渐适应了火光，待墨莲看清眼前陌生的一切，黑色的充满兽性的眼眸里一片茫然无措。眼前有个人，瘦瘦的身影，一身潇洒的黑色长袍，虽然沾满污血，却很坚强地挡在他的身前，像一棵大树。

“月……”墨莲沙哑的喉咙里只发出这一个字，周围石头滚落，却没人能听见。

忽然，一道金色的光芒闪现，比阳光还要刺眼，让人不由自主地闭上了眼睛。轰隆一声，当墨莲再次睁开眼睛的时候，只看见无数黑色的莲花在空中绽放。

“神怒……”墨莲喃喃自语道。这熟悉的招式是他的“神怒”。一瞬间，零零碎碎的画面在他的脑中闪过。

墨莲猛然抬头，只见高处的石壁上，黑衣少女一手攀着岩壁，另一只手无力地垂着，鲜血顺着她的手指不停地往下滴落。他的耳边，忽然有个声音在说话："你是不祥之人，若是有喜欢的人，千万不要靠近她。否则，她会因你而受伤，或者死亡。"

墨莲只觉脑子里有什么轰然炸响，紧接着，便见宋秘飞快地追上凰北月。两人的速度不相上下，实力似乎也在伯仲之间。

宋秘权杖中恐怖的神怒丝毫不逊色于天罚，而现在红烛受伤，凰北月一个人使用天罚便有些吃力。

"六道天元符！"凰北月抓住机会，从宋秘身后一闪而过，一个符印迅速在他身体周围成形。

宋秘冷冷地转身，一只手上黑色雷光爆闪："莲杀！"

他被六道天元符困住一半身体，而名为"莲杀"的强悍招式在半空中形成巨大的黑色莲花，瞬间把凰北月从高空狠狠地压迫下来，砸向地面。土石飞溅，灰尘四起，凰北月的身体竟生生地将满是碎石的地面砸出一个深坑。凰北月喷出一口血，艰难地爬起来。

半空中的宋秘也将权杖转向她，黑雷涌入权杖的顶端，融入红宝石。

"结束了，凰北月。"宋秘看着她，阴冷地笑起来。这丫头，以后是他的了。

"神怒！"

凰北月双手颤抖着结印，无力的左手出了一次错，神怒的光芒便逼近她。她咬着牙，一只手按在万兽无疆上面，道："宋秘，要死，我也要拉着你垫背。"

她的话音刚落，眼前一个黑影闪过，紧接着，她的身体便被一双手紧紧地搂住。凰北月怔了一下，便听到一声低弱的闷哼。

金色光芒大盛，无数星砂飞泻而出，金灿灿的，如同满天繁星，升到半空中，便变成一朵朵盛开的黑色莲花。

"墨莲……"凰北月难以置信地抬起头。他恢复了？

"你受伤了。"墨莲喃喃地说。

凰北月感觉得出来，他连说话都在发抖。兽性无法压制，他只是凭着意识在保护她。取出四把无极天锁的墨莲就是一头真正的野兽，就算被偷了力量，他依旧是凶残的兽。

"我没有。"凰北月摇摇头，"墨莲，带着红烛先离开这里！我……"她的话还没有说完，墨莲已经抱着她往山谷外面跑去。

他想带着她一起离开？

现在，宋秘暂时被六道天元符困住，墨莲带着她确实可以逃出很远。但是，宋秘只要离开六道天元符，依旧会不依不饶地追着她。

墨莲却很坚决，抱着她一路狂奔。

"墨莲！你想和她一起逃，不可能的！"被六道天元符困在半空的宋秘怒极大吼，气急败坏地从远处攻击，发现被墨莲闪躲开之后，便开始攻击周围的山石。

巨石滚落下来，将出口封堵起来。墨莲一只手抱着凰北月，另一只手抓着石头，吃力地向上攀爬。

"墨莲，放我下来，我自己能走。"凰北月抓着他的手臂，道。

墨莲却像没有听见她的话，只是固执地抱着她，继续向上爬，掌心都磨出血来，却一点儿都不在意。看他紧锁着眉头、紧闭着嘴唇的样子，凰北月忍不住轻声说："墨莲，我真的可以自己走，我们一起离开。"

他没有给她回应，浓墨一样漆黑的眼睛诡异得没有半点儿眼白，那是一双充满兽性的眼睛。

轰的一声巨响，宋秘的神怒打在他们旁边的巨石上，堆积起来的石头被击碎，立刻往下塌陷而去，墨莲差点儿一脚踩空掉下去。千钧一发之际，两人头顶飞过幻灵兽的身影。它用巨大的爪子抓住两人，用力地扔出去，而后转身迎向发怒的宋秘。

凰北月和墨莲被扔出去好远，在地上滚了几圈才停下来。旁边是塌陷的地面，前方的山洞也因为这里剧烈的打斗而坍塌，根本就是无路可走。好在一条地下河因为地面塌陷而露了出来，只是河水太深，只能隐约听见水流的声音。

墨莲抱着凰北月一起坐下。那一瞬间，他苍白的面孔有些茫然，眼角的桔梗花已经凋谢了，垂在眼角显得更加诡异。

"走……"他低声喃喃地说出口。

凰北月趴在他的肩膀上，握住他的手，道："嗯，我们一起走。"

"月……"墨莲茫然地开口道，"朝生暮死的蜉蝣，真的会有一生吗？"

"会啊！当然会。"她尽量声音柔和地道，不敢让现在兽性高涨的墨莲受到任何刺激。她知道他自己根本没办法压制住与生俱来的兽性。

墨莲静默地低头看了她一眼，嘴唇微动，慢慢开口说："你骗人。"

"我怎么会骗你？"凰北月急切地说，"等我们出去以后，我带你去找蜉蝣，去看看它们的一生。虽然短暂，可那就是它们的一生！"

"我很想看。"墨莲说。

"嗯，那我们就去看！"

她认真地看着他，一双清澈的眸子里映着他苍白诡异的脸庞。他看着她眼睛里的自己，怔了一会儿。他怎么会这么恐怖？此时的他为什么是一张野兽的脸？

"对不起……"墨莲伸出手轻轻地抚摸凰北月的脸，又低下头轻轻地吻了一下她的唇。他的嘴唇停留在上面舍不得离开，但也没有进一步辗转的动作，那只是一个蜻蜓点水却无法分开的吻。

“我爱你。”墨莲说完，才抬起头，离开了凰北月柔软的唇瓣。

随即，墨莲低下头，将凰北月握在手心的万兽无疆拿走了。

“墨莲？”凰北月抓住他的手，一脸惊惧地道，“你不要做傻事。你想干什么？”

“给你该有的自由，没有诅咒和束缚的自由。”墨莲说完，忽然一掌重重地拍在凰北月的胸口。那一瞬间，他诡异的黑色眼睛里迅速涌出泪光。

凰北月猝不及防，根本想不到墨莲会突然攻击她，而且，竟然是用尽全力的一掌。一口污血喷出来，她软软地倒下去，但还是固执地抓着他的手。

“墨莲，澈儿，不要这样，求求你……”凰北月哭起来，恐惧感如同附骨之疽，爬满她的身体。

墨莲按住她的手，低下头，泪水从那双兽性的眸子里流出来：“遇见你，是我来到这个世界上，最美丽的一件事。也许我真的是蜉蝣，你说得对，蜉蝣朝生暮死，尽管短暂，可那已经是一生了。”

墨莲将凰北月抱起来，放在地下河的边缘，下面是幽暗湍急的河水。他从纳戒里拿出一颗珠子放在她的手里，让她紧紧地握着。

避水珠，是凰北月当初从安国公那里搞来的宝贝，放在她的第一枚纳戒中。她把纳戒送给墨莲的时候，连避水珠也一同送出去了。现在，他却把避水珠还给了她。

凰北月一想到接下来要发生的事情，更加拼命地抓着墨莲，终于忍不住，歇斯底里地说：“墨莲，你跟我一起走！你不走的话，我这一辈子都不会再理你了！”

墨莲怔了一下，脸色苍白得如同从天空降下的白雪，纯净无瑕。

“再见了，月。”

墨莲沉默了一下，还是抬起手，将凰北月轻轻地推向地下河。

“墨莲！”凰北月大喊一声。

墨莲，我不原谅你这样做！墨莲……

凰北月的泪水奔涌而出，但很快就被黑暗吞没了。

墨莲怔怔地看着，喃喃自语道：“我很喜欢你，你有没有听到？”说完，他握起万兽无疆，转身沿来路返回。

幻灵兽的嘶吼声响起，让整座山谷都剧烈地颤抖起来。墨莲爬上崩塌的石山，身子如同野兽一样弓起，忽然仰头，发出让人头皮发麻的恐怖长啸。

听到这声音，宋秘猛然回头，脸上布满震撼和惊恐之色。他正在慢慢挣脱六道天元符的束缚，看见墨莲后，更是加快了速度。

“不可能！你的能力在我这里，这一切都是我给你的！墨莲，别忘了我是你父亲。”宋秘大喊道。

对他的话，墨莲置若罔闻，一双眼眸里充满兽性的光芒，喉咙里发出低低的咆哮。他身体的表面，有无数黑色的雷电缭绕而出，拉扯得空间都在扭动。

四周如同不真实的幻境，开始扭曲变形。

墨莲弯了一下腿，而后如同野兽捕食一样，猛地扑向宋秘。宋秘大惊失色，死死地盯着墨莲。宋秘将权杖横在胸前，金光瞬间透体而出。疾风扫过，他分明看见墨莲漆黑的双眼正如同脆弱的冰面，出现一圈圈细碎的裂纹。瞳裂了……这臭小子，打算和他同归于尽吗？哼！

疾掠的狂风瞬间扫荡了四周，宋秘一身长袍飞舞，散乱的头发张狂地迎风乱舞。宋秘金色的瞳孔中，纯粹的黑色越来越近。少年的脸庞上是被兽性征服之后的嗜血之色。

嗞！金色和黑色一接触，便发出炙烤时的细微声响。随即，光芒爆起，整个空间迅速被金色和黑色两种颜色占满，飞沙走石，天摇地动。

天空似乎被打开了一道豁口，无数漆黑的魂魄从中飞出来，发出低低的悲鸣。而后，光芒慢慢地减弱，隐隐有无数人吟诵经文的声音响起：“魂兮，魂兮，归去罢！”随着吟诵声，那些魂魄慢慢地化为灰烬，片刻便在天空中消失得干干净净。

终于，吟诵声消止，光芒消失，扭曲的空间恢复原状，天地间再次一片安静，亘古不变的安静。

司幽境的地下河一直流入千里冰原，奔涌的河水到了地面，因为地势平坦，变成了一条宽阔却流速缓慢的河流。

千年静默的平原，极目望去，寸草不生，一片银白。

此时，寂静的冰原上传来嘈杂的声音。

“主人……”这长长的呼唤，持续了很久才被风吹散。

“我能感觉到主人就在这附近。”小虎的声音响起。

“你去那头，冰去另外一边，我到这头找。”吱吱说着，小小的身影便很快朝河流的另一头跑去。

小虎看着那急忙跑走的身影，忍不住大声喊：“吱吱，小心一点儿啊！冰原上不安全。”

“知道了！父王把织梦术还给我了呀！”遇到危险，她织个梦就能逃走。

不再理会小虎他们，吱吱一个人跑向远处。冰原上风很大，冷得刺骨，她一边搓着手，一边大喊：“月儿姐姐，你在哪里？”

小虎和凰北月缔结过本命契约，能感知到凰北月的气息就在附近，但是他们找了很久都没有找到她。难道小虎感知错误了吗？

吱吱走了很远，双眼被夹着雪的冷风眯得都睁不开了，突然看见前方有什么东西浮上了河面，并慢慢地被水流冲到岸边。

她定睛一看，那黑色的衣摆，难道……

吱吱快步跑过去，涉水靠近那人。一看之下，她大喜，连忙把那人抱起来，"月儿姐姐，终于找到你了。"

河水很冷，凰北月瑟瑟发抖，身上的伤口早被冻得不流血了，耳朵里轰鸣着。她听到熟悉的声音，没有辨认出是谁，便一把抓住，道："墨莲……"

"月儿姐姐，我是吱吱啊！墨莲在哪里？"吱吱抱着凰北月，努力往岸边走，"我带你上岸去。"

"不……"凰北月忽然用力抓住吱吱的手，浮肿的眼睛里有泪水簌簌而下，"去找墨莲，帮我去找墨莲。"

"嗯！我把你带上岸就去找他。他跟你一起出来了吗？"吱吱抬头看向河流。河流却再也没有动静。她和墨莲的感情不错，如果墨莲也受伤了，她一定会想尽办法去救他的。

"不用管我，现在就去。"凰北月急着说。如果她能动，现在就立刻返回去了。她恨受伤后的自己这么弱。

"他没有跟我一起出来。"

吱吱一怔，想起方才和小虎他们一起看到的黑色光柱。孟祁天说过，那是墨莲的气息，非常强悍地把那些金色的元气压制住并将其吞噬掉了。墨莲一定赢了宋秘，只是现在可能受了伤。

吱吱点点头，终于把凰北月拖到岸上，给小虎和冰灵幻鸟发了一个信号，便说："我立刻就去找墨莲。"

凰北月一把抓住她，擦干净嘴角溢出来的血，道："告诉他，我在这里等他。如果他还要我的话，就来找我。"

吱吱闻言，吃惊地看着她，见她眼睛里不断滚下泪水，心里一疼。

"我一定会告诉他的。"吱吱用力点头，立刻跑向冰原另一边怪石嶙峋的山脉。

凰北月躺在岸边，抬头看着灰蒙蒙的天空，泪水无声无息地流下来。周围只有狂烈的风吹着，她却一点儿都不觉得冷。

结束了，关于万兽无疆的一切，应该都结束了吧？此刻，她已经感觉不到万兽无疆的气息，这块黑玉和她之间的联系，彻底断了。

黑水禁牢里传来轻微的水流声，她闭上眼睛，就看到站立在铜柱之后的魇。一头乌黑的发丝垂在腰际，他手里拿着一把红色的纸伞，只是没有撑开，

似乎察觉到她进来了，魇慢慢地抬起头，眸中淡淡的一丝红色十分妖冶。

他撇嘴一笑，道："你做到了。"

"不是我，是墨莲。"凰北月脸色苍白，失魂落魄地说。

"啊！是那个小浑蛋。"魇笑了笑，风华绝代，而后却有片刻的沉默，"没有来得及跟他说一声谢谢。"

凰北月瞬间泪如雨下，再也忍不住地放声大哭起来。魇默默地看着她，在流淌的黑水中轻声叹息："月，自由地去过你想过的生活吧！为了这一天，你付出太多了。"

"若知道是这样的结局，当初何必强求？"凰北月道。

"天命所定，无法更改。"

"你知道我不信命。"

魇道："不相信，并不表示它不存在。"凰北月默然。

两人在黑水中静静地站了一会儿，魇才说："看来，我还是过段时间再出去吧！你伤得这么重，我出去之后，你会死的。"说完，他便慢慢地隐入黑暗中。

一场大战之后的山脉被削平了一半，原本盘踞在山中的一些凶猛兽类，不是被战斗波及死亡，就是已经逃跑。因此，吱吱一路走进去，十分安全。

吱吱手脚并用，走了很久，循着战斗的痕迹，终于找到已经被乱石掩埋的山谷。吱吱看着几乎被填平的山谷，心跳都差点儿停止。

"墨莲！"她大喊一声。

好在这片山谷不大，她一眼就看见不远处乱石堆中露出来的一片巨大的黑色羽翼，是幻灵兽。吱吱快步跑过去，只见幻灵兽的一半身体被压在石头下，没有力气挣扎，翅膀拢起，护着下面的一个人。

奄奄一息的幻灵兽看见吱吱，红色的双眼哀哀地盯着她。

"救救他。"这一刻的幻灵兽，哪里还有平时的高傲之态？曾经的圣灵，现在却像个普通的人类父亲一样，小心翼翼地护着自己的孩子。

吱吱点点头，从幻灵兽的翅膀下面小心地将墨莲托起来，让墨莲靠在自己的怀里。

苍白的脸、凋零的桔梗花、残破的身体……幻灵兽掩饰不住眼里的心疼，看着这个孩子。

"墨莲，快醒醒啊！月儿姐姐等着你呢！"吱吱一边轻声说着，一边慢慢地将元气输入墨莲虚弱的身体里。

墨莲听见她的声音，慢慢地睁开眼睛。他灰暗的双眼中没有一丝光彩，瞳孔在瞳裂之后流出两行血泪。

“月……她……怎么样了？”

“她很好，你救了她。”吱吱看见墨莲这副样子，低声哭起来。她知道墨莲很喜欢凰北月，曾经，她还帮墨莲出了不少点子，想让凰北月也喜欢他。她明白他的心情。人很爱一个人时，会不顾一切，甚至付出生命。

“她让我告诉你，她在外面等着你。你爱她的话，就出去找她，你们会永远在一起。墨莲，你打动她的心了。我带你出去找她，好不好？”吱吱哽咽着说。

墨莲静静地听着，像听着别人向他描述一个不真实的梦。听到最后，他才微微笑了一下。然后，他抬起满是伤口的手，在纳戒里摸啊摸，终于摸出一个被弄歪了的面人儿。

吱吱认出那是上次墨莲在街上买的，本来他打算把它送给凰北月，但是因为被吱吱嘲笑了，就一直藏着。

墨莲把面人儿给吱吱，努力张了好几次口，才终于说：“对不起，我走不动了。”

“我背着你，一定把你背到她身边。”吱吱一边说着，一边哗哗地流着眼泪。

墨莲摇摇头，自知这是不可能的。他不想让凰北月亲眼看见他死去，那样的话，她一定会伤心死的。他不是牧羊女的丈夫，他不会让喜欢的人哭。

“吱吱，给我一个梦好不好？”

“不……不要！我要带你出去！”吱吱哭得像个小孩子。

墨莲无力地靠着她，双手向下垂着，身上没有一个部位能动。

等吱吱哭了一会儿，他才喃喃地开口道：“我因何生于世上？圣君说，是他创造了我，因他需要我成为他的武器，但我知道不是。我因何生于世上？因你……因你啊，月……”他说着话，目光迅速地暗淡下去。

吱吱害怕地大喊起来：“墨莲，不要走！求求你，不要走……”

幻灵兽哀伤地看着墨莲，知道已经无法挽回他的生命，便说：“请你为他织梦吧！”

墨莲的脸色苍白得如同一片白雪，没有任何生气。看着这样的他，吱吱知道，他的生命已经走到了尽头。

“好！”吱吱终于点点头，慢慢地晃动着手指上的银铃，开始为墨莲织梦。

墨莲，我给你最美的梦。在梦里，你像蜉蝣一样，虽然生命短暂，可是一生圆满而幸福。

你和她相遇，相爱相守，一生一世，死亡都无法将你们分开。

你是不是看到了？在喧闹的灯会上，人群熙熙攘攘，她提着红灯笼走向你。

你是不是看到了？她为你穿上嫁衣，坐上花轿。你掀开她的红盖头，看见喜烛的光芒中，她满脸羞涩的红晕。

你是不是看到你为她画眉？

你是不是看到你们的孩子出生？

你是不是看到你们白发苍苍，却依然牵着手……

"墨莲……"梦境织完，吱吱轻轻地喊了一声墨莲的名字。

怀里的人轻轻地靠着她，双眼闭上，苍白的脸上却挂着安宁的笑容。他的生命终于十八岁的初冬。天空飘下细雪，雪的颜色和他的生命一样苍白。

幻灵兽哀鸣一声，眼中也流出眼泪。

召唤师一死，召唤兽也无法独活。幻灵兽慢慢地倒在地上，口中发出低声的哀叫。它悲哀地望着天空中落下的白雪，似乎又看见了第一次被墨莲召唤出来时的场景。

那时候，墨莲还是一个蹒跚学步的孩子。幻灵兽的出现，气势迫人，吓得墨莲跌倒在地上哇哇大哭。

它瞥了他一眼，看见他眼角的黑色桔梗花，便知道一切都是宿命的安排。

它用翅膀尖将墨莲扶起来。谁知道这孩子竟得寸进尺，顺势抱着它的翅膀不松手，眼泪鼻涕都蹭在它的翅膀上。

"妞妞，妞妞……"

它永远记得当时的自己差点儿气得爆炸。后来，它得知妞妞其实是一个从墨莲出生时就照顾他的哑女，便不生气了。因为幼时的墨莲太依赖那个哑女，宋秘便杀了那个女孩，理由为：斩断他的感情羁绊。

宋秘一定想不到，他最后还是因墨莲的感情而死。

渐渐地，幻灵兽也闭上了眼睛。

高山削平，冰原吹来的冷风让雪越下越大。

吱吱放开墨莲，将他平平地放在地上，看着大雪渐渐将他掩埋，泪水一直没有停止。她想了想，将墨莲给她的面人儿埋在他身边的白雪中，轻声道："这是她。"然后，她从地上捡起万兽无疆，慢慢地走下山去。

吱吱回到河边，远远地看见凰北月还等在那里，也是一样固执地不肯走。

吱吱努力擦干眼泪，反反复复呼吸了好几次，才敢走过去。

凰北月看见吱吱回来，立刻直起身来，问："墨莲呢？"

吱吱一听到她这么问，本来已经擦干的眼泪又狂涌出来，如同决堤的河水，怎么都止不住。凰北月只是怔怔地看着吱吱，神情恍惚，片刻之后才轻轻眨了一下眼睛，一滴泪水也被她眨了出来。

天空中降下白雪，凰北月抬起头，一片柔软而完整的雪花刚好落在她的嘴唇上，一片冰凉，就好像穿越了万水千山、生死两地，匆忙赶来吻别她的恋人。

未完的心愿，终止的生命。那是临别的一吻吗？墨莲……

呼啸的风中，似乎有人在诉说爱恋，唱着离别之曲，却盈满无可奈何的悲伤。

雪花慢慢地在嘴唇上融化，凰北月的泪水滚下来，和雪水一起流进她的嘴里。那苦涩的味道，像是人生悲欢离合的味道。

有人跟她说："再见。"她却一直在哭，因为她不想说再见啊！

吱吱犹豫了一下，把万兽无疆拿出来，交给凰北月："我找到了这个。"

凰北月将这块玉握在手里，从来都没有觉得它这么冰凉过，似乎没有一丝生命。她慢慢地闭上眼睛感受了一下，什么动静都没有。如今，万兽无疆只是一块普通的黑玉罢了。

她无声地啜泣，在越流越汹涌的泪水中，慢慢发出悲戚的声音。

第二十四章 大结局

司幽境。

凰北月再次踏上这片土地，还是有种恍惚的感觉。

白天的司幽境天气晴朗，万里无云，一眼望去，北部那座光秃秃的山脉矗立在晴空下，像一个忠实的守护者。

凰北月的心一下子紧紧地揪起来。她下意识地不去看那座山脉。那里埋葬了一个不顾一切为她牺牲的人。她每次想起，都抑制不住心酸苦涩。

王宫的瞭望塔上，夜王躺在软椅上，盖着薄被，闭目养神。凰北月走进去的脚步声惊动了他。他慢慢地睁开眼睛，挣扎着坐起来，让所有人都退下去，只留下他们两人。

“你找我，是有什么事想说？”凰北月背对着夜王，看向瞭望塔外面，道。

这里很高，人站在这里，能将整个司幽境尽收眼底。北部的山脉像一头沉睡的野兽，默然地和她对视着。

这一次，她伤得很重，加上墨莲的死对她的打击，她几乎两个月都行动不便。因为没有了万兽无疆，无法依靠那种黑色的力量带来的恐怖修复术进行疗伤，所以，这一次她恢复需要的时间很长，整整休养了半年才慢慢好起来。

现在的凰北月觉得心力交瘁，很想停下来，不管世事，找个安静的地方度过余下的人生。

半年里，所有想见她的人都被阻挡在外。这一次，若不是夜王派了吱吱去，提起关于招魂术的事，她也不会来司幽境。这个地方，对她来说，是一切的终结之地。她很不想踏入。

夜王抬起头，看着她的背影，咳了一声，才慢慢地说：“利用招魂术将魂魄招回来，并留在这个世界上，需要付出很大的代价。”

凰北月抿着苍白的唇，身体隐隐颤抖，不想去问让自己害怕的问题。夜王也不等她问，便说："你知道墨莲换回你，付出的是怎样的代价吗？"

同样不等她问，夜王自问自答："是他这一世的生命。然后，他用自己的生生世世，换你可以轮回。"因为，被招魂术招回一次的魂魄，原本是不可能有轮回的。

夜王的话将凰北月小心隐藏起来的伤口再一次残忍地撕裂。凰北月心里一痛，只能拼命地咬住嘴唇，让背脊更加僵硬地挺直。

生生世世啊！墨莲，你怎么这么傻？

夜王看着她颤抖的背影，道："凰北月，这一切都是命中注定，是神的主宰，其实你不应该太伤心。"

"我不信命运。"凰北月激动地转过身，泪水盈眶地道，"我更不信这世上有神！神是什么？它凭什么主宰一切？"

夜王静静地看着她发泄了一会儿，才说："卡尔塔大陆广阔无边，可这不过是茫茫人界的一角而已。你我不过是沧海一粟。往上有九重天阙，往下还有九层魔界……"

"神话之说，岂可尽信？"凰北月打断他。她从一个科技发达的地方来，对怪力乱神之说，一向不信。

夜王叹息一声，慢慢地站起来，走到瞭望塔的祭台前，上面摆放着命盘。他双手结印，开始念诵长长的咒语。

凰北月站在他身后，感受着周围的动静。浩荡的元气从头顶压迫下来，迫得她不得不抬起头去看。

瞭望塔的穹顶很高，原本是黑漆漆的一片，突然间，像是被一只无形的手狠狠地扯开，烟云飞散，刺眼的金光投射下来。

凰北月下意识地眯起眼睛，眼角的余光看见金光里有一个人的身影出现。

五彩琉璃的王座，庄重华贵的衣袍，金色莲花头冠，年轻美丽的脸庞，却有着让人畏惧的威严和不可亵渎的神圣高贵。

那人斜挑的凤目本来慵懒地眯着，此刻却慢慢地睁开。那人看见他们，似乎怔了一下，然后便慢慢地抬起手，从高处压下来。巨大的手掌带着掌控一切的磅礴力量。被她看到的人，似乎不过是蝼蚁一样微小。

凰北月皱着眉，虽不知道那人看到的究竟是什么，却被这种轻而易举可以掌控他人的气势激怒。她手中光芒一闪，雪影战刀飞快地在半空划过。那只伸出来的手立刻缩回去，鲜血慢慢地流下来。

女子看了一眼自己的手，便笑道："帝君流血，凤逆天下。你便是预言里所说的，朕的破命之人吧？看来朕的劫快到了。"

凰北月冷冷地看着她，对方却说："你用朕的血，可以实现一个逆天之愿，如何？想不想到九重天阙来，得永恒之躯？"

对她的诱惑之言，凰北月无动于衷，只是问："你是谁？凭什么可以实现我的逆天之愿？"

"呵……"对方笑了，那是一种怜悯凡人的笑，"朕是九阙至尊、光明之主、天界帝君华曦。你若是想，朕可将整个卡尔塔大陆赐予你。"

"我不懂你为何要帮我？"听到她一连串吓死人的称号，凰北月也没有惊讶。她现在窥见了另外一个世界，却半点儿都激动不起来，只觉得很悲凉。

华曦道："预言说，朕在劫难，会得你帮助。"

凰北月闻言，平静地说："凤逆天下我根本不稀罕。如果你可以实现我的任何愿望，那我向你要一个人，让墨莲回来。"

华曦慵懒地斜靠着王座，轻轻掐指，道："他魂魄已散，肉体腐烂，不可能再回来。"

嘴唇微微一抖，凰北月说："那我要他的来生。"

"他没有来生。"

"你可以给他！"凰北月怒道，"你不是天神吗？世间万物都在你的主宰之中！"

华曦微微顿了一下，凤目微垂，似乎在审视这个逆天改命的少女，想窥探她的心里究竟装着什么。身为凡人，为何她会有这么多的情感羁绊呢？他们和神族终究不一样啊！

"好！我可以给他来生。但将来你若遇到我，不管发生什么事，一定要帮我。"

"没问题。"凰北月说，"我还有一个要求，我要他来生遇到我。"

"可以。"华曦爽快地答应，"这是朕的承诺。来生，你会遇见他，他的一生也会安然度过。"

天帝华曦说完，天上的宫阙慢慢地关闭，她的面容消失在一片炫目的金光中。云烟重新合起来，慢慢地恢复，变成瞭望塔中的穹顶。

夜王体力不支地倒在地上。凰北月将他扶起来，看了一眼命盘，将万兽无疆拿出来，轻轻地放在上面。

"它已经不属于我了，请司幽境好好地保存吧！"

"多谢你。"

那是萧谨留下的唯一东西，如今只是一块普通的黑玉，他早就想要回来供奉了。

凰北月将夜王扶到软椅上重新躺下，直起身来，准备离开。夜王咳了几声，道："凰北月，我知道你并非爱上了墨莲，他只是令你感到亏欠和愧疚，所以你把来生都用来补偿他。可是，韶华易逝，有些事情不要等错过了才追悔莫及！”

凰北月恍然一笑，点点头，道：“我知道。”她直接从瞭望塔跃出去。

冰灵幻鸟从远处飞来，稳稳地接住她，带着她迅速飞上高空。凰北月回过头，看着北部渐远的山脉，轻轻地开口道：“墨莲，来生，等我吧！”

冰灵幻鸟瞬间飞出司幽境，穿过云烟，下面是一座秀丽的山峰。

凰北月道：“下去。”

冰灵幻鸟在空中盘旋一圈，落在青山环绕的一处小湖边。湖上烟波浩渺，宛如仙境。一座木楼建在水中，周围挂着层层夭红的轻纱。轻纱拂在水面，飘在风中，和着屋檐下的风铃声，要多骚包有多骚包。

红纱被吹起，楼中露出一个妖孽的人影。那人执着酒壶，逍遥地半躺在一堆华丽的软枕中，一边喝酒，一边拎起画笔，往铺在地上的纸上添了几笔。画上是一个相貌秀丽的美人儿。魇对着那眉眼，只觉得怎么越看越熟悉，越看越讨厌呢？

“又是她！”终于看出画中的人是谁了，魇大怒，抓起画纸揉成一团，扔到一旁的角落里。那里已经堆了一堆同样的画纸，都是他画出来的跟某人非常相似的美人儿。

哼！把他关了十多年，还不肯喜欢他的臭丫头有什么好？他要画个美人儿，画个绝世美人儿！他提笔重画……

扑哧！一声低笑响起。

风铃发出悦耳的响声。

魇抬起头，以为眼前出现了幻觉，画笔当啷一声掉在地上。他恍然间看见了画中人站在他的面前。凰北月走过来，将画笔拾起来，递给他，撑着小脸，笑道：“神兽就是神兽啊！这么老了，竟连皱纹都不长。”

他的这张脸，曾经在他和她争夺王玺的时候，不小心被毁。当时他入魔太深，对她恨意深重，坚决要留着伤疤来报复她。她每次看见那道触目惊心的伤疤影响了他的绝世美貌，都觉得心里很难过。好在之后她重新将他关进黑水禁牢，墨莲又毁掉了万兽无疆，他的魔性便消失了。

这家伙天生就是个绝对不能容忍自己丑陋的人，又怎么可能容忍那道伤疤？对他这样的神兽来说，区区一道伤疤不过是小事一件。只要他想，伤疤自然很快就能修复。

现在看到他依旧风华绝代的样子，凰北月总算安心了。这家伙，还知道爱美的话，就绝对正常了。

“哼！本大人绝世美貌，怎么可能长皱纹？”

自恋美男魇一把夺过自己的画笔，不小心将墨水溅到脸上，气得哇哇大叫，他连忙跑到水边去洗脸，顺便照照镜子。她出现得这么突然，这几天他却没洗脸没梳头，是不是有损形象？还好，还好，他还是这么美！天生的绝世美男，怎么看都美得不像话，哈哈哈……

凰北月靠着柱子，站在他身边，低头笑道："大美人儿，你要是出去，绝对迷倒一大片男女啊！"

"哼！本大爷只要迷倒一个人就够了！"魇哼哼唧唧地说。

凰北月挑眉道："如果你当年迷倒了轩辕谨，也许事情会变得不同，但她后来也醒悟了。魇，她若有来生，希望你和她再次重逢。"

魇看着水中自己的倒影，一圈儿一圈儿的涟漪散开，他的脸有些虚幻。

"臭丫头，我还是不明白，他到底哪里比我好？"他执着于这个问题，执着了好多年！

凰北月哈哈大笑，蹲下去，用一只手勾着他的脖子，和他一起看着水中的倒影。

"你看，再过几个十年，我也许会满脸皱纹，也许会白发苍苍，可你还是和现在一样美。等几百年之后我去世，你还是这么美地活着。"

魇听着她的话，沉默了一瞬，道："我知道你为什么喜欢他。"

"哦？"凰北月感兴趣了。他顿悟了？

"他说我们是'人兽有别'，还是他比较了解你。"魇虽然不服气，但还是不得不承认，自己和她相处十多年，却不如风连翼了解她。

凰北月一怔，缓缓地收敛笑容，沉默了一会儿，才站起来，说："我走了。以后，我会常常来找你喝酒的。"

魇邪恶地笑道："那你可要小心，酒后乱性。"

"浑蛋，我的酒量好得很！"凰北月笑着瞥了他一眼，走上冰灵幻鸟的背，离去。

魇怔怔地看着天空，看了一会儿，重新提笔作画。

不用掩饰，不管我怎么画，细细地勾勒、描绘，一笔一画都是你，都是你……

临淮城皇宫，今夜灯火辉煌，歌舞升平，一片欢腾的景象。

这场宴会是战野为北曜国皇帝风连翼，以及赵王风雅玉而设。

南北两国，最近几年已是少有的和平，没有战事，反而还有结盟之势。风雅玉正是适婚的年龄，这次，风连翼有意为他求娶战野的一位妹妹、先皇的小女儿嘉琳公主为妻。

北曜国如此诚心地想结盟，战野自然高兴不已。他和风连翼一谈，婚事就算确定了。

今夜，宫中大放烟火，庆贺两国关系进一步稳固。

嘉琳公主不日便要远嫁北曜国，因此这晚的主角是公主和赵王。大臣们轮流上前恭喜。嘉琳公主羞涩地躲在皇后身边，赵王风雅玉则拘谨地坐在一旁。

战野和风连翼并排而坐。两国修和，捐弃前嫌，两人自然能抛开国事畅谈。

席间，风连翼找寻的目光一直穿梭在各处。他虽然谈笑风生，却不免有些失落。战野看在眼里，也不说破。

酒过三巡，永安才匆匆地跑过来，低声在战野耳畔说："陛下，月夜大人来了。"

月夜，这个名字在南翼国已经如同神话一样被传颂。她的丰功伟绩，她的惊世之才，后人永远铭记在心。没有她，哪有北曜国今日的繁华安定？

凰北月已经辞去所有官职，不问朝政。但在世人眼中，她依旧是高高在上的，永远都让人崇拜景仰。

永安的声音不大，风连翼却听见了，立刻抬起头看向大殿门口。

凰北月在宫人的带领下走进来，着一身简单利落的黑袍。她从魇那里回来，就匆匆地赶来这里。但凡临淮城的皇亲贵族举办大大小小的宴会，为了表示对她的尊重，都会将帖子送到她的别月山庄，皇宫也不例外。只是，她为了避嫌，也怕麻烦，几乎每次都婉拒。这一次，她出乎意料地出现，让所有人都吃了一惊。

月夜大人啊！自从南北两国战事平息之后，众人还是第一次看到她出现！她还是那么英姿飒爽、气质高贵啊！

凰北月如神祇般从殿外走进来，大殿中的所有人不知不觉间都被夺走了呼吸。她一脸从容，似乎早就习惯了被众人的目光追随。

凰北月若有所觉地抬起头，目光和风连翼的不期然碰撞在一起。风连翼一怔，她也一怔。随即，二人很有默契地相视一笑，千言万语，尽在其中。

不管多么波澜壮阔、惊天动地的爱情，都比不上这一刻的笑容。隔着阑珊的灯火与身姿曼妙的舞姬，悠远的岁月，终于千帆过尽，她靠近了他的身边。

风连翼猛地站起来，大步朝她走去。舞姬纷纷退避，连举杯喝酒的达官贵人都转过头来，不解地看着他。

终于，他站在她面前，低下头，笑容倾城地道："好久不见了。"

"嗯，好久不见了。"凰北月也抬起头微笑，明眸璀璨。

过去的悲欢离合真的都已过去。他们之间没有半点儿不自然，仿佛从来没有分开过。凰北月的眼角有些湿润。她看了风连翼半晌，那样的容颜如同璀璨的明星，在遥远的天边，也照亮了她黑暗孤寂的内心。

还好没有错过他，她心里这样想着，还好他一如既往地愿意等着她。她心里禁不住有些酸楚，这么多年的分分合合，终于在这一刻尘埃落定。她的鼻子红红的。在这样灯火辉煌的夜晚，她看起来像个不谙世事的小女孩，精致的脸庞带着一点儿孩子气的委屈。

风连翼脸上露出温柔的笑容，体贴地侧过身，请她一起入座。

战野的眉梢眼角全是笑意。他一向威严冷酷，连身边贴身的宫女、太监都很少看到他笑。今日乍见他脸上露出这样的笑容，所有人都内心忐忑起来。

皇后倒是表现得很端庄，嘴角噙着母仪天下的矜持笑容，还说了几句大方得体的话。看来，她确实是渴望做皇后很久了。

酒宴上，大大小小的官员自然都极其有眼力见儿，瞅到空隙就上来敬酒，各种歌功颂德的话被说得天花乱坠。睿侯月夜可是南翼国如日中天的人物，虽然几个月之前已经辞官，可她对皇帝的影响力依旧非同小可。她一出现，皇上脸上便露出那样的笑容，那种无言的信任和倚重，已是不言而喻了。

这些在官场摸爬滚打多年的人，怎么会看不明白呢？现在的情况是，他们只要讨好了睿侯月夜，不仅相当于攀上了一棵大树，还能让皇上更加赏识。

看着这样的场面，战野和风连翼都十分默契地准备帮凰北月挡酒。可是，今夜的凰北月似乎格外高兴，不管是谁敬的酒，全都干了。她的酒量一向不错。她能如此豪迈地喝酒也算畅快，这种爽朗的作风立刻赢得无数人的好感。原来高高在上的月夜阁下，竟是如此干脆爽快的人啊！

酒不知道过了多少巡，眼看着凰北月再喝就要出事，战野一个冷冷的眼神扫过去，那些人立刻识相地乖乖回去，谁也不敢来敬酒。

“睿侯的酒量真是让人佩服。”在一旁看了许久的皇后慕影姿忍不住笑着说。

凰北月偏过头冲她一笑，脸颊染着两抹绯红，比醇酒更醉人，连慕影姿看了都觉得心跳不已。慕影姿下意识地看了战野一眼，果然，只见他用那双深情的眸子深深地凝视着凰北月。那种不自觉流露出来的深情，顿时让慕影姿心如刀绞。

“睿侯喝得太多了，不如先到后面休息一会儿吧！”慕影姿笑着说。

她喝了太多酒，确实有些不舒服。凰北月很少这么放纵自己，但是今晚不同。她卸下了重担，和心爱之人重逢，虽然还没来得及多说几句话，但她就是很高兴。喝酒，人生快事，尽兴而已！

凰北月看了一眼坐在不远处、由始至终一直看着她的风连翼，冲他露出一个带着酒意的醉人笑容。一时之间，她整个人都很有些小女人的妩媚感。风连翼心里痒痒的，握着酒杯的手紧了又紧，有种想立刻拥她入怀的冲动。但是，这么多人在场，他还是以最大的克制力忍了下来。

凰北月靠在宫女身上，和皇后一起离开。经过风连翼身边的时候，她又低下头瞥了他一眼，眉梢眼角都带着醉意，那是一种赤裸裸的挑逗！

风连翼不禁在心里咬牙切齿。所谓君子报仇，十年不晚，他暂时忍了。

凰北月，你给我记着，你欠我的，可是很多很多，一百年都还不清。

凰北月和皇后走后，宴会照常进行。

风雅玉不知道什么时候蹭到自己兄长的身边，看着凰北月的背影，喃喃地说："师父一点儿都没有变呢！是不是啊？皇兄？皇兄？"

"怎么了？"风连翼被风雅玉唤回神，不动声色地喝酒。

风雅玉很单纯地看着他那张美得不真实的脸庞，道："皇兄，你的表情为何如此狰狞？"不过，就算表情狰狞，他也是倾国倾城的美男啊！如果皇兄是女人的话，一定就是传言中的红颜祸水吧？

"是吗？"风连翼淡淡地说，酒杯离开自己的唇，唇畔缓缓地浮现一丝算计的笑。

风雅玉看着那抹笑容，只觉得心底发寒，隐隐有种不好的预感，小声问道："皇兄，你……你不是要把我当在这儿吧？"他为何会有一种即将被卖掉的感觉呢？好可怕的皇兄啊！

"怎么会呢？"风连翼微笑着说，"雅玉，你是我唯一的弟弟，也是北曜国正统的继承人，我怎么会把你当在这儿呢？"

"什么正统不正统的？"雅玉这个憨厚的孩子，此时还不知道自己其实真的掉进一个圈套，还摸着后脑勺傻呵呵地笑，"我觉得，皇兄治理之下的北曜国，终有一天会成为卡尔塔大陆上最强大的国家。"

"雅玉，"风连翼非常郑重地拍着他的肩膀，说，"难道母后没有教导你，自己的事要自己做，不能太麻烦别人吗？"

风雅玉一愣，抓着耳朵寻思。他没有麻烦别人什么事啊！

风连翼见他不开窍，只好说："雅玉啊！皇兄帮你坐这个皇位，坐得很累啊！你看看，皇兄现在一把年纪了，还没把心爱的姑娘追到手，多么失败啊！"

"这……"风雅玉彻底无语了，"皇兄，这怎么……"

"没事！雅玉，你不用自责。我是你的兄长，为你做点儿事是应该的。"像是看着自己的孩子终于长大，终于可以放出去历练了，风连翼一脸欣慰地道。

风雅玉浑身汗毛都竖起来了。不妙啊！皇兄这是想把北曜国的摊子扔给他啊？果然，刚才那种被算计的感觉成真了啊！

"皇兄，我不行的……"

"雅玉，等你和嘉琳公主成亲之后，就是真正的大人了，要担起责任来！"风连翼一脸严肃地道，浅浅的紫眸中闪过一抹精光，"为了皇兄和你师父的幸福，雅玉，你就牺牲一下吧！”

“我……”风雅玉憋屈极了，偏偏对皇兄这话没有反驳的余地，只能自认倒霉。

且说皇后慕影姿带着凰北月从宴会大殿退出来，慢慢地走在幽静的御花园里，呼吸着夜晚的凉风，顿时觉得神清气爽。

凰北月喝下去的酒慢慢地在元气的运转下散去。强大到她这种程度，一般的酒是灌不醉她的，所以才会有“酒入愁肠愁更愁”的感叹。

“睿侯真是好酒量啊！”慕影姿淡淡地道。

凰北月微微一笑，道：“皇后过奖了。在下早已辞官，不是什么睿侯了。”

“皇上说过，不管什么时候，睿侯都是睿侯，谁也不能撼动你的地位。”慕影姿一身宫装，端庄华贵，发髻梳成朝天的凤凰，是真正母仪天下的姿态。她虽然笑着，一双凤眸却含着威仪，似乎有意震慑。

凰北月假装什么都没有看到，只是说：“皇上如此厚爱，在下不胜惶恐。”

“可不只是本宫这样说，全天下人都这样说，皇上身后站着睿侯，其身影已经笼罩了整个南翼国。”

听着慕影姿像是玩笑的语气，凰北月却渐渐收敛了脸上的笑意，手指有意无意地从假山的石头上划过。

凰北月只见过慕影姿几次，这是个端庄贤惠的女人，聪明内敛，身后有慕家支持。而慕家一向和睿侯不对盘，暗地里总少不了和她作对。这一切，她自然知道是慕影姿授意的。皇后排斥她，她心里清楚得很。

“我身为臣下，只能时时刻刻为皇上分忧，不敢逾越。只要皇上一声令下，刀山火海，月夜都会走进去。”凰北月淡淡地说。

慕影姿笑起来，状似亲热地握住凰北月的手，道：“其实，本宫早有一个想法，怕冒犯了睿侯。今天借着酒力，一定要跟睿侯说。”

凰北月不动声色地听着。慕影姿道：“皇上对睿侯的感情，本宫不是不知道。今日，本宫是想请睿侯成全皇上的一片心意。本宫愿为妃，睿侯为后，你我姐妹二人共同伺候皇上。”

凰北月抬起头瞥了一眼慕影姿端庄秀丽的脸庞，一双凤目看向她的目光还算真诚。

把皇后的宝座让给她？慕影姿果真这么大度吗？凰北月偏了一下头，笑道：“好啊！”

慕影姿闻言，面色瞬间就苍白如纸。

恰好这时候，远处传来侍女请安的声音，是战野过来了。

凰北月转过身，慕影姿在慌乱中抓了一下她的手，却被凰北月冷冷地甩开。她是喜欢聪明人，不过不喜欢用聪明来算计她的人，更不喜欢那种自以为用身份就可以震慑住她的人。她现在是不像以前那么霸道冷酷了，但并不代表她比以前弱，不是谁都可以踩到她头上来的。她肯为南翼国和战野鞠躬尽瘁，那是因为这里是她的家，战野是她的家人。这个慕影姿又算什么东西？皇后的宝座？笑话！她有机会连皇帝的宝座都端了，哪还有她慕影姿什么事儿？

“你们在这里说什么？”战野大步走过来。他登基之后，身上慢慢沉淀了帝王的威严，不可触动。

凰北月走过去，笑道：“刚才皇后跟我说了一件很有意思的事情。”

战野轻轻地瞥着慕影姿苍白的脸庞，哦了一声，问道：“什么有意思的事情？”

凰北月正待开口，慕影姿立刻道：“我……我……那只是玩笑话而已，希望睿侯不要放在心上。”

慕影姿朝凰北月看过来，目光带着一丝哀求，终于知道惹错了人。这个凰北月，不是她用皇家的威严就可以震慑住的。可是，她没有办法了啊！她费尽心机等了那么多年，终于如愿以偿地嫁给了战野，成为皇后，可是皇上的心里只装着一个睿侯，目光从来没有放到她身上过。睿侯的一句话、一个举动，都可以影响皇上的任何决断。她不甘心！

战野明察秋毫，一看慕影姿的面色，便知道刚才肯定是发生了不愉快的事情。他可以容忍任何事，甚至可以容忍慕影姿私下里扶持慕家人，让慕家再次壮大。慕影姿对他情深，可是野心太大，不甘于平庸，看在母后的面子上，他才对她睁一只眼闭一只眼。但是，他不能容忍她欺负到北月的头上。谁也不能欺负被他视若珍宝的北月。他都舍不得，别人凭什么可以？

“你是皇后，应当自重。有些事，能不能做，你心里应当一清二楚。”战野的语气稍稍严厉，自然话也是一语双关。

慕影姿有些委屈，但也明白，皇上的话分明有警告她安分守己的意思。是啊，他是帝王，不管她做什么，哪里能逃过他的眼睛？

“臣妾失礼，请皇上息怒。”

“下去吧！”她平日里好歹是个婉柔贤惠的人，战野也没有严厉苛责，便让她离开了。

凰北月看着慕影姿的背影，不得不感叹，宫中的女人最可怜。

“其实她很好，一心一意为了你。只是和平年代，这样聪明能干的皇后，总是发挥不了自己的价值。”凰北月说。要是正逢战乱，说不定慕影姿也能像当年的文德太后一样。

“她刚才跟你说了什么？”战野不再想慕影姿的事情，只是关切地问凰北月。

“就是开了一个小玩笑，不用放在心上。”凰北月无所谓地说，“战野，我想，我应该离开南翼国了。”

瞳孔一缩，战野冷声问：“她究竟跟你说了什么？”

“不关她的事。”凰北月深深地吸了一口气，慢慢地道，“这一生，我错过了很多东西，也许来生都没有机会拥有。所以，我不能再浪费时间了。”

战野抿着唇，微微偏过脸，艰难地说：“如果朕不让你走呢？”

他在她面前自称“朕”，是打算以帝王的权威强行把她留下来吗？

“如果你以国君的身份命令我留下，我一定不会走。你是君，我是臣，对南翼国和凰战野，我凰北月一生誓死效忠。”她目光坚定地看着他，没有半句虚假之言。

战野皱着眉，漆黑的眼底隐约有什么东西一闪而过：“为什么？因为对樱夜的愧疚吗？”

凰北月一怔，凝眉不语。

“我就知道，”战野自嘲地一笑，“如果不是因为对樱夜的死感到愧疚，我想你早就走了。你更不会不惜和风连翼反目成仇，成就南翼国的今天。”

“我做这一切是因为南翼国是我的家，你是我的家人啊！”凰北月一时激动，脱口而出，“我很珍惜你们。”

战野目光深深地看着她，最后，终于妥协似的垮下肩膀：“家人……”她与他能做家人，已经很好了。

两人沉默。片刻之后，一道金色的光芒闪过，赤金圣虎从半空降落在他们面前。吱吱跳下来，喘着气，说：“终于找到姐姐了！”

“怎么了？”看她急匆匆的样子，凰北月立刻问。难道是司幽境出事了？

“没什么大事啦！”吱吱抓抓后脑勺，笑嘻嘻地说，“父王让我把这个交给你。”

说着，吱吱从自己的纳戒里拿出两颗透明的珠子。珠子呈淡淡的绿色，透着光，可以看见里面有什么东西沉睡着。

似乎是灵魂上的感应，凰北月的手颤了一下：“这是……”

“是樱夜公主和曹秀之的魂魄。”吱吱眨巴着眼睛，说，“父王说，他答应过你三个要求，都要做到，不想欠你什么。”

凰北月心里狠狠地一颤，几乎站不稳，只能紧紧地挨着战野。可是，战野也震惊得说不出话来。

吱吱想了一下，手指在珠子上轻轻一弹，两个身影便轻飘飘地出现在凰北月和战野的眼前。少年和少女的模样和记忆中的一样，一点儿变化都没有。

凰北月怔怔地看着他们。曹秀之还在茫然四顾，樱夜却对着她轻轻地笑了笑。那么美的一个笑容，如同梦幻，让人忍不住心酸落泪。

几乎在那一瞬间，战野就忍不住红了眼睛。堂堂七尺男儿，统治着一个强大国家的帝王，却也抵挡不了这突如其来的心痛。

樱夜啊……

凰北月看见那样的笑容，紧绷了许久的情绪瞬间崩溃，那么多的愧疚、不安、悲痛，全都无法掩藏。

“对不起……”她颤抖着嘴唇，只能说出这三个没有意义的字来。这三个字，便是她一直以来的心病。她无数次想过，如果时间能倒流，一定会好好保护樱夜。

樱夜走到凰北月面前，伸手轻轻地拥抱她，道：“笨蛋，你根本不用自责啊！”

“是我不好，你当时一定等了我很久……”眼泪滑落下来，凰北月哽咽着说。她想起当时的情景，在纷飞的大雪中看见樱夜的尸体，仍觉得心里的一切都在崩塌沦陷。

樱夜的眼神有些迷离。她也想起当时自己确实等了凰北月很久很久。不管在多么残酷的绝境里，她都相信北月一定会来救她。这样的信心，即便到现在都没有动摇。可是，即便北月没有赶到，她也没有怪北月啊！后来，她知道北月为了补偿她所做的一切时，只能无奈地叹息。大家都说她是固执的傻丫头，可到底谁才固执啊？

“只要魂魄还在，我就可以帮你重塑灵体。樱夜，回来吧！”凰北月喃喃地说。

樱夜笑了一下，回头看着茫然的曹秀之，摇摇头，说：“我不想回去。很快，我就可以轮回，做一个全新的人。”

“我可以让你们一起回来！”

“不！北月，你不明白。我很累了，只想静静地离开。我从来没有怪过你，更不想让你自责愧疚这么久。都是我害了你，你自由吧！”

“我……”

“翼哥哥是全世界最好的人，你怎么能让他一直等你？你不能给他幸福的话，我会怪你的。”樱夜轻声说。

凰北月霎时泣不成声，靠在樱夜的怀里，哭得像个孩子一样。樱夜拍着她的肩膀，慢慢地抬起头，看向战野：“皇兄，我还能叫你皇兄吗？”

“你永远是我唯一的妹妹。”战野爱怜地摸摸她的小脸，目光里盛满了溺爱。

有时候，他很后悔。为何樱夜在的时候，他要对她那么严厉呢？

有时候，想起樱夜，他会觉得自己不是一个好兄长，因为小时候，自己总让她哭鼻子。

她太小，却总是喜欢跟着他跑。他为了甩开她，骗了她一次又一次，让她一次又一次傻傻地等，一次又一次失望地哭。她却一次又一次地相信他。

每当想到这些，战野都会心痛得从梦中惊醒。

樱夜啊！如果时光可以倒流，我一定会对你很好很好，一定让你有世界上最好的哥哥，不会责骂你，不会躲开你，更不会在你无助绝望的时候不在你身边。

樱夜开心地笑道：“太好了！”

战野摸着她的头，有很多话都说不出来，最后只能道：“去见见母后吧！她很想你。”

樱夜犹豫了一下，还是点点头。她放开凰北月，冲他们挥挥手，然后拉着曹秀之一起，跟着吱吱离开了。

凰北月还吸着鼻子，可是，沉重的内心终于轻松一些了。战野拍了一下凰北月的肩膀，道：“上一次送你走的时候，你说过还会回来，这一次呢？”

“这一次也一样！”凰北月抬起清澈的眼眸，脸上虽然有哭过的痕迹，但依旧和当初一样真诚漂亮，“我与你一起喝过母亲河的水，这辈子，不管走多远，都一定会回来。”

战野终于笑了，道：“就算不能得到你，看到你幸福，我也一样高兴。月儿，在外面受了委屈，就回来吧。”

“嗯！”凰北月重重地点头。

这就是有家的感觉，不管在外面怎么困苦，背后都会有强大的依靠。家，从小梦寐以求的东西，她终于得到了。一个完整的家，还有真诚待她的家人，如此完美，真不敢相信是她所有。

她张开手臂，和战野相拥片刻，然后分开。她抬起头，与他相视一笑。

我们共饮玉河水，从此以后，便是血脉相连的亲人。

凰北月和战野一起再回到宴会大殿的时候，已经看不到风连翼的身影了。

凰北月一怔，心里没来由地一阵慌乱，忙找到风雅玉打听。风雅玉已经被那些恭贺的官员灌得东南西北都分不清楚了，一看见她就呵呵直笑，道：“师父，你来得正好，快帮我报仇。”

“酒量这么弱，让我这个师父的脸往哪儿放？”凰北月拍了他两下，“快告诉我，风连翼在哪里？”

风雅玉怔了一下，随即吸吸鼻子，委屈地说：“皇兄……皇兄扔下我走了，呜呜呜……”

唉，这个傻小子！凰北月无奈，总不能让自己的徒弟在这种时候丢脸，于是匆匆忙忙地塞了一颗解酒的丹药在他嘴巴里，就追出去了。

冰灵幻鸟瞬间冲出皇宫，冲上高空，将宫中无数辉煌的灯火甩在身后。

这一次，凰北月离开时，心情无比畅快，没有后顾之忧，一心一意，翱翔天空，驰骋大地。她面带笑容，俯瞰着夜色中雄伟壮观的临淮城——她的家，她背后的强大依靠。强烈的归属感让她不再害怕，她能勇敢地往前走！

冰灵幻鸟飞到城外，它背上的凰北月看见夜色中逐渐显露出来的山脉，其中一棵枝叶茂密的树上，男子翩然的白色衣摆如流云般垂下，微微随着轻风摆动，潇洒出尘，如梦如幻。

凰北月轻轻地敲了一下冰灵幻鸟的背，冰灵幻鸟稍微收拢翅膀，便向下飞去。

等到冰灵幻鸟飞到与树齐平的时候，凰北月才抱着双臂，笑眯眯地看向枝叶间。男子乌黑如墨玉的长发映得月色迷离而生动。

他的容颜精致得让人连呼吸都要停止。他微挑眉峰，浅紫色的眼眸漫不经心地扫向她。他似魔非魔，似神非神，世间万物都抵不过他的绝色容颜。

“啧啧，堂堂修罗王，在这儿吹着冷风是等谁呢？”凰北月笑嘻嘻地问。

“等一个会嫁给我的姑娘。”风连翼目光灼灼地盯着她，带着一脸深深的笑意，“不知道她肯不肯答应嫁给我？”

“嫁给你，那姑娘有什么好处呀？”凰北月笑问。

“什么好处都有。你看我一表人才，还是个皇帝，优点一大堆，专情啊，博学啊，温柔啊，耐心啊……数都数不清。至于缺点，如果太帅也算的话，那就这一个。”

“这么好啊？”凰北月撇撇嘴，笑得眼睛都弯起来了。

“当然啊！要是不这么好，他敢娶天下最好的姑娘吗？”

看来某人很自信啊！而且太奸诈了啊！

凰北月笑眯眯地说：“没有媒人，姑娘可不会随便嫁。”

风连翼道：“你看，天和地都是媒人！他们亲眼见证。”

“那……聘礼呢？”

“江山为聘！”

他笑起来令世间万物都失色，又有谁能抗拒那样的倾城一笑呢？

番外
红莲之章

【人因何而生于世上？为了不甘平庸的妄念，为了不能实现的梦想，还是为了……永远无法触摸到的那个人？】

断壁残垣中，踽踽独行的少女看起来很可怜，那散乱的黑发下是一张过分苍白的脸，如同死人一般。

她攀着一些高大的石块翻过陡峭的山，手掌每经过一个地方，都会在石头上留下不少血污。但是，她已经没有任何感觉了，不管是身体上，还是心里。

她不觉得疼，只想早点儿赶到要去的地方，因为时日已经不多了。终于，她看见了前面的一片狼藉。以她多年的经验来看，那里不久前刚刚发生过一场惊天动地的大战，周围还有残留的元气在悄悄地流动。那些元气，她很熟悉。

天空中，大雪纷纷扬扬地下着，将战场覆盖。她看着地上的皑皑白雪，心也凉了。她身上没有足够御寒的衣服，一路行来，嘴唇已经冻得发紫，浑身僵硬。但是到达这里的那一刻，她仿佛觉得浑身上下又充满了力量。

她快步攀过岩石，踩着地上又湿又滑的积雪跑过去，途中摔倒了好多次，但还是坚强地爬起来。途经一些乱石堆的时候，她看见从岩石的缝隙中露出来的圣君的脸庞。他不甘地瞪着一双眼睛，面庞苍白青紫，已经死去多时。

她紧紧地握着拳头，没有多看宋秘，心中只是感慨。这样的男人也会死啊！

红莲手脚并用地爬到一堆积雪前。幻灵兽的翅膀隐约露在外面。她奋力推开那巨大而沉重的翅膀，刨开满地积雪，慢慢地、一点一点地、小心翼翼地将掩埋在白雪里的身体清理出来。

当她终于看清楚那张已经被白雪冻得苍白的脸庞时，无数泪水滚落下来：“澈儿，澈儿……”像是要唤醒睡着的爱人一样，她深情款款地低声呼唤他的名字，尽管得不到任何回应。

她的手指轻轻地在他冰冷的脸庞摩挲，慢慢地勾勒出他脸庞的轮廓，充满了眷恋和不舍之情。只有这种时候，她才能这么肆无忌惮地触碰他啊！

她的额头抵在他的脸上，泪水完全湿透了他的整张脸。她用力地抱着他，可是整个怀抱里，都是比冰雪还冷的温度。

“很冷是不是？嗯，我抱着你，就不会冷了。”红莲慢慢地躺在他身边，侧着身子，紧紧地依偎着他，仰起小脸，看着他的容颜。他脸上还带着笑容呢，好安静柔和的笑容啊！这辈子，只有在死亡的这一刻，你才能露出这样的笑容吧？

墨莲，你究竟在梦里看见了什么，竟那么幸福？

“不管你是思念着谁死去的，你现在是属于我一个人的了。”红莲慢慢地说着。她不嫉妒了，再也不会嫉妒任何人了！在这么安静的天地之间，只有他们两个人。

红莲从衣袖里拿出匕首，慢慢地将匕首的刀尖对准自己的心脏，一寸一寸地推入，直至刀柄没入。

“不管你怎么讨厌我，你现在都没有办法拒绝我和你死在一起……”她眼睛里含着眼泪，说，“澈儿，我好开心啊，死在你身边的人是我……”她的鲜血流进白雪中，在两人的身体周围开出好大好艳丽的一朵花。

状似红莲，妖似孽火。

一世相逢，一世分离。

闭上眼睛的那一刻，她紧紧地抱着他，泪水狂涌，死也不愿意放开他。这一生都耗在他身上了，她舍不得松手，舍不得啊……

生命消逝的瞬间，她仿佛看到当年圣君将幼年墨莲那双胖乎乎的小手放在她的手里。圣君说：“红莲，我把澈儿交给你，你要好好照顾他啊！”

红莲看着那含着手指头、还在流口水的小孩，嘻嘻一笑，说：“他好可爱。”

她伸手在他眼前一晃，他没有任何反应。

“他没有眼睛。”

“为什么？”

“因为诅咒，他是不祥之人。红莲，你以后也要离他远一点儿。”

“可圣君刚才还让我照顾他。”

“那是因为必须要有人跟着他，否则他会走丢的。他将来会是一头猛兽，除了杀戮，什么都不会。”

红莲默默地听着，再次低头去看那个孩子的时候，发现他懵懵懂懂地抬起头，对她没有防备地一笑，露出没有长齐的牙齿，傻乎乎的样子。

她心里一颤，伸手握紧那胖乎乎的小手，用力地点头，道："嗯，我会照顾他的！"

她没有食言，说到就做到了。就算死，她也把承诺履行到底了。

"澈儿，我爱你，好爱你啊，真的，真的好爱你啊……"

轻狂少年时，相见误倾国。

旧梦照惊鸿，翩翩楼阙中。

番外
未完之章

“命运之轮转动，复苏之神，请恩赐大陆生命……”

低回的念诵声在高塔中幽暗的房间里回荡着。周围燃着不甚明亮的蜡烛。这是月圆之夜的祭祀，并不需要太明亮的光线。

窗外的月之神，自会降下光明。

身穿灰袍的大祭司鹿涯跪在命运之盘的前方，低声吟诵，藏在宽大衣袖中的修长手指慢慢地伸出来，指尖有淡淡的微光。随着他手指行云流水般的祭祀动作，那些微光在空气中拉出一片迷离的光网。

光网映出鹿涯毫无表情的灰白面孔。神圣的祭祀仪式靠他一人来完成，只因历代的大祭司，都肩负着为司幽境祈福的重任。

通过命盘，大祭司把祈求传达给上天，九天之中，诸神总会听见。

鹿涯的面容虔诚而安详。他明明很年轻，却已像行将就木的老者，似乎已经看透整个尘世，脸上有不属于他这个年纪的沧桑和淡泊之态。

“呵呵呵呵……”在祈祷的声音中，忽然有一阵刺耳的低笑声响起。

鹿涯皱了皱眉，正欲呵斥是谁那么大胆，竟敢在祭祀的时候发出这样无礼的笑声。但他很快就发现，这笑声不是来自外面，而是在……他的前面。

他的前面是命盘，端端正正地放着，颜色漆黑古朴，大气而庄重。虽然是和天神沟通的桥梁，但是鹿涯一直很清楚，命盘是没有生命的。

命盘是“器”，就像杯盘碗盏一样，只是器物而已。哪怕再珍贵的宝器，甚至万兽无疆，都只是“器”，不会有生命。

但凡是“器”，就没有“格”。人有人格，兽有兽格，虽然物也有物格，但物格是死的，这一点毋庸置疑。

所以，鹿涯只是疑惑地在命盘上看了一圈，便继续进行祭祀的仪式。

“呵呵，哈哈哈哈……”然而，不久之后，那无礼的笑声再次响起来，甚至这一次比方才还要大声。那声音放肆嚣张，根本没将他这个堂堂司幽境的大祭司放在眼里！

“是谁？！”鹿涯怒了，抬起头环顾四周。若是有高手躲藏在里面倒也不稀奇，只是对方胆敢这么无礼，司幽境岂会容他安然离开？

在他的盛怒之下，一个凉薄的声音却道：“凡人，以你的肉眼，怎么能看见本王？”

“王？”鹿涯犹豫了一下。高塔里供奉着历代司幽境的王，难道是哪一位王的魂魄回来了？

他心里的想法似乎很容易被对方窥知。对方冷冷地一哼，像是被玷污一样，嫌弃地道：“少拿你们那些凡人跟本王做比较！”

“你究竟是谁？”

“哈哈哈……”一阵大笑之后，那人嚣张地说，“也罢，让你看看本王的尊容，也不枉你跪拜了本王这么多天！”

鹿涯立刻四处去看，究竟是何人？

然而，他眼前一道刺眼的黑色光芒骤然而起，一瞬间刺得人眼睛都睁不开。

“哈哈哈哈哈……”张狂的大笑在小小的高塔房间中回荡，头顶上阵阵灰尘散落下来，这高塔似乎要被笑声给震塌了。

鹿涯被那狂涌而出的黑色光芒撞得向后跌去，竟然没有半点儿反抗的能力。

他震惊地抬起头，双手挡在眼前，从指缝里勉强看见那刺眼的黑光中慢慢显现出来的人影。是从命盘之中……不！是从命盘里的万兽无疆中出现的人影！怎么可能？

墨莲以招魂术将万兽无疆里的魂魄驱散干净了，如今这块黑玉，不过是一块寻常的石头罢了！那人影是怎么回事？

他目瞪口呆地看着，过了许久，那刺眼的黑光才稍稍减弱一点儿。朦胧的光芒中，有个男子的身影坐在供奉命盘的祭祀台上。男子居高临下地看着他，嘴角向上勾起，邪肆的笑容挂在唇角。

“你……”鹿涯的声音压在胸腔里出不来。

“凡人，看见本王，惊讶得说不出话了？”

鹿涯狠狠地咽了一口口水，才说：“你……你是万兽无疆？”

“你觉得呢？”

“不可能！万兽无疆是‘器’，而你是……莫非……”鹿涯忽然抬起头，满眼的不可思议，“莫非，你拥有人格了？”

黑暗中，一双漆黑深邃的眼眸斜斜地瞥着他，男子嗤笑道："人格？哈哈哈……愚蠢的凡人！在你面前的是神，你却将他当作凡人！"

"神？"鹿涯瞪大了双眼，"你是说，神格？"

"哼，这世间只有你一人见过本王，本王可以不杀你，但是你要做一件事。"

对方的气息确实太强，强过鹿涯之前见过的任何强者，这样的气息，只有在唯一一次命盘开启，他有幸瞻仰光明之主华曦的时候才感受过。神格……莫非这万兽无疆，真的拥有神格？

"要……要我做什么事？"

"本王要一个容器，一个绝对干净纯洁的容器。"万兽无疆说。

"容器？"鹿涯一想，片刻之后也就明白了，眼前的"神"，是一个虚幻的形象，从万兽无疆中出来，就像魂魄一样，没有灵体。

"如果我帮你找来容器，你怎么报答我？"鹿涯大着胆子说，反正对方会找上他，也必定是因为他拥有大祭司的身份和灵力，否则怎么可能看见对方呢。

"报答？"万兽无疆偏着头，眼中闪烁着杀戮的寒芒，"本王只能说，你找来容器，本王高兴之余，就放过司幽境。"

鹿涯倒吸一口凉气，点点头，便站起来出去了。

他离开后许久，高塔中都没有半点儿声息。祭祀台上，黑芒随着时间的流逝而慢慢减弱。

直到天边出现微弱的晨曦，一身灰袍的大祭司鹿涯才匆匆从外面回来，宽大的衣袖中笼着一个竹篮。他将竹篮放在地上，里面躺着一个粉雕玉琢的婴孩，才刚刚出生的样子。

黑芒中的人影凑近一看，满意地笑道："果然很干净！"

鹿涯擦擦额头上的汗水，道："这孩子很无辜，你……"

"怎么？怕我杀了他？"万兽无疆低着头，黑发从肩膀上垂下来，乌黑发亮，像是一双恶魔的手，抚在婴儿那粉嫩的脸颊上。

发丝冰凉，惊扰了睡梦中的孩子。孩子嘴巴一撇，就要哭出来。万兽无疆伸出手掌，覆盖着婴儿的嘴唇，阻止他发出哭声，冷笑道："放心，在本王再次苏醒之前，这件容器一定会好好的！"

"再次苏醒？"鹿涯吃惊地道。

"接下来，本王会在这容器中沉睡二十年。你找一个富贵之家，将本王好好地安放，懂了吗？"

鹿涯道："二十年？"

凌厉的眼神扫向他，万兽无疆道："想活命的话，就少问两句！"

鹿涯低下头，眼前忽然掠过一片黑色的光芒。他急忙去看，只见万兽无疆中的黑芒尽数涌起，然后飞快地钻进沉睡的婴儿的身体中。

这一切的发生不过眨眼之间，等鹿涯再看的时候，周围已经什么都没有了。

只有竹篮里的婴儿依旧安静地沉睡着。

鹿涯蹲下去，仔仔细细地看着那孩子的眉眼。如此秀丽的眉目，一定是个性格温良的孩子，不过被当作万兽无疆的容器，等他将来长大，又会是什么样的光景呢？

"唉……"大祭司鹿涯发出沉重的叹息，慢慢地将那块万兽无疆放在孩子的襁褓中，然后拎起竹篮，踏着清晨的微光，走出高塔。

找一个富贵之家……卡尔塔大陆上，富不过布吉尔家族，贵不过南翼国和北曜国皇族，可是这些牵制大陆的家族，真的能容下这样一个身世离奇的孩子吗？若这孩子聪明，将来地位超然，成为掌权者，那将是一件很可怕的事情吧？

鹿涯想了想，提着篮子走向司幽境的另一边。

北部的山脉下，静静流淌的河川不知正流向多么远的地方。从前有前辈顺着河一直往前走，离开卡尔塔大陆，到达过更加神奇庞大的大陆。这河川的尽头，是清净安宁的梵门净地。

这孩子身体里沉睡的那人，虽说拥有神格，可是气息和性格如此凶残邪恶，若放在寻常地方，恐怕难以镇压那种凶性，也许梵门之地更加合适吧。

鹿涯俯下身，将竹篮放进水中，在竹篮周围加持了结界，以免沉水，然后双手轻轻地一推。

他看着竹篮漂向远处，漂进清晨蔼蔼的白雾之中，逐渐看不见了。他眺望了很久，直到什么都看不到，才慢慢地转身回去。

二十年后，唉……这大陆上，不知道又会是怎样一番风起云涌。九重天阙，九层魔界，该是比卡尔塔大陆近百年的混乱更加惊心动魄吧！

天神庇佑，但愿卡尔塔大陆的平静永远不会被打破……

番外
桔梗之诅咒

如果翻开卡尔塔大陆早些年的地图，会看到夹在西戎国和南翼国之间，曾经有一个很小的国家，名为宋国。

宋国的版图只有临淮城的一半那么大，很早的时候，宋国是依附在南翼国之下的，但那些年战乱频繁，南国、北国之间连年战争，宋国便乘机脱离了南翼国。

那一年，宋国年轻的君王刘奕才二十五岁。他年轻有为，抱负远大，在脱离南翼国之后就开始实行各种改革措施，招贤纳才。

宋国的国姓不是宋，而是刘，究其原因，牵扯到宋国的大家族宋氏。在建国之初，本该宋氏当政，然而当时宋氏登基不过一个月，便退位让贤，将王位让给刘家。而后，宋氏便神秘地隐于幕后，几百年之后，便销声匿迹了。

宋国被刘家治理得井井有条，但碍于两个大国的势力，始终在夹缝中求生存。

刘奕在乱世中登基，一心想要趁乱带领宋国从大国的阴影下走出去。时势造英雄，刘奕这样的人，若是放在大国之中，一定是治国能臣、开国大将。可惜……

刘奕二十六岁的时候成亲，迎娶的是宋国一位贵族的女儿，名叫紫时枫。时枫那年才十六岁，容貌姣好，性情温和，和刘奕是青梅竹马。

刘奕年长她十岁，可也等了她十年，终于抱得美人归。两人的结合，是被整个国家的人祝福的。

刘奕年轻俊美，是多少宋国闺中女子的梦中人，而紫时枫也是琴棋书画样样精通，温柔贤淑。这两人无疑是让人羡杀的一对。

婚礼之前，两人分开，刘奕带兵去边境，时枫在闺中准备嫁衣。

紫家在宋国是贵族。别院修建在烟波浩渺的湖上，时枫便坐在湖边，在嫁衣上绣了一对鸳鸯，看得羞红了脸。

“小姐绣得真好，鸳鸯戏水，良辰美景。”丫鬟小梅在一旁笑道。

时枫伸出纤细的玉手，将鸳鸯遮起来，害羞地说：“少胡说，快进去帮我倒杯茶来。”

“是，小姐渴了，小梅去去就来！”小梅转身进屋去了。

丫鬟走了，时枫才敢将手轻轻地移开，明眸中映着那一对鸳鸯。然后，手指爱怜地在鸳鸯上慢慢地移动，嘴角缓缓地露出甜蜜的笑容。

当啷——

屋子里传来杯盘打翻的声音，将时枫从美好的思绪中拉回来。她连忙回头，问：“小梅，怎么了？”

半晌没有得到回音，时枫担心，便站起来，打算走进去看看。谁知才转身，她便看见屋子里透出一道金色的光芒。那光芒有些刺眼，还有种莫名的威慑感。

脚步一顿，她慢慢地后退，后背抵在绣架上，双眸睁大，看着那金光一点儿一点儿从屋子里渗透出来。然后，一个包裹在金光中的男人慢慢地出现。

时枫瞪大眼睛，一瞬间呼吸都差点儿停住了。

那人一身耀眼的金袍，长身而立，最让人诧异的是，他脸上扣着一张黄金面具，神圣大气，如同不可侵犯的神祇。

“你是谁？”时枫颤抖着声音问。这个人的身上有种恐怖的气息，无端地让人心里发紧。

“我是谁？”面具后面传来一道温润的声音。

这样一个危险的男子，声音竟如此有磁性！这强烈的对比反差，让她一时之间不知道该如何反应。

“时枫小姐，你是我选定的人。”他低声笑道。

“你究竟是什么人？”时枫害怕地看着他，被他的声音和充满攻击性的语气吓到了。

“呵呵，我叫宋秘。”金袍男子微笑着对她说，“时枫，以你的血统，嫁给刘奕那种人，真是太委屈你了。”

“你胡说什么？！”一听到对方提起自己的心上人，还有轻蔑之意，时枫忍不住怒道。

“算了，跟你多说无益，我会再来的，时枫。”宋秘说完，慢慢地转身离开。

“等一下！”不知道从哪里鼓起的勇气，时枫忽然大喊一声，“你究竟想干什么？若是你想用我来威胁王上的话，我宁愿死在你面前！”

宋秘闻言，停住脚步，面具后逸出一声冷笑，道：“对付他？区区一个宋国，我岂会放在心上？”

金光一闪，宋秘的身影彻底消失。时枫愣在当场。

“小姐！小姐！”屋子里传来小梅的声音，片刻之后，她捂着流血的手跑出来，看见呆愣着的时枫，吓了一跳，“小姐，发生什么事了？”

时枫摇摇头，喃喃地问：“小梅，你看见他了吗？”

“谁？”小梅一脸茫然地道，根本不知道发生了什么事情。

她刚才不小心打翻了茶杯，蹲下去捡碎片的时候，不小心被划伤了手，疼了好一会儿，可是也才一会儿而已啊，她也没有看见有什么人来。

“他就站在这里啊！”时枫指着方才宋秘站立过的门口，信誓旦旦地说，“一个全身都包裹在金光里的男人，戴着黄金面具，他跟我说了很多话！”

“小姐，你糊涂了！”小梅伸手探探她的额头，“我才进去那么一会儿，怎么可能有人跟你说很多话呢？”

“可他真的在！”时枫不相信地道。她绝不相信方才的一切都是幻觉！

“小姐的额头有些烫，想来小姐是发烧了。我扶小姐回房去休息，然后请个大夫来。”小梅搀着她，一边摇头叹息，一边将她带回房间休息。

时枫果然发烧了。到了晚上，她昏昏沉沉地睡着，出了一身冷汗，迷迷糊糊间，梦里还是不停地出现那个人的身影。

……

“时枫，你是我选定的人。”

……

“不要，不要啊……”她因为那种深深的恐惧感而哭出来。

“枫儿，枫儿……”床边，慈祥的老人轻轻唤着她的名字。

时枫睁开眼睛，看见自己的父亲，顿时泪如泉涌，紧紧地抓住他的手：“爹爹，我真的看见那个人了。他戴着金色的面具，说还会再来的！”

紫父连忙安慰她，道：“枫儿，你是因为发烧，烧出幻觉了。那个人是不存在的，你不要乱想。”

“我真的看见了……”时枫还想解释，可是看见父亲那同情爱怜的眼神，又闭上了嘴巴。

她也知道，当时小梅进出不过片刻，自己根本没有和别人说话的时间。况且，湖心小屋里也有高手布下的阵法，哪有人能那么容易来去无踪？也许，真的是她的幻觉吧……

她慢慢地靠在枕头上，想了想，平静地问："爹爹，你说过原先我们宋国，本该是宋氏当政，可现在宋氏在哪里？"

"宋氏已经销声匿迹多年。不过，这么庞大的家族要彻底消失也很难，只是已经有好多年没有听过宋氏的消息了。"

"宋氏，很厉害吗？"时枫小心翼翼地问。她记得那个男人说，他叫宋秘。

"他们很神秘，究竟是干什么的，我也不知道。"紫父轻轻地拍着她的手，"枫儿，怎么会问起宋氏的事情呢？"

时枫摇摇头，暂时不想跟父亲说太多。

紫父道："再过不久，你就要成为宋国的王后了。枫儿，你要帮紫家光耀门楣，一定要生下皇子。等你病好了，让你母亲带你到寺庙里祈福。"

时枫很乖巧地点头。纵然她和刘奕是真心相爱，她也不会忘了自己肩膀上背负着振兴紫家的使命。作为国君，刘奕不可能只有她一个妻子，以后，他的后宫里会因为各种各样的事情，被无数美人儿填充。爱情可以保护她，但没有办法保护紫家。所以，她一定要为刘奕生下健康的皇子。这不仅是她和刘奕的爱情见证，也是为了紫家的兴旺。

时枫这一病就是七八天，在边境的刘奕也派人来探望过她，带来的书信上浓情蜜意，都是对她的关怀和爱意。那个神秘的宋秘再也没有来过，渐渐地，她也淡忘了，以为那不过是自己的一场幻觉。

病好之后，她跟着母亲到宋国的白马寺祈福。未来皇后出行，自然前呼后拥，声势浩大。住持亲自出来为她们母女主持祈福仪式。

仪式过后，她抽了签，然后独自到后院去解签。

白马寺有几百年历史，古老幽静。后院很安静，隐约回荡着前院传来的诵经声和撞钟声。此时，不知有多少人的祈福声在这座古老的寺院里响起。

引着她走进后院的小沙弥低着头，推开厢房的门，道："请小姐进去吧。"

"解签的智空大师在里面吗？"时枫抬头看了一眼这厢房。这间房比寺院里其他厢房要崭新气派许多，似乎不像是寺院里的建筑……

不过，还没容她多想，那小沙弥已经用力推了一下她的后背，将她推进那屋子，继而重重地关上了门。

"开门！怎么回事？"时枫转过身，重重地拍着门。可这扇门被人从外面反锁了，她怎么都拍不开。她心里倒不怎么害怕。她是宋国未来的皇后，整个宋国也不敢有人对她怎么样。

她深深地呼吸几次之后，冷静下来，慢慢地转过身，打量着房间。房间精致却不失华贵的装饰，处处充满风雅的格调。她看得出来，这里绝对不是白马寺的厢房。那又是哪里呢？

她一步一步在房间里走着，生怕走错一步就掉进万劫不复的深渊。

房间里有很多古朴的书籍，都是炼药的经卷。一股淡淡的药草香气在房间里弥漫着。这里的主人，是一位热衷炼药的人吗？她会这么想，是因为宋国没有炼药师。这种高贵稀少的职业，只有那些强大的国家才有。

“呵呵，王爷才出门不久，你们就不安分了！”一阵女子的娇笑忽然从门外传进来。

时枫诧异地回头。佛门重地，怎么会有女子笑得如此轻浮？她不解，又走到门口，轻轻地一拉，很诧异，门居然很容易就被打开了！

“哈哈哈，贫嘴的小蹄子！都不害臊！王爷才走没多久，你就开始想了。要是他回来，是不是一个个都赶着扑上去了？”一群粉衣少女站在廊下说笑，听见开门的声音，纷纷转过头来。

这院子也不再是白马寺的院子，而是……非常精致的花园，小桥流水，一丛芍药开在假山旁，分外艳丽。

时枫怔了一下，怎么回事？

这时，一个少女上下打量了她一眼，眯了眯眼，道：“看她的样子，应该是王爷才带回来的女子，看这身衣服都没有换呢！”

“长得还不错。”另一个面容姣美的女子冷冷地说了一句。

时枫只是冷眼看着她们。这些女子举止轻浮，她犯不着和她们一般见识。

“这是哪里？”

“哈哈哈，你不知道这是哪里？那你怎么跟王爷来的？”最先跟她说话的少女掩着小嘴笑起来。

“王爷？我不知道什么王爷！”时枫如实说。她只不过走进寺庙的厢房，不知道为什么就来到这里了。

几个少女惊讶地看着她，片刻之后，一起大笑起来。

“笑死了，她竟然说不知道王爷是谁？”

“这女人，也太喜欢拿捏了，以为自己是谁呢？王爷肯看你一眼，是你八辈子修来的福气！”

时枫皱眉听着，一气之下便大步往外走。什么王爷！她倒是要好好看一看，是哪一位宋国的王爷这么无聊来消遣她！

“你去哪里？王府里可不是你能随便走的！”几个少女看她走了，便一起追上来。

时枫走出院子，看见好多仆从、丫鬟来来去去，十分忙碌的样子。她加快脚步，一直走到大门口。她还没出门，几个仆从忽然打开大门，急急忙忙地低着头冲进来。而后，一个锦衣公子便在仆从的簇拥之下走进来。他很年轻，锦衣华服，风度翩翩，俊美的容貌让人有窒息的感觉。此时，他脸上挂着一抹温和如春风的笑容。

时枫一下子就怔住了。按照礼仪，未出阁的女子看见陌生男子都是要回避的。可是，这地方就在大门口，根本无路可退，她只能局促地站在那里。

“王爷！”那几个追着她出来的女子一看见这锦衣公子，便如蝴蝶一样扑过去，围在他身边，有说有笑。

他一直微笑着，那风度简直让人失神。几个少女娇笑不已。

时枫也看得出神，愣怔之间，那位公子已经走到她面前。他很高，低下头，语气温润柔和地道：“听书兰她们说，姑娘迷路至此？”

时枫一下子就脸红了。她也不知道为何自己突然出现在别人的府宅中，这样实在太失礼了。

“我……小女子见识浅薄，不认识公子是哪位王爷……”她低着头，脸上有一抹羞涩的红晕。

那个叫书兰的少女有些讥讽地笑着说：“连逍遥王都不认识，姑娘是怎么找上门来的？”

时枫咬着嘴唇，无话可说。她确实说不出来自己为何突然出现在这里。逍遥王……她在宋国从来没有听说过逍遥王。她从小养在深闺，被父母教授琴棋书画、女红刺绣，但对于大陆上风头很盛的人物，却鲜少知道。她不像刘奕那样，从小天赋过人，生来就有召唤师的血统，令人羡慕。

“请恕小女子无知。”她屈了屈膝，无助地咬着下唇，看那几个女子的眼神，好像她是处心积虑跑来这里一样，让她觉得分外难堪。

“书兰不得无礼。”那位逍遥王轻轻地一挥手，把几个少女遣了下去，然后温文尔雅地说：“姑娘家住哪里？我送你回去。”

他如此温和，时枫不禁对他生出了好感。

“我姓紫，是宋国紫家的人，烦请公子送我回自家，小女子感激不已。”她礼貌地说。

“宋国紫家？”逍遥王沉吟片刻，才说，“姑娘，这里是南翼国的都城临淮，宋国离此，千里之遥……”

时枫蓦然抬起头来，满脸的震惊和不可思议，道：“怎么可能？”她明明跟随母亲去白马寺祈福，怎么会一瞬间就来到南翼国呢？她一定是在做梦，或者，这人在骗她！

逍遥王无可奈何地苦笑，道："此处确实是临淮城，姑娘可以到外面去看看。"

她跟着他一起出去看了，此处果然不是她熟悉的宋国。她吃惊不已。回到逍遥王府之后，她就开始害怕。自从宋国脱离了南翼国，两国一直交恶，她是未来的宋国王后，现在居然孤身一人来到临淮城。若是被南翼国的人知道，她一定会连累刘奕。

想到在远方等她的人，时枫不禁害怕起来。这时，那位逍遥王却极度友善地帮了她。他不仅暂时将她收留在王府中，还派了高手专门传信回去给她的父母，让他们安心。之后，他便安排送她回宋国。

她一个人上路，让人不放心。他要亲自送她回去，时枫没有拒绝。身在异国，她实在不敢一个人上路，而此时，他是唯一能让她放心的人。

那几天，南翼国和北曜国战事正酣，到处都是流窜的零散佣兵和盗贼，他更不能放心让她上路。

她留在王府中，每天听着下人说外面战事如何如何激烈。

南翼国的大军，打败了北曜国大军，胜利的消息传回临淮城的时候，还发生了一件喜事，南翼国的惠文长公主在那一天诞下了一位小郡主。

这出生的日子可真好，皇上大喜，立刻大肆封赏，下令全国庆贺。南翼国在经历了连年征战之后，有这么一件大喜事，确实让人欢欣鼓舞。

她在王府中不敢出门，但是听书兰她们出去之后回来说，临淮城真是热闹非凡，天空中的焰火把夜晚都照亮了。这是时枫第一次感受到大国的风范，心中生出了某种向往。

刘奕曾经对她说："枫，宋国太小，无法施展我的抱负。若我生在南翼国，才可以真正翱翔于天！"

她是女人，不懂男人的心思，不过想到那一刻刘奕脸上流露出来的向往之色，她心里还是酸酸的。如果他生在大国，一定是天上的雄鹰。他太出色了，以至于在登基之后的那些年，不断有大国派人去刺杀他。

如今，时枫就站在南翼国的天空之下，看着这里的一切。她突然有了和刘奕一样的想法。这片天空，才是雄鹰的领地啊！刘奕，你还这么年轻，你比南翼国的皇帝出色太多！假以时日，我一定会看到你站在这片雄鹰搏击的天空下。

她凝视着天空，没有注意到，有人正慢慢地朝她走近。等空气中传来一阵酒气，她才蓦然回头，看见身后站立的男子时，不禁吓了一跳。

"王爷，你回来了！"时枫的双眼立刻亮起来，一双明眸映着天上不断绽放的焰火，美得有些虚幻……

逍遥王怔怔地看着她，许久，才慢慢地抬起手来，碰了一下她的脸，道：

“惠儿……”

她一怔，随即羞红了脸，躲开。她知道，他是认错人了，喝醉了酒，把她当成了别人。

“王爷，我是时枫。你喝醉了，我扶你进去休息吧。”

他轻轻地挥了一下手，笑容渐渐浮现在脸上，带着七分醉意说：“时枫，你很爱宋国的君主刘奕吧？”

时枫微垂着脸颊，红晕一闪而过，不过看到他的醉态，也不太在意什么，微微点点头，道：“很爱。”

“他也很爱你，你们很幸福。”

“王爷年轻有为，一定会遇上真心爱你的人。”时枫好言安慰他。

逍遥王摇摇头，颓然地说：“不可能，她永远不可能爱上我。”

“世间女子那么多，何必非得是她呢？”时枫笑着说，“王爷这么年轻，以后，还会遇到更多好女孩的。”

“我从小就喜欢她，一心一意保护她……”他喃喃地说着，颓然地坐在地上，脸上的痛苦丝毫都不掩饰地盘亘着。

突然，他俊美的脸有些扭曲起来，道：“为什么她会爱上别人？我以为，她就是我的……”

“你冷静一点儿。”时枫蹲下去，想把他扶起来。

逍遥王一把抓住她的手，咬着牙说：“时枫！我好恨啊！我不甘心！我怎么会输给轩辕问天？他抢走我心头之爱，我要让他付出代价！”

纤细的手臂被他抓得好疼，像要断了。时枫疼得小脸皱成一团，道：“王爷，你喝醉了，请冷静一点儿好吗？”她不知道轩辕问天是谁，也不知道他们有什么感情纠葛，只是一向那么温和的男人，忽然这样发狠，让她觉得很可怕。

逍遥王终于冷静了一点儿，抓着她手的力道稍稍放松了一些，沉重地说：“时枫，帮帮我吧。”

“我能怎么帮你？”时枫不解地道。她一个弱女子，除了能安慰他几句，还能做什么呢？

“你可以帮我的。”他低声说，像个迷路的孩子那样祈求她的帮助。

时枫天性善良，而且从小没有经历过大事，从小被父母宠爱，性格也很单纯。以后的墨莲，性格大部分都是遗传自她，温厚、善良，若不是被培养出杀戮的兽性，他会是一个好孩子。

“只要我能做到的，一定会帮你。”她郑重地说。这一次全靠他帮忙，否则她一个人在南翼国，真不知道应该怎么办才好。他对她这么好，她理所应当回报他。父亲教过她，滴水之恩，当涌泉相报。

今日的时枫，单纯至此，根本不知道，他诱惑着她走下的是一条多么可怕的不归路。

那天晚上，她扶着他回去之后，亲自照顾他入睡。看着他喝醉了像个小孩子一样蜷缩在被子里，时枫不禁笑了。

“你笑什么？”逍遥王在被子里，闷闷地问她。

脸上微微闪过一抹红晕，时枫低着头，笑道：“我觉得，那个叫惠儿的女子没有好好珍惜王爷，是她的损失。”

他稍微愣了一下，便说：“如果是你，你会珍惜吗？”

时枫一怔，随即匆忙站起来，满脸通红，道：“王爷还是休息吧，这种事……”

“你嫁给刘奕，也未必会快乐。他是王，将来后宫佳丽无数。纵然他爱你，你最后也只会伤心到老。宫廷里的事情，我见多了。”

“我已经答应嫁给他，这种话，请王爷以后不要再说了。”时枫说完，匆匆忙忙回自己的房间去休息，只不过，一整夜都没有睡着。

第二天，逍遥王便打点好所有的一切，送她回宋国。那天喝酒之后的事情，他再也没有提起。清醒之后，他又变成那个风度翩翩的公子。

从南翼国到宋国，路途遥远。一路上无聊，他会陪她下棋吟诗，畅谈古往今来的文人骚客和不朽名作，交谈琴棋书画的心得。晚上休息，他还会即兴画上几笔。

她对他渊博的学识倾慕不已，他也诧异于她一个女子竟会有如此独到的见解，两人秉烛夜谈，颇有些相见恨晚之意。

她的聪明让他越发感兴趣，这样的女子没有继承招魂术的血统，实在是太可惜了！若她掌握了招魂术，或许，他就不用费尽心机让墨莲出生了。太可惜了……

“王爷输了。”黑子落在棋盘上，瞬间胜负分明。

时枫明澈的双眼中染着动人的笑意。她抬起手，轻轻地拉着他的衣袖，道：“王爷在出什么神？连棋都输了。”

以往，他虽然总是让着她，不过依旧稳操胜券，不疾不徐就攻占她所有的领地，让她没有喘息的机会就输了。

和他下棋，她很少能赢。他这个人什么都精通，琴棋书画样样都胜她一筹，实在让她不服。因此，这几天她找到机会就跟他切磋一局。

每次他都笑着答应，落子的时候，还是轻描淡写地让着她，可最后，输的人还是她。这一次，她难得赢了。不过她知道，这盘棋，他一直都下得漫不经心。

逍遥王放下棋子，已然认输，轻轻地叹了一声，道："明天，就到宋国了。"

时枫一怔，没想到时间竟然过得这么快。到宋国了吗？终于快到家了，但她心里，竟然有一点儿失落的感觉。

"这一路多谢王爷了。"她轻声说着，低头去收拾棋子。

逍遥王道："还有两天，就是你和刘奕成亲的日子，你想清楚了吗？"

时枫没有犹豫，点头道："我想得很清楚，从小我就这么想了。"

"那就好。"逍遥王端起茶杯，以茶代酒，"希望你不会后悔。"

时枫轻轻地笑道："就算他后宫佳丽三千，只要我和他真心相爱，怎么会后悔呢？"

逍遥王也轻轻地一笑，不再反驳她，喝了茶，整理棋子，和她再下一盘。

为了避免引起不必要的流言，逍遥王只送她到边境，便远远地看着紫家的人来接走她，并没有出面。

回去的途中，时枫一路回头张望，对着他的身影看了许久许久。对了，她还没有问他叫什么名字。他帮了她这么大的忙，以后她该怎么感谢他呢？以后，他们还会再见面吗？都说君子之交淡如水，可是人生难逢一知己，至少让她知道他的名字啊！

时枫郁郁寡欢地回到家。父母因她失踪多日，已经忧劳成疾，好在当初逍遥王让人传回消息，才让二老安心。之后，二老也隐瞒了她身在南翼国的消息。毕竟，以如今的局势和她特殊的身份，若是走漏了消息，恐怕会引起不必要的麻烦。

她几次三番想向父亲打听一下南翼国的逍遥王，但是一想到思想保守的父亲若是知道她这么多天都和一个陌生男人生活在一块儿，还相谈甚欢，完全没有闺中女子的矜持，一定会生气。她想了又想，只好作罢。

如果有缘，她还会见到他的，到时候，再当面感谢他吧。时枫这么想着，慢慢地迎来了婚期。

婚礼的前一天晚上，刘奕不顾礼仪，偷偷地潜进她闺房中来看望她。出嫁之前，她和母亲一起睡，听到动静的时候吓得不行。好在他是召唤师，懂得布置结界，没有引起任何人怀疑，将她带到屋顶。两人并肩而坐，看着天上的一轮明月。

半夜和心爱的人偷偷私会，这种事情，她第一次做。她又忐忑，又羞涩，知道这是不应该的。但是，她怎么抵挡得了对他的思念？

她仔细地看着他，一两个月没有看到他了，他瘦了一些，脸上的轮廓比以前更加刚毅，棱角分明，显得俊美而不失威风。他的一双眼眸如同鹰隼，可是看向她时，却是一片深深的温柔眷恋，像要把她永远锁在眼底。她接触到他的目光，就羞涩地低下头去，一颗心怦怦直跳。

“枫，我终于可以迎娶你了。”他感慨地说，“我等你做我的妻子，等了十年。”

时枫低着头，嘴角染着幸福的笑意。她确实很幸福。在这一刻，天地星辰之间，她只看得到他，他也只看得到她。他们深深地凝视着彼此，似乎一生一世都不会分离。

她单纯地渴望着幸福，他也一心一意地认为自己的羽翼可以把她安全地容纳。谁都不曾想过残酷而痛苦的将来。

“风这么大，你回去吧，要是被人看见了……”时枫小声说。她毕竟是女子，这种大胆的行为，从前想都不敢想。

“哈哈哈……”刘奕仰天大笑，豪迈爽朗地道，“这个国家是我的，就算被人看到了，又如何？”

话虽然是这么说……她犹豫了一下，忽然被他抓着手臂，强迫着一起躺在瓦片上，满天的星光霎时间倾洒下来。她深吸一口气，心脏差点儿停止跳动。

刘奕抬起双手，似乎要将整片天空都拥抱入怀。他说：“如今的乱世，只要有野心的人，都开始逐鹿天下，我也不例外。枫，我们成亲之后，我不能时时刻刻陪在你身边，你会怪我吗？”

时枫想了想，摇头道：“不会，你是我的夫君，你高兴，就是我最幸福的事情。”

刘奕偏过头，看着她美丽的侧脸，心里一动，忽然抓住她的手，道：“遇到你，我刘奕这一生不会有遗憾。”

“等你得到天下，才叫不会有遗憾。”时枫温柔地说。

刘奕又是一阵大笑，道：“我虽这样想，不过，争夺天下并非一朝一夕的事情，我可以慢慢等。即使我征服不了天下，我的后代子孙也一定会征服！”

时枫听到他说后代子孙，忽然脸一红，羞涩地别过脸去。

刘奕看见她羞红的脸，玩兴大起，忽然单手撑起上半身，居高临下地看着她，和她静静地对视。被璀璨的星光映得熠熠生辉的双眸在他眼前闪烁，脸上带着羞怯紧张的表情，她看起来格外可爱。

俊脸上扯出一抹坏坏的笑，他低下头，轻轻地吻了一下她的额头，然后嘴唇慢慢地下移，在她的耳旁呢喃：“明天，你就完完全全属于我了。”

她羞得紧紧地闭着眼睛，不敢睁开。她有生以来第一次和男人这么靠近，虽然他明天就会成为她的夫君。

刘奕被她涨红脸的样子逗笑，附在她耳边发出愉悦的笑声，一把将她拥进怀中，像拥抱着全世界。

时枫的睫毛轻轻地颤抖着。她犹豫了一下，才慢慢地将眼睛睁开，默默地享受了一下在他怀里的感觉，觉得心里太满足，无与伦比地满足。

愿得一心人，白首不相离。说的，不正是他们吗？两颗跳动的心脏，曾经这么靠近……

时枫放心地靠着他的肩膀，月色包围着他们，一切都太美好。若不是她抬起头来，不经意间，看见对面房屋的屋顶上那灿如金光的身影，她的这个美梦便永远不会被打破！

金灿灿的身影同样沐浴在月色之下，神圣的黄金面具之下，一双幽深却冰冷的眸子像是死神盯着即将死亡的人，阴冷地看着他们。

时枫一怔，继而忽然发出一声撕心裂肺的尖叫："啊——"

刘奕吓了一跳，连忙低头去看她，只见那张俏丽的小脸已经完全苍白无色。

"枫！怎么了？"

"他……他……"时枫浑身颤抖着，慢慢地抬起手，指着对面的屋顶。

刘奕眉头一皱，立刻转身去看。他气势威严，而且身手不弱，有人靠近他们身边，不可能察觉不到！他转过身的时候，那屋顶上已经没有任何人，空荡荡的，只有洒落而下的清冷月光。

"枫，究竟怎么了？"刘奕不禁关切地问，之前听说过她身体不好，经常出现幻觉，难道还没痊愈吗?

时枫怔怔地看着那空荡荡的屋顶。刚才她确实看到那里有人，可是眨眼之间那人就不见了……她不敢对刘奕说出之前发生的事情。一瞬之间，她被人从宋国带到南翼国，这样的事情没有人会相信。时至今日，父母也只是坚定地认为她被人绑架了。

因为她被下了迷魂药，所以才会一无所知。她自己都不确定，不知道自己是不是真的疯了……

"我……我想我看错了……"她低着头，低声说着，不敢去看刘奕的眼睛。她害怕从刘奕眼睛里看到和父亲一样同情她的眼神。他是她最爱的人，她不能接受他的那种情绪……

"是真的看错了吗？不要骗我。"刘奕洞察力敏锐，看她被吓成那样，便知道她看到的一定是非常可怕的东西，"告诉我，你究竟看到了什么？"

"只是一个幻觉罢了……"

"什么样的幻觉？"

时枫咬着嘴唇，无力地说："我身体不舒服，想回去休息了。"

刘奕深深地看了她一眼，最终只能叹气，道："好吧，你不舒服就早点儿睡，明天就是婚礼，会很累。”

时枫点点头，被他送回房间里，然后他又神不知鬼不觉地离开了。她知道他一定去追查附近出没的神秘人了。可不知道为什么，她也知道他一定追查不到宋秘的踪迹。

躺在母亲的身边，她可以安心一些，可是宋秘那双隐藏在黄金面具之下的冰冷双眼，还是时时刻刻出现在眼前，只要她一闭上眼就会看到。

“你是谁？这么阴魂不散地缠着我，你究竟想干什么？”

根本没有人回应她。

母亲被吵醒了，起身看了看她。

她连忙闭上眼睛，假装睡着。

宋国虽是小国，但国君的婚礼还是很盛大，不少小国也派了使者前来庆贺。

天还没亮，时枫就被叫醒，梳妆打扮，参加仪式。

紫家是古老的家族，传承数百年，辉煌过，没落过，却依旧保留了一些古老的习俗。

这天清早，父亲把她带到祠堂中，亲手把一个墨玉的手镯戴在她的手腕上，轻轻地拍了一下她的手背。

时枫低头去看，只见那墨玉贴着她的皮肤，一点儿一点儿渗透进去，最后变成黑色的一圈，然后消失在手腕上。

“父亲！”她大惊失色，抬起头来，却只看见父亲一脸慈祥欣慰的笑容。

她更加不解，道：“这是怎么回事？”

“这是我们家族代代相传的圣物，只有被它认定的嫡系女子，才能与它血脉相融啊！”父亲高兴地说。

时枫还是不太明白，抬起手腕，已经看不到镯子的痕迹。不过身体中似有一股微弱的元气在慢慢地流动，她能感觉到。

“戴上它，你可以继承先祖桔梗的血脉。枫儿啊，你是百年以来，第一个能戴上墨玉镯的人啊！”

“戴上她，我能变成召唤师吗？”时枫开始向往强者，因为脑海中总是不经意地浮现出宋秘的眼神。

“这倒不能。不过，有这样的血脉，以后没人能够伤害你。”

时枫听到父亲这样说，心里悄悄一动，道：“真的吗？不管多强的人都不能伤害我？”

父亲笑着点点头，而后神秘地说：“不仅如此，你的后代也会继承这血脉。如果他天赋优秀，说不定能重振先祖的招魂术。而他若有这样的血统，一定会比任何强大的召唤师都出色！”

时枫脸颊泛红，想起刘奕的话。如果他们的孩子能像父亲所说的那样出色，是不是能够完成刘奕的梦想呢？

她想到这里，心不禁怦怦直跳，不自觉地兴奋着。

她带着激动的心情上了花轿，伴着一路喜乐进了皇宫，和刘奕一起参加封后大典和祭天仪式，然后被送入洞房。

昏黄的烛光照着她，红盖头垂下，她在盖头底下羞涩地笑。

洞房的门被推开，有人走进来，脚步很轻缓，慢慢地靠近她。她的心扑通扑通地快跳起来，好似要从嘴巴里蹦出来。

那人走到她身边，一抬手，就将她的红盖头掀起来。她微微一笑，抬起头来，等看清楚站在面前的人时，差点儿吓得魂飞魄散。

“怎么是你？！”她猛然往后缩去，大声唤道：“来人啊！来人啊！”

外面欢声笑语，人声鼎沸，根本没有任何人听到她的声音。

“我说过还会来找你的。”宋秘一步一步靠近她，黄金面具在喜庆的红烛照耀之下，显得更加神秘与神圣。

“你想干什么？这里是宋国王宫，由不得你为所欲为！”时枫愤怒地说。

宋秘冷笑一声，道：“是吗？”那种十足嘲讽的语气，实在让人很愤怒。

就在他的话音落下的一刻，外面忽然传来大喊声：“刺客！有刺客！保护王上！”

她耳边有金铁交击的声音，听得出来战斗十分激烈，还有召唤师使用元气时发出的元气波动。时枫一瞬间面色苍白，站起来要扑出去，却被宋秘一把抓住，重新扔回床上。

“你想去哪里？落在我手里，什么都由不得你！”

“放我出去！若他有个三长两短，我做鬼都不会放过你！”

“呵呵……”宋秘漫不经心地笑了一声，身上寒气一凝，忽然按住她的肩膀，将她压在身子底下，伸手便去探她的衣裙。

时枫大惊失色，出阁之前，母亲教过她房中之事。这个禽兽，他竟敢……

“放开我！”她拼命地挣扎。

可她一个弱女子怎么挣得过他？当时的宋秘，实力已经很可怕。身下的人不过是蝼蚁一样的生命，若不是需要她的血统，他岂会让她活到今天？

他动手去解她的嫁衣，无尽的屈辱感和外面慌乱的声音，让她的大脑忽然间一片空白。

“枫……”外面的刘奕忽然发出一声惊叫，似乎想要冲进来，却被人挡住了。

时枫蓦然睁开眼睛，恨恨地瞪着面前的人。她天性善良，从来没有这么渴望一个人去死！

“滚开！”她抬起手在他的面具上狠狠地一抓，忽然一缕黑色的元气从手腕上逸出。

宋秘猝不及防，沾到那黑色的元气，忽然闷哼一声，被推出去。他一怔。时枫也呆住。不过此时此刻，她觉得，只有自己能保护自己，便抬着左手，警觉地对着他。

宋秘眯了眯双眼，冷冷地道：“看来，我的选择果然没错。”

“滚出去！”时枫大喊，身子因为激动而瑟瑟发抖。若是不能阻止他，她宁愿死去。

宋秘慢慢地站起来，道：“你记住，我既然选中了你，你就逃不了！”

今天没有得到她，虽然他有些不甘心，不过看她的能力，还得慢慢培养，也不急于一时。宋秘看了她一眼，身影在原地消失不见。他是利用结界离开的。

时枫见他消失，才松了一口气，慢慢地软倒在床上，伏在被子上啜泣两声，忽然想到外面还有刺客，连忙跑出去。

她打开门一看，外面经历了一场混战，早没了大婚的喜庆，地上横七竖八躺着不少尸体。而刘奕正把宝剑从一个刺客的身上抽出。他浑身是血，更显得英姿不凡。他抬头看着她，确定她没事后，终于一头栽倒在地上。

“王上！”众人乱成一团，连忙围上去。

时枫也跑上去，顾不得什么礼数，抱住他就哭起来。

“别哭，我没事。”刘奕柔声安慰了她两句，便转过脸，霎时间满脸冷酷之色，道：“清查刺客！一个都不准放走！抓一个活口来，寡人要好好盘问！”

之后，宫人将他扶回寝殿。御医匆忙赶来，为他包扎了伤口。他被几个高手一起围攻，伤得不轻，因此格外愤怒。

大喜之日见了血，不知道是不是什么不祥之兆，众人心上都存着一丝阴影。

紫时枫，新任的王后，第一天进宫，竟然就带来这么大的灾祸。宫中之人大多迷信，她不祥之身的名声，竟然不胫而走。

“我可是听说过，王后出生的那天，天上一直打着黑雷。那雷声吼得跟在地狱里一样，大家都说这是不祥的预兆呢！”

流言不知道从哪里传起来的，众人再结合这次的事情，和她出生时发生的事情，似乎真觉得是不祥之兆了。

其实，紫府上下也从未刻意隐瞒过时枫出生那天的异象。在紫父看来，那种异象，恰恰是家族血统传承在时枫身上的最好证明！对紫家来说，那是一种荣耀！

包括上一任宋国君主，了解紫家历史的人都知道时枫具备了招魂术的血统。所以，她从出生起，就被上一任国君内定为王后。这根本不是什么不祥之兆，可是现在这事被传得沸沸扬扬。

她不知道究竟是哪里出错了，仔细一想，这一切都因为那个人——宋秘！大婚那天的刺客，一定和他脱不了干系！她在宫中查遍典籍，终于从古老的卷宗里找到零星的记载，关于黄金面具，还牵扯到一个更加神秘的地方——光耀殿！

近年来，神秘消失了近百年的光耀殿重现世间，引发不少凶残的血案。

典籍中提到，光耀殿圣君隐于黄金面具之后，神秘莫测，从未有人见过其真面目。圣君擅长操控结界。光耀殿秘传的空间之术，是历代圣君必修的秘术。唯有如此，圣君才能以强大的空间操控能力，支撑天空之上的光耀殿。

黄金面具、操控结界，这两点和宋秘很有关系。难道他真的是光耀殿的圣君吗？她一个弱女子，为什么会招惹上这样的大人物？

她对自己的命运一无所知，事实上，关于家族血脉的传承，连父亲都不能完完全全地了解。时枫郁郁寡欢地在宋国的后宫生活了两天。刘奕忙于清查刺客、养伤，直到现在都没有和她圆房。

帝后大婚，却迟迟没有圆房，这在历朝历代都很少见吧？不过，她不在意这些。她只是很怕宋秘阴魂不散。她很怕他会突然出现，这个人几乎可以毁了她的一生。

这天深夜，时枫在宫中看书。

天很晚了，小梅趴在桌上睡着了。时枫却还神经兮兮地不敢睡，生怕宋秘会神不知鬼不觉地出现。茶水凉了，她想让小梅去换一壶热茶，但见小梅睡得那么熟，就自己站起来去换。她走过窗边，忽然听到外面有人轻轻地叩响窗户。

时枫一惊，连忙握住藏在衣袖中的匕首。但是，窗外只传来一个温雅的声音："时枫小姐，是我。"

时枫稍微愣怔了一下，辨别着这声音，随后大喜，扑过去将窗户打开，只见站在外面的人，竟然是多日不见的逍遥王！他穿着青色长袍，飘逸出尘，风度翩翩。他站在窗外廊下灯笼的阴影中，对着她微微一笑，道："听说宋国国君大婚之日遇到刺客，我不放心，来看看你。"

时枫眼睛一热，掉下眼泪。不知道为什么，她看见他，遮掩了许久的委屈终于爆发。逍遥王连忙从窗外跳进来，心疼地看着她，道："好好的，哭什么？再哭就不好看了。”

时枫吸吸鼻子，说：“我……我一个人不知道怎么办。王爷，帮帮我吧。”

“我们是知己，有什么能帮你的，我自然会帮。”逍遥王拉着衣袖，帮她擦去脸上的泪水，“听说刘奕受了重伤，我这里有不少灵药，可以帮到他。”

“我不是想要灵药。”时枫摇摇头。她知道他是南翼国赫赫有名的炼药师，珍稀灵药数之不尽。但是刘奕的伤差不多快痊愈了，她最想要的不是这些。

“那你想要什么？”逍遥王微笑地看着她。

时枫忽然在他面前跪下来，郑重地说：“时枫不认识什么大人物，只有王爷您的权势才能帮我！”

“你快起来！”逍遥王蹲下去，扶着她，“究竟是什么事，你说说看。”

时枫听到他允诺，脸上才露出笑容，道：“王爷可知道，光耀殿的圣君宋秘？”

逍遥王一怔，道：“他怎么了？”

时枫把宋秘出现以来发生的事情毫不隐瞒地告诉了逍遥王，心里对眼前这个人有莫名的信任感。不知道为什么，她竟然从没有怀疑过这个人。后来，她想了想，其实当初的自己，完完全全是被他蛊惑了吧……等她清醒之后才发现，这个人有多危险。

逍遥王听完，道：“这么说，之前你是被他突然带到我的逍遥王府的？”

时枫点点头，泫然欲泣，道：“我不知道他究竟想干什么。可是我猜，也许跟我们紫家的血统有关。”她抚着自己的手腕，把父亲给她墨玉镯的事情也告诉了他。

逍遥王伸手握住她的手腕，低下头，似乎在细细地研究，道：“竟有如此神奇的事情……”

两人靠得很近，并不避讳。这样的深夜，孤男寡女相处，有些危险，但她全无防备。

忽然，小梅打着哈欠从寝殿里出来，迷迷糊糊地喊：“小姐……”她一抬头，却看见一个陌生男子正亲昵地握着小姐的手，而小姐对他也似乎很亲近的样子。

“你是什么人？还不快放开王后的手！”小梅大吃一惊，大步冲上去。

逍遥王动作很快，拉着时枫站起来，并把她拽到身后去护着。

“小梅，你误会了。这位是南翼国的逍遥王，是我的朋友。”时枫连忙解释，同时也紧紧地拉着逍遥王，怕他对小梅不利。

“逍遥王？我怎么从未听说小姐有这样的朋友？”小梅涨红了脸。有些话，她不好说得太明白，是希望为王后保留尊严。

“是我之前出事时，在南翼国认识的朋友。”时枫解释说，“小梅，你从小和我一起长大，还不相信我吗？”

小梅咬咬嘴唇，正是因为她从小就和小姐一块儿长大，所以才会这么生气啊！

“时枫小姐，你说的事情，我会想办法帮你，不用担心。”逍遥王拍拍她的手，依旧温和地道。

时枫羞愧地说：“对不起，让你蒙受这种冤屈。”

“无妨，既然是朋友，你的事就是我的事。”逍遥王说完，对小梅一笑，便坦然地从窗户飞掠出去。

“小姐……”小梅忧心地看着她，“他毕竟是个男人，这样半夜三更潜入您的房间，要是传出去……”

“这件事只有你一个人看见，只要你不说，谁会知道呢？”时枫说，“小梅，他是来帮我的，我真的走投无路了。如果他不帮我，我一定会死的……”

听她说得这么严重，小梅吓了一跳，道：“小姐说什么胡话！难道您也相信宫中那些流言蜚语吗？”

“我不信，我也不怕刘奕会相信，我只是，不想这么战战兢兢地活着。”时枫低下头，有些无奈地道，轻轻地摆弄手腕上无形的镯子，“不知道是不是命运在跟我开玩笑。”

小梅听罢，遂不再多说，伺候她去就寝。再往后，就算看见逍遥王在半夜出现，小梅也不再多说什么。

时枫和刘奕圆房那一晚，正是刺客被抓并被处决的那日。刘奕喝得醉醺醺的，但是帝后圆房，依然被记载在彤册上。

夫妻之间的事情，她被动而羞涩。寝殿中的灯火全部熄灭，黑暗中她看不到刘奕的脸，觉得很害怕，一双小手四处摸索。刘奕抓住她的手，用深吻堵住她想开口说话的小嘴……那个过程对她来说很漫长。她从一开始就很痛，痛得一直低声啜泣。可是一向怜惜她的刘奕却没有停下来，任由她痛得全身发抖，最后晕过去。

她人事不省之后，无法看到黑暗中和她结合的人身上散发出细碎的金色星光。那些星光一点一点，如同萤火一样在床幔之间流转，而后从那张冷酷的脸上一闪而过。他不是刘奕，可她没有办法知道。

完事之后，宋秘的指尖燃起微弱的一点儿火光。火光照着时枫沉睡中依然紧紧蹙眉的小脸。没有黄金面具的遮挡，他的面孔依旧俊美，像一尊精心雕琢而出的古老石像，冷酷中隐隐带着一种沉痛。他看着躺在床上的无辜女子，不由得紧紧地握起拳头。宋秘，从今日开始，你是真正摒弃人性了吧？为了报复，你怎会变得如此卑劣？

“对不起……”黑暗中，他低声喃喃了一句，指尖的火光消失，带着最后一点儿善良就此消失。

第二天，刘奕宿醉醒来，头昏脑涨，完全不记得昨天夜里发生了什么事情。但是看见睡在身旁的妻子那蜷缩成小小一团的身体，他还是心生怜惜，虽然心中隐约觉得有什么不对，但这一切都被她小脸上的委屈之色挥去了。

自此之后，他们生活得很幸福，琴瑟和鸣，鸾凤成双。他们又是年轻夫妻，感情炽热，时常耳鬓厮磨，难分难舍。

时枫喜欢下棋，刘奕便专门在宫中设立棋院，请了棋艺精湛的老师坐席，陪她解闷。国事繁忙，他不一定每天会来，但只要一有空，一定来看她。

棋院请来的老师，名王道，是个年轻英俊的男人。时枫一看见他，就忍俊不禁，这人根本就是逍遥王，不过化名王道而已。不知道他是怎么伪装成棋艺老师蒙混进来的，可他是南翼国的王爷，自然本事通天。

两人一见，只是笑了笑，便坐下下棋。旁人自是看不出他们是旧识，但小梅一看见他，就不觉皱了皱眉。怎么又是这个人？半夜三更来找王后还不够，现在还伪装成棋院老师，他究竟想干什么？

小梅暗地里曾经跟刘奕说过，这位叫王道的棋艺老师来路不正，恐怕会影响王后，而且一个男子在宫中也不合礼仪，希望刘奕把他遣走。但刘奕见时枫棋逢对手，很是高兴，便不忍心扫她的兴。况且，他对时枫很放心，知道她的心思都在他身上，自然不用去防备这些。

而且没过多久，宫里就传出时枫怀孕的消息。大喜之下，刘奕更是不去管那些有的没的，一心只想让她开开心心地诞下王子。

“恭喜王后。”下棋之时，逍遥王微笑着说。

时枫脸颊微红，羞涩地说：“你是炼药师，一定有安胎的好法子吧？”

“那是当然。王后尽管放心，我会护着你，直到你的孩子平安出生。”他轻轻地落下一子，完全截住了她的退路。她输了。

这一局输得太快，她完全没有料到。她一时呆了，随即佯装怒道：“你也太不厚道了！好歹我有身孕，你就不能让让我？！”

他沉声笑道：“该下手的时候就要下手，不能犹豫，否则就会输。”

时枫轻轻地撇着嘴，无奈地笑道：“我说也说不过你，下棋也赢不了你，唉……这可怎么办呢？”

“王后安心养胎就是，其他事情，都不必担心。”逍遥王安慰她道。

时枫脸上隐隐有一丝愁容，轻轻地捏着一颗棋子，问道：“我很怕宋秘会再出现，他不可能这么轻易放过我，怎么办？”

“放心，有我在，他不会出现的。”

“你怎么这么肯定？”光耀殿的圣君，岂是那么轻易就能挡住的？

逍遥王笑道：“时枫，你不相信我吗？”

“我当然信你，可是……”时枫犹豫地道。

“既然相信我，就不要多问。你安心养胎，我会让你平平安安生下孩子的。”他声音温和，带着坚定的力量，让她很信任。

他说能，她就相信。时枫低着头，轻轻地抚着自己的小腹，片刻之后，笑着问：“不知道是男孩还是女孩呢？”

“是男孩。”逍遥王不假思索地回答她。

时枫抬头，吃惊地看着他，笑问：“你怎么知道？”

“你忘了，我是炼药师啊。”逍遥王淡淡地说着，轻弹纳戒，拿出一个小玉瓶，“这里面的丹药，你每天吃一粒，可保孩子平安。”

时枫伸手想去接，小梅却手疾眼快抢过去，冷着脸说：“王后吃的药由御医专门开方，别的药，要先给御医看看是不是药性相克。”

“小梅！”时枫低声喝道。小梅这样的举止，太无礼了……

“无妨。”逍遥王随意地笑道，“拿去给御医看吧，他那里不可能有这么高阶的丹药。”

南翼国的逍遥王炼制的丹药，在市场上绝对千金难求，无数人捧着钱都不能求得他一粒丹药。他肯这么大方帮她安胎，实在已经是她三生有幸。不过，小梅的执拗脾气，她也是知道的。这丫头是为了她好，时枫只能歉意地对他笑了笑。

小梅把丹药拿去给御医验明。御医一看，顿时惊得从椅子上掉下来，捧着那玉瓶如获至宝，一张脸都因为兴奋而涨红了。

“小梅姑娘，这……这是哪里来的丹药？”御医简直疯了！这至少是六阶炼药师才能炼制出来的丹药！而且，从丹药上散发的气息来判断，炼制此丹药的炼药师，实力至少在六阶以上啊！

“这丹药有问题吗？”小梅皱着眉问。

“哈哈，一位六阶炼药师炼制出来的丹药，怎么可能有问题呢？”御医抚摸着自己的花白胡子，羡慕地说。

“六阶炼药师？！”小梅虽然是个普通人，但对于卡尔塔大陆上最高贵的职业，还是有所耳闻的。六阶炼药师，那已经是很可怕的等级了。

御医道：“据老夫所知，当今世上超过六阶的炼药师，除了独孤药圣，便只有南翼国的逍遥王了。”

“逍遥王？”小梅心里一动，想起那个在王后口中被称为“王爷”的男子。难道他竟是南翼国的逍遥王不成？

“御医，这逍遥王是什么样的人？他今年多大？”

“呵呵，逍遥王啊！”御医又是一脸羡慕嫉妒恨地道，“此人少年天才，行事低调。‘逍遥’是南翼国皇帝赐予的封号，听闻他年纪不超过二十岁，是真正让人羡慕的天才啊！”

小梅听着，握紧手里的玉瓶，疑虑似乎打消了一点儿。若那人真是逍遥王的话，也许真能保护王后……

“今天的事情，不许对任何人说起！”小梅交代了一句，带着药瓶离开。

“小梅姑娘！那药可否赏赐老夫一粒……”老御医觍着脸说。六阶炼药师炼制出来的丹药，对他们行医之人的诱惑实在太大了！

“这是王后安胎的丹药，珍贵无比，我可做不了主！”小梅才不理他，拿着丹药离开。

随着时间一天一天过去，时枫的肚子也渐渐地大起来。她怀胎七个月的时候，后宫中一位妃子因怕她生下王子地位更加巩固，刘奕会更宠爱她，遂铤而走险，买通了时枫宫里的丫鬟，在她每天喝的燕窝里下毒。

毒性太强，喝下燕窝的时候，时枫疼得满地打滚，冷汗直流，鲜血顺着大腿流下来，沾湿了她的衣服。她看着那些血，痛哭着对小梅说：“去找逍遥王！快去！快去啊！”

小梅脸色苍白地跑出去。化名王逍的逍遥王，住在棋院中一间僻静雅致的房里。他平时除了陪时枫下棋，基本就待在房间里，很少出门。

小梅推门进去的时候，房间里一个人都没有。她急得团团转，正想出去找人，忽然房间里一阵水波一样的光芒一闪，灿烂的金光渗透而出，一个金袍男子便出现在房中。

金色面具之下，男子用一双冰冷的眼睛看着小梅。小梅早就听小姐说过，她见过一个身穿金袍、戴着黄金面具的神秘男人，为此她担惊受怕了好长时间。

不管是小梅，还是紫父，都以为时枫看到的是幻觉。可是此刻，黄金面具真真切切地出现在眼前，小梅只觉得心里一寒。

“你……你……”喉咙里发出艰难的声音，小梅头皮发麻地看着眼前这个人。

面具后的双眼懒懒地扫视了她一眼。随即，他竟然丝毫也不避讳地在这个普通少女面前拿下象征光耀殿圣君身份的黄金面具，露出一张原本应该风雅潇洒、此刻看起来却有些阴鸷的面孔。

“发生什么事了？”从男子优雅的嘴唇中发出的声音，也冷如寒霜。

小梅充满恐惧地看着他，道：“你是……”

“回答我的问题！”他的声音稍稍一扬，就吓得小梅一屁股跌坐在地上。

小梅忍不住泪如泉涌，但还是把时枫的安危放在第一位。不管怎么样，此时此刻，时枫和未出世的小王子才是最重要的啊！

“王后被人下毒了，小王子恐怕不保……”小梅的话还没有说完，宋秘已经如同一颗流星，从她眼前消失了。

小梅一怔。他走得这么匆忙，是因为很担心王后吗？这个人身份如此神秘，又有这么强大的实力，为什么要伪装身份，和王后在一起呢？难道是因为他喜欢王后吗？但若是喜欢的话，又怎么会带给她那么大的恐惧？

小梅实在想不明白，战战兢兢地站起来，脚步虚软地走回去。

宋秘赶到时枫身边的时候，她已经中毒晕过去了，下身流了很多血，脸色苍白，看起来似乎随时都会丧命。宫女们在一旁手忙脚乱，御医也束手无策。

宋秘走进去，气势如虹，吓得一干宫女都不敢阻拦，让他径直走进王后的寝殿。他在时枫的床边坐下来，垂眸看了她一眼，搭了一下她的脉搏，从纳戒中拿了一颗丹药，喂进她嘴里。

“叫稳婆来！”他干脆利落地开口道。此时，他已经脱去一身耀眼的金袍，着一身寻常的青袍。

在宫中，几乎人人都认识这位俊美潇洒的棋院先生王道。传闻他很博学，不仅棋艺精湛，许多方面也很擅长。难道他连生孩子都了解？

御医在外面胆战心惊地说：“你……你不懂就不要乱下命令，王后怀胎才七个月，怎么能……”

“少废话！”宋秘冷冷地一眼扫过去。

不得不说，虽然他现在很年轻，然而光耀殿圣君的气度却是浑然天成的，很少有人能抵抗他的命令。御医被他的眼神一吓，只能闭嘴，却也不敢去找稳婆。开玩笑，要是随便听一个下棋的小子胡说，耽误了王后，那可是十个脑袋都不够砍啊！

宋秘也知道很难支使这些人，皱眉考虑将时枫带回光耀殿。无论如何，她的性命，他可以不顾，但孩子一定要让她生下来！

“听……听他的……”昏迷中的时枫忽然发出微弱的声音，“去，快……去……”

听到她断断续续的声音，宫人和御医也不敢耽搁，连忙出去把稳婆叫进来。

这稳婆也算经验老到，不过一听说要现在帮王后生产，还是吓了一跳。

“照我说的做，她不会有事！”宋秘冷冷地说，又喂了一颗丹药在时枫的口中，同时，将寝殿中所有宫人都遣出去。

稳婆颤巍巍地问：“王……王后……这……这该如何是好？”

时枫虚弱地说：“听他的……”

宋秘低头看了她一眼。时枫哀求着说：“保住我的孩子……”

宋秘点点头。这个自然，不用她说，他也会不择手段地保孩子。他咬破手指，开始在床幔上和地板上书写一个又一个复杂的咒纹。在他行云流水般的动作中，有淡淡的金色光芒流溢而出。

时枫迷迷糊糊地睁着双眼，那些金色的光芒尽数洒进她的眼中。璀璨的金芒……好耀眼的金色光芒啊！光芒中，那个男人脸庞俊美。他紧锁着眉头，在认真地书写那些她很陌生的符号。她心中忽然有异样的感觉一闪而过，但是腹中的剧痛和孩子会丢掉的恐惧让她来不及去多想。

“去接生吧！”宋秘冷冷地对稳婆下令，然后一把抓住时枫的手，认真地说：“时枫，用力，你一定要把孩子生下来！”

时枫满眼都是泪水。刘奕不在身边，她只有相信他：“我害怕，我……”

“不用怕。”宋秘变戏法似的从纳戒中拿出一束新鲜的桔梗花，放在她手心，然后将自己的一滴血滴在花瓣上。一瞬间，淡蓝色的花瓣被染成血一般的鲜红色。

时枫怔住，喃喃地道：“这是……”

“桔梗。你一定可以的！”宋秘皱了皱眉，转过身去，对稳婆厉声道：“还不动作快一点儿！”

“是……是……”稳婆点头，忙不迭地答应，开始帮她接生：“王后，请用力，一定要用力啊！”

时枫不敢多想，怀抱着桔梗花，闻着淡淡的花香，以及夹杂在花香中浓浓的鲜血味道，只觉得身体里充满了力量。她一定能将孩子生下来！

宋秘起身走出去，在屏风后走来走去地期待着。时枫，不要让我失望，一定要把孩子生下来。

他不知道那种等待是多么漫长，心里的紧张一点儿都不亚于时枫。他等这个孩子等了太久了。终于，寝殿中传来响亮的婴儿啼哭，那哭声让他紧绷的情绪瞬间松懈下来。他情不自禁地发出一声大笑。

还没等宋秘进去看看孩子，刘奕已经回来了。他是听闻时枫早产的消息，连夜从边疆赶回来的，连盔甲都没有卸下，便直奔进去。

在古代，就算是普通男人也不会进女人的产房，何况他是一国的君主。但是那一刻，他完全忘了自己的身份，一心只牵挂着心爱的女子。听说她中了毒，命在旦夕，他一路上已经心急如焚。如果她出了事，那他这一辈子，不知道应该怎么活下去。

刘奕没有注意周围用鲜血画成的奇异咒文，大步走进去，看着床上紧紧地闭着双眼、脸上苍白无色的时枫，一颗心都吊起来了。

“枫……”从他口中发出来的声音带着一丝颤抖。

时枫缓缓地睁开布满血丝的眼睛，看见他的一刻，忍不住掉下泪来。

两人握着手，静静地对视。

稳婆抱着孩子，在一旁喜滋滋地说：“恭喜王上、王后，是一位小王子呢！”

站在外面的宋秘听到，嘴角一扬，一颗心终于可以放下了。

“枫，让你受苦了。”刘奕心疼地说。没想到她怀孕才七个月，就有人暗下毒手，差点儿害了他们母子的性命。这个人，他一定不会放过！

时枫微笑着摇摇头，虽然痛苦，但她觉得很幸福。

“让我看看他。”她张开手。

刘奕连忙将孩子抱过来，轻轻地放在她身边。

时枫用力地抬起头来，看着襁褓中那一张皱巴巴、红扑扑的小脸。孩子的眼睛还闭着，左边眼睛的下方，有一块指甲那么大的黑色胎记，淡淡的。她用手轻轻地擦了一下，发现擦不掉，心酸地说：“怎么会这样？”

“是毒素渗进孩子身体里去了，我已经尽了最大的力驱除毒素，但是……”外面的宋秘扬声说。

时枫轻轻一怔，而后微微叹了一声。还好，这黑色的胎记并不大，而且只是淡淡的一小块，若是孩子将来长大，兴许这胎记也就看不出来了。

刘奕听到宋秘的声音，这才察觉到寝殿中到处都是诡异的咒纹，还有放在时枫身旁那束红色的桔梗花。

“是谁？”他沉声问。

外面的宋秘隔着屏风，不卑不亢地说：“在下棋院王道。”

棋院王道？刘奕微微皱了一下眉，衣袖被时枫轻轻地拉了一下。

她虚弱地说：“王道是炼药师。这一次，多亏有他在，否则……”

“炼药师？”刘奕顿时一脸惊叹地道。宋国还没有炼药师，这王道真是深藏不露啊！

“这一次多谢先生，寡人感激不尽。宋国微小，可也能举全国之力，报答先生！”

宋秘淡淡地说：“王上言重了。在下为王后所做的一切，都是应该的。”

刘奕看了时枫一眼。她何时竟拉拢了这位炼药师？

时枫也有些困惑。他的话让她的耳根子有些烧，她不敢和刘奕解释什么，只好低下头去，看着自己的孩子。

“王上，您还没给孩子赐名呢！”时枫笑着说。

刘奕知道炼药师大多清高，也不在意宋秘的冷淡，见他从屏风后离开，便重新坐下来，笑着说：“我想到一个好名字，叫澈。”

“澈？”时枫喃喃地念道。

“嗯，清澈干净，就像你这样。”刘奕深情地说着，低下头去，吻了一下时枫的嘴唇，然后吻了一下孩子的额头。

时枫笑着说：“刘澈，我喜欢这个名字。澈儿，澈儿，你喜欢吗？”她低头爱怜地看着孩子。

“你都叫他澈儿了，还问他喜不喜欢？”刘奕看着她娇俏的模样，不禁开怀大笑。

宋国国君喜得王子，立刻下令大赦天下，为早产的王子积福。就连下毒毒害王后的妃子，也没被处死，而是被打入冷宫，永远不得踏出。

刘澈不足月就出生，身体虚弱，连眼睛都没有睁开。在时枫的要求下，刘奕也放心地让宋秘照顾孩子。

宋秘对孩子尽心尽力，以珍贵药材温养他虚弱的身体，让时枫也服用了不少滋补的丹药，然后从母乳中间接让刘澈吃下去。他对孩子的各种好，连时枫都有些诧异，更不用说旁人了。

御医有次开玩笑说：“王子就像大人自己的孩子一般，能得大人如此关怀呵护，真是三生有幸。”

宋秘听罢，却微微笑起来，道：“这当然是我的孩子。”

御医大吃一惊，难以置信地看着他，最后呵呵笑着说：“大人真幽默！”

御医心里却在说：哼！这位炼药师自恃身份，也太不知利害了！王室子嗣，这种玩笑是随便能开的吗？王上敬重他，可他也要知道轻重啊！

从那以后，御医也不太敢点头哈腰，时时在宋秘身旁跟前跟后了。这种不知天高地厚的人，迟早是要闯祸的！

刘澈在出生七天之后才睁开眼睛。当时，抱着他的宫女在看见那双漆黑如墨的眸子睁开的一瞬间，便惊叫一声，将孩子丢出去。随后，宫女竟然死了……

幸亏宋秘就在一旁，手疾眼快地接住刘澈，否则，恐怕不会有以后的墨莲。

小梅跑过去，探了探那宫女的鼻息，震惊地道：“她……她死了……”

时枫很诧异地站起来，走到宋秘身边，要去抱刘澈："孩子怎么了？"

宋秘轻巧地往旁边一让，淡淡地说："没什么，你别碰他。"

"他是我的孩子！"时枫伸出手去，"让我看看。"

宋秘抱着孩子，无动于衷，只是说："我是为了你好。"

时枫不知道应该说什么，看着地上突然莫名死去的宫女，以及突然有些反常的逍遥王，这一切都让她感觉到某种不安。

小梅看看他们两人之间的动作，小声说："王后，小王子好好的，你不用担心。"

宋秘抱着刘澈，因为刚才的惊吓，刘澈正在哭。不过，自出生起，刘澈就很少哭，总是很乖，不会让她心烦，现在也只是稍微哭了一两声，便渐渐地停住。刘澈闭上眼睛，又开始睡觉。

等他睡着之后，宋秘才将他轻轻地放进摇篮中。

时枫连忙过去看，孩子好好的。比起刚出生的时候，刘澈已经长开不少，小脸也不皱了，白白嫩嫩的，很是可爱。左眼下面的黑色胎记变得很淡很淡，如果不仔细看的话，已经看不出什么了。

看着孩子好好的，时枫就放心了。只是对于突然死去的宫女，她心有愧疚和不安，于是吩咐小梅好好地安葬宫女，并给宫女的父母一笔丰厚的赡养费。

小梅出去，让人搬走宫女的尸体。

时枫慢慢地坐下来，出了一会儿神，抬起头来，看向宋秘："王爷，很感谢你照顾我们母子这么多。耽搁了你这么久，我实在是过意不去。"快一年了，从她嫁给刘奕，到他们的孩子出生，这名男子一直如同守护神一样守在她身边。

感激之余，她也渐渐觉得承担不了。没有人能够这样无缘无故地对一个人好。她从小就善良单纯，不贪心，知道对于不属于自己的东西，是不能心存贪念的。

这一点，她和墨莲几乎截然相反。她知道适可而止，贪念很少。而墨莲，却是因为执念而连性命都不要的人。一旦有了贪念，他就永远无法拔出，哪怕飞蛾扑火。他这样的性格，不是遗传自时枫，恐怕是继承于宋秘。

宋秘看她垂着小脸，说得很委婉，还是笑道："时枫，你想赶我走了？"

"不是！"时枫连忙抬起头，一个劲儿地摇头，"我怎么会这么忘恩负义呢？我……我只是……"

"我不会走。"宋秘说得很直接，说完之后甚至还有些神秘地笑了笑，"我走了，澈儿怎么办呢？"

"你这么精心地照顾他，我这辈子都没办法报答你啊！"时枫说。她不想欠下这么大的人情，他已经帮她太多了！

宋秘淡淡地一笑，道："你不用想着报答我。你已经给了我最好的报答，反倒是我欠了你。"

时枫不解地看着他，一头雾水，想不明白他话里的意思。宋秘也不解释，笑了笑，压低声音说："记住，别去看澈儿的眼睛。"

时枫一怔，想问明白为什么，但是，宋秘已经不给她发问的机会，转身走了出去。这个疑问一直盘亘在她的心里。她想不明白，慢慢地走到刘澈身边，看着摇篮中沉睡的他，越看越觉得不对劲。为什么？这双眼睛睁开之后，会是什么样子的？

她一直都没有见过刘澈的眼睛。这孩子一睡之后，就不肯睁眼，饿了就哭两声，喂了之后继续睡觉。时枫觉得很不对劲。她的母亲也不明白，出生之后的孩子，为何就不睁眼睛呢？难道他是因为七个月就出生，所以和一般的孩子不一样吗？

有一天晚上，时枫睡在刘奕的身旁，忍不住把心里的疑问告诉他。刘奕笑着安慰她，道："这是我和你的孩子，历经艰难才出生，不管他有什么缺陷，我都会像爱你一样爱他。"

时枫叹了口气，慢慢地缩进他的怀中，靠着他的胸膛，想说话，却不知道应该怎么开口。她知道刘奕是怕她担心他们的孩子有先天缺陷，不够完美，于是心有愧疚。但其实，她根本不担心这个！澈儿是她的孩子，就算生下来是个丑八怪，她也一样从心里疼爱他，何况澈儿这么可爱。

她只是隐隐约约有种不祥的感觉。那宫女只是看见他睁开眼睛就死了，而逍遥王又是那种神秘的态度，她怎么能不担心呢？他们依旧是棋盘上的知己，琴棋书画，诗词歌赋，他们都能交谈，可是，她似乎从来没有真正了解过逍遥王。她甚至到现在都不知道他真正的名字是什么。王道？这只不过是化名而已。

"王上，你觉得王道这个人怎么样？"时枫沉默了一会儿，便从另一个方面岔开话题。

"天纵之才！"刘奕只用这四个字就形容了宋秘。他也是少年天才，心怀远大，目光甚高，可想而知，能被他如此盛赞的人，得出色到什么地步。宋国太需要这样的人，若这王道能真正为他们所用，那他的理想将会更快地实现。

时枫也吃了一惊，忍不住说："他确实是个奇才，难得还是这么高阶的炼药师。但是，他这个人似乎太过神秘，连我都不了解他。"

"哈哈哈……"刘奕搂紧了怀中的爱妻，"枫，你太单纯，不知道这片大陆上有无数高手。他们因为强大而高傲，这一点丝毫都不奇怪。况且，王道是这么出色的炼药师，他保持神秘无可厚非。"

"可是……"

“如果你觉得不放心，我可以派人去查查他的底细。只要他在大陆上出现过，我们就不难查出其身份。”刘奕笑着说。正好他对王道的真正身份，也非常感兴趣！他不知道的是，如果这一次，他没有自作主张地去探查宋秘的底细，或许……他会活得长久一点儿。

宋国的国君刘奕确实是个人才，连宋秘都这么觉得。他和刘奕算是互相欣赏，但如果没有时枫和刘澈的事情，说不定，宋秘还真的会愿意帮一帮刘奕。但宋秘被恨蒙蔽了双眼和心，把自己的善良给摒弃了。

偶尔在照顾刘澈的时候，看着他睡在摇篮中，宋秘有些不敢相信这是自己的孩子，但这是个奇迹，让他不得不相信，这孩子是他一手创造出来的，是将来可以让他把轩辕问天踩在脚底的武器！

宋秘伸出手，轻轻地抚摸着刘澈的小脸，喃喃地说：“你是无辜的，可惜生错了地方。澈儿，这是宿命，不要怨恨我。”

“呜……”沉睡中的婴儿发出一声细细的嘤咛，像是在抗拒他的手。

宋秘笑了。这孩子还这么小，就开始拒绝他了吗？

刚刚走进来的小梅，看见他脸上带着笑容，不由得呆住了。她站在门口，进也不是，走也不是。

宋秘冷冷地瞥她一眼，道：“进来吧，怕什么？”

小梅小心翼翼地走进去，把给刘澈换的衣服放在桌子上，鼓足勇气说：“大人，我很想知道，您这么照顾王后和王子，究竟是为什么？我想，以您的身份和实力，宋国这小小的庙宇，怎么容得下您这尊大佛？”

宋秘冷冷地瞥着她，道：“除了功名利禄，我就不能为了别的吗？”

“您当然能！”小梅说，“可有些东西，并非能容许您有非分之想！大人比小梅聪明，应当更清楚这个道理才对！”

宋秘一怔，随即明白过来。小梅是以为他对时枫痴心妄想，才会这样一心一意地照顾刘澈。他笑道：“姑娘，我确实有非分之想，这有什么不对吗？”

“这当然不对！”小梅涨红了脸，“王后和王上是天作之合，你……你想从中作梗吗？如果你敢的话，我就把你的真正身份告诉王后！”

宋秘不以为然地道：“你既然知道时枫很恐惧我，为什么不将我的真实身份告诉她呢？我可没有让你替我隐瞒啊！”

小梅脸上一红，说不出话来，狠狠地看了他一眼，道：“你以为我当真不敢说吗？我说了，你就立刻从这里滚蛋！”

“那你去说吧。”宋秘淡笑道。

眼眶忽然红了，小梅抬起小手，狠狠地打了他一下，哽咽道：“臭男人！你……你真是个浑蛋！”

宋秘没有闪躲，也没有抵抗，被她一打，便靠在椅子上，喉咙里发出低沉的笑声：“没错，我是个浑蛋。我真正浑蛋的时候你没有见过，否则，你就不会喜欢我了。”

小梅狠狠地咬着嘴唇，肩膀耷拉下来，有些后悔地看着他：“我没有打疼你吧？”她下手很重，可他竟然连躲都没有躲一下。

“疼？”宋秘摇摇头，“小梅姑娘，不要靠近我，我会把你吞噬的。”

小梅一怔，随即勇敢地说：“我不怕！不管你有什么样的过去，我都认了！”

宋秘只能羡慕她有这样的天真，遂不再多说什么。小梅看看他，又看看摇篮里的刘澈王子，忍不住问：“你会一直留在宋国照顾澈王子吗？”

宋秘笑了笑，正想说话，忽然眼眸中闪过一缕淡金色的光芒。柔和的面色一瞬间冷寂下来，他猛地起身，椅子的扶手生生地被他捏碎一块！

小梅吓了一跳。他身上散发出来的强大气息太吓人了！

“你，怎么了？”

“他死了……”宋秘喃喃地说。

“谁？”小梅不解地问。

然而，宋秘已经大步走出去，站在院子，抬起头，看看头顶的天空。那里一片诡异的血红。从南方蔓延过来的血红被一团一团的黑云缠绕着，无路可逃。

不少宫人都目瞪口呆地看着，手里的盘子掉在地上，摔碎了。

“这是怎么回事？”时枫从主殿中走出来，看着天空的颜色，也吓了一跳。

她看见宋秘，便走过来，问道：“王爷，天上是怎么了？”

宋秘皱着眉，那一瞬间，他的眼睛里满是绝望和愤怒之意，道：“不可能，不可能……”谁也不知道他究竟在说什么。

时枫被他的样子吓了一跳，忍不住拉了一下他的衣袖。宋秘忽然反手甩开她，一改平日的温文尔雅，变得狰狞而凶狠：“不要碰我！”

时枫吓了一跳，瞪大明眸，呆呆地看着他。宋秘苍凉地冷笑道：“我所做的一切都是白费力气吗？我费尽心机，却换来这样的结果？轩辕问天，你休想这么逃过我的报复！”

在时枫和小梅震惊的目光中，他的身影忽然凭空消失，只余下一片淡淡的金色光芒在空气中旋转缭绕。时枫怔了一下，忽然腿一软，跌倒在小梅怀中，满脸苍白之色。

“王后！”小梅紧紧地抱着她。

时枫瞪着双眼，四处看了一会儿，忽然推开小梅，跑进刘澈的房间，找到安静地睡在摇篮中的刘澈，看到他好好的，她的呼吸才平稳下来。

“王后？”小梅不知道她怎么了，只是很担心。

时枫说不出话来，紧紧地捂着嘴巴，一会儿嘴唇颤抖着喃喃自语，一会儿泫然欲泣，一会儿抱着刘澈闭上眼睛，恍恍惚惚，疯疯癫癫。

小梅实在太担心，跑过去把刘澈抱开，道：“王后，到底发生了什么事？”

时枫看着她，慢慢地平复了心情，咽了一口口水，道：“我不知道，我……我似乎……”

“王后，冷静一点儿，澈王子好好的啊！”小梅说。

“对，对，澈儿。”时枫看着刘澈，“我的澈儿，澈儿好好的……”她说着说着，一行泪水忽然滚出来，抱着小梅和刘澈哭起来。

宋秘这一走，再也没有回来。

时枫也因为那一次痛苦的哭泣，又生了一场病，整个人都憔悴消瘦很多。她缠绵病榻的时日，刘澈一天天长大。

刘澈半岁那年，御医才诊治出来，由于在娘胎中被毒素所浸，他什么都看不到了。他不睁开眼睛，是因为毒素积留在眼瞳中。只要他睁眼或者流泪，眼睛就会很疼很疼。不过，因为这样的缺陷，刘奕似乎更觉得对不起时枫，也更加疼爱他们母子。对宋秘的离开，他虽然觉得惋惜，不过也只能顺其自然。宋国太小，完全无法留住一位高阶炼药师。

时枫一直郁郁寡欢，但身体也渐渐地好起来了。她以为一切都过去了，没有宋秘，她的生活就会慢慢平静下来。

后来，刘奕派出去打探的人回来禀报，化名王逍的人，是南翼国的首席炼药师，封号为逍遥王，名为……宋秘。刘奕听到这个消息的时候大吃一惊。而时枫，像是自己的猜想得到验证一样，凄苦地一笑。

逍遥王，宋秘。

他究竟在做什么？设了一个完美的局让她跳进来，又不声不响地离开，他到底想干什么？

没有人陪她下棋，她一个人摆弄棋盘也很无聊，找不到对手，只能自己用左手和右手下。刘奕在这方面完全不能和宋秘相比，只能无奈地看着她，或在一旁逗弄刘澈。

“澈儿，抓住父王的手，乖。”一只大手握着一只胖乎乎软绵绵的小手，闭着双眼的孩子咯咯地笑起来，一张嘴巴，口水就哗啦啦地流出来，沾了刘奕一身。

刘奕开怀地笑着，忽然说："枫，快看，澈儿睁开眼睛看我了！"

时枫正无聊地看着棋盘，听他这么说，只是随意一笑，脑海中却忽然有一丝光芒闪过，手中的棋子猛地掉在地上。

"不要看他！"她歇斯底里地大叫起来，一瞬间站起身，扑过去，将刘澈从他怀里夺过来。因为动作太急，她竟抱着孩子一起摔倒在地上。

刘澈哇哇大哭。时枫顾不得孩子，连忙去看刘奕，只见他也倒在地上，一动不动。那一刻，她的一颗心一下子就沉入深深的冰层中，冷得不可思议。

"王上？"她爬过去，摇了一下刘奕的身体。

他没有动，她又探了一下他的鼻息，只有微弱的呼吸。她立刻叫来御医，把刘奕扶到床上躺着，自己则失神地看着兀自在哭的刘澈。她慢慢地伸出手去，想摸一摸自己的孩子。可是，她竟然不敢。

"为什么？"她声音哽咽，喃喃地问，"他是你的父亲啊……"

刘澈只是哭，眼睛已经闭上。直到宫女跑进来，将他抱起来哄着，他才停止哭泣。时枫失魂落魄地坐着，什么声音都听不见。直到御医擦着满头大汗出来，她才一把抓住御医，问道："怎么样了？"

"臣……臣一定尽力，可是王上，他已经人事不知了……"

"想办法救他，知道吗？"时枫几乎泪如雨下地说。

御医点点头，可连他自己都没有把握。

宋国英明的君王不会明白，为何自己只是被一个婴儿看了一眼，就命在旦夕了。这孩子的双眼，究竟藏着什么秘密？

时枫连夜让人传书给南翼国的宋秘，信里言辞恳切，请求他来救刘奕一命。只要他答应，自己愿意付出任何代价。

信被送出去，好多天她都没有得到回音。而宋国朝中，大臣们已经乱哄哄地在闹了。因为澈王子的眼睛而让国君性命垂危，这个孩子一定是不祥之人！他带着诅咒，或者，他根本就不是刘氏的血脉！

时枫听着外面乱哄哄的吵嚷声，气得双眼通红，可是却不能怎么样。没有刘奕做依靠，那些大臣不会畏惧她。

紫家自古以来就很神秘，她嫁入宫中的那天，也发生了刺客袭击的事情，他们更加认定她和孩子都是不祥之人。至少，对于刘氏，她和孩子是绝对不祥的！

她和小梅带着刘澈守在刘奕的身边，不管来人怎么指责，她都不为所动，一心只等着刘奕醒来，为她澄清一切。她不是不祥之人，澈儿更不是！

可是，大臣们请来了在行宫休养的太后。太后爱子心切，看见昔日威武的儿子变成那样，自然怒不可遏，大声斥责时枫。时枫忍着泪水，一句也不为自己辩解。

“这个孩子生下来就这样！如此不祥，不要将他放在王上的身边！还不快抱出去！”太后怒喝。

时枫紧紧地抱着孩子，终于忍不住说：“母后，澈儿是王上的骨肉，请您一定要保护他啊！”

“即便他是王上的骨肉，将王上害成这样，也留不得！带出去！”太后声音威严地道，没有人能够违抗。

宫人进来，强行将刘澈从时枫怀中抢走。时枫拼死不给，在寝宫中大吵大闹。

这时，御医进言说：“太后，古人有亲子割肉为药引，为父母治病的先例。如今王上病入膏肓，药石不灵，不如试试这法子如何？”

时枫一听，脸色苍白，紧紧地护着刘澈：“他还是个孩子！你们怎么忍心？！”

御医低着头，不敢说话。

太后想了想，有些厌恶地看了他们母子一眼，叹息一声。她以前很喜欢时枫，因为时枫知书达理，贤惠懂事。可自从她进宫以来，谣言就没有停止过。朝臣都说时枫对宋国不利，可是刘奕坚持要娶她，太后便没有反对。如今看来，要是当初自己能坚持不让刘奕迎娶时枫，恐怕现在也不会有这么多事情。还有这个不祥的孩子，简直是宋国的噩梦啊！

“既然是王上的亲骨肉，为父亲治病割肉，有何不可？这件事哀家做主答应了！”

“太后！”时枫骇得一张脸都苍白无色，但也敌不过数个宫人的强行抢夺。

他们抱走了刘澈，由御医生生从他胖乎乎的手臂上割了一块肉下来！

刘澈哭声震天，她也跟着大哭。这凄惨的一幕，连太后看了都有些不忍，但想到割肉或许能治好刘奕，便强行将心痛给压了下去。

御医以刘澈的肉为引，熬了药让刘奕喝下去，可是毫无起色。太后不禁十分失望，到底只是民间流传的偏方，也不可尽信啊！

可是，这消息传到外面大臣的耳朵里，却引起轩然大波。既然刘澈是王上的骨肉，为何治不好王上的病？看来，这澈王子兴许不是王上的亲骨肉。

不知道怎么的，这消息竟然传到太后和时枫的耳朵里。时枫气得浑身发抖。太后也是不相信。虽说时枫克刘奕，她的孩子也不祥，但说到时枫的品性，太后是看着时枫长大的，对时枫非常了解。时枫和刘奕两情相悦，而且紫家的教养也异常严格，时枫是断然不会做出有辱门楣的事情！

可是，宫中不少人偷偷地将不久之前棋院王逍的事情拿出来胡说，说王后和那王逍走得如何近，两人是红颜知己，经常坐在一起畅谈，连饭都忘了吃。而且，澈王子出生的时候，那王逍细致入微地照顾他，简直比对自己的亲生孩子还要关怀备至。王逍走了之后，王后还大病一场，从此郁郁寡欢，十分不高兴。

这一切都是话柄。这种不好听的话，惹得太后十分不高兴。时枫也觉得很屈辱。

“太后！澈儿是王上的亲骨肉。若他们不信，我可以一死证明清白！”

太后道：“哀家没说不信你，是外面那些人不信。看来，没有让他们看到证据，他们都不会相信刘澈是王上的骨肉了。”

“证据？他们要什么证据？”时枫问。

“滴血认亲吧。”太后沉吟片刻，终于说。

时枫紧紧地咬着嘴唇，嘴唇都被咬出了血。

“好！”现在刘奕昏迷不醒，她没有人可以依靠，只能自己帮自己了。

滴血认亲的事宜很快准备好。在刘奕的寝宫外面，太后亲自滴了皇上的一滴血在盛满清水的碗里，然后将碗端出来。

时枫抱着刘澈，用刀尖刺破他的手指，也滴了一滴血在碗里。

这孩子这次特别懂事，像是知道现在是决定自己命运的时刻，竟然没有哭，只是靠在时枫的怀里，小手抓着她的一缕头发，咿呀咿呀的。

所有人都聚精会神地看着那碗清水，水里的两滴鲜红的血在慢慢地靠近。众人的心也跟着提起来，眼睛都不眨一下，仔仔细细地看着。

血滴慢慢地靠近，靠近……终于碰撞在一起的时候，太后忍不住伸手按着自己的心口，紧张得喉咙都干涸了。

两滴血轻轻地碰在一起，却像是两个毫不相干的陌生人见面，很快就分道扬镳。

时枫睁大双眼。众人也集体默然。

太后怔了一会儿，手中的碗当啷一声打翻在地，摔得粉碎。随后，她一巴掌重重地打在时枫脸上。

“你这贱人，枉王上那么宠爱你！”太后的手指颤抖着，指着她。

时枫头昏脑涨，抱着刘澈跌倒在地，脑子里嗡嗡作响，耳旁只有刘澈的哇哇大哭声。她不明白，这怎么可能……澈儿是刘奕的孩子啊！是他们的孩子啊！

她不相信，除非澈儿是被人调包了！她扑上去，咬破自己的手指，在另一碗清水里滴了自己的血，再滴了刘澈的血，仔仔细细地睁大双眼看着。她和刘澈的血，很快相溶。

她这一举动让围观的大臣都啐了一声。这不知廉耻的女人！

太后狠狠地道：“来人，把这野种摔死！把这贱人也拉下去杖毙！”

“太后！我是被冤枉的！澈儿是王上的孩子，真的是王上的孩子啊！”时枫一只手紧紧地抱着刘澈，另一只手死命地抓住太后的衣摆。

太后一脚踹在她胸口，将她踢出去，道："贱人，休要侮辱王上！你竟敢背着王上和那王逍有私情，若是王上知道，今天一样要处死你和这个野种！"

有人上来抢刘澈，时枫死命地抱着他。不知道从哪里来的力气，她竟然挣开所有人，抱着刘澈冲进寝殿，扑向床上的刘奕。

"王上，求求你睁开眼睛，求求你醒过来！澈儿是你的孩子，真的是你的孩子啊！"

宫人追进来，将她从床边拽开，时枫又哭又喊。

"等等！"太后忽然出声。

一直昏迷的刘奕竟然抬起手，抓住太后，同时，浑浊而布满血丝的眼睛也慢慢地睁开。

宫人放开时枫，她扑上去，哭道："王上，救救澈儿……"

刘奕虽然一直昏迷，但外面发生的事情，他都知道。这几天看着时枫受委屈，他很想醒过来，可就是没有办法控制自己。

今天发生的事情，他也都听到了。澈儿不是他的孩子？这件事给他的打击太大了，竟然让他挣破黑暗，醒了过来。他一睁眼，就看见痛哭的时枫。这张脸，这个人，是他深爱的，还有他的孩子，他真的很喜欢澈儿啊……

太后流着泪道："王上，滴血验亲的结果，澈儿不是你的骨血啊！"

刘奕张了张口，喉咙沙哑，半晌才说出话来："再……再验一次。"他不能相信，也没有怀疑时枫。他信她。他们是真心相爱的，无论如何，时枫不会做对不起他的事情。

时枫听到他这样说，哭得泣不成声。她就知道，就算全天下都不相信她，刘奕也会信她的。

太后道："好，你要看，就再让你看一次，哀家去准备水。"

"不。"刘奕摇摇头，浑浊的目光看向时枫："枫，你去。"

时枫连忙点头，将刘澈交给他，然后起身去准备清水。

太后忍不住叹了一声，心里只觉得悲哀。都到这个时候了，这个傻孩子啊，竟然还一心一意相信时枫，甚至怀疑她这个母亲。看着依偎在刘奕怀中的刘澈，太后心里越发难受。时枫不在，他就像一只小兽，紧紧地依靠着刘澈，生怕别人把刘澈抢走。

时枫很快端了一碗清水进来，双手颤抖着，放在刘奕床前。刘奕咬破自己的手，滴血在清水中。时枫也咬破刘澈的手指，同样滴了一滴血。她看了刘奕一眼。刘奕也看着她，对她温柔地一笑，她也破涕为笑。

可是，尽管不愿意承认，在他们亲眼见证之下，刘奕和刘澈的血还是如同陌生人一样擦身而过。

时枫彻彻底底地呆住。刘奕也呆了一下，喉咙里喷出的一口鲜血，溅到了刘澈白白的小脸上。刘澈哇的一声哭出来。

“不可能的，不可能……”时枫看着碗里的两滴血，无论如何都不相信。她是清白的啊！她和宋秘更是清清白白的！

刘奕心灰意冷，凄凉地问：“枫，为什么？为什么要背叛我……”

“我没有，我真的没有！”时枫大哭。

“他走了之后，好像把你的魂魄都带走了……”刘奕苍凉地摇头。

“我和他没有什么！王上，请你相信我啊！”时枫扑在他身边大哭。她不知道为什么，为什么会这样？

太后看着这两人，凤目一扫，道：“小梅！你是贴身伺候王后的，你说，王后和那个王道，他们之间有没有什么？”

“我不知道！”小梅扑通一声跪下来，眼泪哗哗地流着，“我只知道，他很喜欢王后。王后和王上成亲之前，他就经常半夜去王后的房间……”

“那时候我不知道他是宋秘！我以为他会帮我！”时枫大声说。

小梅闭上嘴巴。太后冷笑道：“看来，你和那王道确实早就暗度陈仓了。”

“我和他是清白的！”时枫涨红了脸，说。

这时，外面忽然一阵骚乱。她猛然转过身，却看见一身青衣的宋秘风度翩翩地走进来，他脸上还挂着春风一样的笑容。

“孩子确实是我的。”

宋秘一开口，就让时枫整个人如同被冰封了一样，一动也不能动。

刘奕的眼珠子转了一下。他又喷出一口血来，发出一阵自嘲的大笑之后，便带着满腔的嘲讽和怨恨离开了人世。

时枫呆呆的，一直在摇头，道：“我不信，这不可能……”

宋秘看着她，道：“为了让澈儿出生，我才处心积虑地接近你。”

“为什么？如果你想要一个孩子，这天底下有多少好女孩愿意为你生孩子！为什么偏偏要找上我？”时枫歇斯底里地大吼。

对，她想起来了！她和刘奕洞房的那一夜，心里涌上来的诡异感觉，就是这样。那时候一片黑暗，她不知道和自己亲密的人是谁，只是觉得，他一点儿都不知道疼惜她，不像平时的刘奕，可那种事情她根本不敢乱想。她怎么会知道，在那种时候，会被另一个人乘虚而入。她更不能相信，他偏偏要找上她！

宋秘有些可怜地看着她，慢慢地说：“别人不行，一定要是你才可以。”

“我？我究竟有什么特别的？”时枫不能理解地道。

“你的血脉继承自桔梗，你的后代会有强大到不可思议的力量，更会获得招魂术。我要你和我的力量结合，招魂术和光耀殿，一定会创造出一件空前强大的武器。”宋秘也不隐瞒她，反正到现在，已经没有任何必要隐瞒了。他终于达成所愿，得到了刘澈这个孩子，虽然毁了很多人。不过，这样的代价，在他看来微不足道。

时枫呆呆地看着他，苦笑一声，道：“这么说，你从出现在我家的那一刻起，就已经算计好这一切了？”宋秘点点头。

时枫问：“你要这么强大的力量做什么？你已经是逍遥王了，还是光耀殿的圣君，你还有什么不满意的？你……你难道想做天下霸主吗？”

“我只想打败一个人，让他后悔夺走了属于我的东西。”宋秘说着，也不禁讽刺地笑了。

“是那个叫轩辕问天的人吗？你恨他，是因为他抢走了你喜欢的惠文长公主，因为这个女人，我才会落得这个下场……”

“时枫，我早就劝过你，不要嫁给刘奕，否则你会后悔，是你不相信我。”

“我爱他，为什么不能嫁给他？！”时枫愤恨地说，“你现在得到你想要的一切了！你也害死了我的夫君！然后害死我！我不会让你满意的！”

时枫忽然转过身，抱起床上的刘澈，拔出随身带着的匕首，对准他幼小的心脏。不过，她动作再快，又怎么快得过宋秘？

他衣袖一挥，一股力量便打在时枫的手腕上。匕首掉在地上，连同刘澈也从她怀中掉下来。宋秘皱了一下眉，对刘澈的哭声无动于衷。

时枫跪下去，双手撑在刘澈的身子两旁，从上往下看着他。他哇哇大哭，想要她抱，可是她却不想再碰他：“都是因为你，这一切都是因为你……”

大颗大颗的泪水吧嗒吧嗒地往下掉，掉在刘澈的脸上和嘴边。他伸出小舌头舔了舔，然后，在泪水浸染之下，他慢慢地睁开眼睛。

啊，她看到了……她孩子的眼睛，原来是这样的啊！浓浓的漆黑，没有眼白，只有一片地狱般的黑暗，异常诡异，像是能吸着人一直掉进无尽的深渊里去。这几乎不像是人类的眼睛。他像野兽，没有人性的野兽……她怎么会生了一只野兽出来呢？他根本不应该来到这个世界。他是不祥之人，根本就是魔鬼！

“澈儿，你不该来到这世上。如果知道你会带来这一切，早在你出生的时候，我就应该杀了你。”她颤抖着说，恨意，在心中聚起。

刘澈黑暗的双眼看着她，目光中竟然还有一些无辜。

时枫对他露出一个冰冷十足的笑，道：“我知道看到你的双眼就会死，等你长大了，知道母亲因你而死，你会怎样呢？不过，我想我不用担心了。若宋秘把你养大，他一定会把你培养成像他一样无情无义的人。你是一只兽，你会害更多的人，我为什么会生下你？”

“咿呀，咿呀……”刘澈挥舞着小手，小手指触到她的脸，咿咿呀呀想说话，“妈……啊妈……”

时枫瞬时泪如雨下，狠着心转过脸，不给他任何回应。她看到这双眼睛，像被一只恶魔狠狠地抓住，从内心开始用力地撕扯，嘴角隐隐流出血。

宋秘大步走过来，单膝跪下，一只手轻轻地盖住刘澈的双眼，道：“都告诉过你了，不要去看他的眼睛。”

“这双眼睛被你下了诅咒吗？”时枫冷笑着问。时至今日，她哪里还会在乎什么生死？

“不是诅咒，”宋秘慢慢地说，“是他与生俱来的强大力量，从桔梗那里继承来的招魂术。那种邪恶的力量凝聚在他眼中，只要看见他眼睛的人，魂魄都会被吸走。”

时枫笑了一声，道：“那我祈祷，你这辈子都别看他的眼睛！”

宋秘道：“等他长大了，自然懂得如何驾驭这力量。况且这么强大的力量，我要封印一部分，等我驯服了他，自然会让力量得到释放。”

在时枫震惊的目光之下，宋秘从纳戒里拿出四根漆黑古朴的棍子。从棍子上那些繁复神秘的花纹中，透出一种强大的压制之力。

宋秘把刘澈抱起来，拉开包裹着他的襁褓，手中结印，四根棍子一起飞起来，顺着他的手指，涌入刘澈的脊骨和后背。

一瞬间，刘澈的双眼忽然变得很明澈，像是一汪泉水。

时枫目瞪口呆。

宋秘笑了一声，轻柔地拍了拍刘澈的小脸，道：“乖孩子，往后，只有我照顾你了。”他压制了那股力量，也不惧怕去看刘澈的眼睛。

时枫呵呵笑了两声，不知道是在嘲弄什么，嘴里汩汩流出血来。她知道很快自己就会见到刘奕了，到时候，该如何跟他解释呢？

她心中充满了恨意，对宋秘有切齿之恨，对自己的孩子更是恨之入骨。他们夺走了她的一切。她这一生就这么被毁了。不仅是她，还有刘奕，还有宋国……

她低下头，握着自己的手腕，恨意涌出。手镯上，一股黑色的元气也随之而出。她的眼睛瞬间变得如浓墨般漆黑。她抬起头，死死地瞪着宋秘。

宋秘吓了一跳，眉头皱了一下，心中忽然涌起强烈的不安。

而时枫已经大笑起来，抬起手，指着宋秘和刘澈，凄厉地喊道："我紫时枫，以血肉和生命诅咒你们，生生世世永失所爱！不管爱上谁，她们都会因你们而死！而最后，你们会死在最亲的人手上！宋秘！我诅咒你不得好死！"

时枫凄厉的声音回荡在宫殿上空，同时，她手腕上的墨玉镯发出强烈的黑光，然后镯子从血肉中浮现出来，化成两道光芒，分别射向宋秘和刘澈。

宋秘极力去躲，还是被光芒打中了胸口。刘澈无处可逃，那黑光正好打在他左眼下方，那块原本淡淡的黑色胎记，忽然浮现出来，慢慢地幻化变形，最后开成一朵黑色的桔梗花。

宋秘一怔，再去看时枫的时候，她已经倒在地上，七窍流血，死在刘奕身边。

黑色桔梗之咒……

他皱着眉，捂着自己的胸口，眼中闪过一道凶光，低头看了刘澈一眼："没想到，连时枫都有这样的能力。"他冷冷地说，随即不在乎地一笑，"生生世世永失所爱？哼，时枫，算你狠！"

宋秘弯腰，将刘澈抱起来，重新用襁褓把他包起来，淡淡地说："你的双眼看不见，多好啊，不用看见这些仇恨的丑陋。澈儿，以后只有我和你，她诅咒我们死在最亲的人手上，是诅咒我们自相残杀吗？毕竟这个世上，你最亲的人只有我了，呵呵……"

宋秘依旧笑得很无所谓。没关系，人生于世，总要死的。

他从宋国的王宫离开之后，没过多久，王宫便被一场大火烧成灰烬。宋国的国君和王后双双去世。胸有雄才大略的刘奕，没有完成他的宏愿便含恨而终。他死之后，宋国再也没有像他一样目光远大的继任者。没过多少年，宋国便在南翼国和北曜国的战争中灭亡。

同年，南北两国议和，双方交换质子。北曜国送去了年仅六岁的九皇子风连翼。他走进南翼国的一刻，修罗城也重现人间。

这一年，北月郡主五岁，是娇生惯养的天真女孩。

墨莲四岁，已经成为光耀殿人人惧怕的墨莲尊上。但很少有人知道，他曾经是宋国的王子，名为刘澈。

澈，是干净美好的意思。

那一年，他们的生命，还没有出现交集……

番外

风月篇之误入贼窝

从此以后，王子和公主幸福地生活在一起。这究竟是童话，还是笑话？

公主和王子一定是最佳搭配，天衣无缝，天作之合，他们从来不打架……呃，吵架吗？

凰北月面无表情地抱着手臂，想着在她那个时代鼎鼎有名的童话故事。

啊呸！狗屁童话！

一转眼，某个男人正靠着窗户笑盈盈地看着她。见她转过视线，那双浅紫色的眸子立刻大放异彩："夫人，你肚子饿了吗？"

"不要叫我夫人。"

风连翼一怔，无辜地看着她，道："宝贝，谁惹你生气了？"

她犀利的眼神杀过来，他立刻住了口。

凰北月冷冷地道："少拿肉麻当有趣！昨晚说好跟我比试，为什么逃跑？"

"这个……"风连翼纠结了，默默地摸了摸鼻子，打算卖乖忽悠过去，"我当然是因为心疼夫人你，怕你太累了……"

"胡说！"凰北月面色一沉，目光冷冷的，虽然许久没有杀戮之事发生，但那样犀利的目光，依旧具有很强的威慑力，"你怕我打不过你？"

"当然不是！"他怎么敢瞧不起他鼎鼎大名的宝贝夫人呢！

"那你为何逃跑？你总不至于怕了我！"

在她咄咄逼人的视线之下，风连翼一再犹豫，最后说："月，你是不是忘不了那些辉煌战斗的日子？"

"不是那样。"凰北月果断地说，清澈的眼眸里不经意闪过一丝迷茫，"无聊的时候，找你比试比试都不行吗？"

“无聊的时候，我们可以做点儿其他事情，比打斗更有意义。”风连翼忽然笑起来，潋滟的眸子有种魅惑天下的感觉。

“比如？”凰北月懒懒地问。

某人笑意深深地看着她，眼神暧昧而迷离。

凰北月想到某些事，脸上也不禁染上一层浅浅的酡红，同时也更加气恼他的不正经，道：“除了这种下流事，你就不能想想别的吗？”

“下流事？”风连翼哼了一声，“夫人，此话从何说起？我还没说话，你怎知我想的就一定是下流事呢？”

她果然又被这家伙摆了一道！和他相处时间越长，她就越觉得自己上了贼船。这家伙的阴险，藏得比她想象中的深太多了。最明显的一点便是，他们认识这么多年，凰北月竟然从来没有见过他真正出手。他一向都是云淡风轻地站在一边，敛去全身的锋芒，像个温雅的贵公子，或者高高在上的王者，看着别人动手，等别人为他出生入死。

他出手的次数屈指可数，每次都是短暂的一瞬。根据雅玉的消息，他可是五岁不到就已经召唤出“五灵”之一的风灵兽影凰，加上修罗城的血统，厉邪对他那么惧怕，甚至天夔也惧他三分。她就不信，他的实力仅此而已。

他绝对是个变态的家伙！只是太低调，因为总有人替他动手，他习惯了袖手旁观。很早以前，凰北月就想和他好好比试一次，结果总是没有机会。婚后这么无聊，哪能浪费时间？可他一次又一次地推托逃跑，弄得她火冒三丈。

凰北月双手交握，骨骼被她按得咯咯作响，脸上渐渐扬起一丝诡异的冷笑。

风连翼只觉得头皮发麻，有种要被算计的感觉，忙说：“夫人，不如这两天，我陪你到处去走走吧。卡尔塔大陆上有许多漂亮的风景，你还没见过。”

“好啊！”

他没想到她这么爽快就答应了，原以为她还会生一阵子闷气呢。不过，她这样爽快，怎么让他有种不安的感觉？

果然，凰北月脸上闪过一抹笑容，便一本正经地说：“这样，既然要出去玩，乘着召唤兽就太没意思了，不如咱们来做一个规定。”

“只要夫人高兴，什么规定都没关系。”

“是吗？”凰北月看着他，“规定是这样的，这次出门，我们两人谁都不能动用任何元气，就像普通人一样四处游玩。谁要是先动元气，谁就输了。输的人，必须心甘情愿为赢的人做三件事！”

风连翼顿时笑得万物失色，道：“三件事？当真？”

“君子一言，驷马难追！”凰北月干脆地伸出手，轻轻地咬破手指，一滴血滴下来，左手顺势画出一个阵法。说好谁都不能违背这个约定，还是写下契约比较好。

风连翼看着她出血的手指，比较心疼，二话不说便咬破手指，和她结契。然后他走过去，将她的手抓起，把她流血的手指含进嘴里："倘若我赢了，第一件事，便是要你的身体所有权，没有我的允许，绝对不准让这身体有半点儿损伤！"

"哼，等你赢了再说吧！"凰北月抬起头瞥了他一眼。手上这一点儿伤，她根本不在乎。

两人自由自在，说出发就出发。由于不能动用任何元气，所以灵兽空间和纳戒都被封闭起来，他们就像普通人出门一样，带了大包小包一堆东西在车上。

两个人，两匹马，一辆马车，慢悠悠地出发了。

所谓穷山恶水出刁民。这天，他们刚好走到一个穷山恶水的地方，遇见了一伙刁民……

"老大！前面有两个绝色美人儿！"一群肌肉结实的壮汉窝在山路边的凉棚里喝酒，一个喽啰骑着马前来禀报。

"绝色美人儿？！"一个大胡子站起来。他光着膀子，从旁边壮汉的表情里可以看出，此人便是这一伙刁民土匪的头儿。

他眼睛发亮地道："美人儿在哪里？快带老子去看看！"

"是，是，就在山脚下！"那小喽啰立马指向山脚的方向。

大胡子立刻冲出去，跨上马背，哈哈大笑着冲出去了。

果然，在山脚下，有两个风姿各异的美人儿骑着马走来。一个堪称倾国倾城，黑发松松地用丝带绑着，垂在肩膀上，姿态闲逸优雅，眉目之间那种绝色，让人的呼吸都顿住！可惜，这是个男人！

另一个清清冷冷的美人儿就是货真价实的女人了！她简单地用簪子将头发绾起来，秀丽清绝的小脸像是最好的匠师精心捏制出来的，眼眸如同一泓清泉，让人忍不住想将影子投注进去，让她看着。

这感觉，真让人心痒痒啊！大胡子摸着那把大胡子，抬起手，对着后面的兄弟们一挥，道："弟兄们！把这两个美人儿抢了！"后面一阵欢呼……

三分钟之后，风连翼和凰北月便被一群土匪给围住了。凰北月清冷的眸子扫了一眼这些土匪。这种角色，她从来没有放在眼里。只不过，在不能动用元气出手的情况下，她选择将一切交给身边的夫君来应付。

不管怎么说，危急时刻，挺身而出的都是男人啊！风连翼果然不负她所望，策马往前一步，脸上露出淡淡的笑容，迷得这些土匪晕头转向。

凰北月不屑。这家伙还真是男女通杀！

“各位，在下带着妻子路经此地，不知道此路、此树都是各位英雄所有，忘了交过路费，抱歉得很。”他一边说着，一边从衣袖里摸出两枚金币，抛给离他最近的土匪。

那土匪低头一看，眼睛瞪圆了，忙说：“老大！是金币！”

“金币！”策马狂奔而来的大胡子眼睛再次一亮，“哈哈哈！看来今天运气不错，不但有美娇娘，还有金币！弟兄们，这两个美人儿绝对不能放跑了！”

“是！”土匪们齐刷刷地呼喝，然后抬起一把把闪亮的武器，对准他们。

风连翼诧异。他给了钱，他们居然还不肯让路？！这是什么世道啊！

凰北月不禁摇头冷笑。笨蛋，给土匪钱，不相当于拿肉包子打狗吗？这些土匪个个刀口舔血，见钱眼开，见他们软弱好欺，身上又带着金币，怎么可能乖乖地让路，放他们走？跟这些人讲钱、讲理都是没用的，最好的，就是讲拳头！

不过，她和风连翼有赌约在身，才不会傻乎乎地跑去消灭土匪呢！在数把兵器的威胁之下，她没有半点儿反抗，乖乖地下马，口中说：“我是从十里外的顾村逃出来的，那里发生了瘟疫，人都死光了，还好路上遇到这位好心的商人公子，愿意送我到城中，你们千万不要伤害他！”

“瘟疫”两个字一闯入耳朵里，那伙土匪个个跟见了鬼一样，捂住口鼻，好像吸入一口空气都会被传染。

“老大！瘟疫啊！顾村的瘟疫，我听说可是全村人都死了！这妞长得好，可是碰不得啊！”

那大胡子也远远地避开，一双眼睛跟铜铃一样瞪着，这美娇娘真是可惜了啊！不过，他刚才听到她说什么？那长得跟娘儿们一样的男人是个商人？商人啊，呵呵呵呵……

大胡子用一双贼目盯着风连翼，上下打量。啧啧，那一身绫罗绸缎，那腰间的玉佩装饰，发上的金环，果然是有钱的主儿啊！想到刚才他一出手就是金币的阔绰手段，大胡子的心就圆满了！没有美人儿，还有钱，况且这男人长得也不错，回去把他卖给凤二娘那老贼婆，自己又能赚一大笔钱！有钱还愁找不到美人儿吗？

“弟兄们！抓了这男人，把他和马车一起带回山寨！”大胡子下令。

那些土匪早就盯着风连翼身后的马车，一听到命令，便围上去。

风连翼那是聪明绝顶，细细一品刚才凰北月说的话，就知道自己彻彻底底地被出卖了……夫人啊！你怎么能这么狠心？

紫色的眸子看向站在路边看戏的凰北月，他用目光求救，可他心爱的娘子只给他一个爱莫能助的眼神。

“公子，这一路来多谢你照顾，还好你做药材生意，身上随时带着药材没被传染，否则，奴家怎么过意得去？”

假惺惺啊假惺惺！她这么一说，土匪们抢他的动作就更顺溜了！

大胡子用长矛挑开马车里的几个包袱，一看都是些珍贵补品、金银珠宝、绫罗绸缎，更是欢喜地道：“走！回山寨！”

大胡子大手一招，众匪便押着马车和风连翼满载而归，一路高歌着回山寨去了。只留下凰北月一个貌美如花的女子，吹着古道上的风，长发飘飘。

她的嘴角扬起笑容。临走之前，某个家伙的眼神可真是精彩万分啊！他们的赌约便是谁也不能动用元气、使用武力，遇到危险的时候，自然只能各自开动脑筋自救了。

八仙过海，各显神通。凰北月拍拍手，顺着山路往下走。

虽然自己安全了，不过风连翼的安危一样让人头疼啊！她要是对他见死不救的话，那个家伙说不定一辈子都不和自己比试了。而且，怎么说他都是夫君啊！她要想个办法，从凶残的土匪窝里，把夫君给救出来！

没有马，凰北月走了约莫半个时辰，看见前面有片小树林，还有一个湖。这鬼天气这么热，她去休息下，想想办法吧。

“夫人，我们在这儿呢！你来抓呀！哈哈哈……”她还没走到湖边，便听到一连串银铃般的……男人笑声。

她的嘴角微微地抽搐了一下。这年头的男人还真是放荡不羁啊！

周围没人，她就往湖边瞟了一眼，只见那碧波粼粼的湖中，一群细皮嫩肉的小白脸正围着一个穿着兜肚的美艳女人戏水。这可真是世风日下啊……

凰北月微微叹了一声，不打算看戏，正想走，忽然眼睛一瞥，便见不远处的树梢上挂着的几套衣服。那女人的衣服单独放在那里，最上面还放着一张铁制的面具。面具上绘着很漂亮的花纹。

她心里一动，瞟了一眼那湖中尽情嬉戏的男女，嘴角一扬，利落地将那些衣服都收走，包括散落在旁边的那群小白脸的衣裳。

稍远一点儿的地方，有一群和她刚刚撞见的那伙土匪差不多的人正围着火堆烤肉喝酒。凰北月下意识地往旁边一躲，听着那些人叽叽喳喳说话。

“啧啧，这次大当家可是艳福不浅啊！那几个小子可都是城里有名的俊俏美男，个个都细皮嫩肉，看来不爽上一天是不会出来了！”

“嘿！那种毛都没长齐的小子有什么好？老子才看不上呢！不就一张脸混吃混喝吗？！”

“你还别嫉妒，像你这种五大三粗、胡子拉碴的，大当家看都不看一眼呢！”

"谁要让她看，让她看上了还得了？！恐怕一两年就被榨干了！那可怕的女人我可消受不起！"

"哈哈哈，你小子！真没种！"

"别说我，你们还不是一样！铁凤凰的名号，那是白叫的吗？"

凰北月闻言，心下便了然。还真是误打误撞，让她给撞对了！那女人的身份真是不一般。正好她还有个面具，自己也能伪装一下，借机混进山寨。

铁凤凰……想起刚才那几人在湖中戏水的一幕，凰北月不禁暗暗觉得好笑。旋即，她快速地将铁凤凰的衣服穿上，将铁面具扣在脸上，随便理了理头发，便慢悠悠地走出来。

一个仰头喝酒的土匪一看见她，顿时一口酒喷出来，手忙脚乱地爬起来，结结巴巴地说："大……大当家，您怎么出……出来了？"

此话一出，众土匪都纷纷站起来，转过身，充满敬畏地看着她。

凰北月很满意地笑了笑，随即想了下刚才在湖边听到的那铁凤凰的声音，故意让自己的声音妖媚一些，道："没意思。"

众匪面面相觑。没意思？她刚才不是很高兴吗？不过，大当家说一不二，岂有他们置喙的余地？

几个机灵的土匪立刻谄媚地上前，问道："大当家，那咱们再去城里搜刮几个美男？"

这铁凤凰的乐趣还真是单一啊！她可没有搜刮美男来快活的兴趣，道："今天没兴致，回山寨吧！"

"是！"土匪们立刻牵来她的马，跪下去当马镫让她踩着上马，然后和她一道威风八面地回了土匪的老窝——天狼寨！

"大当家！二当家有请，请到前厅一叙！"他们刚进了寨子大门，一个土匪便跑上来报告。想必是今天那大胡子抢了一车珍稀财宝，迫不及待向她炫耀了吧？

凰北月勾了勾唇角，利落地翻身下马，跟着土匪大步走向前厅。

"哈哈哈！这一次，咱们一年都不用干活啦！"她还没走进去，便听到那大胡子洪钟一样的笑声。

凰北月跨进院子，一眼就看见院中一棵柱子旁边，被当成战利品一样扔在一堆货物旁的风连翼。大概是为了防止这个活生生的人乱走，那些土匪还象征性地找了根铁链将他的双手铐起来。

大胡子围着那堆货物转来转去，眼光总是不由自主地被风连翼吸引过去，嘴巴里发出啧啧的感叹声："他娘的！他要是个女人就好了！看得老子心痒难耐啊！"

"老大，男人也可以的！"有小子出主意。

大胡子一拳就把那人打飞，吼道："滚！老子是那种人吗？！"

那倒霉的小子捂住流血的脸，心里怨念：你不就是怕大当家回来，知道你私藏了个美人儿被揍吗？

正在这时，外面的人闹哄哄地喊起来："大当家回来了！"

大胡子立刻跳起来，风风火火地冲到门口，笑呵呵地说："二娘，你说我够哥们儿吧？这次可给你弄了个极品！"

"哦？"凰北月装模作样地问，"什么极品呀？"

"带上来！"

大胡子一挥手，见风使舵的手下立刻拖着风连翼的铁链上来，把他往凰北月面前一推。

大热天在阳光下晒了这么久，别人早就大汗淋漓、面红耳赤了，而风连翼依旧冰肌玉骨，神态自若，额头上连细汗都没见一点儿，长发如同丝缎，散在上好的衣料上。他缓缓地抬起头，波光潋滟的紫眸瞬间有种夺人心魄的光芒。他对着眼前这妖冶的面具女人微微一笑，气度雍容，摄人心魄。

凰北月承认那一笑差点儿勾得她三魂六魄都丢了。周围的人都迷迷瞪瞪的。连她这个整日和他朝夕相对的人都抗拒不了。妖孽，这家伙完全是个妖孽啊！

不过，好歹她定力深厚，非那些小喽啰可比。她很快就回神，轻咳一声。她为了迎合铁凤凰的作风，轻佻地靠上去，伸手摸摸他的脸。啧啧，真滑！比摸丝绸还有手感！

风连翼只是微微地怔了一下，随即便微笑着任她摸。

凰北月一阵气恼！臭小子，完全不反抗吗？就这么任人摸！真是……太没节操了！他以前是不是也这样？他做皇帝的时候，有后宫佳丽三千，究竟染指了多少？！

凰北月怒火熊熊，好歹有个铁面具挡着，没人看得见她脸上扭曲的表情。

"长得真美呢！真的是男人吗？"她故意妩媚地说，一副饿狼见了小绵羊的姿态，不客气地用眼神轻薄他。

风连翼低下头，轻轻咳了一声，随即说出一句让人大跌眼镜的话："大当家可以亲自验证一下。"

扑哧！一阵怪异的闷笑声响起。这……这……这……他们英明神武的大当家被当众调戏了吗？真大胆啊，臭小子！大当家吃人，哦，不，吃男人可是不吐骨头的啊！看他那身板也不算太结实，不知道能不能撑到明天……

面具后的凰北月，神色变了几变。亲自验证……好你个没节操不知羞耻的风连翼！

离开我之后就不检点，拈花惹草、招蜂引蝶的臭男人！凰北月把牙咬得咯咯作响，怒极反笑："呵呵，好啊！我最喜欢长得标致可口的男人了。"

哈哈，大当家的要发飙了！这小子恐怕见不到明天的太阳了！

"大当家，这么好的货色可是很难得，你看，我这么辛苦一趟……"大胡子挤上来，不怀好意地看了风连翼一眼。

"放心吧，好处少不了你的！"凰北月随意一说，挥了挥手，"抢来的财货任你们处置！这个男人，送到我房里去！"

"是！"众匪吆喝着，推推攘攘地将风连翼带走。

进了房，风连翼优哉游哉地坐下。厨娘送来了补品，他也悠然自得地吃了，末了还有专人侍候他沐浴更衣。

不得不说，这铁凤凰在这一带呼风唤雨，在天狼寨也是说一不二的人物，没人敢违抗她。她喜好男色，更喜欢奢华享受，房间里的一切都是上等品。沐浴的池子光滑如镜，里面撒上了花瓣和香精，周围以丝绸和轻纱环绕，青烟袅袅，水汽蒸腾。

风连翼穿着薄薄的单衣走下池子，黑发如同墨一样在水中铺散开来，映着白如暖玉的肌肤。这强烈的视觉效果，看得旁边侍候的侍女个个呆若木鸡，手中的物品纷纷掉落而不自觉，连大当家什么时候走进来的都不知道。

凰北月抱着双手立在池子旁，从上往下看着正在享受的某人。她哼了一声，想不到进了土匪窝你也能这么潇洒从容！可恨！

他似是听到她的哼声，才若有所觉地慢慢转过身来，紫色的眸子里氤氲着水汽，迷离诱惑，夺人呼吸。他望着她微微一笑，声音优雅而诱惑："大当家不是要验明正身吗？"

"你倒是一点儿都不在意。"凰北月冷冷地说。

"我有什么好在意的？该在意的，不应该是大当家你吗？"水声哗哗作响，他轻笑出声。

侍女上来，要帮她更衣。她轻轻地抬手，挥退所有人。然后，凰北月似乎是不服气他这样无所顾忌，生气他居然和别的女人搞暧昧。她也解开衣服，只穿着薄薄的一件单衣走下水，只差没拿掉脸上的面具。

风连翼看见她下水，嘴角闪过不易察觉的浅笑。

"我问你，你在家可有娶妻？"

他微笑着道："有。"

"那你委身于我，不怕你妻子知道后生气吗？"

这个问题，他似乎偏头认真想了一下，最后脸上露出一抹倾国倾城的浅笑："没办法，为了活下去，总要付出一些东西。我相信，我的夫人是不会希望我为了区区清誉而把性命丢掉的，你说是不是？"

"哼！男人就是男人，不要脸！"凰北月的脸瞬间就黑了。

风连翼迷惑地道："大当家的在生什么气？"

"没有！"

"那……"他顿了一下，忽然倾身上前，从水中搂住她的纤腰，借着身高的优势把她抱起来，"这张面具可以取下来吗？让我好好看看你的样子。"

"不可以！"凰北月立刻抬手挡在面具上，语气严厉地道，"哪里都可以碰，不准碰我的脸！"

"哦……"他拖长了尾音，随即邪邪地笑起来，"哪里都可以碰？那我就……不客气了……"

"等，等等……"凰北月开始抗议。某人已经相当"不客气"了……

她的第一反应是把他推开，但她猛然想起和他的赌约。谁要是先用了元气，谁就输了……他牺牲自己委身给铁凤凰，而她似乎只能委身给他了……反正，他们早就是夫妻，这种事情天天都要发生，也不存在谁吃亏。眼下姑且忍一忍，等她赢了，第一件事就是找他好好地打一场，让她泄愤！

身体在水中特别轻，凰北月被他褪去身上的衣服……她心里暗暗想：臭男人，果然经验老到！他对任何女人都这么轻车熟路吗？

这边激情正浓，另一边，天狼寨的大门外，一个身上裹着布料、难以掩饰那曲线毕露的火爆身材的女子正快速赶来。她策马在山寨大门外停下，抬起妩媚却慑人的脸，在阳光下眯了一下眼睛，嘴唇下方一颗红色的小痣让她散发出无限的风情。

"开门！"她大喝一声，显然心情极度郁闷，隐隐带着杀气！

今天，她本来好心情地玩乐了一番，没想到高兴之后，却发现衣服让人给抱走了！最让她生气的是，本应该等着她的一群臭小子也偷偷地跑了！

好啊！他们真是越来越胆大了，竟敢不把她铁凤凰放在眼里。等她回去之后，抓住那几个小子，全都剥了皮挂在山寨大门上！

她喊了一声，一个小喽啰从山墙上探出脑袋来，睡眼惺忪地问："你谁呀？"

铁凤凰心里一阵怒火。她不戴面具，就没人认识了吗？

"我是你姑奶奶！还不快把门打开！"

"哟，口气挺大的呀！你知道我们大当家是谁吗？大名鼎鼎的铁凤凰！她一出来，吓得你屁滚尿流！”

铁凤凰一怔。她可不笨，一听这话就觉得不对，立刻问：“你们大当家在寨子里？”

“那是！刚回来的，这会儿嘛，嘿嘿……”想到大当家和那绝色美男子此刻正在如何香艳，这小喽啰也忍不住心旌动荡。

“哼！我倒要看看是哪里的狂徒敢冒充我！”铁凤凰怒喝一声，忽然从马背上腾空而起，身子在半空中一旋，眨眼间已经到了山墙之下。

那小喽啰吓得大叫一声，便被她一脚踢飞出去。

铁凤凰稳稳地落在城墙上，一甩衣袍，大步走进去。

由于有人硬闯天狼寨，号角声早就传遍了整座山寨。外围守卫的几个小喽啰没见过铁凤凰摘下面具后是什么样子的，因此只拿她当敌人，亮出武器对着她。

铁凤凰正眼都不看他们一下，等她解决了那胆大包天的冒牌货，自然会来收拾这些不知死活的东西！

大胡子本来正美滋滋地欣赏他刚抢来的珠宝，听到号角声，便带着人风风火火冲出来。

“现在的人是越来越不知道死字怎么写了，连我们天狼寨都敢闯！”

大胡子冲出去，一见那身上只裹着一块简单黑色布料、露出美好身材的媚眼女人，瞬间傻眼，道：“二娘？”

这这这……这个人不是他们天狼寨的大当家，人称铁凤凰的凤二娘吗？

咦，刚才……

还没等他想明白，铁凤凰已经扬手给了他重重的一巴掌！

“蠢货！刚才来的是什么人？”

“是是是……”人高马大的大胡子被打得完全蒙了，在众兄弟面前这么丢脸，别提多憋屈了！

“是你的头！还不快去把人带出来！”铁凤凰大喝，“我倒要看看，这世道变了，竟有人有这么大的胆子！”

“是！是！我立刻去！”大胡子吓得屁滚尿流。开玩笑啊！这铁凤凰可是一位突破了八星的高手啊！

八星召唤师啊！那是什么概念？不管放在哪个国家，都是数一数二的强者。只是她不喜欢那些规规矩矩的地方，才会在天狼寨这个地方占山为王。

但是，谁得罪得起这位高手呢？就连从前是寨主的大胡子，也不得不在铁凤凰来了之后，退居二当家，奴颜婢膝地伺候着她。哪天她不高兴了，他们这些人可都不够她一顿打的！

其余的小喽啰面面相觑。谁也不知道究竟发生了什么事。

铁凤凰正怒火中烧，看着这一个个不长眼的东西，更是气不打一处来。

这时，一个小喽啰看见裹着她曼妙身子的黑布垮了一些，想帮她拉一下，顺便拍拍马屁。谁知道他刚伸出手，就被她一掌打出去。接着，铁凤凰狠狠一脚踩在地上，口中一声怒吼……

轰！空气中仿佛有巨大的推力一样，瞬间震得数百个小喽啰全都倒飞出去，摔在地上，个个口吐鲜血，哀号连天。

好恐怖！这就是八星召唤师的实力吗？他们不敢有怨言，在一位八星召唤师面前，多说一句话就是找死啊！

“快走！快点儿！”大胡子拽着一个男人走过来，脸色相当难看。

那男子只披着一件外袍，头发湿淋淋地垂在肩膀上。他慢慢地抬起头来，一副满足之态，更加显得满面春风，如同璀璨的星星点亮了四周。

本来怒气冲冲的铁凤凰见了他，霎时间就呆住了，好像头顶一个巨大的烟火爆炸开来，满眼都是五颜六色的色彩，炫目到极致，她看得眼睛都差点儿瞎了。

“大当家，那女的跑了，只剩这男的……”大胡子忐忑地说。他没抓到那罪大恶极的女人，不知道会不会被大卸八块啊！

铁凤凰一双眼睛直勾勾地看着风连翼，缓步走过去，围着他走了一圈，拉起他背上的一缕湿发，放在鼻端，轻轻地一嗅，神魂颠倒。他身上还有一阵特殊的甜腻香味，深谙男女之道的铁凤凰怎么会不明白这是什么气息。她不由得心跳加快。这样的气息，让她心痒难耐。

“你是谁？”她声音柔媚地道，裹在黑布里的身子恨不得撞进他怀里，让他拥抱着。

风连翼微微退开一步，挑着眉梢，略带不满地道：“这是怎么回事？该伺候的，我也伺候了，怎么，还要伺候另外一个？”

大胡子等人的面色顿时万分精彩起来。铁凤凰狠狠地瞪了他们一眼。这群不中用的东西！坏了她的好事！

“刚才那人是个冒牌货，我才是天狼寨的大当家凤二娘，别人都叫我铁凤凰。”她只对着风连翼媚笑。

“你的意思是，刚刚我做的一切，都是白费？哼，堂堂一个天狼寨，竟连谁是大当家都会搞错，当真是奇闻！”风连翼慵懒地说，并不去看眼前这暗中勾引他的女人。

几句话让铁凤凰压下的怒气又腾地冒起来，她磨着牙，冷冷地扫了一圈大胡子等人，道：“这群废物，我早就想收拾了！”

大胡子瞬间六神无主，哆哆嗦嗦地说：“大……大当家……”

铁凤凰打断他，为了讨好这个绝色倾城的大美人儿，笑着问：“美人儿，你说，该怎么处置这些废物呢？”

“我决定吗？”风连翼瞬间笑得像个祸国殃民的妖孽，紫色的眼眸潋滟无边，像是无底的深渊。这铁凤凰陷进去，哪里还出得来？

“就让他们自己把自己锁进牢房吧，三天不准喝水吃饭。”

“哈哈哈……”铁凤凰大笑，心想这男人始终是个普通人，只能想到这样恶劣的点子。

“都聋了吗？美人儿怎么说，你们就怎么做！没让美人儿高兴，谁都不准出来！”

大胡子等人只好夹着尾巴乖乖地去地牢。

铁凤凰握住风连翼的手，将身体靠上去，眼神充满挑逗地蹭着他：“那我们……”

“我很累了。”他有些慵懒，对她的挑逗没有做出任何回应，“刚才那位大当家，可真是粗暴。”

如此绝色男子，自然不能跟一般男人相比。那些低声下气来她面前讨好的男子有什么意思？她早就腻了！今日她好不容易碰到这样的人间极品，轻易得到就没意思了。这样的男人，要她守着他一辈子都不会感到腻烦，当然不能操之过急。

“美人儿累，咱们就先休息吧。”

风连翼点点头，跟着她一同回房。然后，这女人一点儿都不客气地跟他到床上，看着他宽衣解带，眼睛都冒光了。

风连翼侧着脸，对她笑了笑，忽然靠过去。铁凤凰的心瞬间跳得跟打鼓一样。她只看见那张美得没有任何瑕疵的脸在眼前，然后闻见他身上沐浴之后的淡淡幽香……

忽然，风连翼收敛笑容，冷漠地看着昏倒在床上的女人，像避瘟疫一样避开她。他走下床，找了个角落坐下来。

美好的东西果然消逝得太快！夫人啊，你跑到哪里去了？你要是不来，为夫可真要被人吃干抹净不吐骨头了哟！你舍得吗？

第二天，铁凤凰醒过来，床边没有美人儿。她一惊，以为他趁夜逃跑了，正待发怒，忽然房间的门被推开，风连翼端着个托盘走进来。

“吃饭吧。”托盘被他放在桌上，里面有清粥小菜，看起来非常可口。

铁凤凰一向不喜欢吃清淡口味的菜，不过今天是美人儿端来的，二话不说端起来就吃。吃到一半，她看了看外面的天色，问道：“什么时候了？”

“下午了。”风连翼看了一眼窗外，淡淡地说。

“什么？”铁凤凰猛然抬头。她怎么睡了这么久？

“大当家的一直在睡，怎么都叫不醒，兴许是昨天太累了吧。”

铁凤凰稍稍有些不自在，轻咳一声，道：“我还不知道你的名字。”

“我……”风连翼懒散地开口，还没说完，外面忽然一阵天摇地动。

“怎么回事？”铁凤凰站起来。

山寨中的人都被她关到地牢去了，自然没人回答她。无奈之下，她只能随便套了一件衣服，大步走出去。

整座寨子都静悄悄的，如同一座死城。天空有鸿雁飞过，带着阵阵凄凉的叫声。她一直走到山寨的塔楼上，放眼看去，只见密密麻麻全都是士兵……铁凤凰的面色瞬间难看到极点。这是怎么回事？

“山寨里的人听着，乖乖地开门投降，大将军便饶你们一命！”军队中一个人策马出来，声音洪亮地大声喊道。

那训练有素的动作，确实是货真价实的军队啊！

“大将军？”铁凤凰喃喃地念道。

“莫非是北曜国大将军宇文获吗？”风连翼轻轻地笑着说。

“不可能！宇文获位高权重，身居辅政大臣之职，不可能亲自来这里。”

铁凤凰听到“宇文获”三个字，心里已开始打鼓。宇文获的名号，在卡尔塔大陆上是响当当的。这位北曜国的常胜将军，听说已经突破九星，进入黄阶。

不过，这铁凤凰也算是个人物，这种时候还能保持一丝冷静，立刻对风连翼说：“去把地牢里的人都放出来，让他们来这里集合！”

风连翼无辜地摊着手，道：“我不知道地牢在哪里。”

铁凤凰一怒，这种时候也顾不得眼前这男人有多销魂了，亲自去地牢将大胡子等人都放出来。

听说山寨被军队围攻，那些混吃混喝的土匪哪个不吓得脚软？再加上一天一夜水米未进，个个无精打采，士气低落。看这样子，哪里有对敌的素质？

铁凤凰暗暗心急。这时，外面的军队中忽然传来一阵骚动。两个重要人物骑着马并肩走出来，士兵们纷纷让路。

“是她！”大胡子一眼就认出那个身形稍微纤细一些、扎着马尾、一身黑袍裹身的清丽女子。那不是和这美男子一起被劫的女人吗？因为他们怀疑她染了瘟疫，所以才把她扔了……

“你认识她？”铁凤凰一把揪住他的衣领，咬牙喝道，“你究竟给我惹了多大的麻烦？”

“我……我……”大胡子直流冷汗，忽然看到云淡风轻地站在一旁的风连翼，便立刻指着他，“是他！他和下面那女人是一伙的！昨天假扮大当家的，也肯定是那女人，他们里应外合！”

铁凤凰一怔，犀利的目光转向风连翼，道：“当真吗？”

风连翼淡淡地一笑。这下子不好了，被看穿了！夫人啊，接下来你打算怎么办？

他没有否认，可见是真的了！一时之间，铁凤凰心里五味杂陈。她喜欢美男，对这个美得不像凡人的男子更是爱慕渴望，就算知道被欺骗，心里还是隐隐地对他存着爱恋。这绝对是她这辈子最大的耻辱啊！

话说山寨外面，宇文荻抬起头，看见孤零零地站在土匪窝里的风连翼，便抑制不住怒气，

“你居然把王爷一个人留在贼窝里，自己跑了！你……你实在是……”

风连翼退位以后，依旧沿袭旧号称齐王，不过问朝政。不过，以宇文荻为首的众多部将大臣，依旧对他忠心耿耿。

凰北月偏着头，不以为意地说：“有句话叫夫妻本是同林鸟，大难临头各自飞。”

“凰北月！这种话你都说得出口！”

“这有什么，关键时刻各凭本事逃啊！”凰北月笑得有些阴森，想到被他吃干抹净的一次，真是大败局！不过，她天生就是在黑暗里行走的人，对隐藏和潜逃一向在行，所以，这回她扔下他逃跑，可不是什么难事。谁让他竟敢这么没节操，趁她不在，勾搭别的女人，还肌肤相亲……想到昨晚的种种温柔，她就咬牙切齿，嘴角的笑容越来越阴冷。

“你还真是老样子，一点儿都没变！”宇文荻彻底怒了。一向冷静的他，在凰北月面前总能被气得跳脚。

“我这个人十年如一日，不喜欢变。”凰北月酷酷地说，散漫地抬起手，在眼睛上方搭了一个凉棚，看着山寨的方向。

“那就是铁凤凰呀，不错嘛，火爆的身材，妖艳的脸庞，风连翼留下给她当‘压寨夫人’也不错！”

宇文荻被她三两句话气得吹胡子瞪眼睛，可惜胡子还没长出来。

风连翼像是早知道她会看过来，对她展露笑容，隔着远远的距离，依旧掩饰不住那份宠溺。夫人，快来救我呀！

“哼！”凰北月冷哼一声。不让你吃点儿苦头怎么行？

然后，她策马上去，对着上面喊道："上面的人听着，你们抓的那个人，是非常重要的人物，倘若他受一点儿伤，这位宇文荻大将军保准儿将你们大卸八块！"

上面的人一愣。

风连翼眨了两下眼睛，满足地笑了笑。果然，夫人觉得他很重要啊！可是等等，似乎有什么地方不对……

宇文荻一愣之后立刻冲上去，压低声音对她说："你这样说，那铁凤凰肯定会要挟齐王做人质，你是存心不想救王爷吧？"

凰北月无辜地说："我哪有？我是希望他不要受伤呀！"

宇文荻看着她脸上狡黠的表情，只能拼命地把苦水咽下去。王爷啊，你究竟娶了一位什么样的王妃啊！

那铁凤凰果然不负她的期望，一听她说完，立刻把风连翼抓过来，以剑抵着他的脖颈，喝道："谁敢过来？"

宇文荻冷哼道："不知死活的女人！以王爷的实力，他不用动手指就能收拾她！"

凰北月点头赞同，道："没错！堂堂齐王，怎么能被一山野女人挟持了！"

宇文荻满脸期望地看着，好久没见齐王出手了，想当年齐王的风采可真是前无古人后无来者啊！

他等了半天，只见被自己寄予厚望的齐王竟然摊着手一动不动。齐王根本就没有动手的打算。

宇文荻愣了。这是怎么个情况？

"王爷怎么不出手？"宇文荻不由得问。

凰北月摇摇头，道："兴许，他另有什么高深的计策吧。"

"没错！一定是这样的！"宇文荻立刻振奋精神，"王爷一定另有计策！"

"那我们不宜打草惊蛇，坏了他的计策。"凰北月暗地里笑笑，然后建议宇文荻道，"不如我们暂且退兵，静观其变吧。"

可怜的宇文荻哪里想得到他二人之间有赌约，此刻正互相算计？他那倒霉的主子齐王现在可是眼巴巴地等着他带兵打上去，把自己给救出来呢！

不过，宇文荻一向对风连翼信心百倍，那铁凤凰算什么东西？他安心地对身后的大军比了一个手势，几千人的军队训练有素，立刻如水流一样，短时间内退得干干净净。

宇文荻高坐在马背上，对那上面的铁凤凰道："倘若他有个三长两短，本将军一定会踏平你这天狼寨！"说完，他递给风连翼一个钦佩的目光，然后策马转身，和凰北月低声说了两句话。

凰北月抬起头来，对风连翼狡黠地一笑。

风连翼郁闷得心里简直在淌血！这小女人果真是不能得罪，报起仇来真是一点儿都不手软！他堂堂修罗王，如今竟然落得被一个女土匪拿刀胁迫的下场。若是在平时，这女人怎么可能近他的身？唉……难道他就此认输？这个，似乎不符合他一贯的作风啊！

风连翼的嘴角慢慢浮现笑容，看得凰北月心里一凉。糟糕！她正想让宇文荻赶紧走，可风连翼已经不等她有动作就开口了："夫人，你上来，我有几句话要对你说。"

凰北月装作没有听见，想溜。

宇文荻却一抬马鞭拦住她，道："王爷在叫你呢！"

"现在这种情况，说什么都不方便，等回去再说吧！"她冷冷地说。

他想让她上去？没门！

宇文荻压低声音说："这大概是王爷的计策，要兵不血刃地端了这土匪窝！王爷一向高明，你就上去吧。"对于她的人身安全，宇文荻那是完全没有考虑的。开玩笑，她还需要别人来担心她的安全问题？

狗屁计策！凰北月心中暗骂，嘴上却说："那土匪窝我不喜欢，不想上去！"

宇文荻愣了一下。

上头的风连翼还是云淡风轻地说："荻，夫人不敢上来的话，你就亲自护送她上来吧。"

铁凤凰眯着眼，不知道他们想干什么，道："不要耍花样！我真的会动手杀了你！"

"不要担心，我在你手里，他们不会轻举妄动的。"风连翼温和地说，有种蛊惑的感觉，让这风骚的女子觉得骨头都软软的。

这边同意了，那边凰北月却怎么可能上来？

而宇文荻得了齐王的命令，自然会执行到底。他见凰北月态度冷硬，也不客气地道："这是王爷的意思，你还是上去吧！"

"我说不去就不去！"

"那我只好得罪了！"宇文荻是个倔脾气，齐王的话他从来都忠心地执行，所以这时竟不顾对方的实力超越自己许多，就要亮出武器动手。

凰北月哪会不知道风连翼的意图？他自己不动手，却让宇文荻动手，分明就是想逼她先出手！卑鄙啊！她策马想走，不过，没有动用任何元气的她怎么会是宇文荻的对手？

对方轻轻一跃就到了她面前，剑光在她眼前一晃。宇文荻可是使出了全部的本事！开玩笑，他面对的是凰北月，敢隐藏实力吗？强劲的剑气几乎擦上脸颊，千钧一发之际，凰北月只能向后一仰，从马背上摔下去！

"小心！"这一声担忧的呼唤来自观战的风连翼。她摔下马背的一刻，他整颗心都提起来了。没想到她还真是不服输，倔强的丫头！

凰北月就地一滚，还没爬起来，宇文荻的身影已经笼罩在她头顶。

谁先出手，谁就输了！她咬牙切齿，心里一遍又一遍地鄙视风连翼，可无奈之下还得专心应付宇文荻凌厉的招式。

高手打斗，身体周围的磅礴元气也是一层防护。宇文荻身上的元气自然比一般人的强，而她现在可是和普通人无异啊！

宇文荻一靠近，元气防护就撞得她差点儿飞出去，那一瞬间，对于危机的本能反应，几乎没有经过她的大脑，一股强悍的元气已经钻出她的身体！

等她反应过来，刚才还咄咄逼人的宇文荻已经被震出十几米远。他将剑狠狠地插在地上，稳住身形。好强！这个女人还是一如既往地可怕啊！

看见这一幕的风连翼嘴角一勾，那表情不可谓不得意。他赢了。

铁凤凰直接惊呆了。身为召唤师，刚才那两人在短暂的交战中引发的元气波动，她感受得清清楚楚。瞬间，她的脸色苍白！好可怕的力量！对上那个女人，自己绝对打不过！可是没关系，她手里还有这个人质呢！看样子，这人的地位很高，连大将军都对他言听计从。

那他的身份究竟是……还没容她想清楚，一阵风便从她身旁吹过。在她愣神之间，被她用刀抵住脖子扣押的人质早已不见踪影。

铁凤凰又惊又怒，抬头去看，只见风连翼已经落到很远的地方。她的面色难看到极点。她拼命地咽口水，做出防御的动作，警觉地看着他。

“身手如此厉害，阁下为什么还会甘愿被我抓住？”她不解地问。

“这个，不过为了让我夫人高兴一下而已。”风连翼淡淡地笑着。虽然凰北月不仅不高兴，还非常生气！

“什么？”铁凤凰像是听到荒唐之言。这样的高手，居然如此儿戏！

铁凤凰看着这绝世无双的两个人，一个倾国倾城，一个清丽脱俗，都是一样的气质高贵，站在一起当真是绝配。她无比嫉妒，心里一阵阵地冒着酸气。这个男人，她是绝对不可能得手的吧？她不甘心！

铁凤凰见他准备离开，连忙喊道：“二位能不能留下名字？总要让我知道，我是败在什么人手下吧？”

“他们的名号，你没有资格问。你只要知道，今天杀你的人是我就行了！”宇文荻早就和凰北月停战，此时走上来，道。

铁凤凰脸色一白，只好闭嘴。

风连翼走过宇文荻的身边，漫不经心地说：“如果能招安她，可以留她一条性命。”

“属下明白了！”宇文荻恭恭敬敬地说。

王爷爱才，果真一点儿都没变啊！

风连翼走下山寨的时候，凰北月早就骑着马跑远了。无奈之下，他只能顺着风中留下的气息去追。很快，他就在湖边发现她的身影。她一个人站在湖边扔石头，果然是在赌气啊！

嘴角挂着宠溺的笑，他悄悄地走过去，本想从后面拥抱她，却不料她早就感觉到他的靠近，一转身，冷冷地盯着他。

他只好讪讪地笑了笑，说：“多谢夫人手下留情，让为夫险胜。”

“少得了便宜还卖乖！”凰北月冷哼一声。她也不是输不起的人，人生还长，一次输赢算什么！

“说吧，要我为你做哪三件事？”她真是嚣张的丫头，都输了，口气还这么大。

风连翼微笑，也不客气，张口就说：“第一件，以后不准离开我；第二件，一年之内不准找我挑战；第三件……”

“等一下！”凰北月忽然打断他，“为什么是一年之内？”

“因为……”他微笑着叹气，俊美的脸上浮现出一种温柔到极致的神情，走到她身边，忽然单膝跪下，将脸贴在她小腹上，低声说，“小傻瓜，因为里面有个很重要的宝贝啊。”

凰北月一愣，一瞬间似乎明白了什么，眼眶忽然一热，情不自禁地抚着自己的小腹。

“你是说……怎么可能？”她自己的身体，她竟一点儿感觉都没有。他是怎么发现的？

“亏你还是炼药师呢！你最近脾气这么坏，动不动就睡觉，又爱吃又懒散，脉象上早就多了一个跳动的小生命了。”

凰北月的脸有些发红。不管她怎么强悍，曾经如何逆天，现在的她只是一个发现自己怀了孩子的女人。

不说自己有多幸福，单是这种陌生的感觉，就让她脸上发热了。孩子，她竟然怀上孩子了？她以前从来没有想过会出现这么温馨的一刻。有了孩子，他们就更像真正的一家人了。

“我……”她张了张嘴，忽然觉得鼻子一酸，明明开心得想笑，却不知道为什么眼泪掉了下来，只好狼狈地转过头去。

风连翼站起来，微笑着把她拥入怀中，温柔地用下巴蹭着她头顶的柔软发丝：“月，我答应过给你一个家，我正在努力，一定会让这个家很完美、很幸福。”

闻言，她像只小猫一样，努力地将脑袋往他怀里钻，带着浓浓的鼻音道：“我已经很幸福了。”

“那就要更幸福。”他满足地抱着她。这一生有她，他真的无比满足，所有的一切都圆满了。

“这样，才不枉费你为我逆天而行。你在哪里，我的心也在哪里。”

凰北月抽泣了两声，又忍不住想笑：“甜言蜜语我听多了！快说，你的第三个条件是什么！”

说到这个，风连翼有些犹豫起来，默默地抱着她，半晌才闷闷地说：“第三，我想，将来孩子生下来，你能不能，不要忽略我……”

扑哧一声，凰北月彻底笑出来。她笑了两声，又想到在天狼寨里发生的事，脸色一板，道：“这个，看你表现再说吧！”

某人慌了，道：“夫人，我的表现还不够好吗？”

“好？哼！你说，你被抓到天狼寨的时候，做过什么事？”

“这个……”他邪恶地笑起来，“如果你想知道，我可以慢慢地告诉你……”

凰北月一把抓住他不安分的手，怒道：“果然是无耻而无畏！你是不是做了对不起我的事情？”

“没有！”他斩钉截铁地摇头。

“你说谎！”

他看着她气鼓鼓的小脸，一脸苦笑，道：“凰北月，你信不信，就算轮回几生几世，让我再遇见你，我也能一眼认出你来？”

“怎么可能？”她明显不相信，不过转念一想，他这话的意思是……雪白的脸庞陡然之间通红一片，连耳根子都烧起来了！

“你……你早就知道……”她简直郁闷了。原来他早就知道是她！这次真是亏大发了……

“如果连自己的夫人都认不出来，怎么做一个称职的丈夫呢？”他笑着吻上她轻轻嘟起的小嘴，贪婪地享受她的甜蜜。

凰北月推了他一下，道：“你知道我怀了孩子还……”

“放心，我知道分寸……”她呢喃的声音很快化在他的深情蜜意中。

和她交锋的这一局，修罗王胜，凰北月惨败……

她想：日子长着呢！她就不信，没有阴不倒他的那一天！你等着！

这究竟是他误入贼窝成了人质呢？还是她不小心入了他精心布置好的罗网呢？

番外
洛洛篇之灰烬

回忆这种东西，究竟是什么？有时候我们努力地回想从前的一切，或哭或笑，总有一些令人记忆深刻的东西。可是，也总有一些模糊不清、明明存在，却不知道那究竟是什么的片段。

为何呢？这是一直困扰着洛洛·布吉尔的问题。

自从南北两国平息战事以来，国泰民安，两国经贸往来频繁，是近百年来少有的太平盛世。这一切的功劳，要归功于一个人——睿侯月夜。

对于她，各方评论可说是毁誉参半。不过，不管多大的诋毁，都无法掩盖她所建立的功劳。也是一直到今日，虽有人对她仍有怨言，却也没人敢存半点儿不敬之意。

这个女人被百姓誉为“拂晓之星”，意思是，她的出现意味着黑暗时代过去，大家迎来的是光明。

对于这些过誉和爱戴，洛洛从来不会放在心上。就像以前，总有人将他的妻子和创世神联系在一起，对她敬爱膜拜。只有他知道，他的妻子只是个普通女子，和神没有什么联系。她甚至连召唤师的血统都没有，有的只是温柔与善良。

过于神话的东西，他一直都觉得是无稽之谈，但睿侯月夜是个特例。为何呢？因为她是冰灵幻鸟的主人，是和那只他从小就崇拜的神鸟结契的召唤师。

在这个世界上，超灵兽虽然稀奇，但在它们之上，还有更为强大的神兽和魔兽。而神兽和魔兽拥有的可以毁天灭地的能量，往往比神力还让人惧怕。很少有人知道，少年的时候，那片冰蓝的雪色第一次闯入他的眼瞳，他便深深地爱上了那种残酷的冷。

冰灵幻鸟，不仅是超灵兽，对洛洛来说，更是少年时代自己最难企及的梦。尽管如今他已不再是少年，但那个梦想留在脑海中，从来没有褪色。时至今日，它依旧鲜明，令他每每想起，都有种恍惚的心痛之感。

这天清早，宫里送来了帖子，又是宫宴。

府里跟着他时间久一些的人都知道，作为布吉尔家族的族长，他很少参加宫宴。不过，每年的这次宫宴他都会参加。因为，月夜会来。

也只有在每年的这个时候，他能远远地看看那个女子。她没有传说中那么高傲清冷，会坐在皇上的身边谈笑风生，机智地把前来敬酒的大臣都灌醉，然后脸上露出一点儿小女孩似的娇憨笑容，眼睛亮得恍如明星。

她是皇上最信任的人，她一句话就能改变皇上的意见，所以大臣们都削尖了脑袋去巴结她。她一年就回来这么一次，他们当然要抓紧机会。只不过，洛洛从没和她说过话。只是有一次，迫于族人的请求，他去向她敬过一次酒。

不知是不是因为他们年龄相仿，那次敬酒，她没有像对其他人那样巧妙地挡掉，而是当着他的面饮了一大杯。他一连敬了三杯，她都毫不含糊地喝了下去，一滴不剩。

她喝完之后，对他微微一笑。他看着那个笑容，忽然说不出话来，只能客套两句，便狼狈地逃了回去。那次之后，每一年的宴会，他们都没有什么交集。

他远远地坐着，偶尔抬起头来，就能看见若众星捧月的她，或豪迈大笑，或和皇上低声交谈。他只是很快地瞥一眼，便移开目光。

这一年的宴会，他迟到了，因为出发之前，北月郡主忽然生病。其实也不是大病，只是她忽然头晕，他不放心，便留下来照看她。他们夫妻之间感情和睦，相敬如宾，一直都是临淮城中的佳话。等她睡着之后，他才带着亚特匆匆出门。

亚特是他和北月郡主的孩子，今年已经六岁，天赋非常不错，性子有些像他小时候，天真腼腆，也像他母亲那样善良。

一路上，亚特都在问他关于月夜大人的事情。他这个年纪对什么都好奇，更好奇总被强者敬仰的月夜大人。

“父亲，今天在学院中，长老有说起过月夜大人呢！她有好多只召唤兽，并且都是神兽！我最喜欢她的冰灵幻鸟，那是和皇上的紫焰火麒麟并列为‘五灵’之一的超灵兽呢！”亚特很兴奋。他天生的属性是冰，对冰灵幻鸟也同样憧憬。

洛洛随即想起自己少年时候也是这般，脸上不禁露出柔软的笑容。

宫里的宴会正热闹，他带着亚特走在回廊上。今天的亚特很开心，走在他的前面，和一个护卫比画了两下。

迎面有人走过来，带着三分醉意，亚特差点儿撞上她。好在他机灵，连忙止步，并且还伸手扶了一下那个醉醺醺的人。

那人目光如水，脸上原本带着三分笑意，看见亚特的瞬间怔了一怔。她竟是睿侯月夜！

想来她是累了，因此出来走走，还好亚特没有冒犯她。

洛洛快步走上去，还没靠近，便听见她恍恍惚惚地喊了一声：“洛洛……”

亚特抬起头，一双明澈的眼睛里布满迷惑，看着她。

洛洛慢慢地停下脚步，心里是一阵说不出的感觉。她为何会突然这么亲近地叫自己的名字？他隐约记得，之前为数不多的几次碰面，她都是非常客气地称呼他“洛洛族长”。

今天，她是喝醉了吧？洛洛看见她脸上一抹微醺的红色，心里便豁然了，继续走到她面前，轻咳一声，道：“月夜阁下。”

凰北月抬起头，看着这位突然走过来的男子，对着他的脸庞端详良久，似乎才认出这才是洛洛。他已经长得这么大了，英挺而稳重，身上隐隐散发出的威严气势，和青涩的少年时候完全不一样啊！

刚才恍惚之间，她把那小男孩看成了洛洛，有些尴尬，便轻咳一声，道：“洛洛族长，许久不见了。”

洛洛想，果然！她刚才确实醉了。这样的客气疏离，才像她。

对这位权势滔天的月夜阁下，布吉尔家族也曾想过拉拢。不过洛洛想到她性情寡淡，从来不和任何家族走近，便没去自讨没趣。

她只忠心于南翼国，这样也好，和布吉尔家族不会有任何冲突。他心里，其实很不愿意和她为敌。也许是因为她当年救了北月郡主，所以自己才会对她存着一份感激之情，一定是这样的。

“郡主经常说起阁下，很感谢阁下当年的医治之恩。”

“举手之劳而已。”凰北月淡淡地说，看着洛洛冷峻的眉眼，心里有些酸楚，“洛洛族长家庭如此美满，真是羡杀天下人。”

他的家庭？洛洛怔了一下，才想起北月郡主和亚特，他的妻儿，然后，嘴角缓缓出现一抹柔和的笑意。他们一家确实很幸福。

北月郡主温柔贤惠，亚特聪明懂事，如果不是因为他心里时不时掠过阵阵恍惚之感，那一切真的太美满了。

刚才亚特差点儿撞了她，洛洛摸着亚特的头，说：“这是犬子亚特，刚才失礼了。”

“他和你真像。”凰北月忽然脱口而出。

洛洛一怔。她连忙说：“我第一次来临淮城的时候，见过洛洛族长，那时候你还小。”

“原来是这样。”洛洛忽略心里那一瞬间产生的异样感，有些歉意地道，“很抱歉，我竟然不记得自己见过阁下。”

凰北月道：“那时候我并未露面。”

“也是，阁下一向神秘。”洛洛并未惊讶。这样实力超强的高手，多多少少都有些神秘，或者有些怪脾气。

“父亲，她是谁？”这时候，亚特忽然仰起稚气的小脸，问。

今年是他第一次带着亚特进宫，以往他太小，这种场合他一般不会带着亚特出席。

“亚特，不准无礼。她是月夜大人，是她治好了你母亲的眼睛。”洛洛道。

亚特看向她的目光一下子变得崇敬起来。他没想到自己刚才还在马车中憧憬的人，此刻就站在面前。

这孩子虽懂事，却始终是小孩。他想极力保持冷静，脸庞还是涨得通红，道：“见过月夜大人！”那脆生生的声音，竟是十分郑重其事。他那小脸上闪过红晕的模样，真是像极了洛洛小时候！

凰北月微笑地看着他，从亚特身上感觉到隐隐流动的冰元气。因为年幼，他还不能太好地控制元气流动，元气便会泄漏出来。但她看得出，这孩子的天赋很好。

她招了一下手，夜空中，冰灵幻鸟猛然扑下来，巨大的冰羽洒下一片雪色的光芒。

在洛洛身后的护卫还没来得及反应，冰灵幻鸟便稳稳地停在凰北月身后的半空，气势高傲凌厉，身上散发的极寒之气，让远处的人心生恐惧。

洛洛蓦然瞪大双眼，像是被少年时期的梦一瞬间拉进了深渊，有些无法自拔地呆滞在那晶莹的雪色中。

冰灵幻鸟啊……

“父亲！看！是冰灵幻鸟！”亚特这孩子激动地大喊起来，双眼闪闪发亮，没有露出惧色。仅是这一点，他已经超越很多孩子，甚至超越了他的父亲。

凰北月笑着伸出手去，从冰灵幻鸟的翅膀上拔了一根羽毛，笑着递给亚特：“初次见面，这是给你的礼物。”

亚特激动得完全呆住，不知道该怎么办，只是回头看着他的父亲，那神色又是激动，又是忐忑。

洛洛稍稍回神。他如今已是布吉尔家族真正的族长，一向冷峻镇定，喜怒不形于色。可这一刻，他竟也抑制不住，嘴唇微微地颤抖。

他涩声道：“收下吧。”他的目光却是看向她。

冰灵幻鸟身上的光芒映得她的脸颊几近透明，她的眼睛里含着笑意，也深深地看向他。

洛洛看着亚特接过冰灵幻鸟的羽毛，小心翼翼地捧在手心的样子，又看了一眼停留在半空，被拔了一根毛而有些生气的冰灵幻鸟。

这一幕为何这么熟悉？好像曾经在某个地方发生过……

他看着凰北月的笑容，恍然地说：“我小时候，很崇拜冰灵幻鸟，心里想着能驾驭如此高傲的超灵兽，那位召唤师一定惊才绝艳。如今见到阁下，我终于证实了少年时候的想法。”

凰北月也有些恍然。那些遥远的时光，已经过去那么久了，可一切依然像是昨天才发生的。她看着洛洛褪去少年的青涩感，成为一族的族长，可为什么心里会那么难受呢?

她曾经剥夺了洛洛身上的一些东西，如今看着他这么幸福，终于感到有些安慰。可是，听到他说出少年时候的话，她还是觉得鼻子酸酸的。

“洛洛族长过誉了。”她客气地微笑，“宴会已经开始多时，请进去吧。”

一般人站在冰灵幻鸟面前，被极寒之气包围着，恨不得立刻远离，可他想多站一会儿。一会儿而已，就当圆了少年时期的梦吧，这个几乎困扰他一生的梦。

他尽力抬头，依旧只能看到冰灵幻鸟那冰雪凝成的高傲下巴，和它对一切的不屑一顾。不愧是冰灵幻鸟啊！他心里想着，便微微一笑，对她礼貌地点点头，带着兴奋不已的亚特，走向宴会大殿。

途中，他几次不自觉地回过头，看着那半醉半醒、晃晃悠悠走在御花园回廊上的黑色背影。

回廊上的灯笼朦朦胧胧地将她的影子拉得很长。冰灵幻鸟在她身后的黑暗中低低滑行，然后飞入高空，宽阔巨大的翅膀在地上投下一片恐怖的阴影……

宴会很晚才结束，中途睿侯又回来了，依旧容光焕发，谈笑风生，似乎什么都不能影响她。可她不知道，她不动声色地在他心里掀起了滔天巨浪。

他一点儿都没办法平静，握着酒杯的手微微发颤，几次频频看向她。可是直到宴会结束，他都没机会找她说话。

清冷的夜晚，他带着熟睡的亚特回家，城外的布吉尔城堡耸立在夜空中。

仆人出来开门，恭敬地对他说：“族长大人，裴老先生从老家来给您请安，小的安排他住进了客房。”

“裴定元吗？”洛洛寻思了一下。

这裴定元是布吉尔家族的元老，以前的护卫队长，对他父亲忠心耿耿。他年幼的时候曾跟随裴定元习武。老人家严厉，却对他很好。

本来明天再接见裴定元也没什么，但路过客房的时候，看见灯亮着，洛洛便将亚特交给下人，自己走到客房中。

裴定元看见他，连忙欢喜地出来行礼。洛洛一只手将他扶起来。

这裴定元身材也算结实了，虽然年迈，但也老当益壮。他能被洛洛一只手扶起，可见洛洛的实力确实长进很多。

“少爷果然今非昔比。”裴定元擦着眼泪，说。

洛洛脸上难得地露出笑容，道：“我幼年时身体不好，多亏了裴老耐心训练。”

“少爷这样说，让老头子我愧不敢当啊！我没什么用，还是多亏了洗髓丹，让少爷脱胎换骨啊！”

“可惜炼制洗髓丹的独孤药圣已经多年不露面了，否则，我一定要当面感激他。”洛洛道。

裴定元一怔。他当年受了伤，离开布吉尔家族去养老的时候，洛洛还没有被凰北月洗去记忆。那之后，洛洛身边的人几乎都被替换，知道那件事的人，大概也随着上一任赛斯族长而去了。

“怎么是独孤药圣？”裴定元道，“我虽然老了，可还记得清清楚楚，洗髓丹，是戏天大人给你的。”

洛洛浑身一颤，像是没有听清楚，也根本不愿意承认。

“戏天大人？”可是父亲告诉他，洗髓丹是他千辛万苦花费重金请独孤药圣炼制的！这是他一直相信的事情啊！

“当年的戏天大人，如今……”裴定元摸着花白的胡子，“如今是名满天下的睿侯了吧？”

洛洛抿着唇不言语，面上的神色是凝重的，心里却是掀起滔天巨浪。

“你如今这么出色，可见她确实费了不少心血。”裴定元回忆起往事，无比欣慰，竟然忽略了洛洛那不正常的面色，“她当年收你为徒的时候，我和你父亲都不敢相信。她那时是帝都最强大而神秘的人！你这一身本事是她亲自传授，一定比别人强！”

洛洛已经什么都听不清楚了，裴定元的声音如同潮汐，淹没了他的耳朵。

他颤抖着站起来，狠狠地咽了一口口水，才说：“为什么从来没有人告诉我？”

他以为，他和她从来没有交集啊！

为什么这些事情，他都不记得了呢？洗髓丹，师父？他完全不记得啊！

裴定元被他吓了一跳，不知道自己说错了什么，也慌慌张张地站起来。

“少爷……”

洛洛却忽然冲出去，一直冲出布吉尔城堡，冲到黑暗的山野中，脚步才猛然停下。

天空之中，一声清越的鸟鸣划破寂寂夜色，然后一点儿雪色的光芒如同流星，掠过长空。冰灵幻鸟的身影在夜空拖出一道长长的光影，而后慢慢地消失……

洛洛抬头看着，那点儿光芒如同划在自己心上一样，划开了缺口，却看不见里面。

为什么？为什么她要瞒着他？他的那些隐藏在看不见之处的记忆，究竟是什么呢？他满溢的却被燃烧成灰烬而随风消失的爱又去了哪里呢？

番外
墨莲篇之转世

我爱你，太美好，时间会知道。

爱一个人的期限有多久呢？如果是铭刻在灵魂上的爱，会一生难忘吧？

但是，什么样的爱会经历生生世世，深入骨髓呢？

传说，人死之后渡忘川河，过奈何桥，桥上有孟婆熬汤，人喝下汤之后，前尘尽忘，魂魄不会有前世的任何记忆。

这究竟是哄骗世人的谎言，还是世世代代被埋藏在虚幻中的真相呢？

涟漪缓缓地散开，鲜红的锦鲤悠闲地从微波下游过。

滴答……

露珠滴落在池塘。

似乎有人在窃窃私语。

我爱你，你听到了吗？

缠在眼睛上的纱布被一层一层地揭开，医生的手有些颤抖，呼吸也是小心翼翼。

不久之前，他们说只要纱布拆开之后，他就能看见。他期待被阳光照进瞳孔的感觉。周围有好多呼吸的声音，似乎他们比他还要迫切。眼睛上方凉凉的，有风吹过来的感觉。

一个低沉却带着威严的男人声音响起：“小墨，你看见了吗？”那小心翼翼的期待，好像一触即碎的玻璃。

他转动着漆黑的眼珠，知道说话的人是父亲。有父亲在的地方，所有人连大气也不敢出，似乎害怕一点儿波动，都会惹怒这个呼风唤雨的大人物。

父亲一向都是沉稳冷静的，泰山崩于前而面不改色，喜怒哀乐在他身上根本看不见。所以，现在他不忍心让期许着的父亲失望。

但是……没有阳光照进来的感觉，什么都没有，黑漆漆的。尽管知道身边有那么多人，他却……什么都看不见。那与生俱来的黑暗，真的要陪着他下地狱吗？

他还是摇了摇头，因为不想说谎。

“我……我……这……”医生结结巴巴地开口道，却说不出一句完整的话来。

可以想象，此时此刻父亲的面色一定冷若冰霜，连他都感觉空气达到冰冻的临界点。可是，他没有听到父亲动怒的声音，只听到父亲冷冷地说了三个字：“滚出去。”

霎时间，整个房间里的人都消失得干干净净。只有父亲，在他的床边默默地坐下。他沉默着。因为眼睛看不见，他从小就不喜欢说话。医生说因为视觉无法传达，所以他有交流障碍，心理上也有某种很复杂的疾病。医学上，大概叫智力障碍。听说，这是很严重的病。

其实，多年来，他已经习惯了黑暗。就像没有吃过糖的孩子，永远也不会知道糖的味道是甜的，所以不会对糖生出贪念，他也如此。

眼睛上因为敷过药而凉凉的，他不知道父亲此刻在干什么，只能独自百无聊赖地转着眼珠。最后，他坐了很久，腿都有些酸了，便从被子里挪出来，想下床走走。

父亲的手立刻伸过来，有力的手臂让他可以放心地扶着。他呆呆地笑了一下，看不见父亲脸上一瞬闪过的酸涩。

他们在长长的回廊上行走。他们居住的地方，不知道是有着几百年历史的城堡，宽宽的走廊两边挂着历代城堡主人的油画，还有一些不知道传承多少年的欧洲盔甲和花瓶。中世纪的彩绘屋顶和墙壁色彩绚丽，他却什么都看不到。

反正他也看不到，索性漫无目的地行走。他推开一扇门，闻到书香。这里宁静祥和，是父亲的书房。父亲在外的时候，他喜欢一个人来这里，虽然不能看书，但是窝在这里就很舒服。

他欢快地走进去，对书房里的一切早就非常熟悉。可是，今天打扫的女佣大概有些疏漏，竟然将书架前的一组沙发朝左边挪了一点儿。一般人的眼睛都看不出来的那一点儿距离，已经足够将他绊得向前摔一个大跟头。当啷！脑袋撞在书架的边缘，疼得他眼泪都流出来了。

“小墨！”父亲从沙发的另一端直接跃过来，把他从地上扶起。

他摇摇晃晃，觉得头疼。眼里有一汪泪水，他用力地去眨眼睛。忽然，一点儿光线猛然涌进来，猝不及防地照亮他漆黑的瞳孔。

他的眼睛正对着书架方格，正好那里有一个方形的相框，里面的照片上有两个人。背景看不清楚，他只看见那是两个长相清丽的女孩子。左边的那一个，懒洋洋地眯着眼睛，抬手在眼睛上方搭了一个凉棚，脸上没有半点儿表情。而右边的人，双手环抱于胸，微微地抬着下巴，笑得恣意而张扬，一头红发如同火焰，一下子烧痛了他的眼睛。

他连忙闭了一下眼睛，再睁开时，却又什么都看不见了。那画面只在一瞬间出现，快得连他自己都不敢相信那是真的。可是他在混乱之中，条件反射般抓住了那个相框。手指一碰到相框，他心里就忽然有种酸酸的痛楚。

父亲将他扶到沙发上坐下，一向冷酷的男人竟然手忙脚乱地检查他的额头："小墨，疼不疼？我去叫赵医生来……"

他一把抓住父亲的手，固执地不让父亲走。父亲当真没走，在他面前半跪下来，轻轻地揉了揉他被撞红的额头。大概是看见了他手中的相框，父亲忽然愣了一下，然后涩声问："你拿着这张照片干什么？"

他的手轻轻地从相框上抚过。隔着一层玻璃，照片给他的感觉不那么真实，却足以让他清楚地感觉到照片中红发女子那如火一样的笑容。他的手指好像被烫到了。

"是谁的？"

父亲已经习惯了他的说话简短。他一整天不言不语，难得说一句话，因此父亲有些高兴。父亲捏住他的手指，移到左边的那人身上。

"她是你母亲沈未凝。"父亲说起母亲，口气平静得有些异样。不过，他听得出那口气中的温柔。

父亲提到母亲，只是简短一句话带过，似乎不愿意多说。他明白，因为他从懂事以来，就不知道母亲是谁，家里没人提起母亲。她像是一个禁忌，是不允许在家中出现的。

父亲捏着他的手指移到右边的那个人身上，他的心瞬间飞快地跳动起来。父亲道："这个人叫凰北月，代号X，是你母亲的朋友，也是敌人。十年前，她们两人是这世上最强的存在，只不过……"父亲顿了一下，抬起头，道，"这些都是过去的事了。"

他默默地听着，虽然短短的几句话，却让他深有感触。他不由自主地将相框抱在怀中，皱了皱眉，忍着那种莫名的心痛，笨拙地说："我想留着。"

父亲以为他是想珍藏照片里的母亲，不得不忍痛割爱，同意他将照片放在他自己的房间里。

那天晚上，他着魔似的抱着那张照片入睡。梦里是冰冷的下雪天，他眼前有一片晃动的白色，是一望无际的皑皑白雪。一双手从后面伸过来，轻轻地将他的眼睛蒙上……

"因为雪从天空落下的过程太漫长了，漫长到连它自己都不记得自己是什么颜色，就像你一样。"

他在床上辗转反侧，被莫名的心痛弄得泪流满面，即使在梦里，也停止不了悲伤。

“凰北月……”他梦呓着，额头抵着相框，被撞痛的地方一阵剧痛，猛然醒过来。

巨大的黑暗笼罩着他，他怔怔地睁着双眼，抬起手摸了一下脸颊，却摸到一手冰凉的泪水……

爱一个人的期限究竟有多久呢？

人死之后，如果过了忘川河，走过奈何桥，喝下孟婆汤，转生到下一世，还会爱着那个人吗？

若是连转世都无法截断这份爱，那时间会不会在我面前低头认输，再次把你送到我身边？

滴答。

眼泪滴在相框的玻璃上，照片上的红发女子笑意盎然地看着他。

他却看不到。

我爱你，太美好，时间会知道。

番外
魇之重逢

【希望有一天，能和你在这片天空之下重逢。】

七月的K市简直如火炉，天上那毒辣的太阳一刻都不肯离开，就像每个人都欠了它两百块钱。

热死了！

绯叶学院位于K市风景最优美的海边，树木葱茏，林荫道下走过三三两两的学生。能够进入这所全国闻名的学院的学生，一般非富即贵，不然就是全国各地的学霸。说实话，学生们在里面上学真的太有压力了，特别是对某些学渣来说……

比如……

“考试这种事情，要实力也要有运气！你知道吗？我的前后左右都是差生，这是随机抽取的座位号，老天这么不给面子，我有什么办法嘛！”抱着篮球的少女一边抱怨一边嘟起嘴，拿篮球出气。

“胡说！”旁边的长腿帅哥威严地低喝一声。

路过的小女孩看见他，顿时满眼冒出粉红的泡泡。

白色衬衫，黑色长裤，干干净净，就算在这种热得半死的鬼天气里，他依然穿得一丝不苟。这位大哥不愧有着非凡的忍耐力和魄力，太可怕了！

“别生气啦！老哥。反正你都知道，爸妈生了你之后，把所有好的基因都给了你，轮到我就什么都没啦！你不觉得我很可怜吗？”

“胡说！”男子额头上再次冒出数条黑线。

他看到妹妹的期末考试成绩，说实话，真有瞬间昏厥的冲动。怎么能，怎么能……这么差啊！数学只考了两分不说，竟然连语文也只考了十分！

考卷上只要是汉字，有一半以上都是错字，更别说她那天马行空、令人匪夷所思的答案了。最可怕的是，这丫头小小年纪就学会了贿赂，在每一张考卷里都夹了一百块钱，求老师给分。

天知道他今天在老师和家长面前有多抬不起头来！他可是绯叶学院建校以来最优秀的学生之一！他怎么会有这样的妹妹？！

想到这里，萧阑停下脚步，郑重地看着自己的妹妹。

“小谨。”

“嗯？”少女应了一声，抬头看见兄长严肃的表情，不得不低下头去。

“我答应过爸妈要好好照顾你，可你为什么一直都不努力呢？”

“我……”她嗫嚅着，用穿着雪白运动鞋的脚一下一下踢着路边的石子。

高大的梧桐树洒下一片阴凉，浓密的树荫下，这对风格迥异的兄妹静静地站着。风从发丝间穿过，轻抚着少女雪白的脸颊。

萧阑道：“小谨，你已经是高中生了，可是你有三分之二的汉字都不认识，这样怎么可以？你是中国人，你……”

“为什么非要会写？我以后又不当作家！”萧谨抬头反驳一句。

“书写母语，应该是最基本的能力！”萧阑气恼地道。他只比她大七岁，思想却好像和她相差一百年。

萧谨嘟着嘴，闷闷不乐。四周的蝉鸣在耳边聒噪，盛夏的酷热让她的脸颊红红的。

读书读书！认字认字！从三四岁到十七岁，她活着就是为了这些，有什么意思？

她倔强得像头牛，萧阑简直一点儿办法都没有。他身为兄长，没能好好管教她，真的感到很失败。他每次看着她固执的样子，除了无力之外，也不能怎么样。

打，他是下不了手的。他只有这一个相依为命的妹妹，怎么舍得？

“你自己走回家，好好反省吧！”萧阑一气之下也走了。

“你们大人什么都不懂！”得知自己要在大夏天顶着烈日走回家，萧谨气得大喊大叫。

她眼睛一酸，就想哭。她也想好好学习啊！为了让哥哥不讨厌她，她也很努力啊！可她就像个天生的笨蛋，总是记不住书本上的那些东西。

哥哥永远不知道，多少次她熬夜背书做题，可第二天一早，她就会莫名其妙地全部忘光。不管怎么说，她就是不够聪明。她……也很难过啊！

“别哭。”

眼泪要流下来的一瞬间，她听到一个动听的声音。那声音震得她心弦一颤。

她不由得抬起头，寻找声音的来源，有些迫不及待。这个声音让她觉得对方好像等了很久。冥冥之中，那人终于来到她身边。

那天是夏日最酷热的一天，阳光刺眼，一丝风都没有。

校园的梧桐大道旁有一座小花园，花架上爬满紫藤，两边则是一排一排的扶桑花树。紫色藤萝如烟云在上，而那鲜艳夺目的扶桑花，却像一片被夕阳映红的火云。她从来没有见过开得这么热烈的扶桑花，简直形成一片花海，火焰一样。

有个男人靠着花园旁的一张石椅，穿着红色的衬衫和白色七分裤，趿着拖鞋，慵懒地眯着眼睛，手上打着一把红伞。他的嘴角挂着若隐若现的笑，在身后大片大片如火如荼的扶桑花衬托下，那笑容显得如此妖娆。

萧谨的呼吸一瞬间停止。她从来没有见过如此……妖孽的男人。那种纯正的鲜红色，如血一样，可不是谁都敢往身上穿的。可她觉得，这个男人和血红色，简直是浑然一体！还有那红艳艳的伞，简直太搞笑了。现在谁还用这么老土的油纸伞啊？跟搞cosplay（角色扮演）似的！

然而，她就是觉得这一切和他搭配起来是那么好看。也许是因为他长得太好看了吧！

萧谨咬着手指头，呆呆的，跟个傻瓜似的。她有些害羞，有些不知所措。毕竟，她是第一次看见这么美貌的人，还是个男人。

以前，她觉得哥哥是世界上最好看的男人，可是看见他，她才知道什么叫绝色。他的美足以构成一道风景，让扶桑花黯然失色，让沉闷的夏日瞬间沁凉舒爽。

萧谨呆呆地看着，想了半天，脱口而出的竟是一句："我们，是不是见过？"

说出口之后，她就觉得尴尬了，恨不得找个地缝钻进去。这种搭讪的手段也太老套了吧！没风格！像他这么漂亮的人，一定有很多人用各种各样的手段跟他搭讪吧？她真是太笨了……一种挫败的情绪又涌了上来，为什么她什么都做不好呢？

可是，出乎意料的，对方听到她的话，淡淡地笑了，用那种华丽优雅的声音说："也许见过吧。"

多有礼貌和涵养的人，一点儿不会让她觉得难堪。萧谨傻傻地笑出来，低着头，脸上带着少女的腼腆和羞涩。

他打着伞站在那里，忽然对她招了招手，问道："热吗？"

萧谨点点头。何止是热，这天气简直把人当成包子在蒸啊！

"过来吧。"他朝她招招手。

萧谨看着他伞下的阴凉，以及他温暖的笑容，不由自主地走过去，站在他面前。他把伞往前轻轻挪了一点儿，在她头顶撑出一片阴凉。

"好凉快呀！"萧谨惊叹道。这简直太神了！她兴奋地抬起小脸看着他，眼睛扑闪扑闪的，“我叫萧谨，你呢？”

他微微一笑，蹲下去，用小石头在地上写了一个字：魇。

萧谨认真地看着，红扑扑的小脸像熟透的苹果：“嗯……魔？不不，庵？也不对……”她咬着嘴唇，嘀咕两声，不敢开口了。

“魇，梦魇的魇。”他根本没有笑话她，反而耐心地解释给她听。

这一刻，萧谨很感激他。她以前念错字，总是会惹来嘲笑。

“对不起，我太笨了。”萧谨小声地说。

“你怎么会笨？你一点儿都不笨啊。”魇说。

她怎么可能笨呢？她是他遇到过的人中最聪明的。当年惊才绝艳、潇洒纵横的轩辕谨，是让全天下都倾倒的天才。万兽无疆的缔造者、和他结契的人……谨儿，越过时间和空间，我们，终于又重逢了啊……

萧谨托着脸颊，说：“我不会念书，考试很糟糕，哥哥很生气。”

“世界上有那么多人，每个人都会念书吗？”魇轻轻地问。

“你会吗？”萧谨睁大眼睛看他。一见他，她就觉得他是出身良好、非常聪明的人。

“我不会。”魇摇摇头。

“真的吗？”萧谨有些不相信地道。他这么完美，不会念书，实在太奇怪了。

魇随手摘了一朵扶桑花，递给她：“世界上没有完全相同的两朵花，更何况是人呢？”

“可是我想让哥哥高兴……”萧谨失落地说，完全没有留意到，他刚才是怎么凭空“摘花”的。

“这样啊……”他说，“那么就努力吧，一分的努力不行，就三分、五分、十分。”

萧谨呆呆地看着他，似乎没有想到，他会这样鼓励她。是啊，一分不够，就十分！

“谢谢你！”

“客气什么！你需要帮忙的话，就来这里找我吧。”

“嗯！”萧谨认真地点头，下定决心，打起精神，从现在开始好好努力！

从那天开始，绯叶学院林荫大道旁的小花园里，经常可以看见萧谨抱着书本埋头苦读的身影。而且，只要她在那里，就会有个穿红衣的男人出现在她身边。

花架下面，绝色妖艳的男人和清秀认真的少女形成一幅视觉冲击力相当强的画面。没有人知道那个男人是谁，就连学院里资深的老师都不知道他的来历。

绯叶学院是开放性的，没有规定外人不能进来。何况，他一直默默地陪伴着萧谨，连话都很少说，没什么异样。唯一奇怪的是，今年学院里的扶桑花破天荒地盛放了，快把枝头压弯。远远看去，那里就是一片花海，而萧谨和那个男人就在其中。

有些好奇的学生想过去搭讪，了解情况，却不知道为什么，总在提起勇气走近的时候胆怯。那一片小小的天地，成了萧谨和红衣男人独有的。默默地陪伴，恰到好处地指点，萧谨发现，这个男人什么都会！那些晦涩的古文、深奥的数学、复杂的物理化学，还有鬼佬语言，甚至连政治，他分析起来也是精准到位。

这人之前还说什么不会念书，完全就是因为不想打击她而善意地说谎了吧？虽然知道了这个真相，萧谨却没有生气，反而在日复一日的相处中，对他产生了不一般的感情。

她也知道，他这么完美的人，其实也有很多不完美，比如他极其自恋！不过长成他这样，确实天下无敌。还有，他有洁癖，很挑剔，而且相当高傲。

比如有一次，她同班的几个同学想过来和他们同坐，她征求了他的意见之后，他却冷冷地一哼。他挑着眉，眼睛斜着，看人的角度相当刁钻，由上往下，显得高高在上。

“那些庸俗的人类，我才不想被他们玷污！”

听听，说得好像他自己不是人类一样！结果她只能和同学扯一些理由拒绝，见鬼的是，那几个女生依旧满眼粉红泡泡，远望着他，浑然不知自己在他眼中只是“庸俗的人类”。萧谨实在不忍心打击她们。

后来同学间渐渐起了传言，连她的同桌都八卦地问：“萧谨，他是你的男朋友吗？”

“当然不是了！”萧谨立刻撇清。她和魇的关系完全不是那么回事！

她还知道他心里有个默默想念的人。因为每次她用功到晚上，天上的月亮出来的时候，他就会看着月亮惆怅很久。

有一次，萧谨听到他一个人低声说：“月，我来到你曾经生活的世界了，可你已经不在了。”

那个叫月的人，才是他的恋人吧？而且那似乎是一段悲伤的往事。萧谨不敢问。

对于学校里的风言风语，她从来不过问。反正她一心只想着让哥哥高兴，管别人干什么？

值得高兴的是，最近的几次考试，每一次她的成绩都在进步。她原来只能考两分的数学，现在已经能考到四十分了！最重要的是，大字不识几个的她，居然把语文考及格了！

每次她拿着试卷给哥哥看的时候，哥哥脸上总会露出欣慰的笑容。她觉得很满足，只是那种辛苦，只有她自己知道。

夏天已经接近尾声，秋天悄然到来。可是小花园里的扶桑花，依旧开得如火如荼，从来不见凋零的迹象。

扶桑花是一种花期很长的植物，只要气候不太过寒冷，常年都可以看见，因此，扶桑花被很多地方当成了观赏花。但是，像这里的扶桑花这样，有着如此长的花期，倒是少见。

有一次，萧谨半开玩笑地说："你看这些花，好像是为了你盛开的一样，你在这里，它就不会凋谢。"

闻言，魇倒是认真地想了想，随后说："美丽的事物，谁都喜欢欣赏。"

萧谨半天才反应过来，这是他在自恋，顿时哭笑不得。哪有人自恋成这样的啊？

"魇，你为什么对我这么好？天天都陪着我。"萧谨看着盛开的扶桑花，不禁问。

有魇在身边的日子，她很开心。这么优秀完美的他，好像是上帝派来守护她的。但是，这样的日子会永远持续下去吗？他会一直在吗？如果有一天他离开了，她一定会很难过吧？

魇也望着扶桑花，可能是花的颜色在回应，萧谨觉得他眼底有浅淡的红色，十分妖艳。

"也许是前世的约定，让我来找你。"他轻轻地说。

萧谨怔了一下，随即扑哧一声笑出来："前世？不是说人转世要喝孟婆汤的吗？你怎么可能还记得前世呢？"

这个单纯的丫头，以为他在开玩笑吗？魇撇了撇嘴，说："只有笨蛋才会被孟婆洗脑。"

"什么？你在说我是笨蛋吗？"萧谨立刻嘟起嘴巴。

"难道不是吗？"魇瞥了一眼她怀里抱着的大堆参考书，毫不留情地嘲笑道。

萧谨气得小脸涨红，气呼呼地问："那你说，我前世是什么样的？"

"天才。"魇只用了两个字就总结了萧谨的前世。那是天才到连老天都会嫉妒的女人啊！

"天才？"萧谨皱着鼻子，努力憋着笑，"那……是因为我前世太聪明，所以今生变成了笨蛋？"

"恐怕是的。"他一点儿也不怀疑。

第一眼看见谨儿的时候，他确实不敢相信。这样的谨儿，和前世半点儿相似之处都没有，她们完完全全是两个人。但是，她们拥有一样的爽朗性格，一样的坚韧耐心，一样的勇敢无畏。这些，足以证明她就是谨儿。

“哈哈哈哈……”萧谨捂着肚子大笑起来。

肚子好疼，不行了……可是，她笑得停不下来啊！

“魇，你这么正儿八经地说这种话，怪好笑的！”

“笑够了，就赶紧去学习吧。”魇才不会和一个十七岁的小丫头计较。他虽然相当不齿她的无知和愚笨，但……看着这样开心的谨儿，心里也很温暖。

再过几天便是K市高校联合举办的秋季运动会，萧谨是绯叶学院高中部女子篮球队的队长，每一年都带领球队出战。

可是今年，为了好好学习，她已经连续两个月没去篮球队参加训练了。队里早就怨言满天飞，但奈何从前的萧谨打篮球的水平太好，是全能选手，每一个位置都能胜任。

最重要的是，她常年作为后卫，对整个球队的掌控和指挥是无人能及的。因为有她，他们每一年都能夺得大赛冠军，可是今年……

“队长，大家都等你回去呢！不是说好要拿下三连冠，创造绯叶学院的神话吗？”篮球队的女孩子都来劝她，十几个高个子姑娘站在梧桐树下，神情期盼地道。

萧谨背靠着梧桐树，低着头，一只脚慢慢地踢着地上的石子。

“我……”说话之前，脑海中浮现出哥哥欣慰的笑容，她忽然心里犯堵。

“队长，拿下三连冠，称霸全国，不是你的梦想吗？”

“我……”萧谨犹豫着道。

梦想……

“队长，这也是我们的梦想啊！我们就想跟着你一起打败全国的高手！”有个女孩子说着说着，哭了起来。

其余的人也都跟着落泪。她们坚持了那么久的梦想，每天挥洒的汗水，就这么没了吗？那时候大家欢欣鼓舞，充满热情，可现在呢？连路在哪里都不知道。

萧谨低着头，觉得自己像千古罪人，不敢抬头面对把梦想交给她的队友。

“抱歉，我现在没有办法。”萧谨涩声说，说完低着头跑了。

烈日之下，一群少女无奈地望着她的背影抽泣。

“怎么了？”

小花园里，阵阵沁凉的气息和浓烈的夏日格格不入。魇单手撑着下巴，慵懒地看着她。

萧谨出神地望着一丛显眼的扶桑花，眼睛湿润，但是没有掉眼泪。

“我很差劲，是不是？”萧谨没有转身，只是默默地低语。这句话，不知道她是在问魇，还是在对自己说。

魇瞥着她。虽然刚才没有靠近，但那群女孩子说了什么，他却听见了。这丫头一点儿都没有发现自己的与众不同吗？魇轻轻地叹息了一声，道：“谨儿，人活在世上的意义，是什么呢？”

萧谨转头看着他，不知为何他突然把谈话提升到这种高度。

人活着的意义？

“当然是开心了！”她想了想，回答道。

魇倾城一笑，问：“那你开心吗？”

萧谨怔住了。这个问题让她不知道怎么回答。她只知道哥哥很开心，因为她终于慢慢变成哥哥期望中的样子。可是她越来越不开心。

魇看着她脸上的表情一点儿一点儿变得失落，道：“你是希望自己开心，还是希望别人开心？”

“不能一起开心吗？”萧谨问。

“世间安得双全法，不负如来不负卿。”魇轻轻地念道。

这诗句有些高深，萧谨从来没有听过，但好在前一句的意思可以理解。就是说人生哪能两全其美呢？这样的道理，她也明白，可就是没办法释怀啊！

“我很笨，如果我再聪明一点儿，事情就不会是这样了。”萧谨失落地说。

她怎么会笨呢？

“我陪着你这么长时间，看着你努力成为你哥哥喜欢的人，你也做到了。不过，比起从前，你却不快乐。我……不喜欢这样的你。”魇的声音缓缓的，好像带着一丝伤感。

萧谨怔怔地看着他，连魇都看出来她不开心了吗？

“傻丫头，你为什么要为别人而活？你这么出色，会活得很精彩。”魇情不自禁地抬起手，轻轻抚了一下她的头发。

萧谨的眼睛里透出一种对这场景的困惑，他们似曾相识。她觉得，在过去的某一刻，魇也曾这样带着一点儿爱怜抚摸她的头发。

萧谨深深地喘息，摸了摸自己滚烫的脸颊，有些不知所措地道：“我……回家了！”

说完之后，她不敢去看魇的眼睛，一转身就跑了，路上还笨拙地差点儿摔一跤。她窘迫地偷偷回头看了一眼，发现魇正看着她微微一笑。他身后大片的扶桑花开成一片妖艳火红的花海。

魇，我们真的在前世有过约定吗？

萧家。

萧谨在玄关换了鞋，悄悄走进客厅。

用人准备好饭菜，摆在桌子上，没想到她会这么早回来，便笑着说："萧先生还在书房，要叫他下来一起吃饭吗？"

"不用了。"萧谨坐下，扒拉着碗里的米饭，一口都咽不下去。

萧阑站在楼梯口，看着饭厅中妹妹的背影，顿了一下，才走下来。

"今天怎么回来这么早？"过去的几个月，她每天都在学校学习到很晚。

"没什么事，就回来了。"萧谨低声说。

拿起筷子的动作顿了一下，他随即放下筷子，看着她，问道："作业都做完了吗？"

萧谨点点头。

"预习呢？"

萧谨想点头，可是鼻子一酸，想到魇说的话，便放下碗筷，说："哥哥，我一点儿都不喜欢学习，我很累。"

萧阑看着她，半晌才沉声问："你在说什么？"

"我真的很累！为什么我不可以做自己喜欢的事情？"

啪！萧阑重重地把碗放在桌子上，漂亮精致的骨瓷碗立刻裂成几片。

"你才几岁？现在是你人生中最重要的时刻，你不可以任性！"

"重要？就是随波逐流吗？"萧谨红着眼睛问。

"那怎么叫随波逐流？那是每个人都必须经历的人生！"萧阑也提高了音量。

"可是我不会呀！为什么要勉强我？"

"你最近不是学得好好的吗？只要你用心，也可以做到，你之前只是不用心而已！"

听到哥哥这么说，萧谨再也忍不住眼睛里的泪水。不用心？她之前怎么不用心了？如果不是魇陪着她，她这么用心又有什么用？

"哥哥一点儿都不了解我！"萧谨抽泣着，转身跑回楼上，回到自己的房间，把门反锁起来。

萧阑气得浑身发抖。这到底是怎么回事？她明明之前还好好的。

他走上楼，去敲萧谨的门。

"小谨，开门。"

"我想一个人静一静。"萧谨呜咽着说。

萧阑站在门口，久久无言。她刚才说，他一点儿都不了解她吗？他也知道，他忙很多事情，常常忽略妹妹。她长这么大了，他不知道她在想什么，也不知道她喜欢什么。他甚至都不知道，她每天都在做什么。他只知道每次家长会，他都很丢脸，因为萧谨的成绩永远是最后一名。

除此之外，他什么都不知道。他这个哥哥，确实很失败。

“记得下来吃饭。”半天，萧阑才说出这么一句，然后转身离开。

然而，这一整晚，萧谨都没有出来。

早上，萧阑起来吃早餐的时候，用人说萧谨清早就出门了。

最近几个月，为了学习，她确实很早就去学校，萧阑也没觉得太奇怪。昨晚的事情，他只当是年幼的妹妹一时不懂事罢了。

绯叶学院，篮球馆。

两支球队在球场上激烈地交锋，篮球砸在地板上发出的声音，以及球鞋的摩擦声，形成一支属于青春的交响曲。

“队长太棒了！这个三分球太帅了！”球场上一阵欢呼。

中午的阳光透过窗户照进来，在这些奔跑的少女身上洒下一层金色的光芒。她们的汗水滴落在地板上，篮球落下又弹起，节奏惊心动魄。

“那是绯叶学院高中部的篮球队队长萧谨吧？她虽然打的是后卫，但看样子每一个位置都能打啊！”

“那是当然！她可是号称‘天才全能选手’啊，带领绯叶学院一连拿下两年高校联赛冠军！”

“看来今年绯叶学院一定可以拿下三连冠，称霸全国高校，这可是前所未有的！”

“必然的啊！萧谨回来了，那就是绝对的！”

……

观众席上的人议论纷纷。

后台一个不起眼的角落里，魇的身影如同光影一般缓缓地出现。他的眼底有一抹浅红色，看上去妖孽无边。他看着在篮球场上挥洒着汗水的萧谨，她那矫捷的身影和令人措手不及的速度，有着王者的霸气和自信。她的眼神坚毅，只要盯住对手，就会有无限的可能性。

在她的无情攻击之下，对方的队员几乎全线溃败，失去战斗力。

好厉害……她们根本挡不住……

天哪，她又过来了！

魇的嘴角缓缓聚起一抹明艳的笑。这才是你啊！谨儿……如此耀眼的你，才是真正的你！像是看着自己的孩子一样，魇心里充满了安慰之感。

赛场上响起欢呼声，绯叶学院以压倒性的优势赢了这场友谊赛。萧谨被队员们热情地围起来，托起身体，高高地抛起。

"队长万岁！"

"绯叶无敌！"

萧谨身在半空中，大笑着。她已经很久没有这么痛痛快快地笑过了。

篮球馆外，萧谨带着球队离开。午后的阳光下，正要坐上巴士离开的市一中球队的队员看见了她们。双方隔着几步远的距离，一中的队员输得很狼狈，但看向萧谨的目光，确实带着敬畏和惧怕。没办法，她太强了，遇到这种对手，他们完全没有赢的可能性。

一中的队长带领队员走过来，站在萧谨面前，礼貌地伸出手："只要有你在，绯叶一定不会输，希望今年你们拿下三连冠。"对方说得很真挚。一米八的女孩子站在萧谨面前，确实很有优势，但对方明白，身高的优势并不一定能提高胜利的概率。

萧谨用力地握住对方的手，像昨天决定要重新回到篮球队一样激动。

"谢谢，我一定会做到！"萧谨笑着说出这句话，声音带着一贯的自信。

对方怔了一下，随即无奈地笑了。

绯叶的队员们则因队长一句话，个个眼中放出了异彩，挺直了背脊。

随后，萧谨和自己的队员告别，一个人走出绯叶学院。她戴着鸭舌帽，耳朵里塞着耳机，沿着海边公路慢慢地走着，装作对什么都充耳不闻。耳机里不再是摇滚重金属音乐，而是一遍一遍的听力训练。

她如果想两边兼顾，可以吗？她很努力地学，只是不希望让任何人失望。

路边一抹鲜艳的红色靠着路灯，她散碎的黑发被海风轻轻吹着，拂过绝色的脸庞。萧谨抬起头，脚步慢慢顿住。

魇慢慢地朝她走过来，伸出手，将她的耳机摘下来，放在耳边听了一下，嘴角扬起浅笑。

"你是不是对我很失望？"萧谨低着头，小声地说。

"为什么会这么想？"魇问。

"你之前那么用心地帮我补习，可我再次加入了篮球队。"萧谨闷闷地说。

"这不是很好吗？"魇把耳机还给她，"你这么开心，我看着都很开心。"

萧谨看着他，眼睛里闪动着泪光。

"傻孩子。"魇屈指轻轻地弹了一下她的额头，"我们是朋友啊！"

萧谨摸着脑门，微微嘟着嘴，却忍不住笑起来："魇，有你在身边，真好。"

真的吗？他很想问，如果他有这么好，那她为什么不一直陪着他呢？他们当年说好了要永生永世在一起的，可是后来天意弄人。

"下周大赛，你打算邀请你哥哥去看吗？"魇转移了话题，问道。

萧谨脸上的笑容渐渐凝固，眼中慢慢染上了忧愁："他，不会想去看的。"她几乎是肯定地说。

如果哥哥知道她又跑去打篮球，一定会不开心。

"那就算了吧。"魇也不强求，摸了摸萧谨的头，和她一起慢慢走回家。

把萧谨送到萧家门口，魇才挥了挥手，自己转身回去。

萧谨进了家门，便看见萧阑从楼梯上走下来。他身上还穿着西装，一脸严肃的表情。

"哥哥。"萧谨乖巧地叫了一声，心里寻思着要不要跟哥哥说篮球赛的事情。虽然昨晚两人吵架了，但他们是亲兄妹，不应该有隔夜仇。

"刚才送你回来的男人是谁？"谁知道萧阑一开口就问这个。

萧谨怔了怔，觉得哥哥的语气里有怀疑和责备的意思，不禁涨红了脸，道："他是我的朋友！很好的朋友！"

"你什么时候开始交男朋友的？"萧阑严厉地问。

"他不是我的男朋友！"萧谨急了，"他帮过我很多忙！我们不是你想的那种关系！"

"如果他不是另有所图，为什么要无缘无故地帮你？"萧阑反问。

"因为……"萧谨语塞了，告诉哥哥她和魇有前世的约定吗？这未免太可笑了，哥哥一定不会相信。

"谨儿，你还小……"

"我不小了！"萧谨听到哥哥的陈词滥调，不禁怒道。

萧阑一怔，无可奈何地看着她。在他眼里，她永远是小孩啊！她不知道世间险恶，不懂人情世故。他希望一辈子保护她，又害怕把她保护得太好，让她面对这个世界的时候手足无措。因此，他希望她学习更多的东西，成为优秀的人。可惜……

这次的谈话同样不欢而散，萧谨跑回房间不出来。之后的几天，萧谨都在篮球馆练习到很晚才回去，并且尽量避免和萧阑碰面。

一转眼到了周六，萧谨带着绯叶学院篮球队去参加在K市举办的全国高校篮球联赛。

有她在，篮球队就不可能输。这场比赛，绯叶学院一定会拿下全国三连冠。

魇没有去观看，而是去了萧家。

萧阑刚开完一个电话会议，抬起头，便看见一个身穿红色衬衫的妖孽男人倚着书房的门站立，狭长的眼眸冷冷地看着他。

这个男人长得太美了，是那种人类完全无法想象的美。萧阑不禁呆了一下，随即想起那天下午送萧谨回家的男子，不正是这个人吗？

“你是谁？你怎么进来的？”

外面的大门有声控和指纹系统，不是用人开门的话，外人根本进不来。而若有客人的话，用人怎么可能不通知？

“我是谁根本不重要，重要的是，你想知道关于谨儿的事情吗？”魇靠着门，慵懒地说。

“你把谨儿怎么了？”听到他说起萧谨，萧阑忽然紧张起来。

“我能把她怎么样？我只是陪着她，希望她开心而已。”魇瞥了他一眼。萧阑还真是紧张！若前世萧阑也这么在乎谨儿的话，就不会害得她叛逃司幽境了。

“她还是个孩子，你不要纠缠她！”萧阑站起来，隔着桌子，郑重地警告他。

魇轻笑一声，道：“孩子？萧阑，你从来没有了解过自己的妹妹吧？”

“你胡说什么？她是我的妹妹，最了解她的人就是我！”萧阑生气地说。这个人竟敢说他不了解谨儿！他不了解，这个陌生人就会了解？

“你了解她，那你知道她喜欢干什么吗？你知道她为什么学习不好吗？你知道其实她很优秀吗？”

“你在说什么？”萧阑讶异地看着魇，对他的话充满了疑惑。

“你果然不了解。”魇轻嗤一声。他对萧阑，从始至终都带着鄙夷。但，谁让这个男人是谨儿的哥哥呢？

“今天本大爷心情好，带你去看看吧。”魇说着，慢慢走上来，眼底一抹浅浅的红色忽然流转起来。他看起来很美，但是那种美艳里带着邪气，让人惴惴不安。

“你干什么……”话没有说完，萧阑便觉得一阵天旋地转，耳边忽然响起震耳欲聋的欢呼声：“萧谨！萧谨！萧谨！萧谨！”

他眼前一瞬间有无数光芒充斥进来，光芒里有飘舞的彩带、活跃的身影。那山呼海啸般的高呼，都在叫着一个名字：萧谨。他的妹妹萧谨。

萧阑慢慢地睁开眼睛，眼前是巨大的室内篮球场，人山人海。观众都站起来了，朝着场内呼唤尖叫。

萧阑也不禁看过去。篮球场上，比赛已经结束，身穿红色队服的一方明显是胜利者，其中一个人把金色的奖杯高高地举起。然后，她就被身后的队员举了起来，高高地炫耀着那个金灿灿的奖杯。

“三连冠！我们拿下了！”那个被高高举起的女孩子，同时高高地举着奖杯，开怀大笑，自信骄傲。那是萧阑从来没有见过的……谨儿。

周围的人都在呼喊着萧谨的名字，证明刚才的比赛是多么精彩。他没有亲眼看见，也被那种激动之情感染了。

“你看到了吧？她这么优秀，本来应该骄傲洒脱，却被你的要求狠狠地束缚起来。”

“我是为了她好……”萧阑喃喃地说。他此前一直这么认为，但现在，不敢确定了。

看着萧谨神采飞扬的样子，萧阑忽然觉得，自己似乎从来没有真正了解过这个妹妹。

“世界上有那么多路，为什么非要走人最多的那一条呢？”魇看向篮球场上的萧谨。她从来不是普通人啊！她身上有光芒，为什么别人看不到？

萧阑一怔，随即抬起头看着他：“你究竟是谁？”这个男人完全超出了他的认知范围，刚才一瞬间转换的地点，就已经让他很怀疑了！

“我啊……”魇冲着萧阑微微一笑，眼波潋滟，“我是她的守护神呢。”

“什么守护神？”萧阑不解地道。

魇没有多解释，只是笑着转身离开后台。

“你等一下！”萧阑大步追出去。

体育馆外人来人往，但那抹妖艳的红色身影已经不见了。

他怎么消失得这么快？

“咦，萧谨，那是你哥哥吗？”后面传来女孩子们的笑声。

萧阑外表帅气，经常为萧谨的事情而来学校，在她的同学中有不小的人气。

“哥哥？”萧谨看见人群中的那个身影，努力挤过来，小脸红扑扑的，“你怎么来了？”

她没有想过哥哥会来，甚至都没有对他说过比赛的事。

“有人告诉我，你在这里。”萧阑口气淡淡地说。

“是魇吗？”会跑去跟哥哥说球赛的事情，大概只有魇了吧？

原来那人叫魇，奇怪的人，连名字都这么奇怪。

“大概是吧。”萧阑抿了抿唇，忽然抬起手，擦了擦她额头上的汗水，“我到今天才发现，我的妹妹原来这么厉害。”

萧谨脸上一红，长这么大，还是第一次被哥哥夸奖！

“哥哥，你……”

“过去，是我错了。我以为可以给你安排人生，可其实，你的人生比我安排的精彩多了。”萧阑轻轻地摸着她的脸，“从今天开始，我不会干涉你的人生了。”

萧谨怔怔地听着。她不是听错了吧？她居然听到哥哥跟她道歉了？

哥哥居然说，以后她的人生，可以由她安排？突如其来的惊喜让萧谨一时手足无措。她唯一能想到的，便是魇。是他，一定是他！他让哥哥改变想法了！

“哥哥，我要去见一个人！”萧谨迫不及待地转身，在人群里飞奔。

魇！魇！你太好了！自从你来了之后，我的人生完全不一样了。我要告诉你，我很感谢你！我希望你能一直留在我身边。

绯叶学院。

梧桐小道旁边的凉亭里，紫藤悬挂而下，形成一片紫色的云雾。那些原本开得如火如荼的扶桑花逐渐开始凋零。硕大的花朵耷拉着脑袋，藏在绿叶之间，根本没有昔日的艳丽和绚烂。

萧谨怔怔地走在石子铺成的小路上，抬手一碰，便有一朵扶桑花掉下来。

“魇……”她喃喃地说，眼泪忽然止不住地掉下来。不知道为什么，她有一种非常强烈的感觉，觉得自己这一生再也见不到魇了！

盛夏的午后，一个少女站在扶桑花旁放声大哭。

过往的人投来好奇的目光。她怎么了？她是失恋了吧？那么漂亮的女孩子也会失恋，真是匪夷所思啊！

一个月之后。

“队长！我们去篮球馆吧！”

夏日的阳光铺洒而下，照在石子铺成的小路上。路旁一丛一丛绿色的扶桑花三三两两地盛开。

紫藤萝垂下的凉亭里，萧谨从英语课本上抬起头，笑着比了一个OK的手势。之后，萧谨收起写满单词的笔记本，站起来，小跑向自己的队友。

“队长真是用功啊，体力好像永远都用不完。”队友之一皱着鼻子说，“每天篮球训练后，我都累得恨不得躺在地上，唉……”

“是啊，这次考试，队长还拿了一个‘进步奖’呢！她是怎么做到的呢？”

“我也想文武双全啊，希望高考结束后能念好一些的学校。”

听着队友们的抱怨，抱着书本的萧谨不禁微微一笑，道：“什么事情，只要用心，其实都能做好吧。”

“可实在没有体力了啊。”

“体力这种东西……”萧谨顿了顿，明眸清亮，“也许真的是天生的吧……”

“哎哎，队长这么说就太欺负人了啊！”

“简直无耻啊！”

“拼天赋的话，我们都应该去死了吧！”

……

在队友们的欢声笑语中，萧谨不禁回头望向紫藤萝垂下的凉亭。她多么希望，能再看到那个夭红绝艳的身影。

她每天都来这里，尽管扶桑花不再如火如荼地盛开，尽管这里也不再有清爽的凉意。可她，就是控制不住自己。她幻想着，在某一天，会突然看到撑着红伞的魇。

魇，你说过我们前世有约定的。

你会……再来吗？

凉亭中，忽然一阵风吹来，紫藤萝轻轻地晃动，如同一团紫色烟雾。

风吹着树上的扶桑花，原本在烈日中耷拉着脑袋的花朵，忽然像被注入了新鲜的生命，瞬间鲜活。花瓣舒展，小小的花苞也绽放开来。

一道浅浅的红色身影出现在凉亭中。来人从衣袖中伸出雪白修长的手臂，轻轻地握住伞柄，撑开红色的伞。宽大的衣袂在风中舞动，他的容貌艳丽，世间所有景色都无法与之抗衡。他睥睨一切，用浅红色的眼眸瞥过无人的石桌，唇角溢出淡淡的笑。

数千年时光的阻隔，他不能长久地留在这个世界。可是，他知道谨儿在等他。他也在努力和时间抗衡。神兽无尽的寿命，让他早就习惯了孤独和等待。没有关系，用不了多久，他们就会同时存在于一片天空之下。

那时候，是真正的重逢。

千年扶桑，艳丽依旧，但你，魇，你是否依旧？

神族无尽的人生啊，迷茫了千年又千年，悲与喜，谁能懂？

你始终，带着期盼，带着愧疚，带着她曾许下的诺言。

永生永世。

上天，为何选择延续你无尽的寿命？

当扶桑花盛开，当红艳的纸伞撑开。

魇，你曾有遗憾，曾有悲伤吗？
延续你生命的神，是如此残酷。
你庇护过月，你守护过谨儿。
可是谁来守护你？
这无尽的寿命，这一切，虚无的一切，
如此空旷，言不由衷。
你的心里住过谁？谁的心里住过你？
时空隔绝了千年。
却阻挡不了你的步伐。
为了那个轻轻许下的诺言，
没有重量的言语，你相信了千年。
渐行渐远的路上，你始终是一个人。
孤单，你真的不孤单吗？
如果天空下雨，一定是为你哭泣。
红色纸伞下，无人并肩而立。
在千年的时光里，你等待，缄默，思念。
希望有一天，能和你在这片天空之下重逢。

番外 织梦

墨莲：人的一生究竟有多长，对蜉蝣来说，朝生暮死，就是一生一世。

墨莲：我因何而生于世上？我一直不懂，直到死亡的一刻才明白，一切都因你。因为你来到了这个世界，所以我才存在。

凰北月：我不要凤逆天下，不要长生不死，不要成神为尊，不要滔天富贵，我只向天神祈求一个愿望，我要墨莲的来生。

凰北月：我要他的来生，遇到我。

红莲：我不管，我就是喜欢他！我想和他在一起，不管是生，是死，是痛，是苦，是地狱，都挡不住我！

萧瑶：墨莲，我为你织一个梦，在梦里，连死亡都无法将你们分开。

【他吻了一下她的脸，轻轻拥着她，唇角浮现出单纯的笑意。这一世，他终于可以保护她了。】

凰北月身上疼得厉害，那一场爆炸是真的发生了。庆幸的是，她居然没死。不得不说，杀手这个行业太危险了，有时候你再厉害，没有运气也不行啊！

凰北月按着隐隐作痛的肋骨，倒吸一口凉气。啧……太疼了……这么多年，她经历了无数次重伤，却没有哪一次像现在这样疼。那种撕心裂肺的痛，让她缓了很久才慢慢睁开眼睛。周围似乎热闹得很，有吵闹声、打铁声、叫卖声……

战斗已经结束，蓝斯的人都离开了吗？她不可能被俘虏吧……

凰北月隐约觉得有些不对劲，但身上的剧痛和脑子的混沌，让一向警觉的她也分辨不出哪里不对。

她慢慢地睁开眼睛，入目所见的一切，让她一时以为自己在做梦。对，做梦。那些穿着古装走来走去的人，是在开玩笑吧？还有周围古色古香的建筑，简直是电视剧片场重现。凰北月想嗤笑一声，但无奈身上实在太疼，连做个表情都会疼得龇牙咧嘴。

没有熟悉的高楼大厦，身上的衣服也是稀奇古怪的古装，这也太奇怪了吧？蓝斯那家伙，敢跟她开这种玩笑，找死吗？凰北月微微蹙起眉。

忽然间，一道黑影从远处朝着她的方向呼啸而来。出于本能，她抬起手臂用力一挡。一个软软的东西撞在她手臂上，随即弹开，掉在地上，滴溜溜地打着转儿。凰北月低头去看，只见地上是一只皮革缝制的小球。

“对……对不起……”一个软软糯糯的声音响起。

凰北月抬起头，看见一个扎着总角小辫的男孩站在前方。大概她身上的气息太强大，小男孩吓得不敢过来，怯生生地看着她。这小孩子，大概被吓到了吧！

“捡了你的球就走吧。”她一开口说话，声音竟然那么轻柔，连她自己都吓了一跳。

那小孩奇怪地看了她一眼，连忙捡起自己的皮球，飞快地逃走了。

凰北月简直哭笑不得。她有这么可怕？

“小姐，原来你在这里，可算找到你了！”

凰北月愣神之间，一个少女穿过人群跑来。少女穿着朴素的蓝色袄裙，眼睛哭得红肿。不知道为什么，看见这个少女的一瞬间，凰北月竟叫道：“东菱。”

名叫东菱的少女来到她身边，轻轻地啜泣着，伸出手来搀扶她。

“嘶……”东菱的手才碰到凰北月，便使得她倒吸一口凉气，疼啊！

“小姐，你怎么了？哪里受伤了吗？”东菱连忙把手缩回去，心里急乱，“又是二小姐她们吧？小姐为何每次都被她们哄骗？”她虽然是责怪的口吻，却带着一种深深的无奈感。

凰北月不禁皱眉。小姐？二小姐？她……似乎变成了另外一个人。刚才她没有察觉，现在才感到脑海中多出另外一部分不属于她的记忆。

这个同样叫凰北月的少女，出生于长公主府，身份尊贵。可惜长公主早亡，她又体弱多病，加上懦弱的性格，一直以来过得相当悲惨。家里的父亲无情，姨娘歹毒，姐妹狠辣，可以说，这个少女就是传说中任人欺凌的软蛋。

这让凰北月实在难以接受，她的人生字典里，从来没有“被欺负”这三个字。

“东菱，我没受伤，你先扶我回去吧。”凰北月只好说，心里默默地祈祷这是一场梦，千万不要给她来一场乌龙的时空穿梭，她可不喜欢这种东西。

东菱擦了擦眼泪，小心翼翼地将她搀扶起来，穿过小巷，从长公主府的后门进去。

流云阁，北月郡主居住的地方。那里荒僻无人，堂堂北月郡主，身边居然只有一个使唤丫头。不过，这也正好符合凰北月喜欢清静的个性。

“小姐其实不用担心的，宋国的人此次前来，向皇上求娶的是当朝公主，即便皇后不愿意，也断然不可能让小姐代替啊。”东菱一边整理着床铺，一边柔声宽慰她。

“啊……嗯……”凰北月含糊地应着。她等着脑海里的记忆归拢，否则也不知道怎么和东菱说话。

她现在所在的国家是南翼国，是这片名为卡尔塔大陆上最强大的国家之一。而宋国，则是夹杂在南翼国和北曜国之间的一个小国。虽然是小国，可确是整片大陆上最让人不能小觑的国家，因为这个国家盛产一种高贵神圣的职业——炼药师！

炼药师需要具有严苛的灵魂强度和血统继承，宋国的宋氏一族便是历史上声名显赫的炼药师家族，和西戎国的独孤家族齐名。

强大的南翼国中，也就有那么两三名炼药师，除了逍遥王，其余皆是等级低微的炼药师。而逍遥王宋秘，也是宋国宋氏的一脉。

小小的宋国如今拥有十多名炼药师，分布在大陆各国，地位崇高。有这样的影响力，宋国在卡尔塔大陆上的地位举足轻重，任何一个强国都要给它三分颜面。

宋国的国君文武双全，很有作为，但毕生的遗憾便是只有一个儿子，还是个双目失明的孩子。这个孩子从出生之日起就带着与众不同的血统，她的母亲是宋国紫氏一族的传人。紫氏拥有最古老的炼药师血统，以及世间唯一的咒术血统。

可以说，宋国的王子是卡尔塔大陆上血统最优秀的人之一，将来也必定是这片大陆上最强大的人。

他便是宋国刘氏，单名澈，今年只有十一岁。

宋国国君的遗憾在于澈王子双目失明，尽管他的血统如此纯净高贵。而其余国家，哪会管澈王子失明不失明？他们只知道他是一个香饽饽，他的存在，放在宋国这样的小国，实在太可惜了！如果他加入任何一个大国，恐怕都会改变如今大陆上四国并立的格局吧？因此，各国争相向宋国抛出橄榄枝，愿意让本国的公主带着数座城池作为嫁妆，嫁入宋国。

一个十一岁的小孩子，不知道有多少公主想嫁给他。

宋国国君一直拒绝联姻，一来大国公主不好伺候，二来他也不希望澈王子纯净的血统被污染。可不知道怎么，不久之前，宋国忽然派了使者到南翼国，希望求娶南翼国最尊贵的少女。

南翼国最尊贵的少女也只有皇帝的女儿了。皇帝膝下有数位公主，但是，从皇后肚子里出来的，却只有一位，便是永宁公主。

因是皇后嫡出，永宁公主这身份便是南翼国少女中最尊贵的。皇帝很高兴，想不到各个国家抛出那么多重利，最后宋国会选择南翼国。

嫁去一位公主，可以换来宋国数十位炼药师的帮助，以及一位可能是将来大陆上最强大的召唤师！这买卖实在是太划算了，皇帝哪有不高兴的？

他有那么多女儿，随便嫁出去一位，也没什么不好。皇后却有些不愿意，她只有一个女儿，从小被养得刁蛮任性、目中无人。

作为母亲，皇后非常清楚自己的女儿，让她嫁去宋国，绝对不可能像皇帝想的那么好。先不说永宁公主大了澈王子三岁，单说永宁公主的脾气，谁受得了？她在宋国非搞得人仰马翻不可，说不定到时候非但带不来和平与利益，反倒让两国交恶，那可如何是好？

皇后也不是舍不得自己的女儿去和亲，只是有更深一层的考虑，希望皇帝重新斟酌。

可是，宋国求娶的是南翼国最尊贵的少女，除了皇后嫡出的永宁公主，其余公主的身份自然是不够的。后来皇后一想，惠文长公主是皇帝的亲姐姐，当年也是受万民爱戴的公主，声名传遍卡尔塔大陆。她的女儿，说是南翼国最尊贵的少女，也未尝不可。

皇后派人来传达了这个消息，北月郡主一听，心中忐忑不已，孤身一人嫁去宋国，谁知道等待她的将是什么？

而长公主府其余几位小姐一听，心里就不乐意了。那个废物凰北月是南翼国最尊贵的少女？她还要嫁给那位血统最高贵的澈王子？凭什么好事都让她摊上了？一气之下，几位小姐沆瀣一气，把北月郡主骗到长公主府外，狠狠地打了一顿。

真是人善被人欺，但现在这具身体的主人换了一个灵魂，凰北月可不是那么好欺负的！

“咝……”东菱拿着药水帮她擦身上的伤口，疼得她龇牙咧嘴。

北月郡主这细皮嫩肉的，确实经不起折腾，要换成前世的她，这点儿小伤算得了什么？

“东菱，那个刘澈今年才十一岁吧？他这么小，怎么娶妻？”凰北月随口问道。在现代，十一岁还是初中生呢！别说娶妻子，人有没有发育都不好说呢！

“这个……也许能吧。”东菱小脸微红，也不甚明白，“小姐不用担心，你一定不会嫁去宋国的。”

凰北月也不是担心嫁不嫁的问题，十一岁的毛孩子，能把她怎么样啊？她只是很好奇，那澈王子究竟有多牛，居然这么多国家搭上公主和城池要送给他？他一句话，南翼国就要把最尊贵的公主也嫁过去？一个十一岁的孩子，真的如传说中那么厉害吗？

"有机会，我倒是很想见见他。"也许是天生的好战因子，让她对强者有种天然的向往。

东菱上药的动作忽然一顿，惊异地说："小姐怎么忽然这样想？"

凰北月嘴角一勾，脸上露出一抹自信淡然的笑容："我只是想知道，那位澈王子究竟有多优秀？"

东菱心里一跳，是不是错觉，怎么觉得眼前的小姐和以前不一样了呢？她那自信的笑容，带着高贵霸气，有种隐隐的光芒，让人不敢抬头直视。

"东菱也没有见过他，他在宋国，很少出来。"

凰北月点点头。传言想必有夸大的成分，不过在这个出身决定一切的时代，血统往往很重要。

天赋皇权、贵族、种族、等级，这些古老的信条都是凰北月所厌恶的。在现代，她见多了自以为出身高贵的人，阿拉伯的王子、欧洲的皇室……她不觉得那些人比普通人优秀到哪里去。没有人生来就高人一等，要想站在万人之上，唯有靠自己努力。血统，那是什么玩意儿？

凰北月闭上眼睛，准备休息一会儿。

这时，房间的门忽然被一脚踹开，几个人瞬间闯入。

"听说那个废物又回来了？"

"她竟然还敢回来，不是让她出去自生自灭了吗？"

"这次一定不会放过她！"

听到这些声音，东菱脸色一变，慌忙转身，本能地将凰北月护在身后。

她这个小小的动作，让凰北月心里一暖，脑海中涌出过往和东菱相依为命的种种。惠文长公主过世之后，只有东菱对她不离不弃，省下吃的给她吃，经常因为她而被别人欺负。而这些，以后都不会再发生了。

"东菱，让开。"凰北月清冷的声音里暗含一种压迫感。

东菱一怔，不解地看着她，只见凰北月黑眸平静，却隐隐流转着光华，让她不由自主地移开身体，不敢违抗她的话。这样的小姐，霸气从容，真的和过去不一样了！

"哈！凰北月，你……"一个身穿粉绿色襦裙、梳着蝴蝶髻的少女趾高气扬地开口，但是话还没有说出口，便被一只瓷枕狠狠地砸在脑袋上。

"啊……"那少女惨叫一声，捂着脑袋倒下去。

"大小姐！"一个丫鬟连忙扑过去，一看她满头鲜血，吓得脸色都变了。

其余几人一愣，没有反应过来。昔日的废物，怎么会有这种胆子？

来的几个人，正是萧家的大小姐萧灵、二小姐萧韵，以及四小姐萧柔，还有一干丫鬟。这几个人就是不久之前把北月郡主骗出去，狠狠毒打的凶手。

凰北月看见她们，眼中露出一抹冷厉的光芒。人不犯我，我不犯人！人若犯我，灭你满门！

“凰北月！你好大的胆子，我看你是活腻了！”二小姐萧韵忽然抽出自己随身佩戴的华丽宝剑。

她是一名三星召唤师，实力在临淮城的少女中也算不俗。整个萧家，只有她一个召唤师，萧远程对她不知道多宠爱。她虽然是庶女，但她的待遇堪比任何府里的嫡小姐。

平日她欺负凰北月，这丫头敢说什么？今天这丫头竟然反了，完全是在挑战她的权威。

看着萧韵一剑刺来，凰北月冷笑一声，真是不知死活！

“小姐小心！”东菱大喊一声，眼看就要扑上来。

凰北月挥手阻止，另一只手忽然伸出，在半空中，用两根手指狠狠地捏住锋利的剑柄。萧韵只觉得自己一剑似乎刺在坚硬的岩石上，怎么都动不了。

“你……”她睁大了眼睛，眼睛里有一抹惊慌之色闪过。

凰北月冷哼一声，手指用力，轻而易举地将那宝剑折断。

“二姐姐，你要杀我，我不得不防，你可别怪我……”凰北月的嘴角露出一抹嗜血的笑容，让人心底发颤。

“你想干什么？”萧韵忽然觉得无比害怕，心底涌上一种前所未有的恐惧感，让她抑制不住地浑身颤抖。

凰北月没有回答她，只是手指忽然翻转，那断掉的剑尖就在萧韵脸颊上狠狠地划了一下。紧接着，剑尖往下，就要刺进萧韵的胸口，了结她的性命。凰北月一向不喜欢拖泥带水，这些人自己送上门来找死，还妄想她手下留情吗？

喵呜！一声尖厉的猫叫声忽然响起。凰北月觉得周围似有一阵不同寻常的风吹过，忽然收手后退。萧韵拥有四阶灵兽天雪猫，这是她最大的资本。平日里她总在临淮城耀武扬威，整个帝都没有哪个女子有她这么风光。

凰北月冷冷地扫了一眼通体雪白、对她龇着牙的天雪猫，不屑地哼了一声。

萧韵脸上流着血，靠着天雪猫，狠狠地瞪着凰北月：“杀了她！”

天雪猫低吼着，作势要朝凰北月扑过来。然而，凰北月那双乌黑清冷的眸子似乎带着无穷无尽的威慑力，让万兽臣服。天雪猫忽然一阵胆怯，身体往后缩回去。

“怎么回事？！天雪猫！杀了她啊！”萧韵大喊大叫，完全不相信自己的召唤兽居然这么没用。

天雪猫叫了一声，不顾萧韵的喊叫，瞬间躲进灵兽空间，不愿意再出来。这一幕不禁让萧韵目瞪口呆，一同前来的人也都傻了。

东菱张大了嘴巴，看着凰北月冷傲的背影，心中一阵激荡。

“四阶的灵兽而已，也敢在我面前嚣张？”凰北月狂傲地开口。她是万兽之王凰北月，在兽的世界里，她就是规则！除非遇到神兽，否则一般的灵兽，她岂会放在眼里？

萧韵一步步后退，流血的脸颊再也不复平时的美艳，带着几分狰狞。

“凰北月，你疯了！你敢伤我，父亲不会饶你的！”

“你还是先回去问问萧远程，这么多年他放任你们对我做的种种事情，皇上和太后会不会饶了他！”凰北月说得掷地有声，声音里隐隐带着一丝冷笑。

萧韵心里狠狠地一颤，后背上冷汗涔涔。她差点儿就忘了，眼前的凰北月是皇上亲封的北月郡主，皇上对她的宠爱超过对任何一位公主。若不是惠文长公主早早地离世，北月郡主的风光，在临淮城怕是谁也比不上。这些，她们都忘记了，因为懦弱的凰北月根本不会去告状。现在听到她这么说，萧韵只觉得害怕，无边无际的害怕……

“走，我们走……”萧韵捂着脸上的伤口，第一个转身出去。

萧柔见状，哪里敢多说什么。连萧韵都吃了这么大的亏，她算什么？

萧灵也哀号着，被丫鬟搀扶着离开。

短短片刻，流云阁再次恢复了清静。

凰北月动了动手臂，真疼！比起萧韵她们夺走了北月郡主的生命，她现在所做的，不过是收回一点儿利息而已。今天她身上实在不舒服，否则怎么可能让那群人活着回去？

“小姐……”东菱在她身后怯生生地开口。

凰北月转身看着她，身上的清寒之气退去，脸上露出笑容，道：“东菱，那天我差点儿被她打死，终于想明白了，以我的身份，她们根本不能欺负我。我以前不懂，才会让你受了那么多委屈。”

东菱怔怔地听着，片刻之后，眼眶一红，忽然放声大哭，扑到她脚边：“小姐，你终于长大了！若是长公主殿下在世，不知道该有多开心……”

听着东菱的哭声，凰北月轻轻地皱了一下眉。不知道为什么，她总觉得这样的场景似曾相识……她似乎经历过，可是怎么都想不起来。周围的一切，她觉得很熟悉，又很陌生，好像一场梦一样。

“小姐，你怎么了？”东菱看见她发怔，不禁关切地出声询问。

“没事。”凰北月摇摇头，挥走心头出现的怪异感，“我想休息一会儿，你去忙你的事情吧。”

“小姐……”东菱犹豫了一下，为难地说，“今天发生了这样的事情，恐怕雪姨娘不会善罢甘休呢，要是惊动了老爷……”

闻言，凰北月抿着粉红色的唇瓣轻轻一笑，道：“他们要找死的话，就来吧。”说完，她伸伸懒腰，倒在床上呼呼大睡。

见此，东菱的心里似乎也安稳了不少。她想了想，便去外间做针线活了。

事情果然如凰北月所料，雪姨娘并没有找上门来，只是萧灵跳着脚去萧远程面前告了一状，添油加醋地把凰北月做的事情说了一遍。萧远程大怒，本想教训凰北月一下，却被雪姨娘阻止。这如今的北月郡主能把皇上和太后搬出来当靠山，可见不再是以前那个傻瓜了。现在要对付她，自然不能明着来。

雪姨娘想了想，便和萧远程达成共识，派人前去安国公府，提起北月郡主和安国公世子薛彻的婚事。

第二天一早，凰北月便去灵央学院上学。她脸上和身上都留着不少瘀青，一看就是被人狠揍过。以往，北月郡主肯定要在家里休养几天，直到身上完全没有伤，才敢去上学。但现今凰北月才没那么好心。萧家的人最怕什么，她可是清楚得很啊！

今天的灵央学院热闹得很，因为有宋国使者前来。一行人中有炼药师，苍河院长便邀请对方来学院讲课，并且还邀来了南翼国的首席炼药师逍遥王。逍遥王是隐匿的高人，在卡尔塔大陆上赫赫有名，是位德高望重的六阶炼药师，而且相貌俊美，风雅如玉。

凰北月对这些没有什么兴趣。这个时代的炼药师太珍贵，所有人都想成为炼药师。但她对炼药有些认知，并不觉得有多难，因此没有去听课。

她对灵央学院中的第七塔比较感兴趣，很想进去看看。但听说第七塔是禁地，学生不能随意踏入，她便在周围观察地形，准备晚上悄悄来一次。据说第七塔里住着一只真正的神兽，不知道是真是假。

凰北月站在远处的湖边，朝着第七塔的方向眺望。从这里看过去，要进去很难，七塔森林里不知道隐藏着什么危险。

她正想着，一个少年垂头丧气地走过来，一张俊秀的脸几乎皱成一团，浑身弥漫着一股挫败的情绪。他衣着华贵，器宇不凡，一定出身于大家族。

凰北月看了他一眼，便移开目光，不想多管闲事。

少年走到她身边，抬头看了看她，忽然开口问：“你怎么了？”

不用多想，凰北月也知道对方是看见了她脸上的瘀青。她心想，此人真是喜欢多管闲事。

“我知道，这个世界是强者为尊，可是，难道弱者就应该被人欺负吗？”少年忽然情绪激动地开口，说着说着，眼圈有些发红。

凰北月不由得多看了他两眼，冷冷地开口道：“谁欺负你了？”

“薛梦！”少年不由得脱口而出，随即想到对方是个比自己还小的少女，不禁脸颊微红。被一个女人欺负了，他怎么还能这么理直气壮地说出口呢？

“我……那个……薛梦本来就横行霸道，被她欺负的人多了去了……”少年底气不足地说。

“是安国公府的人吧？”凰北月的嘴角不可察觉地扬了一下。

“对。”少年点点头，看着她脸上的瘀青，小声问，“你呢？是谁欺负了你？”

“实力太弱的话，这些事情始终避免不了的。”凰北月摸了摸脸上的瘀青，那里现在还疼着。

“所以，我也想成为强者！”少年握着拳头说。

“成为强者，再去欺负弱者？”

“不！”少年连忙说，俊脸微红，“我若为强者，必定拯救所有弱者！匡扶正义！”

看他大义凛然的样子，凰北月不禁觉得好笑，这个时代居然还有如此天真的人，真是……难得啊！

两人正说着，忽然一个女子大笑起来：“哈哈哈，洛洛·布吉尔，原来你躲到这里来了！怕什么？我又不会吃了你！”

闻言，名叫洛洛的少年脸上立刻露出戒备的神色，脸孔微微泛白。

“我可不是怕你！”他昂首挺胸，无畏地说。

“你当然不怕了，你这么弱，不会明白强者和弱者之间的差距。”薛梦不屑地笑了一声。

洛洛的脸瞬间涨红。弱者……他确实是弱者……这个事实永远都无法改变。

“强者和弱者的差距，究竟是什么，我也很想知道。”忽然，一个清冷的声音插进来。

薛梦一怔，抬头看向洛洛身后，只见慢慢抬起头来的凰北月脸上有青紫的痕迹，东一块西一块的。

薛梦笑道：“洛洛·布吉尔，你躲到这里，原来是找到同病相怜的小伙伴了。”

“才不是呢！”洛洛说，挡在凰北月面前，“她只是路过的人，你不准为难她！”

薛梦冷笑一声，道：“布吉尔家族的少爷，我不能怎么样，这来路不明的丫头，我也不敢动吗？”

“你赶快走！我在这里顶着！”洛洛连忙转过头，小声对凰北月说。

凰北月微微一笑，说：“不用。”她还不至于让一个小孩子给自己做挡箭牌。何况，他这么弱，怎么挡得住这恶女呢？

凰北月从洛洛身后走出来，明眸在薛梦身上转了一圈，略带冷意。薛梦被她看得一阵心虚，心里越发愤怒。

“你想知道强者和弱者的区别吗？”

凰北月点点头，道：“没错。”

“那好，今天本小姐就让你见识一下！”薛梦还没说完，已经飞快地出手，一拳朝着凰北月的面部打来。

“小心啊！”洛洛大喊，吓得心脏都猛然提起来了。可是下一秒，他却震惊地张大了嘴巴。因为……凰北月居然从原地消失了！没错，她是消失了！那飞快的身法，简直匪夷所思。空气中仿佛还留着她的残影，层层叠叠移至薛梦的身后。

薛梦只觉得身后一阵刺骨的冰冷，可她也是实力不弱的高手，在武道院也是白银级别的战士。她反手一抓，一把锋利的匕首已经出现在手中，眼中飞闪过狠毒的杀气。

“找死的丫头！”薛梦身上元气爆闪，这一击毫不留情。

跟随薛梦而来的人不少，加上湖边本来人就挺多，此时大家都在围观。看见薛梦的举动，所有人都暗叫可惜。

刚才那少女的身法看着厉害，可使出全力来的薛梦绝不是好惹的。白银战士的实力，和四星召唤师不相上下。

洛洛几乎想闭上眼睛，不忍心看见那一幕，同时心里又自责又愧疚。早知道自己刚才就不该和她说话，也就不会惹出这样的祸端。他要害死一个人了……

“看好了！”忽然，一个冷傲的声音在他耳边响起。洛洛一怔，抬起头，只见眼前一个行云流水般的身影一晃而过，衣袂翩然，舞动的长发划过空气，轻轻拂过他的鼻端，带着一丝清冷的香气。

凰北月轻轻抓起薛梦衣袖上的飘带，绕到她身后，根本没有碰到她。而薛梦的手被凰北月带动着，凰北月手中的匕首忽然从薛梦的脖颈上切过……霎时间，被割断的大动脉狂喷鲜血。

薛梦喉咙里发出闷哼声，便倒在地上，身体抽搐，眼睛外凸，死死地瞪着凰北月，不可能……不可能……

凰北月松开手指，飘带落下，刚好挡住薛梦流血的脖颈。

“多谢薛小姐亲身试验，让我看到强者和弱者的区别。”凰北月唇角一勾，眼波微动，轻轻笑了一声。

身体猛地一抖，薛梦半个字都说不出来，便断了气。

周围是死一般的寂静，无数双眼睛看着凰北月，好像他们是第一次认识这位北月郡主。

“疯了，她一定是疯了！”不知是谁说了一声，然后人群才反应过来。

众人看向凰北月的目光带着恐惧和震惊。

“快去通知安国公府的人！”

“薛梦居然被杀了！这次安国公一定会大怒的！”

“薛彻一定不会放过她的，安国公府的人可都不好惹啊！”

……

洛洛连忙跑上来，拉住凰北月的手，道：“快跟我走。”

“去哪里？”凰北月不慌不忙地问。

“先去躲一躲吧，长公主府恐怕不安全，我带你回我家！”洛洛急匆匆地说，额头上渗出一层汗水。他似乎比凰北月还焦急。

“不必了。”凰北月嘴角含笑，身形立在地上，任洛洛怎么拉都拉不动。

“你不知道，薛家的人有多可恶！”洛洛觉得凰北月是因为他才会杀死薛梦的，所以分外自责。

“我知道。”她正是因为知道，才会这么做，否则，区区一个薛梦，怎么用得着她动手？

洛洛傻眼了，难以置信地看着她，一时之间，也不明白她究竟是什么用意。难道……她杀死薛梦是故意的？薛梦可是白银战士级别的啊，被她那么轻松地杀死，那她的等级究竟是……

洛洛重新抬头打量着她，她脸上的伤痕让他以为，她和他的级别是一样的，没想到她竟然这么厉害。怎么会这样？她看起来还这么小啊……

“洛洛少爷，你刚才看到了吗？强者和弱者之间其实只有很微小的差别。”凰北月淡淡地开口，并没有看向他。

洛洛一怔，忽然想起方才她杀死薛梦之前，轻声对他说的那句“看好了”，心里一热。她是……特地为了让他看到吗？

看着她清丽脱俗的脸颊，精致大气的五官，洛洛脸上出现一抹绯红之色：“嗯，我看到了！”他重重地点头，一时之间觉得不那么害怕了。

杀死薛梦算什么？薛梦这种人，横行霸道，恃强凌弱，不知道多少人被她欺负过。

只是碍于安国公府的庞大势力，无人敢教训她而已。现在北月郡主出手，简直是为民除害。

“走吧。”凰北月转身，围观的人群自动分开一条路，默默地看着她，让她走出去。

二人行走之间，一阵悠扬的琴声响起来，在灵央学院的上空悠悠地回荡。那琴声里不经意流露的孤绝和骄傲，不禁让凰北月驻足。她秀丽的眉轻轻蹙起，心中仿佛被什么触动了。

“这是翼王子的琴声吧？他现在是琴苑的代课老师，整个卡尔塔大陆，再也找不到比他更精通琴艺的人了。”洛洛见她驻足聆听，便为她解释。

“翼王子……”凰北月喃喃地念着，“是那位在南翼国做质子的北曜国九皇子吧？”

“正是他。”洛洛点点头，“你喜欢他的琴声吗？不如我带你去拜访他！”

“算了。”凰北月摇摇头，挥走心里那抹怪异的情绪。一阵琴声而已，对方确实技艺高超，但她又何必追问太多？对于美好的事物，不一定要深入探究，否则恐怕自己会失望。

两人沿着湖边慢慢走着，忽然前面有一群人气势汹汹地走来。

洛洛抬头一看，顿时面色大变，道：“糟糕！是薛彻！他今天怎么会在学院？”

“就是她！北月郡主！”人群中有人大喊起来。

薛彻抬头一看，顿时双目血红，额头上青筋毕露，说不出地可怕。

凰北月穿着一身素淡的衣裙站在湖边，微风轻扬，雪白的裙摆宛如一只翩然展翅的蝴蝶。纵使她脸上有些青紫痕迹，原本的清丽绝色也丝毫未被掩盖。

薛彻不禁一怔，心里暗想：这就是北月郡主？和他从小定亲的北月郡主？原来她这么美丽！只是，她竟敢杀了他的妹妹！

“凰北月！你好大的胆子！”薛彻高喊一声。凰北月身后，人群分开，他可以轻而易举地看到躺在地上的薛梦的尸体，心里顿时一阵剧痛。

凰北月冷眼看着他。这薛彻长得还算人模狗样，就是眼神不正，一看就是阴险诡诈的小人。

“原来你就是薛彻。”她轻慢地开口，声音里有说不出的傲气，“正好，我也想找你呢。”

“哼！你敢来找我？你是打算送死吗？你杀了我妹妹，我绝不会原谅你，一定要你血债血偿！不过，看在你是北月郡主的分上，只要你乖乖跪下来磕头认错，并且自己废了一双手，我可以考虑跟我父亲求情，轻饶你！”

薛彻自以为说得非常有道理。他也不傻，知道北月郡主在皇帝心中的地位，他要真让她一命抵一命，安国公府恐怕会遭殃。不过若只是让她废了自己的手，那就没问题了。得到他这么大度的轻饶，这凰北月一定会对他感激涕零，恨不得立刻下跪吧？

"哈哈哈！"凰北月闻言，忽然大声笑起来。

"你笑什么？"薛彻怒目而视。

"我笑你傻呀！"凰北月揶揄地说，"世子彻，我杀了薛梦，可就是为了你！"

"为了我？"薛彻傻眼了，看着她绝美的小脸，一时之间心跳有些快。

洛洛也奇怪地看了凰北月一眼，猜不透她的心思。

"你我曾经定亲，这件事被我视为奇耻大辱，却不知怎么才能名正言顺地解除婚约。现在好了，我杀了你妹妹，咱们成为死敌，这婚约无论如何都不算数了吧。"凰北月说着，忽然邪邪地笑起来。

周围的人面面相觑。薛彻和北月郡主的婚约，似乎确有这么回事。那现在，是北月郡主当众解除婚约，还用这么决绝的方式，看来确实对薛彻很看不上眼啊！

"薛彻这算是被休弃了吗？"

听到别人的窃窃私语，薛彻的脸由红转青，目眦欲裂。

他凶狠地瞪着凰北月："你找死！"说罢，他手中忽然扬起一团雷光。身为雷属性召唤师的薛彻，可不是好惹的。

这就是召唤师的力量吗？凰北月冷眼看着，心里有点儿小小的羡慕。但下一秒，唇角冷冷地一扬，她也很想和这个时代的召唤师较量一番。

她心念刚刚转过，还没来得及动手，忽然，一个清雅却严厉的声音传来："住手！"

薛彻浑身一颤，雷光还没来得及打出去，转头一看，面色再次变了："逍遥王……"

一身青色长袍的俊逸男子快步走来，手中的折扇已经收起，清俊的面孔中透着隐隐的怒气。他身形挺拔，风姿如竹，一身风雅的气质。

他走到凰北月面前，温柔地看着她："月儿，你是月儿吧？"

凰北月抬起头打量了一下这名男子。逍遥王？她脑海中闪过关于这名男子的一切。

在惠文长公主逝世之前，她经常能看到他来长公主府。他对自己说不上好，也说不上不好。但凰北月看见他的一瞬，心里就有一种极度不舒服的感觉。这种不舒服，她不知道来源于何处，只是看着他那双眼睛，她的后背渐渐生出一股凉意。

"我刚回南翼国，还来不及去看你。"逍遥王温雅地笑着。

"逍遥王来得正好，这薛彻想对北月郡主动手！"洛洛大声说，一见逍遥王就知道有救了。就算是安国公站在这里，对逍遥王也是绝对要畏惧三分的。南翼国的首席炼药师，这种身份，谁不怕啊？

“哼！她杀了我妹妹，我怎么能坐视不理？”薛彻也不甘示弱。

“分明是薛梦先来挑衅北月郡主的！她实力强悍，北月郡主不过是自保，而薛梦倒霉，用自己的武器杀了自己，怎么能怪北月郡主？！”洛洛昂首挺胸地说。今天凰北月的作为，给了他不少勇气，他也不再惧怕薛彻兄妹了！

“胡说八道！我妹妹怎么可能自己杀了自己？！”

“分明就是，不信你问问别人。”洛洛抬着稚嫩的小脸，毫不畏惧地道。

薛彻满脸涨红，怒气汹涌，额头上的青筋几乎要爆裂。

凰北月冷眼看着他，心里遗憾，看来今天想和薛彻动手是不可能了。这逍遥王怎么会跑来？

“薛公子，北月郡主是皇族中人，岂容你放肆？”逍遥王转过身，看向薛彻的目光充满冷酷之意。

“就算她是皇子，犯法也与庶民同罪！”薛彻不服气地说。

“犯法？她犯了什么法？众人的眼睛是雪亮的，真相如何，本王自会查明。你若要无理取闹，别怪本王不客气！”

“逍遥王是在袒护她吗？”薛彻不甘心地道。他们安国公府也不是好惹的！

逍遥王微微一笑，折扇拍打在手心，道：“没错。”

他这么大方承认自己袒护，让旁人都汗颜。他不愧是炼药师啊，如此霸气嚣张，根本不将安国公府放在眼里嘛！

薛彻气得胸腔里一阵气血翻涌，狠狠地握着拳头，道：“好！北月郡主，有逍遥王袒护你，今天算你走运！”

逍遥王的目光冷冷的，涌动着怒气。薛彻心里一沉，不敢多留，连忙指挥人抬起薛梦的尸体飞快地离开。

“月儿，”薛彻一走，逍遥王便转身，温柔地看着她，“你没事吧？”

“多谢王爷，我没事。”凰北月平淡地说。

“今天多亏了王爷，否则北月郡主肯定要吃亏。”洛洛倒是非常兴奋，崇拜地看着逍遥王。炼药师啊……多么让人羡慕的职业！

逍遥王心疼地看着凰北月脸上的青紫痕迹，忍不住抬起手，想去触碰。然而，凰北月却冷冷地抬手，将他的手打开。

逍遥王一愣。洛洛也愣了一下。

“你的伤，是谁弄的？”逍遥王却没有想太多，只是心疼地问。

“我自己不小心摔的。”凰北月淡淡地说。关于之前的北月郡主的遭遇，她并不想多说什么。

虽然她脸上的伤一看就知道不可能是摔的，但她这么说了，逍遥王也不能追问什么。他从纳戒里拿出一瓶药，递给她，道：“每天吃一颗，两天之后就好了。”

“多谢了。”凰北月知道自己不可能拒绝这个男人的好意，否则他还会纠缠，便收下药瓶，冷淡地准备离开。

“月儿，虽然这么多年我没在临淮城，可一直挂念着你，你母亲曾让我照顾你，我想……”

“多谢王爷的好意，只是我现在长大了，不用王爷费心。”凰北月还是疏冷地说。她不喜欢这个男人，从看到他的第一眼起，就觉得浑身不舒服。虽然他这么温柔，可就是隐隐约约让她觉得不对劲……

看着她转身离开的清冷背影，逍遥王不禁轻轻地叹了一声。

“王爷不用难过，您这么多年没见北月郡主，她会对你感到陌生也是正常的。”洛洛懂事地说。

逍遥王看着他微微一笑，道：“也是，多相处的话，她就不会这么冷淡了。”

“王爷这次回来，就是为了和宋国的炼药师切磋吗？”洛洛兴奋地问。

“这是其一，还有一个原因是，我听说宋国的澈王子也来到南翼国了，只是不知为何他要隐瞒行踪。他是非常优秀的人，我很想见见他。”逍遥王轻笑着说。

“他也来了！”洛洛脸上闪过羡慕的神色。那个澈王子，那么年幼，已经是举世闻名的天才！大陆上第一位雷火双修的天才，让人想不嫉妒都不行！

逍遥王点点头，道：“这个消息要保密哦。”

“我知道的！”洛洛重重地点头。他也非常好奇，那澈王子长什么样呢？

凰北月回到流云阁，今天在灵央学院发生的事情，早就传回了长公主府。她敢杀了薛梦，还当众羞辱薛彻，取消婚约。最重要的是，她还有逍遥王撑腰。那些姨娘和小姐哪还有胆子来找她的麻烦？就连萧远程，也非常忐忑地让人送了不少补品来给她。

凰北月看着堆放在桌子上的大堆东西，冷笑着吩咐东菱把东西全部扔出去喂狗。他们以前犯了错，现在想来弥补，太晚了！

她的举动传到萧远程耳朵里，惊得他一夜都合不上眼睛。他和雪姨娘商讨应该如何应对。

“老爷，这三姑娘现在不傻了，她今天懂得找逍遥王做靠山，明天恐怕就知道找皇上和太后了。”雪姨娘忧虑地说。

“这丫头怎么忽然变了一个人似的？”萧远程不安地说。

“她闯了这么大的祸，安国公府也不会轻易放过她，老爷也不用太担心。”雪姨娘安慰道。

“我怎么能不担心？逍遥王居然给她撑腰！那逍遥王是什么人？还有皇上和太后呢！”

“虽然有这些顾虑，但她的所作所为，自有安国公去对付，恐怕也会为老爷除害呢！”

“你的意思是，让我睁一只眼闭一只眼？”萧远程皱眉，“她要是死在长公主府，皇上不会放过我的！”

“当然是让她去外面了。”雪姨娘压低声音，“明晚是点灯节，只要想办法让她出去，再偷偷派人告诉安国公……”

“哈哈哈！没错！她死在外面，可就怪不到我头上了！”萧远程大笑，立刻同意了雪姨娘的提议。

第二天是南翼国的传统节日——点灯节。这节日虽然不盛大，却是年轻人最喜欢的。每年的这一天，城市大街上都会点满灯笼，人们戴上面具，提着灯笼走，碰到灯笼一样的人，便是有缘，可以结识。

这个时代男女之防也很严重，这节日正好让年轻人有更深一步认识彼此的机会。所以，每一年，几乎所有年轻的公子、小姐都会参加点灯节。

前几年，凰北月从来没有机会参加，可是今年，萧韵破天荒来邀请她一起去。事出反常必有妖，凰北月知道他们心怀不轨，但还是答应了。她也想看看，他们能使出什么手段来。

天色一黑，萧韵便让丫鬟来请凰北月出门。雪姨娘站在门口，给他们一人一只灯笼。这灯笼是家家户户自己做的，相似的概率并不高。不过，也有有心人回去打听心仪之人府上做了什么灯笼，然后跟着做，在灯节上装作偶然一般。

凰北月看了看手里的灯笼。那灯笼非常精美，是一条尾巴很飘逸的金鱼，做得栩栩如生，仿佛真的在水里游动。相比之下，萧韵和萧灵等人的灯笼就逊色多了。

萧灵不服气地看着她，道：“爹，为什么她的灯笼那么漂亮？”她话一说完，萧远程就一个巴掌结结实实地打下来，打得萧灵摔出去好远。

“臭丫头，这里有你说话的份儿吗？滚回去面壁思过，不准出门！”

萧灵捂着脸大哭，不知道为什么，突然之间，所有人对凰北月的态度都变了。凭什么啊？！这个废物，不是所有人都讨厌吗？

"三姑娘，别扫了兴，快上马车吧。"雪姨娘连忙笑着说，推着他们坐上马车。

马车向大街上行去，一路上他们已经看见不少灯笼了，但还是不够热闹。

萧韵吩咐车夫，道："去人多一点儿的地方，这样才热闹啊！"

凰北月冷冷地看着，不说话。萧韵看着凰北月的灯笼，说："三妹妹的灯笼这么漂亮，一定会引来不少人关注。"

"如果二姐姐喜欢的话，不如我们交换一下。"

"不！"萧韵立刻说，随后又说，"我怎么敢掠郡主的美？我只是庶女，怎么能提比你漂亮的灯笼呢？"

凰北月的嘴角带着冷笑。连戏都不会演，这群傻瓜！

马车到了主街道上人最多的地方停下，众人都下了马车。这里人特别多，推推挤挤之中，萧韵和萧柔等人自然而然地和凰北月"走散"了。

所有人都戴着面具，谁也看不见谁。这种情况下，要杀一个人，很简单吧？

凰北月察觉到人群中有几个人有意无意地跟随在她身边，他们都戴着普通面具。不用想，她也知道，雪姨娘给她准备的灯笼一定是特殊的。至于面具就没那么多讲究了，大家也都差不多。

凰北月冷笑一声，提着灯笼，飞快地挤进人群中，弄得不少人骂骂咧咧。而人群中那几个人也加快步伐尾随。但精通跟踪和侦察的凰北月怎么可能让人跟踪呢？她身形几个转换和躲避，那几个人就被远远地甩开了。

她随手把手中的金鱼灯笼放在一辆马车前，准备走人。谁知道，这时候马车里忽然走出一个丫鬟模样的少女。少女看见那金鱼灯笼，顿时觉得惊喜无限。

"呀！太好了，公主，咱们有个新灯笼了！"

"哼！什么新灯笼？弄坏了本公主的灯笼，你们都是死罪！"马车里，一个傲慢的少女声音响起来。

那丫鬟一脸害怕，拿起金鱼灯笼，道："这灯笼做得很美呢，绝对不比公主那一个差。"说着，少女就拿着灯笼进了马车。

"勉强可以用一下吧，算你们好运。"那位公主挑剔地说，那声音非常好听，却有种不可一世的狂傲。

临淮城里，如此傲慢的人也只有那位永宁公主了吧！凰北月本不想把祸事转移给别人，但一想到是这位永宁公主，就安心了。这可不是好惹的主儿！

永宁公主才十五岁，实力却不下于战野太子，目前已经突破九星，并且有召唤兽——吞天红蟒。

皇族的两位天才都是皇后生的，不可谓不风光。安国公府和萧远程要是惹了永宁公主，那可有的受了！这么想着，凰北月便一点儿都不觉得过意不去，捡起马车后那个被永宁公主扔掉的红莲灯笼，提着走了。

她走入戴着各式面具的人群中，便再也没有人能认出她来。

这古代的街市倒是很有意思，到处是各式各样的漂亮灯笼，灯火辉煌，映着一张张或精美或诡异的面具。

凰北月心情放松，慢慢地走着，忽然看见前面不远处，洛洛站在一个卖面具的摊贩前，买了一张木制的面具戴上，高兴地走了。

两人距离很远。人潮中，她也只看见他的一张脸。凰北月天性冷淡，没想过要去打招呼。

她刚准备移开目光，忽然看见两个穿黑衣的人互相交换了眼色，然后便跟上洛洛。她心里一沉，天生对杀气非常敏感的她立刻跟上去。

那肯定是安国公府的人！薛彻那个卑鄙小人，因为洛洛为她说了话，所以准备对他动手吗？他好大的胆子！布吉尔家族的势力遍布整个卡尔塔大陆，区区安国公府算得了什么？看来他们是想杀人嫁祸了！

洛洛没什么实力，况且这次也是因为她，所以这个闲事，凰北月管定了！她飞快地在人群中走动。

不知洛洛要去前面做什么，他竟然走得很快。

忽然，有几个小孩子提着灯笼过来，打打闹闹的，撞了凰北月一下，等她再抬头去看的时候，早就看不见洛洛的身影。

“啊！杀人了！”前面突然有惊叫声传来，继而不少人慌忙地逃跑。

糟糕了！凰北月逆着人流，赶紧上前。可是人群推推搡搡的，就算她有再大的本事，也挤不过去。猛然间，她看见戴着一张木制面具的人被人群挤过来。那人身形清瘦，个子不高，穿着黑色长袍。

“洛洛！”凰北月心中一喜，立刻什么都不管，推开拥挤的人群，跑上前去，一把抓住那人的手。

她心里着急，也没有多想，便抬手将那人脸上的面具揭开。周围人来人往，绚丽多彩的灯火相互辉映。斑斓的灯光照在那个少年苍白的脸颊上，他漆黑无神的眼眸微微一转，左眼之下，一朵黑色的桔梗花正悄然绽放。

他稚嫩的脸庞清秀干净，带着一丝对这个世界毫无所知的懵懂。凰北月的心被什么狠狠地揪痛了一下，喉咙里似乎被什么堵住，有一阵酸楚的感觉。

四周的喊叫全都消失在她耳边，汹涌的人潮似乎也变成无声的黑白画面。绚丽的灯火，以及不知道从何处吹来的凉风在两个人之间穿梭而过。仿佛几生几世，他们就是为了等待这一刻的相遇。

被她抓住手的少年呆怔片刻，然后用很低的声音说："你，认错人了……"

凰北月没有听到他的话，直到他轻微挣扎了一下，才回过神来，慢慢松开他的手。少年安静地站着没有说话。

这时，一个青年快步跑过来，脸上带着焦急的神色："殿……公子，您怎么一个人跑了？这里太危险了！"青年看见凰北月，面色不善，带着戒备，"公子小心这里的陌生人，方才有一位姑娘遇到坏人，差点儿被杀了。"

那少年点点头。

凰北月一听是姑娘，便知道不是洛洛，稍微放心。

这时，那青年看见凰北月手中的灯笼，忽然说："这位姑娘的灯笼和公子的是一样的，只是公子是黑色莲灯，姑娘的是红色莲灯。"

少年提了一下手中的灯笼，嘴角微微扬起一个浅浅的弧度，似乎在笑，又似乎不是。

凰北月看了一眼自己的灯笼，心想，这缘分恐怕是弄错了！她手里的红色莲花灯是那位永宁公主的，不是自己的。

南翼国的点灯节有个传统，若碰到两人灯笼是一样的，便是有缘人。若双方都没什么不满意的，便可以进一步结识。不少青年男女是在灯节上认识从而成就姻缘的，这也算是这个古老时代一种较为开放的传统。

凰北月的灯笼和这少年的灯笼颜色不一样，巧的是外形几乎一模一样。但她今天可没什么心情去认识陌生男子，何况一开始，那青年便急忙改口，凰北月早就察觉出来了，他是想叫少年"殿下"吧？南翼国可没有这样一位殿下，他的来头恐怕不小，她不想惹麻烦。

那青年见自家公子脸上露出少有的笑容，心里一动：莫非殿下也喜欢这样的缘分？殿下双眼看不见，性格又沉默寡言，很少开口说话，更别说笑了。这么难得的笑容，自己已经多少年没有从殿下脸上看见了？

他有意让少年高兴，便对凰北月说："不知姑娘可否告知芳名，我们公子……"

他的话还没有说完，前方忽然传来一阵激烈的打斗声。

"找死！"张扬而霸道的女子声音猛然响起，周围的人群纷纷尖叫逃跑。

旋即，一团火焰毫无预兆地出现在热闹的大街上。赤红的火焰如同一条巨龙，呼啸而出，狂卷着一切，四下奔流。

凰北月的眼眸瞬间被火焰映成妖艳的火红。

这出招的人完全不管大街上无辜的百姓，霸道凶残，让人胆寒。

眼看那火焰之龙已经快要奔到他们面前，青年大惊失色，本能地要上前去保护少年。然而，那少年的动作却出乎意料，眼睛看不见，他却准确地移步到凰北月面前。然后，他抬起一只手，雷光一点儿一点儿闪现出来，眨眼之间，便在身前形成一道雷光屏障。

好强的元气，竟然已经可以凝聚成实质屏障！这实力，恐怕早已超越了九星，至少是玄级的水平吧！

那奔腾而来的火焰撞在雷光屏障上，只造成小小的波动，便非常畏惧一般飞快地退开，然后很快消失无踪。

大街上一片狼藉，都是那火焰造成的破坏。

不远处，刚才那场战斗已经结束，地上横七竖八地躺着数十具尸体。那些人几乎毫无抵抗便被杀死了。一个身穿红裙的明艳少女站在尸体前方，身上环绕着赤红色的火焰，黑发在火焰中飞舞。她艳丽嚣张的眉眼和凰北月的眉眼至少有三四分相似，一样的绝色精致，只是凰北月的容貌更显大气，而这少女偏向张狂。

她正是当朝最尊贵的永宁公主，名唤红莲。一条火红的鞭子被她握在手里，她冷冷地扫视了一眼地上的尸体，两道眉毛不悦地蹙着。

“竟然敢行刺本公主！不知死活的东西！来人！彻查这些尸体！本公主要知道他们受何人指使！被我查出来，那人一定不得好死！”她凶狠地道。

旁边的护卫听见了，纷纷咽了一口口水，不敢怠慢，连忙去检查尸体。得罪了永宁公主可是非常可怕的事。永宁公主生性残酷，性格张扬暴烈，动不动就杀人，她宫里的宫女不知道死了多少。而临淮城里的大家族，也被她得罪了不少。

老实说，要杀永宁公主的人应该很多，但如此明目张胆的少女，众人还真是没有见过。这十几个人都是高手，只可惜撞在永宁公主手里，可不是找死吗？

被扫了兴，永宁公主美目一转。她可没有忘记，刚才自己的火焰四下散开时，有一股似乎撞到了一道强大的屏障，还被瞬间击溃。

她眼眸一转，只见不远处一个黑衣少年慢慢收起手上的雷光。他微微垂着眸，在周围还残留的灯火映照之下，红莲看见他左边眼角下那朵黑色的诡异桔梗花。他另一只手里还提着黑色的莲花灯，里面的灯火若隐若现，在他周身照出一片神秘莫测如同黑雾般的光芒。他苍白的肤色在朦胧的光芒中，更显苍凉阴翳。

红莲一眼就看见了他，心中猛地一跳。奇怪，这人好像在哪里见过。这种诡异的人，她见过就不可能不记得啊！

“公主，有不少百姓受伤了，这可如何是好？”旁边一个宫女担忧地对她说。

红莲柳眉一竖，蛮横地说："关我什么事？谁让他们倒霉地出现在这里？！"

"可……"

"无双，我现在心情不好，你要是惹我生气，我就拿你喂吞天红蟒！"红莲嗜血地说。

那叫无双的宫女立刻闭嘴。永宁公主这狠话可不是随便说说的，让她不高兴的人，不知道多少都进了吞天红蟒的肚子。

红莲教训完无双，再抬头去看那少年，只见他已经转过身，背对着她，伸出手，似乎想去抓什么。然而，他旁边的青年说了一句什么，他便垂下手，怔怔地站着。

他在找谁吗？他究竟是谁呢？红莲心里充满了疑问。

"殿下，那位姑娘已经走了。"青年小声地说，然后蹲下身去，从地上捡起一个红色的莲花灯，将灯笼上的火焰扑灭。

这灯笼也被那姑娘扔掉了，她离开得这么快，连青年都没有发觉，枉费殿下刚才竟然想保护她。青年不禁抬起头，看了一眼出神的少年，心里充满疑惑。为何一向阴冷沉默的殿下，会想去保护那个女子呢？难道，这真的是所谓的缘分吗？

马蹄声从大街的一头传来，很快，黑色骑兵便到了近前，随之前来的，还有一位身穿黑色长袍的俊美少年。他冷酷地扫了一眼大街上的狼藉，漆黑的眸子里充满怒气。

"太子殿下来了！"无双心里一紧，焦急地看向永宁公主。这次公主真的有些过分了，伤了很多无辜百姓。太子殿下虽然貌似冷酷，但内心一向仁厚，爱惜百姓，怎么会容许这样的事情发生？

红莲也看见自己的皇兄，不禁脸色一白。她从小就任性，父皇不太喜欢她，却也拿她没有办法，母后也只能一味纵容她。她实力强大，一般人根本奈何不了她。她可谓是天不怕地不怕。但是……她从小就很怕这位皇兄。虽然实力上，皇兄不一定能赢过她，但她就是很怕他冰冷的双眼。

战野不喜欢她，从小就对她不理不睬，不管她怎么努力，就是不能让他稍微有一点儿改变。他厌恶这个妹妹。红莲记得，很小的时候，她学着民间的孩子，叫了战野一声哥哥。可没想到，一向对她不理睬的战野居然勃然大怒，大喊着："你不是我的妹妹！"

那一次，红莲被吓坏了，也很伤心，从那以后再也不敢造次，在他面前永远规规矩矩的，称呼他"皇兄"。尽管这样，他还是不高兴。红莲不知道自己哪里做错了，但她害怕战野，也是不能改变的事实。

战野从马背上下来，立刻有几个百姓跪在他面前哭诉。他站住，耐心地听着，还出声安慰，并且保证一定会给百姓一个交代。

红莲看见了，狠狠地咬着嘴唇，控制不住心里的愤怒。为什么？他对百姓那么仁慈，偏偏对自己像宿世的仇人一样？！

“红莲，”战野抬起头，冷冷地开口，目光逼视着她，“这是你做的？”

“没错！”红莲也不打算隐瞒，做了就是做了，没有必要说谎。

战野闻言，狠狠地握起拳头，英俊的脸上笼罩了一层寒霜。红莲甚至觉得，如果她不是永宁公主，恐怕会被他立刻斩杀，作为他给百姓的一个交代。

“有人要刺杀我！难道我不能反击吗？”她歇斯底里地大喊起来。为什么他不关心她，反而为了无关的百姓来指责她呢？

“你可以用更温和的办法解决刺客，以你的实力，并不难做到。”战野冷冷地说。

“刺客出现的时候，那么匆忙，我怎么能想那么多？”红莲不服气地说。

“不要再强词夺理了，错了就是错了！”战野非常严厉地道。不管是什么原因，她造成这么多伤害，就是大错！

红莲狠狠地咬着嘴唇，问：“既然皇兄觉得我错了，那要怎么惩罚我？”

“立刻对百姓道歉，并且，帮助受伤的百姓疗伤，受到损失的百姓，你也要补偿。”

“补偿和疗伤都可以，但道歉不可能！”红莲固执地说。她是堂堂公主，南翼国最尊贵的少女，怎么可能向一群卑贱百姓低头道歉？

“你越来越顽劣了，如果不给你一点儿教训，恐怕以后还会酿成更大的祸患！”战野说着，手中已经隐隐出现紫色的火焰。

红莲脸色苍白，眼睛里忽然滚出两行泪水：“为什么有刺客要杀我，你对刺客的事情毫不过问，也不关心我有没有受伤，只是一味要惩罚我？”

听到红莲大喊，战野也不禁一怔。他没有问刺客的事情，是因为他太了解这个妹妹了。以她的强大，怎么可能有刺客伤害到她？但她指责他不关心她，却是事实。他对这个妹妹，从小就没有感情，虽然他们是同一位母亲所生，但他就是对她喜欢不起来。

“刺客的事情我自会追查，现在只要你对百姓道歉。”

“我不！”红莲倔强地说，“皇兄如果要给百姓一个交代，不妨杀了我！”她一脸无所畏惧的表情，脸上虽然挂着泪水，目光却如磐石一样坚定。

战野几乎被激怒，但他明白，让红莲道歉几乎是不可能的。他压下心中的怒气，转向百姓，忽然低下头，沉声说：“永宁公主犯了错，作为兄长责无旁贷。我没有教导好她，还是让我替她道歉吧。”

“太子殿下请别这样，我们受不起啊！”

战野在百姓中一向很有威望。他是百姓心中的骄傲，也是南翼国的未来。他深受爱戴，这一点，红莲与他不一样，并不是所有强者都能受到这样的尊敬。

红莲目瞪口呆地看着战野的动作，咬着嘴唇，仿佛受到了侮辱。她从纳戒里拿出很多药瓶，还有一张兰姆卡。她把它们塞给无双，说：“都分给他们吧！”

说完，她一转身，跳上一匹马便离开了。

少年虽然双眼看不见，听力却很好。

旁边那青年皱了皱眉，低声说：“这位就是南翼国的永宁公主吧？她身份如此尊贵，却不想性格如此刁蛮。”

闻言，少年脸上没有什么表情。青年说着，忽然想起了什么，又道：“殿下曾说过，要娶南翼国最尊贵的少女，这永宁公主……”

永宁公主可不就是南翼国最尊贵的少女吗？要是娶了这个女子，那可不会是什么好事啊！

“不要她。”少年忽然开口，还摇了摇头，握紧了手里的灯笼。

青年也跟着点头，道：“确实不能要啊！”说罢，他又不禁疑惑地问，“殿下说要娶南翼国最尊贵的少女，究竟是为何呢？”

这一点，不仅他不明白，连王上和王后也不明白。但澈王子从小到大就提过这么一个要求，王上和王后哪能不替他完成？只是今日他们见了永宁公主，那个少女实在是让人头疼！她要是去了宋国，那还不得天翻地覆？

“因为……”少年张口想说话，片刻之后又沉默下去。他也不知道为什么，只是心中隐约有个感觉，他要娶的，就是南翼国最尊贵的少女。这种感觉，他从小就有，不知为何，近日这感觉忽然变得十分强烈。

在南翼国，有什么东西强烈地呼唤着他，仿佛是他前世遗失的最珍贵的东西，让他马不停蹄地赶到这里。刚才那个少女揭开他脸上面具的一瞬间，他似乎觉得那被他丢掉的珍宝又回来了。她却一声不响地离开……

“紫彦，灯笼……帮帮我，找到她。”他像个小孩一样喃喃地说。

紫彦郑重地点头，道：“殿下的愿望就是属下的愿望，就算把临淮城挖开，属下也一定会帮殿下找到她！”

另一边的凰北月，好不容易才从受伤的人群里找到洛洛。他也受伤了，被火焰烧伤了手臂，摔倒后还被奔跑的人把腿也踩折了。所幸刚才混乱，尾随他的杀手找不到他，否则对方趁乱动手，可是绝不会失手的。

“我真没用。”洛洛坐在一条巷子的角落里，看着凰北月为他上药，无奈地说。

“别想这么多，今天是意外。”凰北月觉得有些愧疚，要不是她引来刺客，又把刺客引向永宁公主，恐怕就不会发生这么多事情了。

那些受伤的无辜百姓真是冤枉。她从来不是什么良善之辈，她手上不知道沾了多少鲜血，但她从来不对两种人动手：弱者和无辜之人。洛洛会遭殃，也是她造成的，因此她才会这么好心来帮他上药。

“父亲派了人保护我，可是我偷偷跑出来……”洛洛低着头，非常自责地道，“若我有一点儿实力的话，就不会这样了。”

“每个人来到这个世上，都有不同的使命。你是洛洛·布吉尔，将来要接管庞大的布吉尔家族。你一心追求实力的话，家族怎么办？”

洛洛一怔，随即咬了咬嘴唇，俊秀的脸上还是掩饰不住难过之意：“可我很想成为佣兵，想做强者……”

“佣兵？刀口舔血的生活看似刺激丰富，可实际上，只有身在其中才会明白那种痛苦和挣扎。”凰北月颇有感触地说。

前世的她是杀手，和佣兵性质差不多。她们只能生活在黑暗里，永远不可能像正常人一样，过普通人的日子。她没有固定的居住之地，没有真心相待的朋友，也没有平静安稳的睡眠，每天都是刀光剑影，徘徊在生死边缘。很多人羡慕她这样的人，可其实，她更羡慕普通人。

洛洛看向她。她眼中有深深的无奈。这样的目光，怎么会出现在一个少女眼中呢？

“北月郡主，以前的你，似乎不像现在……”洛洛低声说，怕说错了什么得罪她。

凰北月却微微扬起嘴角，笑了笑，道：“每个人都会改变的。”

“也是。”洛洛点点头，“我也希望变得像你一样。”洛洛的目光中带着崇敬之情。他那天看见她杀死薛梦，心里就对她满是敬意。

“或许以后会的。”凰北月脸色凝重地道，“洛洛，最近一段时间，你最好不要偷偷跑出来了，让布吉尔家族的人保护你，外面太危险了。”

“今天这种意外，应该不会经常发生吧？”洛洛天真地说，真的以为是意外。

“相信我。”凰北月直直地看着他的眼睛。她的眼眸漆黑，里面满是坚定而不容置疑的光芒。

洛洛一怔，点点头，说：“好。”

凰北月已经帮洛洛上好药，正好看见布吉尔家族的人过来，便和洛洛告辞，一个人离开了。

此时的大街上，因为一场变故，人已经很少，谁也没有心情继续过灯节。那个黑衣少年自然也离开了。

刚才太匆忙，她在人群中看见仓皇逃命的洛洛摔倒了，立刻就赶了过去。说起来，她还没对那少年说一声谢谢。虽然她并不需要人保护，但那种时候，能在第一时间挡在她面前的人，于情于理，她都应该跟对方说一句感谢。可惜，他走了。如果有机会的话，她下次会对他说的。

此时的长公主府，萧远程和雪姨娘都是一脸菜色。萧韵等人站在一边，不敢出声。

“怎么会是公主遇刺呢？”萧远程已经反反复复说了好多遍，脸色越来越难看。

“老爷，咱们派出去的人……”雪姨娘小心翼翼地问。

“已经被永宁公主杀了！”萧远程气急败坏地说，“他们撞在永宁公主手里，哪里还有活命的机会？”雪姨娘也是脸色苍白，胸口起伏着。

这时，丫鬟进来说：“三小姐回来了！”

萧远程立刻站起来，狠狠地咽了一口口水，目光灼灼地看着门外。

凰北月慢悠悠地走进来，好像什么事都没有发生过。

“北月，你回来了！”萧远程假惺惺地跑出去，“听说外面出了事，父亲很担心你呢！”

凰北月的目光在他脸上转了一圈，然后看向屋子里的其他人。那些人都战战兢兢看着她，但都装出一副关切的样子。

“三妹妹，灯节上人实在太多了，我们不小心就和你走散了。我找了你好久呢！”萧韵立刻说。

“幸好三姑娘平安回来了。”雪姨娘也一脸关怀备至的笑容。

凰北月心中冷笑。这一家子人，演戏都不累吗？

“我是没什么事，只是走路太累了。”她懒懒地说。

“快送三小姐回去休息！”雪姨娘连忙说。

凰北月转身往外走了两步，又回头说：“对了，今天永宁公主遇刺，她很生气，说抓到主谋者，一定会将那人大卸八块，还要满门抄斩。”

萧远程脸上的最后一丝血色也褪尽了，牙齿颤抖着，他一个字都说不出来。

雪姨娘脸上也抽搐了两下，然后问：“说起来，三姑娘的灯笼呢？”

“那个啊，人太多，被挤掉了，不知道被谁捡了去，真无趣。”凰北月说着，打了一个哈欠，便回去休息了。

她走了之后，萧远程才后退几步，一屁股坐在椅子上。

“老爷，你看，会不会是这丫头搞的鬼？”雪姨娘忙问。

“她没这么聪明。”他的女儿，他很了解。她哪有这么大的本事？

“爹，这丫头跟中邪了一样，怎么办呢？”萧韵不安地问。要是永宁公主追查到他们家，那可怎么办？那凰北月是皇族之人，自然无事。可他们，都是萧家的人啊！

“还能怎么办？但愿永宁公主只查到安国公府的人。我们萧家就派了两个人出去啊！”萧远程拼命让自己冷静下来，心里存着一丁点儿侥幸之意。

流云阁。

萧远程等人的想法并不难猜到。凰北月的嘴角扬起似笑非笑的弧度。萧远程这个傻瓜，以为事情这么简单吗？他可是闯大祸了！

凰北月布的局，一环扣一环，危机之后，还隐藏着更大的陷阱。他既然进了她的局，就别想全身而退！

“小姐，今天的灯节，想必让小姐很扫兴吧？”东菱坐在床边做女红，笑着对她说。

“也没有，遇到了一个人，还救了我呢！”凰北月枕在手臂上，脑海中浮现出一张苍白无色的脸庞。那双看不见的眼睛毫无神采，可是他笑起来很干净，像个不谙世事的孩子。

“真的吗？”东菱放下手中的活计，抬起头来，“是哪家的公子？”

“从没见过的人。”她也想知道他是谁。他应该是某个国家的王子吧？他看起来年纪那么小，可是实力很强，应该是赫赫有名的人物。她很快就能打听到他是谁吧？

“听说在灯节上碰到的人，都是真正的有缘人。”东菱抿着小嘴轻轻一笑，“也许就是小姐的缘分。”

凰北月额头上不禁冒出冷汗。现在的北月郡主才十二岁，说缘分也太早了一点儿吧？不过想到古人十四五岁就成亲，凰北月顿时觉得压力很大

“别胡说，那还只是个孩子呢！”她可没有摧残花骨朵的爱好。她前世也有二十多岁了，虽然现在是在十二岁小女孩的身体里，但心理上，她可不是小女孩。

“一个孩子，就能救了小姐，看来，不是一般人物啊！”东菱说。

“确实不是一般人物，恐怕来头不小。”凰北月眯起眼睛，想到那个少年，心里又不由得晃过一阵酸楚。

“小姐不要想太多了，明天我去打听打听，看看有什么厉害的人物来临淮城了。”东菱笑着说。

凰北月点点头，闭上眼睛入睡。不要想太多了，她只是无意中来到这个世界，很多事情和她没有关系，她没必要牵扯进去。

第二天，安国公亲自来长公主府。这一次，他可是不请自来，带着数十名高手，气势汹汹，要见萧远程。

萧远程弄不清楚发生了什么事情，还以为安国公是来找他合计永宁公主遇刺的事情，连忙迎去前厅。结果，那安国公毫不领情，在院子里一甩手，众多高手便将萧远程给包围起来。

萧远程脸色一变，忙问："安国公这是何意？"

"萧远程，你敢阴我？"安国公是个大胖子，满身肥肉都在颤抖，但是发起狠来，那细眉小眼给人一种十分阴冷的感觉。

"安国公，你这话从何说起？"萧远程不懂了，按捺着满腔的怒火，和安国公对视。

"哼！你少装蒜！我薛仰在南翼国也算一方人物，岂是你一个驸马可以算计的？"

"安国公有话尽管明说，何必夹枪带棒讽刺我？"萧远程是驸马，可这身份一直以来都不是什么荣耀。以前，不少人说他仰仗惠文长公主的名望，现在惠文长公主去世了，他才找回一点儿自信。

"你要除掉北月郡主，和我倒是志趣相投，因此我才和你联手，哪想到你这么阴险，居然来一个偷龙转凤，让我得罪了永宁公主！"安国公越说心里越恨，一想到那永宁公主的狠辣，就浑身不舒服。那可是一整个南翼国都没几个人得罪得起的主儿啊！

"这怎么是我偷龙转凤？"萧远程一边说着，一边四下观看，同时压低了声音。

"怎么不是你？明明说好那提着金鱼灯笼的是北月郡主，可我的人遇上的却是永宁公主！"一说起这个，安国公还是一肚子火，几乎要气得吐血。

"这……这我也不知道啊！"萧远程更是觉得冤枉，本以为没有除掉凰北月已经算倒霉，没想到安国公会找上门来，这可真是倒霉到家了！

"你别装！我告诉你，你要陷害我，我也不会放过你！"安国公发狠地说，"一旦永宁公主查到我头上，你萧远程也别想独善其身！"

萧远程浑身一颤，连忙说："安国公，有话好好说，这事情一定有解决的办法，不如我们……"

"呸！"安国公吐出一口唾沫，冷笑道，"你少在这里惺惺作态！那凰北月是你的女儿，你女儿杀了我女儿，这账我还没跟你算呢！"

"这……北月郡主的事情，一切都和我无关！"萧远程连忙撇清，"你要算账，尽管找她去！"

"嘿嘿，现在会演戏了，看不出来你萧远程还是个爱女心切的人！你是为了维护北月郡主，才想出这么一条毒计来陷害我，好啊！”

听到安国公这么说，萧远程可真是跳进黄河都洗不清了，比吃了十个黄连还苦啊！说他维护凰北月，这真是天大的冤枉！他怎么可能维护那个臭丫头？

“安国公，这事情好好商量……”

“商量个屁！”安国公哪里还会相信萧远程，大声道，“今天只是给你一个警告，我等着永宁公主彻查！我可是有证据的，你别想抵赖！”说完，他冷笑一声，一挥手，带着自己的人离开。

萧远程茫然地站在院子里，心里都是苦水。雪姨娘、琴姨娘等人站在一旁劝说。那萧远程一下子像老了十几岁，满脸沧桑。他哀叹着转身，却看见站在花园转角处的凰北月穿着一身绿萝裙，清冷地看向他。他只觉得浑身一颤，一股寒意从脚底心爬到头顶。

“北……北月……”

“萧远程，原来你这么恨我，居然伙同外人来杀我，真是想不到啊。”凰北月冷冷地开口，一双明眸里充满肃杀之意。

“没……没有的事啊！”萧远程强装出一脸笑容，“北月，你听我说……”

“你不用说了，该听的我都听到了。”凰北月冷冷地瞥了他一眼，转身就走。

“小姐……”东菱跟在她身边，低着头，擦了擦脸颊上的泪水，“所谓虎毒不食子，真是想不到，老爷他……”

“东菱，不要哭。”凰北月抬着下巴，一脸骄傲和冷静。她口中这么说，可感觉北月郡主的身体里还是有一种痛楚，似乎在撕裂灵魂。

“好，东菱不哭了。”东菱吸吸鼻子，又说，“那接下来，小姐打算怎么办？”

凰北月沉默了一下，说：“等太后回来，我们进宫面见太后。”

“太后要下个月才回来呢！如果老爷真的存了那种心思，这一个月，恐怕有更多凶险。小姐要怎么办呢？”

凰北月微微怔住。是啊！还有一个月，周围都是虎狼，焉有不厮杀的理由？她想了想，便说：“那我们，上吧。”

“那奴婢立刻准备折子递进宫去。”

凰北月摇摇头。这么多年，她和宫里的一切联系都断绝了，包括最疼爱她的皇帝，她和他都没有任何联系。这一切，肯定有人在暗中搞鬼。恐怕她的折子递进去，皇上根本看不到吧？

“我自己想办法进宫去，你不用担心。”

“小姐有什么办法？”

“你不用多问。”凰北月轻轻地吸了一口气。只要她想，这个世界上，没有什么东西可以阻拦她。

两人再次回到流云阁，凰北月进房去慢慢摸索修炼。

转眼一上午过去了，中午的时候，东菱敲门进来，微微喘着气对她说："小姐，外面在传一个消息，听说宋国的那位澈王子已经抵达临淮城，昨天在灯节上邂逅了一位女子，他正在寻找呢。"

"哦。"凰北月对这些事情没有多大的兴趣，只是听到事关澈王子，才不由得多想了想，心里觉得有些怪异。

东菱走过来，说："昨晚发生了混乱，所以澈王子也不知道那女子是谁，只知道她提着一盏红色的莲花灯。"

闻言，凰北月蓦然抬起头，道："什么？！"

"红色的莲花灯啊！"东菱没有多想，也根本没有联系到凰北月身上，因为她知道，昨天小姐是提着金鱼灯笼出去的。

凰北月脸上闪过一抹震惊之色，脑海中再次浮现出那张苍白懵懂的脸庞。是他？宋国的王子澈？怎么可能这么巧呢？

"在南翼国，红色的莲花代表永宁公主，是她专用之物，谁也不敢逾越造次，因此也不用寻找，昨晚澈王子邂逅的女子一定就是永宁公主了。"东菱没有察觉到她脸上震惊的神色，还自顾说着，"此前澈王子便说过，要娶南翼国最尊贵的少女，没想到缘分这样巧妙，他们在灯节上就相遇了。"

东菱说起这些，其实还是非常开心的，因为这样一来，无论皇后再怎么不同意，也不可能让小姐顶替永宁公主嫁去宋国了。

"小姐，你的心事算是了了。从今天开始，我们可以不用担心了。"

凰北月怔怔地看了东菱一眼，心里默默地想：是啊，本该是永宁公主和澈王子的缘分，却不想机缘巧合之下，那红色莲花灯被我拿了。

缘分都是他们的，两盏莲花灯，一黑一红，可不就是天注定的缘分吗？那个少年，注定和永宁公主有缘。

"你说得对。"凰北月点点头，"他们的缘分，也许从前世就注定了，才会这么巧。"

"是啊！"东菱笑着点点头，"小姐，这件事总能让你开心一下了吧？"

凰北月嘴角微扬，笑了笑，开心倒不见得，只是知道了那个少年的身份，算是释然了。她昨天就应该想到，十一岁的孩子，双目失明、实力强大、桔梗花……他就是宋国的澈王子。

"东菱，我要出去一下，你一个人在家小心一点儿。"凰北月爬起来，随便找了一件黑色的斗篷披上就出去了。

南翼国皇宫。

皇宫重地，不是谁想进来就能进来的，周围有众多高手把守，越是往里，越是艰难。但凰北月从小接受的训练不可小觑，这古代的皇宫，在她眼中根本不在话下。

凭借着记忆中的路线，她悄悄地往皇上的御书房而去。可是，她才走到一半，忽然听到一个冷酷的少年开口道："刘澈要找的人，就是红莲吧？这也算缘分，母后为何不答应？"

听到这声音，凰北月本能地躲起来。那少年非常敏锐，身上的气息不同寻常，她差一点儿就被发现了！他实力这么强，应该是太子战野。

"你也知道红莲的性格，让她嫁去宋国，只会惹来灾祸，我万万不会同意的。"这个端庄高雅的声音的主人，应该就是当朝的皇后了。

"可是若刘澈就要红莲呢？"战野冷冷地反问。

皇后道："我听说昨晚刘澈并没有看到红莲的样子，她戴着面具，所以，要蒙混过去也不难。"

"那母后打算怎么办呢？"战野的语气很冰冷，他仿佛不想和这件事有任何牵连。

"南翼国最尊贵的少女，不止红莲一个人。世人皆知，皇上最爱护的女孩，乃是惠文长公主所生的北月郡主。她虽然不是公主，但是她的封地、她的待遇，足以证明她的尊贵。"

"北月郡主……"战野喃喃地念道，"她还小吧？"

"刘澈的年龄也不大，他们正好相配。"皇后似乎笑了笑，对自己的决定非常满意。

战野抿着唇，沉默下去。他对北月郡主的印象也不深，隐约只记得是个懦弱胆怯的小女孩。这样的女孩子嫁去宋国，合适吗？

"也许还有别的人选吧，母后再斟酌一下。"他很少这么富有同情心，尤其对一个没有什么交集的人。

"不必了，她就是最好的人选。"皇后唇边露出一丝笑容，那样子就好像除去了心头大患。

战野看了她一眼，道："母后似乎很希望她离开。"

皇后沉默了一下，随即才幽幽地说："战野，难道你没有发现吗？你父皇对她的好，超过了任何人，便是你，也没有得到过你父皇的那份关爱，留着她在临淮城，始终是不好的。"

“她只是个小女孩而已。”战野说。

“可她总有一天会长大。”皇后厉声说，“对她，绝不能掉以轻心！”

战野皱了皱眉，不明白母后为何对一个小女孩如此忌惮。

凰北月也百思不得其解，她从皇后的话语中感受到一种强烈的恨意，为何呢？

“母后决定的事情，就请母后定夺吧。”战野不再多说。

皇后点点头，笑道：“既然要成全他们的好事，今晚我就举办一场宫宴，请刘澈和北月郡主一起来，先让他们见一面。”

红莲的性格，皇后太了解了，她那么刁蛮任性，相比之下，性格柔和乖巧的北月郡主应该更讨人喜欢吧？

凰北月暗中一听，看来不用急着去见皇上了，这皇后的心思可真是让她无语。虽说皇后也是为了大局着想，那永宁公主确实不适合和亲，但这么一门心思想弄走她，却是私心太重了。

她悄悄离开皇宫，特地绕远路去了一趟布吉尔市场。回来时，她途经一座守卫森严的宅院，听到里面传来琴声。那琴声如同来自前世，勾起她内心很多思绪。

她驻足在外面，听了很久很久。直到天色逐渐暗下来，那琴声停了，她才回神。恍然间，她心中掠过一丝痛楚。

糟糕，已经这么晚了！皇后恐怕已经派人去长公主府了！凰北月迅速收拾心神，飞快地赶往长公主府。

待她从后面的窗户翻进流云阁，东菱立刻迎上来，焦急地说：“小姐怎么才回来？宫里派人来了。”

“我知道。”凰北月点点头，“帮我换衣服吧。”

东菱一愣。小姐刚回来，怎么知道有人来邀请她去参加宫宴？不过这时也来不及多想，她连忙帮凰北月换衣服，梳头打扮。

半个时辰之后，凰北月扶着东菱的手慢慢走去前院。萧韵、萧灵等人也都打扮好，已经等着了。

只是现在，不管凰北月怎么拖延，她们都绝不敢催促一句。

“三姑娘总算来了，太子殿下已经等待多时。”雪姨娘笑着说。

太子殿下？凰北月抬起头，只见萧韵几人脸上都带着一抹羞涩，温顺地站在一旁，目光中带着敬仰和爱慕之意，看着前厅中坐在主位上的人。

战野也在同一时间抬起头。他一向冷酷，喜怒不形于色。此时他的目光和凰北月的撞在一起，人却是怔了一下，平静无波的心中，忽然像被什么狠狠地撞了一下。

他眼前的少女身穿粉蓝色的襦裙，裙摆上绣着几朵粉色海棠花，头发上插了几朵透明的珠花，配着珍珠和玉石，非常素淡，但又很得体。

长公主逝世三年，北月郡主从不穿太明艳的颜色，但在宫宴上又不能一身素。她的衣着正好两边兼顾。相比之下，萧家的那几位小姐，穿红戴绿，花枝招展，反倒显得艳俗很多。

不愧是惠文长公主教养出来的女儿，跟别人就是不一样。北月郡主亭亭玉立，雪白的脸颊不施脂粉，清丽脱俗，五官精致，眉目如画，一双灵动的眼眸仿佛藏着春日融化的雪水，清澈干净。

战野一时之间有些怔住，心脏跳动的频率比平时快了不少。

“参见太子殿下。”凰北月屈了屈膝，不卑不亢地说。

战野听到她的声音，才回神，自知有些失礼，不自然地轻咳一声，道：“郡主不用多礼，好些年没见你，身体好些了吗？”

北月郡主从小身体就不好，这些年不能进宫也是因为身体虚弱，要在府中休养。

“已经无碍，多谢太子殿下关怀。”凰北月礼貌地说，对太子战野的印象还算不错。

“应该的，都是一家人。”战野温和地说，脸上难得露出一丝笑容。

萧韵看得嫉妒不已。这凰北月真是好运，身为嫡女，连太子殿下都这么关注她。若没有凰北月，她才是嫡女，获得这些关注的，本该是她。

此时，这萧韵完全忘记了自己的出身。凰北月是长公主生的，皇族血脉，而她就算成了萧家的嫡女，也跟皇族毫无关系。太子关心的是自己的家人，和她有什么关系？

“你许久没有进宫，父皇和母后怕你认生，便让我来接你。”战野站起来，带着凰北月走出去。

与其说是怕她认生，不如说由太子来接她，才能显示她“尊贵”的身份。凰北月也不说破，只当什么都不知道，坐上马车。萧韵等人则坐另外一辆。

战野策马在旁，一路前往皇宫。

皇宫，霞光殿。

皇后在此举办宫宴，只邀请了临淮城的皇亲贵族。当然，各位公主、皇子也在座。宋国地位特殊，王子澈又是贵宾，便被安排坐在皇上右边的第一个位子。

凰北月到达的时候，刘澈还没有来。皇上看见她非常高兴，亲自走下来，拉起她的手，嘘寒问暖，关怀备至，舍不得放开。

“北月坐在朕身边。”皇上拉着凰北月走到尊位上。她年纪小，才十二岁，和皇上一起坐也不会显得拥挤。

皇上特别高兴，尽管贵客还没有来，已经喝了几杯酒，满面通红。他看着凰北月，一脸慈祥的样子。一旁的皇后，脸色阴晴不定，既要保持母仪天下的尊贵姿态，也不能露出半点儿嫉妒和不悦之意。

十二岁的凰北月坐在龙椅上，小脸稚嫩，一双眼眸清冷地扫过众人，那种与生俱来的威仪和霸气，让在座的贵族心里都感到一阵寒意。这北月郡主，哪里有半点儿废物的样子？惠文长公主的孩子毕竟不一样啊！

凰北月的目光扫过郁闷喝酒的安国公，扫过惶恐不安的萧远程，扫过无数人，最后落在逍遥王身上。他正含笑看着她，轻轻摇动折扇，风雅如玉，让人如沐春风。

凰北月皱了皱眉，心中生出一阵不舒服的感觉。这时，逍遥王身边的一人忽然抬起手，执着酒壶，为他倒了一杯酒。

凰北月注意到那只手，修长干净，漂亮得像是最上乘的白玉雕成的艺术品，一点儿瑕疵也没有。这样的手，应该很适合弹琴吧……

她顺着那只手看去，他雪白的衣服一尘不染，虽然素淡，却遮掩不住那人令人惊艳的美貌。凰北月只觉得呼吸一顿。他微垂着眸子，在睫毛掩映之下，若隐若现的紫色波光似魔非魔，似神非神，夺尽世间一切风花雪月。

他的嘴角也染着三分笑意，和逍遥王的风雅不一样，他的笑容带着一种蛊惑人心的妖异。似乎察觉到她的目光，他微微抬起狭长的眸子，一片潋滟的目光倾泻而出，霎时间让天地万物都失去了颜色。

凰北月的心飞快地跳了一下。他看着她微微点头，旋即笑容缓缓加深，似是礼貌，也似是别有深意。

凰北月被那笑容弄得一阵迷惑。这人是谁？他看起来一点儿都不简单。他坐在逍遥王身边，是临淮城的贵族吗？为何她此前从未见过？

“王子澈到！”太监细长的声音响起，顿时，整个霞光殿的人都把目光投向大殿门口。

几个身穿宋国服饰的使者当先走进来，站成两排，然后单手横放在胸口，低下头，迎接他们尊贵的王子进来。

刘澈走进来的速度很慢，他的双眼看不见，却并不影响行动。只是到了陌生而且人多的地方，他有些不习惯。他还是一身黑，脸色极其苍白，眼角下的桔梗花更是诡异。

紫彦紧随他身后，低声说：“殿下，前面是南翼国的皇上。”

刘澈闻言，停下脚步，无神的双眼看向皇帝和凰北月的方向。似乎有人教过他，他很生硬地低了低头。

“哈哈哈，王子不必多礼，请上座！”皇上豪迈地大笑，伸手指向身边的位子。这位澈王子的名声早已传遍各国，他看不见，因此性情不像一般人，不能要求他懂过多的礼数。

紫彦带着刘澈走向座位，中途也好奇地看了凰北月一眼。这位少女又是谁呢？她能坐在南翼国皇帝的身边，身份肯定不一般。她年纪这么小，莫非又是另外一位公主？这倒不错，看样子这少女十分乖巧，而且相貌绝美，比起那位永宁公主好上太多了。若殿下娶她，倒是很合适，反正怎么都比娶永宁公主好。

刘澈坐下之后，皇上笑着说："还有谁没来呢？"

"皇上，都来了。"皇后忙笑道。

永宁公主没来，她也没说破。她特意让人把永宁公主支走，让永宁公主去了城外，一时也回不来。

"那……"皇上正想说开始，忽然，大殿外传来一个傲慢的声音："母后胡说，我还没到呢！"

这声音一出，不少人都觉得头疼。皇上脸上也闪过一丝不悦。

"红莲？"皇后脸色一变。她怎么都没想到，红莲会来。

随后，一身红衣的永宁公主大步走进来，抬着下巴，一脸蛮横张狂之色："母后派我去做的事情已经做好了，听说有宫宴，怎么不邀请我？"说着，她已经站在大殿中央，抬起明艳的脸庞，看向皇上。片刻后，她的目光又对准凰北月，俏脸一凛："她是谁？"

她毫不客气的声音响起，不知道是在质问皇帝，还是在质问凰北月。

皇上原本笑着的龙颜也沉了下来。

皇后忙说："红莲，不得无礼。这位是北月郡主，你皇姑母的孩子。"

"北月郡主？就是那个废物病秧子？"红莲瞥着凰北月，目光中带着毫不掩饰的轻视和讥讽之色。

"放肆！"皇上重重地拍了一下龙椅。这是他的北月！他怎么能允许有人这么说她？

红莲被吓了一跳，以往父皇就算不喜欢她，也不会这样严厉地对她说话。她咬着嘴唇，眼光更加狠毒地瞪着凰北月："哼！父皇为何这么凶？又不是我一个人这么说她，整个临淮城，谁不知道她是……"

"红莲！"皇后急忙出声，对她使了一个眼色，"好了，既然来了，就坐下吧。"

她深知皇上对凰北月的感情，那是超越一切的，容不得任何人质疑。今天若红莲说错了话，恐怕皇上也不会轻饶。

红莲嘟着嘴，哼了一声，走到一群公主中间。那些公主连忙起身给她让座，显然谁都不敢得罪她。

皇上面色稍霁，握着凰北月的手轻轻拍了拍，才说道："宴会开始吧！"

歌姬、舞姬立刻上来献技，丝竹管弦，曼妙舞姿，云鬓花颜，觥筹交错，立刻充斥了整个霞光殿。

不少人去向刘澈敬酒，都被紫彦小心地挡下了："王子年幼，不能喝酒，请诸位见谅。"

"哈哈哈，当然，当然！"那些人自己饮了三杯酒，就冲这澈王子的实力和地位，即便他只是个小孩，他们也要来巴结一下啊！

宴会非常热闹，凰北月吃着葡萄，冷眼看着下面。一拨一拨的人走向刘澈，而他从始至终，连表情都没有变过。那无神的双眼不知道看向哪里，他沉默着，陷在自己的世界里，和周围的热闹氛围格格不入。

逍遥王也端着酒杯走过去，一脸笑容，在刘澈面前弯下腰，笑问："澈儿，还记得我吗？"

紫彦抬起头，对着逍遥王友好地笑了笑，两人显然是认识的。刘澈沉静的表情这才有了一丝丝变化，微微点头，说："逍遥王。"

"好多年不见你了。"逍遥王微笑着，端起茶杯递给他，"以茶代酒，跟我喝一杯可好？"

刘澈点点头，将茶杯放在唇边，喝了一口。逍遥王也一口喝干了酒，笑起来。

"我以为澈王子谁都不理呢，既然喝了逍遥王敬的酒，怎么也要喝本公主的吧？"红莲不知道什么时候走了过来，等逍遥王喝完酒，就不客气地把他推开。

"公主……"紫彦抬起头想说话，却被红莲狠狠一瞪："本公主没跟你说话，谁让你开口了？"

紫彦涨红了脸，但这是在南翼国，不能太嚣张。

红莲端起茶杯，不动声色地把里面的茶水倒了，换成酒，递给刘澈："澈王子不会不给本公主面子吧？"

"红莲公主，澈王子年幼，你就不要强人所难了。"逍遥王在一旁说。

"原来宋国人的风度就是这样吗？"红莲轻哼一声，"不过如此。"

她的话刚说完，刘澈便端起茶杯。他并不知道里面是酒，一仰头就喝了，结果被呛得一直咳嗽，苍白的脸上也浮现出一点儿红晕。

"哈哈哈哈……"红莲看得大笑不已，拍着手在一旁笑弯了腰。

紫彦愤愤地看着她，双拳紧紧地握起，拼命压制着心中的怒气。太过分了！这永宁公主简直任性胡闹！这样的女子，宋国哪里消受得起？

逍遥王脸上也带着几分不悦，道："红莲，你太过分了。"

“我哪里过分了？我又没逼着他喝，是他自己喝的。”红莲得意地一笑，看了一眼还在咳嗽的刘澈，笑眯眯地说：“你这人怎么这么老实？难道你闻不到里面的酒味吗？”

刘澈皱着眉，觉得从喉咙到胃里都火辣辣地难受。

紫彦道：“王子从来没有喝过酒。”

“哈！”红莲脸上的笑容更加灿烂，“那真是有趣，你可记住了，你人生的第一杯酒，是本公主给你喝的！”

“酒，不好。”刘澈摇摇头，说。

“你没喝醉过，自然说不好。酒可是好东西，能让你忘记不快乐的事情。”红莲说。

刘澈皱着眉，似乎听不懂的样子。

红莲好奇地打量他。这人怎么这么笨？连自己不快乐都不知道吗？

“红莲，你又在胡闹什么？”皇帝威严的声音从上方传来。

红莲抬起头，不敢造次，收敛了几分嚣张的气焰，道：“在跟澈王子叙旧呢。”

“哦？叙旧？”皇帝笑了两声，“你和澈王子之前认识？”

红莲扬起嘴角，眼神有些阴冷地看了一眼凰北月，骄狂地笑着：“当然认识。灯节上，红莲和澈王子有一面之缘，他不是正在找我吗？”

红莲公主的声音响起，霞光殿中的人都安静下来。原来这刘澈王子寻找的人是永宁公主啊？！

“红莲，澈王子都没有说话，你是女孩子，怎么能乱说话？”皇后口气里带着几分苛责，不由得在袖子底下握紧了拳头。

“他要是知道提灯的是谁，还会到处找吗？我不过告诉他一声罢了。”红莲并不觉得有什么不妥。女子的矜持在她这里完全是个笑话，矜持这种东西，只有那些没实力的废物才会看重。她，不需要！

“原来那天在灯节上，澈王子是遇到了红莲啊！”皇上哈哈一笑，“这也算是缘分！”

凰北月不由得看向红莲。她不明白红莲为何这样说，那天她分明把那盏红色莲花灯给扔了。不过，兴许之前他们就见过呢？

“是缘分呢。”红莲单手撑着下巴，看着刘澈，调笑着问道，“澈王子，你找我所为何事呢？”

刘澈垂着眼眸，摇了摇头，道：“不是你。”他的声音不大，但此时众人安静，连乐器声也停止了，自然很多人都听到了这句话。

皇后眼睛一亮，一丝喜色爬上她端庄美丽的脸庞。

红莲则是柳眉一竖，杏眼圆瞪，大声问："你说什么？"

"不是你。"刘澈丝毫没有被她盛气凌人的气息吓到，没有一丝犹豫地说。

"不是本公主又是谁？整个临淮城，谁敢跟本公主用一样的红色莲花灯？"

"不是你。"尽管红莲这样说，刘澈还是坚持自己的想法。不是她，他知道的。

"不是本公主的话，谁用了红色莲花灯，本公主一定灭她满门！"红莲嚣张地说。以她的实力，灭一个人满门，轻而易举！

"红莲！"皇上嗔怒地开口，语气里带着明显的不悦，"你不要胡闹！退下去！"

"父皇，我怎么是胡闹？他要找的人明明是我，现在又不承认！"红莲赌着气说。

"临淮城那么多人，为何偏偏就是你，不能是别人吗？！"

"别人谁会用红莲灯？那是我的专属！"红莲生气地说。

皇上的胸膛起伏。说得也是，他这个女儿一向任性霸道，她喜欢的东西，别人绝对不能拥有，否则下场会很惨。那红色莲花灯确实是她从小就喜欢的，因为她名叫红莲，所以和红莲有关的一切，在民间几乎是禁忌，没人敢用。

凰北月在一旁听得满头黑线。她之前可不知道还有这一层，要知道的话，也不会随便捡起红莲扔在地上的莲花灯提着。这下子，麻烦可有些大了……

就在这时，皇后笑着说："皇上，依臣妾看，这件事是他们孩子之间的玩闹，当不得真啊。"

皇帝也想找个台阶下，点点头，道："也是，一个灯能代表什么？红莲，你就不要胡搅蛮缠了。澈王子是贵客，你不要失了礼数！"

红莲还想再说，却看到皇后猛地对她使眼色，便冷冷一哼，回到自己的座位上，坐下。

皇后立刻说："之前澈王子派了使者来，曾说要娶南翼国最尊贵的少女，南翼国和宋国联姻，皇上和本宫都乐见其成。"

红莲听闻此言，看向刘澈，不禁得意地笑起来。这家伙，明明就是冲着她来的！什么最尊贵的少女，整个南翼国，除了她，还有谁敢说自己是最尊贵的？还有那莲花灯，红莲是她的专属，这一点尽人皆知。他提了黑色的莲花灯，难道不是想和她凑对吗？这家伙，年纪虽然这么小，也不傻呀！真喜欢她的话，他倒是直说啊，难道还怕她会打他不成？

红莲心里有一丝小得意。不知道为何，别的男人喜欢他，她从来不屑一顾。敢大胆对她表白的人，没少在她手里吃苦头。这个刘澈是个意外，她好像并不排斥他。

紫彦听到皇后这话，生怕她会指出永宁公主，便连忙说："王子确实想求娶一位适龄少女，但南翼国地大物博，相信合适的女子不止一位吧？”说着，紫彦还看向凰北月，对她友好地一笑。

凰北月是何等聪明的人，这紫彦一个表情她就知道他心里的想法，嘴角不禁一抽。难不成，在永宁公主的对比之下，她反倒成了合适的？这……对她不公平吧？她只是此刻装作乖巧，事实上，她的某些手段也不下于永宁公主啊！

皇后立刻说：“紫大人说得是，澈王子的身份和血统，当配最尊贵的女子。”

红莲心里乐开了花。刘澈的血统如此高贵，只有世间最尊贵的女子才能与他相配，这个想法让她非常兴奋，因为她正是那个足以和他相配的女子！

皇上呵呵笑着说：“说到尊贵，朕的永宁公主便足够资格了。”

“皇上不可！”

“不妥！”

皇后和紫彦的声音竟然同时响起，两人对视一眼，然后便客气地一笑。

“母后，有何不妥？”红莲不懂。

“是啊，皇后，为何不可呢？”皇上也问。

皇后忙笑着说：“红莲的年纪比澈王子大了几岁，臣妾觉得还是应当挑选一位适龄少女。”

“没错，没错。”紫彦点头附和，抹了一把额头上的汗。刚才他真是吓死了，还好皇后不同意，这皇后可真是大好人！

“皇后这样说也有几分道理。”皇帝摸着下巴寻思，“那依皇后之见，谁更合适呢？”

红莲也看向皇后，目光中带着愤怒。除了她，还有谁更合适？说到尊贵，整个南翼国没人比得上她！

这一次皇后可不卖关子了，提高了声音，让所有人都听见：“清河郡主，凰北月！”

北月郡主的封地在清河郡，因此正式封号是清河郡主。

皇后声音一出，霞光殿中，人人都是一愣，然后纷纷看向坐在皇帝身边的那个清丽少女。惠文长公主的地位在南翼国毋庸置疑，甚至在卡尔塔大陆上，她也是人人敬仰。母亲如此尊贵，且北月出生之时，皇上的大肆封赏也足以证明清河郡主的地位。她的尊贵，确实不亚于永宁公主。

紫彦听皇后这么说，顿时喜上眉梢，对刘澈说：“殿下，那位清河郡主美丽乖巧，举止有度，属下觉得很不错！”

可惜，刘澈什么都看不见，美丽或丑陋对他来说其实并没有区别。他在意的，只是心里那种仿佛召唤一样的感觉。

“皇后，北月是皇姐留下的唯一孩子，朕不会让她远嫁他国。”方才还在笑的皇帝，此刻已经是面色阴沉，看上去有些可怕。

皇后看向他，心里一沉。她就知道皇上不会这么轻易答应。但她没有想到，皇上居然会当着所有人的面如此果断地拒绝，甚至，连宋国王子的面子都不看。

“皇上，何不让孩子们先相处相处呢？”皇后保持着优雅高贵的仪态，笑着说。

“不必。”皇上依旧果断地拒绝，“北月的婚事，朕自有主张。澈王子想迎娶南翼国最尊贵的少女，那么，人选自然非红莲莫属！”

皇后震惊，紧紧地咬着嘴唇。为了不让北月出嫁，皇上甚至要把红莲送出去吗？皇后的心剧烈地痛着，她却勉强笑道：“南翼国还有很多身份尊贵的少女，也不急在这一时。”

“正是，南翼国地大物博，澈王子若有兴趣，逗留期间可四处走走。永宁公主喜欢玩乐，可以带路。”皇上不疾不徐地说着，像是闲话家常，但众人早已将之当成命令。

红莲俏丽的脸上立刻涌出喜色：“父皇放心！红莲一定让澈王子尽兴！”

紫彦听了只觉得头疼，连忙去看皇后。皇后自然不负众望，笑着说：“其实都是一群孩子，在一起玩玩也是挺好的。北月年纪小，不如跟着一起玩玩吧？”

红莲的目光瞬间杀向凰北月，无声地警告着：“你敢答应，我就杀了你！”

威胁她？有意思。凰北月偏着小脸，点点头，乖巧地答应道：“嗯。”

她的应声轻轻的，距离不近根本不可能听到，可墨莲还是抬起头，将茫然的双眼转向她，似乎在辨别着什么。

“她跟去干什么？一起玩？我可不想跟她一起玩！”红莲直接地说，一点儿都不考虑别人的感受。

“红莲！”皇后板起脸。

“父皇！是您让我给澈王子带路的，我只给他一个人带路！”红莲看向皇帝。

皇帝摸了摸下巴上的胡须，低头看向凰北月：“北月，你想不想跟他们一起去玩？”

凰北月并非不识大体的人，再说了，她只是想气气红莲：“既然永宁公主不喜欢，我就不去了。”她平静地道，望着红莲笑一笑。

那种云淡风轻的样子，却激怒了红莲。红莲正要开口说什么，刘澈忽然站了起来。由于他动作太快太猛，竟连身前的小桌子都被掀翻了，杯盘酒水洒了一地。

他是众人的焦点，一举一动都被人关注着。此时，无数人纷纷朝他看过来，目光透着不解。

“是你。”他的声音并不大，带着一点小小的欣喜。

凰北月抬起头看着他。难道被他认出来了？都说眼盲的人其他感知十分敏锐，但不至于敏锐到这种程度吧？她记得，当时在他面前，她只不过说了两个字——洛洛。只凭两个字他就认出她来了？她可不相信。

凰北月没有应声，只是嘴角含着一丝浅笑，看着刘澈。她当然不能自乱阵脚，露出破绽让他认出来。

刘澈绕过桌子，走上前来。虽然他看不见，却还是准确地面向凰北月的方向。

“是你。”他再一次说，脸上缓缓地露出笑容。

这一次，就算凰北月不认，旁人都看出门道了。

皇上转头问：“北月，你认识他？”

“我不认识他。”凰北月摇摇头，反正他没看过她的脸，她否认，他能有什么办法。

“不……”刘澈慌乱地说，“那天，灯会，你……你的灯笼……”他一急，话根本说不明白。

凰北月眯了眯眼睛，看了红莲一眼。果然，红莲很聪明，一听便立刻说：“原来是你！”

凰北月心想：果然瞒不住，这刘澈还是太单纯了，给她惹了这么大一个麻烦。于是，她靠向皇上，说：“公主什么意思？”

“你少装蒜！你偷偷拿了本公主的红莲灯是吗？你敢冒充我！”

“我没有。”凰北月淡淡地说，“公主这么说，可要有证据。”

“他就是证据！”红莲一指刘澈。

凰北月这才看向刘澈：“澈王子看不见，为何就说那人是我呢？”

“我……”刘澈想解释，却不知道怎么说，心中有些忐忑。他似乎给她惹麻烦了。

“我们王子的意思是，觉得北月郡主很熟悉，不过他并不确定。”紫彦及时说。他能看出来王子已经确定了，不过永宁公主如此刁蛮，北月郡主看起来娇柔乖巧，王子也不能让她吃亏啊！

“红莲，你不要任性。”皇后忽然笑起来，温柔地叫住红莲，“不要吓坏了贵客。”

“红莲，北月已经说没有了，不准诬赖她。”皇上明显在偏袒凰北月。

“是。”红莲赌气地应声。等她拿到证据，才不放过凰北月！敢冒充本公主，有你好看的！

皇上将目光转向刘澈，道：“澈王子，接下来几天的行程，朕会让大臣好好为你安排的。”他绝口不提凰北月的事情，随便几句话便将话题岔开。

刘澈固执地站着，无神的双眼还是牢牢地锁着凰北月的方向。

“殿下，咱们也不急于一时，往后多的是机会呢。”紫彦走上来，悄悄对他说，好不容易才将他给带下去。

接下来的宫宴，可以说索然无味。人人各怀心思，心不在焉。没多久，皇上乏了，带着北月郡主先行离开，然后宴会慢慢地也散了。

离开霞光殿的路上，皇上拉着凰北月的手，一直没放开，好像一松手，她就会跑掉。凰北月只好慢慢地跟着他。

“北月啊，你母亲走了，你过得好吗？”皇上声音低沉地道。从那声音里，凰北月仿佛听出一丝老迈之气。

“很好。”凰北月回答，想了想，还是没有提萧家人。

“朕怎么都不能相信，皇姐就那样去了。”皇帝的声音微微颤抖，“她只留下了你，朕该怎么面对你呢？”

凰北月不解。皇上这话颇有深意啊！

“如果不是因为朕，皇姐就不会……”皇上忽然踉跄了一下，情绪十分激动。

凰北月连忙扶住他：“皇上，斯人已去，您应该多保重，若母亲泉下有知，会担心的。”

“你就像你母亲一样，善良懂事。”皇上抬起手，慈爱地摸了摸她的鬓发，“你放心，朕会给你全天下最好的幸福，不让你受一丝委屈。”

“我不要全天下最好的，我只希望能自由自在、没有牵挂。”凰北月淡淡一笑。

“不，朕要给你最好的！”皇上还是坚定地说。

凰北月觉得拗不过这个固执的帝王，也懒得说什么。之后，皇上回寝宫休息，派了人送她回长公主府。

途中，逍遥王和北曜国九皇子的马车并行而来。逍遥王下马车来打招呼。那风连翼也掀开帘子，礼貌地对她笑了笑。他笑起来实在太美，如同一幅绝美的画卷在眼前展开。

凰北月礼貌地回应他，跟逍遥王不冷不热地寒暄两句，便先离开了。

“翼，你觉得北月郡主如何？”逍遥王打开折扇，含笑问道。

“聪慧过人。”风连翼笑着给出四字评价。

“她很像惠文长公主。”逍遥王点点头。

“长公主的风采无人能及，但北月郡主也别有一番灵韵。”

“你倒能看出她的不同之处。”

风连翼坐在马车里，微微一笑，没有多说什么，便和逍遥王告别。

第二天，皇上赏赐了很多东西给凰北月。太监站了两个时辰，才把长长的礼单念完。侍卫把一箱一箱的好东西抬进来，院子里都堆不下了。

凰北月抬了把椅子坐着，丫鬟在旁边撑着伞遮阳。凰北月一边听一边打瞌睡。

“郡主，这些都是皇上赏赐的。”太监终于念完了，哑着嗓子来她面前讨赏。

东菱笑着递上一袋金币，道：“公公辛苦了。皇上天恩浩荡，郡主受宠若惊呢。”

“哈哈，皇上吩咐了，请郡主有空多去宫里走走，陪伴皇上。”太监拿着一袋金币，自然笑得嘴巴都合不拢。

“一定的。”凰北月淡淡地笑了笑。

那太监离开了，萧家一群眼红的人才出去围观那些贵重的礼物。

“娘，这是一整株红珊瑚做的屏风，真是太美了！”沉不住气的萧灵大声惊叹起来。

方姨娘没有说什么，娴静地坐在一旁。雪姨娘和琴姨娘则露出贪婪的目光，包括萧远程在内，都盯着那成堆的珍宝。

“东菱，把东西都收起来吧。”凰北月曼声吩咐。

东菱刚走出去，萧远程便说：“北月啊，这么多东西你要搬到哪里？”

“皇上赏我的，我自然要搬回流云阁。”凰北月冷冷地说。

“你的流云阁，哪里放得下？”萧远程慈祥地说，“父亲这里有高阶纳戒，不如先放进来。”

凰北月心里冷笑，放你那里，还有拿回来的时候？她脸上却不动声色，只是淡淡地说：“父亲，昨日进宫，皇上问起我平日生活，我照实说了。皇上似乎不太高兴，让我不要相信你的话。”

萧远程一听，脸色立刻变了，差点儿站不稳。雪姨娘上前来扶住他，问道：“三姑娘，你都对皇上说了什么呀？”

“就是平日里在府中的生活啊！”凰北月假装什么都不懂，“雪姨，怎么了？父亲好像很害怕，你也一样。”

雪姨娘看着她，从她眼睛里看到一丝冷冷的笑意，心里忍不住打了一个寒战。

“有皇上恩宠郡主，也是咱们长公主府的荣耀。”雪姨娘脸上勉强挤出一丝笑容。

凰北月听了，轻轻一笑，道：“雪姨，你虽然是父亲的侍妾，但长公主府是我母亲的，和父亲没关系，和你当然也没有。”雪姨娘面色一僵，表情难看至极。

凰北月冷冷地一笑，对东菱说：“去买一枚高阶纳戒，把东西放进去。以后长公主府的财务，我都要过问，请父亲和各位姨娘尽早准备好。”说完，她站起来想回去休息。

一个小厮跑了进来，说："郡主，宋国的澈王子来拜见郡主了！"

宋国的澈王子！前厅中的人都是一惊，纷纷看向凰北月。她何时竟和宋国的人交好了？还让那个血统高贵的王子澈亲自登门来拜见她？

"请到花厅去。"凰北月淡淡地吩咐，和东菱一起走向花厅。

长公主府的花厅里，摆着几盆开得正好的秋府海棠，香气十分清雅。

刘澈已经在花厅坐下。他那个侍从紫彦在花厅外张望，见凰北月走来，便赶紧说："王子殿下，郡主来了！"

刘澈站起来，走到门口。凰北月看着他苍白的脸和无神的眼睛，淡淡地说："澈王子登门拜访，不知有何要事？"

"那天，是你提着灯笼……"刘澈缓缓地开口道。

"是我。"不等他说完，凰北月便大方地承认。

刘澈脸上立刻露出开心的表情，但凰北月只是淡淡地问："那又怎么样呢？"

刘澈一怔。紫彦连忙说："郡主，这就是缘分啊！"

"缘分？"凰北月微微一笑，走进花厅，让东菱沏了花茶来，"那个灯笼，是我随意从地上捡的。"

"这就更说明郡主和我们王子有缘分啊！"紫彦道。

此人还真是三寸不烂之舌。

凰北月靠椅背而坐，手中端着香喷喷的花茶，意态慵懒地看着这主仆二人，然后一双明眸在刘澈身上打量一圈。他虽然脸色苍白了点儿，但长得还算清秀，只是那桔梗花实在有些诡异，人也呆呆的。他的世界一片黑暗，其实他挺孤独的吧？

没有听见她说话，刘澈忙问："她走了吗？"

凰北月笑了笑，道："有贵客来访，我怎么会走？"

刘澈稍稍放心。他不善言辞，也不知道怎么说一些客套话来和她交谈。

"澈王子，你们此次来，只是想跟我们郡主说灯会的事情吗？"东菱问，知道凰北月也不想嫁去宋国。

凰北月本来也不可能嫁去的，没想到出了灯会上的事。

"这是贵国的风俗，难道不是吗？"紫彦有些着急。这两个女娃子是因年纪太小，还不懂事吗？

"是风俗，又不是律法。"东菱说。

紫彦彻底傻眼，看向刘澈，很明显王子根本不明白是怎么回事。

"可……可……"紫彦也无语了，着急地抓抓头，看向懵懂的王子，"其实我们王子只是想和郡主做个朋友，不知道郡主可会嫌弃？”紫彦松了一口气，他真佩服自己，这个借口找得太好了！

凰北月嘴角含笑，道：“当然不会，我很乐意和澈王子交朋友。”

刘澈似乎根本没有在听紫彦说话，听到凰北月的话，便单纯地笑起来。那笑容真是干净，让人不忍心去破坏。

凰北月在心里想着，和这样的人交朋友很不错。他实力强大，又单纯不会害人，这是她喜欢的。

“你会跟我去宋国吗？”刘澈忽然问。

紫彦一愣，太直接了吧？王子殿下！

“宋国是个不错的地方，有机会的话，我挺想去领略宋国的风光。”凰北月淡淡地笑着说。

“我带你去。”他对着她的方向伸出手，一脸真诚地道。

凰北月愣了愣，看了紫彦一眼。紫彦抓抓头，说：“殿下，我们现在是在南翼国做客，还有很多事情没有做完，暂时不回宋国呢。”

“还有什么事？”他问。

“还有……”紫彦想了想，“殿下还要寻访南翼国的名胜山川，看看南国大好风光！”

“可我看不见。”

闻言，紫彦脸色一变，连忙说：“属下该死。”他一时说得太快，没想到会戳中王子的弱点。

刘澈没有生气，只是表情有一丝黯然。

“有些风景其实不用看，可以慢慢感受。”凰北月站起来，“如果澈王子现在有空，我带你出去走走吧？”

“好。”刘澈立刻就答应，兴致勃勃地跟着她。

“小姐……”东菱刚想说什么，就被紫彦阻止了：“我们王子看不见，又人生地不熟的，让郡主为他引路吧。”

“我们郡主不会远嫁宋国的。”东菱说，“郡主还有很多事情没有做完。”

“若是郡主和王子有缘，什么事情都可以商量的。”紫彦说。

凰北月和刘澈离开长公主府，让下人牵了两匹马过来。

“你会骑马吗？”凰北月问他。

刘澈摇摇头，说：“我有召唤兽。”

“在大街上使用召唤兽太招摇了。”凰北月牵过一匹马，拍拍马的耳朵，低声说了几句什么。那马立刻乖顺。她又把刘澈拉过来，抬起他的脚。

“踩在这里，上去吧。”她一抬手，借着巧劲儿就把刘澈给托上马背了。

他的身子晃了一下。那一瞬间，他紧紧地抓住凰北月的手，才不觉得害怕。然后，人就稳稳地坐在马背上了。

“别怕，它很听话的。”凰北月也跨上另一匹马，拉住缰绳。

两人并行，慢慢地在街上走着。

“临淮城是一座历史悠久的古城，规模庞大，东西二十里，南北十七里，单城市便有三十六条大街，东边有卡尔塔大陆上最繁荣的布吉尔市场，汇聚天下奇珍，佣兵公会也在那里。城内有不少先朝留下的古迹，有一座锁月楼，夜晚的时候，似乎能从那里走到月亮上。”

凰北月的解说很简单，但也很有意思。刘澈偏头听着，似乎很感兴趣：“走到月亮上……”他单纯地笑起来，“月亮在哪里？”

凰北月一怔，随即笑着说：“月亮就在天上啊。晚上的天空由月亮守护，白天就轮到太阳。”

见他脸上有一丝迷茫之色，凰北月很心疼。他从小失明，眼睛里永远只有黑暗，根本不能理解白天和晚上的区别吧？

“太阳是热的，月亮是冷的。”她说。

刘澈点点头，像是懂了。

两人走了一段，忽然前面有人骑着快马飞奔过来。那人一路上狠抽鞭子，那马撒开蹄子狂奔，根本不顾百姓性命。

这傲慢胆大的作风，整个南翼国只有一个人——永宁公主红莲！她跑到凰北月和刘澈前方，才忽然勒住缰绳。那马扬起前蹄，嘶鸣一声，差点儿踹到凰北月的马。

刘澈看不见眼前的情况，只是本能地感觉到有危险，便想出手。凰北月一把抓住他的手，道：“没事。”

“危险。”他说。

“是永宁公主。”凰北月抬起头，目光清冷，看了一眼那美丽却刁蛮的公主。

北月郡主和永宁公主算是表亲，外貌上十分相似。只是红莲张狂嚣张，五官十分明艳。而凰北月清冷傲然，五官精致却不张扬，有种清丽脱俗的美。

“你带他出来干什么？”红莲张口便质问她。

凰北月可不喜欢她这样的口气。南翼国的人怕她，尊她是公主，不代表自己也要怕。

“我的事情，轮不到公主过问吧？”她面无表情地冷冷开口道。

“你找死吗？”红莲在大街上大呼小叫。

凰北月冷笑道：“公主，我的生死，你决定不了吧？”

红莲狠狠地瞪着她，大概也知道皇帝对凰北月的宠爱，因此不敢惹她，只将目光转向刘澈：“王子澈，我父皇让我带你四处游览，你为何不等着我？”

刘澈茫然地转了转眼珠，摇摇头，说：“我不想跟你一起。”

这么明显的拒绝，霎时间让红莲的脸涨红一片。她举起手中的鞭子，指着他：“你再说一遍！”

“我不想跟你一起。”刘澈半秒都没犹豫地重复了一次。

长这么大，从来没有人敢这么违逆她，红莲心里又怒又急，竟感到一种夹杂着委屈的情绪。她鼻子发酸地道：“你真是不识好歹！”她咬着牙说，“多少人求我都来不及！你以为我愿意带着你这个瞎子到处走？你以后可别后悔！”

刘澈听到“瞎子”两个字，眉眼之间瞬间有些黯然。他握了握拳头，内心的狂怒让他身上冒出一股一股黑色的雷光，眼角的桔梗花仿佛在缓缓地绽放。

凰北月看了他一眼，一股前所未有的庞大元气从他身上泄漏出来。她心中顿时感觉不妙。就算是她，都被那股压迫心脏的力量弄得喘不过气来。

红莲肯定也感觉到了，抬头看见刘澈脸上可怕的表情，顿时也吓了一跳，道：“你……你怎么了……”

“闭嘴！”刘澈紧紧地抿着嘴唇，而后冷硬地说出两个字。

红莲一抖，张狂的性格还是让她忍不住说：“你敢命令我？你这无礼……”她的话还没有说完，忽然一道黑色的雷光便从刘澈的身体中钻了出去，那速度真是快得肉眼都看不清楚。

红莲还没有反应过来，便被人从马背上狠狠地扑倒在地，摔得五脏六腑几乎跌出来。她难受地睁开眼睛，发现扑倒她的人居然是凰北月。

“该死……”咒骂的声音刚刚落下，红莲忽然看见她刚才骑的那匹枣红色小马，在被黑色雷光触及的瞬间，连嘶鸣都来不及，就化成灰烬。

红莲睁大眼睛，有生以来，脸上第一次露出了惊恐的表情。他想杀了她！眼眸中映出那个少年苍白诡异的脸，她的心跳有些异样。恍惚中，她似乎看见一些破碎的画面——

身穿红色长裙的她和着一身精致黑袍的他站在光明神殿前，傲视人间。

那些画面，她还来不及看清楚，耳边便响起凰北月的声音。

“澈王子，冷静一点儿！”凰北月转过身对刘澈说。

她可没那么好心泛滥，想保护红莲，只是不希望刘澈因杀了红莲而惹上麻烦。好歹这永宁公主是真正尊贵的公主，不管刘澈血统多高贵，杀了公主哪有那么轻易逃脱？换了别人，她也一样会阻止。一个单纯的人，不应该被罪孽缠绕。

大概听到她的声音，刘澈茫然地睁大眼睛，搜寻着凰北月的方向，脸上的表情很惊慌，像是无法控制自己。

凰北月心里一沉，聪明如她，看到刘澈的表情就明白了。他发起怒来，连他自己都无法掌控情绪。不会吧……

这边的动静闹得很大，街市上不少百姓都围过来观看。

此时，不远处一座酒楼上，一个青衫男子坐在窗边浅酌。他风姿优雅，举手投足间都有贵族风范。

“圣君，那就是您选定的墨莲吗？”一个声音清脆的少女道。她饶有兴趣地趴在窗边，看着大街上那一幕。那个少年发怒的样子，真是可怕呢！

“妙歌，不要光是看着，我们要下去帮忙，否则澈儿就控制不住自己了。”浅酌的男人嘴角露出一抹清雅的笑容。旋即，他拿起桌上的折扇，打开轻摇，一派风流倜傥的样子。

“唔……”窗边的少女沉吟着，忽然小手一指，“那个女孩动作很快，看样子墨莲很在意她。她能成为红莲吗？”

男人闻言，脚步微微一顿，转身看向窗外。一片混乱里，挡住永宁公主的少女气势不凡。他脸上似乎有恍惚的神情，最后笑了笑，道：“那是北月郡主，另一个是永宁公主。她们两人，你觉得谁更适合做红莲？”

“我觉得是永宁公主。”妙歌说，“她够狠，心肠够歹毒。那个北月郡主居然会救人，让我有点儿失望。”

男人笑了，一晃折扇，道：“人性不都应该有善有恶吗？”

“我们光耀殿不需要善良！”妙歌直起身来，“为了圣君的大业和计划，墨莲和红莲两位尊上一定要心狠手辣才可以！”

男人不置可否，只是摇着折扇，一路下楼去。他走到大街上，加快脚步，挤进人群。

“月儿！”他脸上一副焦急的神色，“你怎么样？受伤了吗？”

“没有！”凰北月摇摇头，此时也顾不得对这个男人的印象是好是坏了，“请逍遥王派人去通知宋国的人，澈王子的情绪无法压制，恐怕要宋国的人才有办法！”

“我是炼药师，说不定可以帮忙。”说着，逍遥王朝着刘澈走过去：“澈儿……”

眼神一闪，刘澈似乎感觉到了什么，从马背上滑下来，转身就跑。

那些百姓见识了那黑色的雷光有多厉害，谁也不敢阻挡，纷纷害怕地四处躲避。

逍遥王眼眸一凝，立刻追上去。凰北月也只好扔下红莲跟上。

刘澈一直往城外跑，他的召唤兽幻灵兽一出来，便立刻带着他飞上天空。

凰北月抬头一看那黑色的巨大神兽，立刻就无语了。欺负人啊！她还没有召唤兽啊！

逍遥王忽然停下脚步，回过头看了她一眼，目光有些冷寂。

凰北月蓦然停下脚步，看遍人心的她，似乎从那目光中看到了一种……不友好。

“月儿，”片刻之后，逍遥王的表情已恢复正常，脸上带着温和的笑容，“你还小，先回去吧，我会把澈王子平安带回去的。”

凰北月隐约觉得他的目的没有这么简单。毫无理由的，她从一开始就对这个男人有种心理上的防备。不知为何，她就是无法信任这个男人。不过，若此时她表现出对他的抗拒，恐怕对她没有好处。

这么想着，凰北月便带着一脸慌乱和焦急之色，说：“不行，是我把他带出来的，我要去找他的！”

“傻丫头，他现在很危险，你靠近他，会出事的。我怎么忍心呢？”

“我不怕！我什么危险都不怕！刚才他那么可怕，我也没后退！”

逍遥王看了她一眼，心中似乎决定了什么，忽然笑了，说：“那好吧，你跟我来。”

他伸出自己的手，凰北月大着胆子走过去，把手交给他。这一刻，即便他是魔鬼，她也没有畏惧。因为，她，曾经去过地狱。

逍遥王另一只手微微一抬，一只金灿灿的凤鸾鸟便出现了。

一声凤鸣，响彻青天。

逍遥王抱着她跳上凤鸾鸟的背。巨鸟翅膀一拍，便飞上了天空，追逐着刘澈而去。

凰北月惊讶得说不出话来。传闻中，逍遥王是南翼国的首席炼药师，在卡尔塔大陆上，地位也是数一数二的。可从来没有传闻说他还是一位召唤师，并且从召唤兽的形态来看，他绝对是一位实力超越九星的召唤师。

“很惊讶吗？”逍遥王的笑声从她头顶传来。

他把小巧的她抱在怀中，迎着风，轻轻地笑。

凰北月老实地点点头：“这鸟真漂亮！应该不是灵兽吧？”

“它是神兽，金鸾神鸟。”逍遥王不紧不慢地说。

“好厉害……”凰北月只能惊叹，心跳快得如同打鼓。因为自己的好奇心，她似乎发现了一个大秘密……

“月儿，不要害怕，我答应过你母亲，会好好保护你，不会伤害你。”逍遥王摸了摸她的头发，“只是，你不能讨厌我。”

“我怎么会讨厌你呢？”凰北月言不由衷地说，暗中观察那金鸾神鸟。

“你说谎，我能感觉到。”逍遥王苦涩地说，“为什么你和你母亲都讨厌我呢？”

“母亲并不讨厌你。她生前曾说，你是卡尔塔大陆上最优秀的人，也是她最相信的人。”

凰北月没有说谎。这些话，惠文长公主确实说过。

逍遥王闻言，怔了一下，忽而幽幽地说：“她相信我吗？”

“嗯！”凰北月用力点头。

“月儿，我告诉你，这个世界并非黑白分明、正邪对立，有时候，你最相信的人反而是害你最多的人。”

凰北月蓦然抬起头，看着他。他发丝有些凌乱，双眼黯淡，如同丢了魂。他说的话，在凰北月心中掀起滔天巨浪。你最相信的人，反而是害你最多的人。她想起惠文长公主的惨死，想起皇上的百般疼爱，忽然觉得胸口很闷，好像压着一块沉重的石头，有些喘不过气来。

“我不明白，难道生了一双眼睛，反倒看不见是非黑白吗？”她继续懵懂地说。

逍遥王笑道：“月儿，你太单纯了。你可知，眼睛生来就是用来欺骗人心的。”

凰北月微微点了点头，抬起小手往前一指：“刘澈在那里，他落下去了！”

随后，金鸾神鸟也跟着降落在一片迷雾重重的森林里。这是南翼国的迷雾森林，位于浮光森林的外围，里面危险重重，灵兽肆虐。

刘澈从幻灵兽背上下来，跌跌撞撞地在树林里奔跑，被他撞到的树木，几乎都被雷光焚烧成灰烬。

凰北月想上前，逍遥王却先她一步忽然上前。

幻灵兽抬起翅膀阻挡，金鸾神鸟从一旁扑过来，拦住了它。这两只神兽，一黑一金，在迷雾重重的森林中对峙着。

刘澈虽然跑得快，却没有逍遥王快。逍遥王跑上去，一把抓住刘澈的肩膀。

奇怪！为何那些黑色的雷光没有伤害到他？凰北月仔细地看着，发现逍遥王身上围绕着一层浅浅的金色光芒。那大概就是传说中的结界吧？

逍遥王按住刘澈的肩膀，低声喊道：“澈儿，你已经成长了，实力越来越强，你已经控制不住自己了！”

“呜……”刘澈发出可怜的声音，蜷缩着肩膀，在逍遥王的手下慢慢地软倒在地上。可他身上的黑色雷光依旧不散，依旧缭绕着他全身。

“乖，我会控制住你的。”逍遥王低头笑着，手腕一翻，从纳戒里拿出一根手指那么粗的黑色棍子。他把刘澈的衣服拉开，似乎要从他脊椎的地方将黑色的棍子刺进去。

“住手！”凰北月忽然扑上去，一把将那黑色的棍子扯开，同时也推开了逍遥王。

“月儿？”逍遥王面色一沉，“你到一边去等着。”

“不行！你想对他做什么？你不准碰他！”凰北月一张小脸冷若冰霜，气势却强悍。

逍遥王不得不仔细打量了她几眼。他有些恍惚，似乎看到某个身影在她身上渐渐重合……

凰北月挡在刘澈前方，冷冷地盯着逍遥王，那种霸气，连逍遥王都感到几分压迫之感。

呵……这小丫头。

“月儿，你知道他到底是个什么样的人吗？”逍遥王忽然笑着问。

“不管他是什么人，都是我认识的刘澈，不是吗？”凰北月冷笑道。

“不，他不是人。”逍遥王语出惊人。

凰北月一怔，听说高等级的神兽可以化成人类的样子，莫非刘澈……

“他是我这么多年来苦心培养出的一头野兽。他会成为光耀殿的死神。这是他的宿命，从他还未出生时，就已经定下的宿命。”

“胡言乱语！”凰北月低声喝止。

“不信的话，你敢碰他一下吗？现在的他，就是一头无法控制自己的野兽，只知道杀戮。”

凰北月回头，看着刘澈蜷缩在地上，像头受伤的野兽，不断地抽搐，身上的黑色雷光缭绕不息。她蹲下去，轻声说：“澈王子，灯会上的相遇，我很开心。”

刘澈黑色的眼睛似乎转了一下，眼角的桔梗花似在流泪。凰北月咬了咬嘴唇，将自己的手伸向他……

“你不是野兽，你是卡尔塔大陆上血统最纯净高贵的澈王子。”凰北月闭上眼睛，将自己的手轻轻放在他脸上。

刘澈微微颤抖了一下，艰难地开口，道：“我……想带你回宋国。”

他还小，还不懂嫁娶之事。他这么单纯，不知道娶一个王妃是什么意思。他只知道，如果他喜欢一个女子，就应该带她回宋国，让她和他一起生活。

凰北月睁开眼睛，看见他身上的雷光已经消失，而自己也安然无恙，瞬间悲喜交加，情不自禁地一把抱住他：“好！我跟你回宋国！”

刘澈呆了一下，忽然闻到她身上淡淡的清香，一张苍白的脸渐渐烧红。他也用手抱住她，眼眶湿润。脑海中，有破碎的画面闪过：他睁开眼睛看见了她的脸，可是那一刻，她的眼睛却瞎了。

“月……”他颤抖着说，“我只想做瞎子。”纵使会永远看不见你。

“傻瓜！”凰北月不知道他的心事，被他一句话逗笑了。有机会的话，她会治好他的眼睛。

看着拥抱在一起的两个人，逍遥王眼中忽然闪过冰冷的光芒，一丝恨意在心中扩大，变成滔天的怒火。他抓住凰北月，把她狠狠地扔在地上，看着她，说："你以为你赢了吗？我多年的心血岂会白费？"

刘澈一呆，忽然闪身而过，抓住逍遥王的脖颈，将他推到树上："不准伤害她！"

"哈哈哈哈……"逍遥王仰天狂笑，"澈儿，你想保护她？你太天真了！你是被诅咒的不祥之人，你爱上的人都会死！"

刘澈犹豫了一下，手忽然有些发抖。

"不要相信他的话！"凰北月大喊，从地上爬起来："宋秘，我母亲那么信任你，她说你是大陆上最清高的人，你怎么会变成这样？"

逍遥王身体一颤，忽然瞪大了眼睛，俊雅的容貌瞬间狰狞起来；"我为何会变成这样？你应该去问她才对！"他歇斯底里地大喊，"我那么爱她，她却背叛了我，和轩辕问天在一起！"

凰北月同情地看着他，因爱生恨的人，原来这么可怜。

"我把澈儿培养成野兽，是为了报复他们！可我没想到，他们死得这么早！"

"你已经疯了，你被自己的恨意逼疯了。"凰北月只能同情他，"那个声名显赫的逍遥王，恐怕已经被你杀了吧。"

"逍遥王？哈哈哈……"宋秘苍凉地笑起来，"多么讽刺，逍遥，逍遥，我却不曾有一天逍遥过。我被她束缚着，是她把我逼成这个样子的。"

"既然他们已经去世，你为何不肯放下执念？你的仇，不是已经报了吗？"

"没有亲手杀了他，我不甘心！"宋秘偏了偏头，有些可怜地看了刘澈一眼，"况且，即便我想回头，也已经没有退路了。"

"你想干什么？"凰北月问。宋秘培养刘澈，他的目的是什么？

"我要得到整个世界，你愿意和我一起吗？"宋秘用充满诱惑的声音对她说，慢慢伸出手来，"成为我的红莲。"

凰北月傲然地站着，小小的身子似乎蕴藏着强大的力量。

她摇摇头，道："虽然不知道那是什么，但，我不会答应。"

"月儿，我答应过你母亲要好好照顾你。可是，你若不跟我走，我怎么照顾你？"这种时候，他还能假仁假义地说出这种话来。

"你对我母亲的承诺，可以不用假惺惺地挂在嘴边了。你说吧，倘若我今天不跟你走，你要怎么对我？"

"死，如何？"宋秘温柔地问她。

刘澈忽然紧紧地扼住他的脖子，愤然道：“不准伤害她！”

宋秘斜眼看着凰北月，道：“你以为他当真能挡住我？他是我培养出来的，他的一切，我了如指掌！”

凰北月微微抿唇，稚嫩的小脸上带着坚韧的表情：“我从小便有一个信念：宁肯站着死，也不跪着生！”

宋秘眼睛一眯，纳戒里光芒一闪，他的两只手上各出现了一根黑色的棍子。

“无极天锁！”他反手扣住刘澈的肩膀，将一根棍子狠狠地刺下去。

凰北月飞扑上去，抓住宋秘的手，一拳砸在他的下巴上。这一拳居然将他重重地打了出去。

大概没有想到如此娇小的她会有这么大的力量，宋秘竟然怔了片刻。这片刻时间，凰北月已经抓住刘澈的手，带着他离开。

“不要和他硬战，他太了解你了！”凰北月一边跑一边低声说。

刘澈的肩膀后面，已经被插进去半根无极天锁。他皱着眉，似乎忍受着剧烈的痛楚。

“忍一下！”凰北月说。

她话音刚落，身后便有破空之声传来。宋秘这么快就追来了？凰北月一咬牙，现在只有硬拼！虽然她刚来到这里，对一切都不熟悉，但这不代表她是弱者。

“刘澈，战斗的时候不要太靠近他。”

这时，不知道从哪里吹来一阵清风，拂过凰北月的长发。来人拦腰抱住她，借助着风的力量，将她带到远一点儿的地方。她蓦然抬头，只见一阵风从自己眼前吹过，而身后，似乎有什么东西重重地落下来。

宋秘追逐的步伐忽然停住，脸上露出惊愕的表情。

凰北月回过头，只见一个庞大的白色身影如同一座高塔般矗立，来人一身白色的长袍飞扬，一头银发也飞散在风中。这是什么？巨人？

忽然，那身影抬起手，左手和右手各持长剑和折扇，威风凛凛。

“修罗城，王族魔兽！”宋秘脸上的惊骇之色不亚于刚才凰北月发现金鸾神鸟时的表情。

“不愧是光耀殿圣君。”那魔兽傲慢地说。

“不可能！修罗王还没有诞生，王族魔兽不可能出现！”宋秘还是觉得不可置信。

王族魔兽冷冷地一笑，道：“陛下早已诞生，只是流落在外，一直不曾回修罗城。此前他已经和吾结契。宋秘，有吾王在，你还想独霸天下吗？”

“想不到修罗王已经和你结契！”宋秘愤恨地说，“我今日只要带走那两个人，从此，光耀殿和修罗城，井水不犯河水！”

“他们，也是吾王要的人！”王族魔兽说罢，忽然收起折扇，长剑在半空中挽出一个满月。

宋秘看着他，又不甘地看了刘澈一眼。在这件容器真正成长为他的武器之前，他还不想和修罗城作对。而且，那召唤出了王族魔兽厉邪的修罗王，很不好惹！

“哼！今日看在修罗王的面子上，先放过你们。”宋秘看向凰北月：“月儿，我会回来找你的。”

凰北月抿着唇，冷眼看着他。

宋秘转过身，走了两步，在一阵细微的波光间，忽然消失不见了。

“光耀殿的结界果然非比寻常。”厉邪说着，转过庞大的身体，走了两步，便到了凰北月面前。他蹲下身，以剑撑地，脸上是紫色的诡异图腾，一双浅紫色的眼眸有些慑人。

“多谢阁下。”凰北月没有畏惧，口齿清晰地道谢。

厉邪扬起唇角，不冷不热地笑了笑，道：“修罗城和光耀殿永世为敌，我并不是为了救你。”

“那……修罗王……”

“吾王的事情，你不要过问，回去吧。”厉邪站起来，慢慢地朝着迷雾森林的深处走去。

“他是谁？”刘澈问。

“修罗城的什么王族魔兽。”

“很强。”刘澈郑重地说。

凰北月点点头。虽然她最终没有看到那王族魔兽和宋秘战斗，不过，能让宋秘如此忌惮退却，可见这家伙真的很厉害。

“我们走吧。”她拉起刘澈的手，两人很快离开。

厉邪在森林中行走，每走一步，便有地动山摇的感觉。他的身躯太庞大了，因此没走几步，便慢慢恢复成普通人类的身高，雪白的发丝在迷雾之中飘起又落下。最后，他走到重重迷雾里一棵粗壮的老树后面，单膝跪下，道：“陛下。”

“她走了吗？”优雅的声音在冰冷的迷雾中响起。

“走了。”厉邪说，“陛下当真决定断情绝爱吗？”

“我会说谎吗？”老树后面翩然的白衣扬起，一个清绝的背影缓缓向前走了几步。

厉邪依旧跪在原地，姿态恭敬地道：“属下不明白，陛下为何忽然决定了？”

那人停下身，前面有一汪清澈的泉水。泉水照出一个风华绝代的身影，波光映出一双潋滟的紫色眼眸。他怔怔地看着水中的自己，似乎，有些不认识了。

片刻，他弯起唇角，笑容一瞬间惊艳了昏暗的森林。他道：“在这场梦里，她与我无关。”他说着，低下头去，眸中的紫色如同浸了水一样。

厉邪抬头看着他，问：“陛下因何而伤心？”

“我没有伤心。”

“陛下与我结契，我能看见您心中的忧伤。”

风连翼微微一怔，没有继续否认，只是勾起唇角，笑容略显苦涩：“我只是没想到，在梦里，也会心痛。”

厉邪看着他，并不明白他所说的话，道：“心痛吗？待陛下断情绝爱之后，便不会再心痛。”

“这样也好，一场梦，总会醒的。”他抬起手，衣袖拂过水面，搅乱了水中的倒影。

逍遥王的事情，除了凰北月和刘澈，没有任何人知道。从那天开始，宋秘就再也没有出现在南翼国。

身为首席炼药师的逍遥王，在南翼国的地位非同一般。正因为如此，皇上长吁短叹，天天派人出去打听。凰北月当时是和逍遥王一起离开临淮城的，因此，她也常常被皇上召进宫里询问。因为皇上宠爱她，所以她说什么，皇上都很相信。

一来二去，她进宫的次数多了，倒是常常能看见永宁公主。这位刁蛮公主自从上一次被刘澈吓到之后，倒也没有再刻意为难凰北月。

不过，她是不肯服输的性格，从小到大要什么有什么。眼下忽然出现一个不肯顺从她的刘澈，倒让她产生了兴趣，天天缠着他不放。

刘澈为了避开她，天天往长公主府跑，通常天一亮就来，很晚才回去，完全把长公主府当成了自己家。而红莲，当然厚着脸皮跟来了，也赖在长公主府上。身为公主，谁敢赶她走？她反倒呼喝着萧家那一群人，全然把他们当奴才看。

开始几天，凰北月还有点儿烦，但后来见红莲那刁蛮公主整治萧家的人那么得心应手，便开开心心地放手不管了。她每天吩咐厨房做好吃的款待公主，每天让不同的戏文、评书、把戏轮番上阵。后来红莲觉得腻歪了，凰北月生怕她走，立刻又让下人发帖子去各个贵族家里邀请那些千金小姐来长公主府做客。

红莲虽对凰北月不喜，但碍于她救过自己的性命，又好吃好喝地招待着自己，不好对她动手，因此每天都把气撒在萧家那群少爷、小姐头上。其中最可怜的是萧韵，她有三星召唤师的实力，也算小有名气，却被红莲点了名，每天端水洗脚，水稍微烫一点儿，或冷一点儿，红莲就给她一顿鞭子。

萧韵被打得伤痕累累，天天跑去向萧远程诉苦。萧远程只得来找凰北月："她虽然是尊贵的公主，可也不能如此霸道。这里好歹是长公主府，她如此欺辱你姐姐，你怎能坐视不理？"

凰北月歪在椅子上看书，闻言，懒懒地抬了抬眼皮，打了一个哈欠，道："父亲大概不了解，除了我们长公主府，哪一家的庶小姐不吃些苦头？挨鞭子都算轻的。"

萧远程的脸色有些青白。他支支吾吾地说："那姨娘们是长辈，怎么能如此被她欺辱？"想起雪姨娘和琴姨娘每天给他吹枕头风诉苦，萧远程也很是烦乱。

"长辈？"凰北月用书本捂着小嘴轻轻一笑，"父亲这话可不能说出去让人笑话，姨娘们不过是奴婢而已，公主让她们伺候，已经是抬举她们了。"

萧远程被说得无言以对，心想他怎么能如此窝囊，连爱妾和女儿都保护不了？

凰北月一眼就看穿他的想法，笑了笑，开口道："父亲可不要冲动，永宁公主身后可是皇后和靖安王府，得罪了她，父亲的仕途恐怕就完了。"

萧远程心中一凛，对啊！靖安王手握重兵，自己在军中任职，一切都还要仰仗靖安王！

"那……那该如何是好啊？"萧远程急了。

"后院之事，父亲本就不该过问，不过实在烦乱的话，就在外置两房姨娘，暂且别回来。所谓眼不见为净，等永宁公主离开了，父亲再回来呀。"

萧远程沉吟片刻，把女人和仕途一对比，立刻权衡出了轻重。

"还是北月聪明啊！"萧远程开心地回去了。

"小姐，让永宁公主在府里果然不错，你不知道最近那些人有多惨！"东菱掩着嘴巴轻轻笑起来。

凰北月慵懒地一笑，站起来，道："去看看澈吧。"

"他早就等着小姐呢！"东菱悄悄地看她一眼，俏皮地吐吐舌头。

"这么看着我干什么？"凰北月走出去，似笑非笑地道。

"小姐对澈王子似乎很好。"东菱笑嘻嘻地说。

凰北月怔了怔，随即释然地笑道："我也不知道为什么，看见他，总觉得好像亏欠了他什么，都不忍心让他难过。"

"老人常说，今世之果，前世之因，也许小姐前世欠了他，今生还债来了。"东菱说。

"也许真的是来还债的，好想……把所有都补偿给他。"

东菱眨了眨眼睛，道："小姐这算是，喜欢他了吗？"

"反正没有不喜欢就是了。"凰北月说。

"呀！"东菱跳起来，揶揄地说，"此前小姐还说不想去宋国，看来啊，这话是不算数了！"

"要你多嘴！"凰北月睇了她一眼，走出流云阁，迎面就碰上朝这边走过来的洛洛。

"北月郡主！"洛洛看见她，连忙跑过来。

"你怎么来了？"最近洛洛也常来，私底下帮她查萧远程以及雪姨娘等人的账，两人也算很熟了。

"我路过这里，来看看你，怎么样？那个刁蛮公主没为难你吧？"

"当然没有。"凰北月摇摇头，"你这么急匆匆的，要去哪里？"

"发生了一件大事，可能会影响南翼国和北曜国的局势。我父亲派我去一趟北曜国。"

凰北月皱了皱眉，道："要打仗？两国之间不是交换了质子，议和了吗？"

洛洛用力地点头，道："正是这样啊！可是，北曜国的质子风连翼忽然消失了，听说他已经回北曜国了！"

"什么？！"凰北月也惊了一下。

风连翼……那个有着紫色眼眸的北曜国九皇子居然违反和约离开了？他和逍遥王似乎交情不浅。逍遥王一离开，他也跟着离开，为何呢？

"父亲说，翼王子这样，恐怕会让南北两国的局势更加恶化，说不定两国真的会开战。"洛洛一脸纠结地道，"我要走了，你一个人千万要小心。"

"不用担心我。"

"小心安国公，他不安分，一直在找机会对付你。"

"我知道。"凰北月微笑，"就他，我还不放在眼里。"

洛洛有些崇拜地看着她，道："你比我小，却这么厉害，我都自愧不如了。"

"你将来也会很厉害的！"凰北月重重地拍了一下他的肩膀，"你去吧，等你回来，也许什么事都解决了！"

"嗯！"洛洛重重地点点头，离开了。

凰北月看着他的背影消失，才转身往前院走去。

今天，长公主府照样请了很多贵族小姐，热热闹闹的。凰北月看见红莲挤在刘澈身边，不知道在跟他说什么，他一副神游天外的模样实在很好笑。

红莲说了半天，见他不理会自己，就生气地推了他一下："你在想什么？到底有没有听我说话？”

结果，刘澈当真老实地摇摇头：“没有。”

红莲被气得半死，又不敢在他面前发作，便站起来，大声说：“萧韵呢？”

“公主，萧韵说她不舒服，去休息了。”宫女说。

“她敢休息？”红莲大步走向后院，看来是去找萧韵的麻烦了。

凰北月慢慢走到刘澈身边，坐下。他起初没有察觉，后来似乎嗅到熟悉的气息，笑容缓缓地在苍白的脸上绽放。

“月。”

“很无聊吧？”

他摇摇头，过了一会儿，又点点头，表情有点儿可怜。

凰北月轻轻地笑出声来，说：“没有办法，这些贵族的生活就这样。”

“我不喜欢。”他说，“在宋国，贵族都去学习炼药和驭兽术。”

凰北月一怔，想不到一个小小的宋国，国民居然这么上进，看来国君一定治国有道。

“宋国是个很好的国家。”

“你会跟我去吗？”刘澈偏过头，看着她。

凰北月怔怔地看着他的脸，苍白的肤色，眼角黑色的桔梗，清秀的五官，一切都很干净。虽然双眼没有神采，但她似乎能感觉到他眼眸中的期盼。她心里忽然掠过一丝酸楚疼痛的感觉，压得她喘不过气来。

“月？”刘澈没有听到她的声音，慌乱之中抓住她的手。

凰北月抬起头，笑容挂在唇边，道：“你还小呢，等长大了再说。”

刘澈脸上一片迷茫，似乎什么都不明白。

他这么小，有些事情自己也不明白吧，特别是感情。凰北月没有多想。总之，她不会在南翼国待太长时间。她还想四处走走看看，去宋国，也是个好主意！

过了几天，皇上召凰北月进宫。

她去之时，皇后也在。皇后见了她，破天荒地看着她笑了，那笑容真有几分慈爱之意。凰北月皱了皱眉，假装什么都没有看到，走进去行礼。

“北月不必行礼，过来吧。”皇上招了招手。

凰北月走过去，便听到皇后开口道：“听说北月郡主和澈王子最近走得很近，郡主觉得他人如何？”

凰北月一听她这么问，就知道怎么回事了。她假装不明白，点点头，说：“很好啊！”

皇后看了皇上一眼，笑容越发有深意，道：“今天宋国的人来向皇上提亲了，希望澈王子能迎娶北月郡主。”

凰北月可以感觉到皇上不高兴，他身上的气息很冰冷。

皇后还是接着说：“皇上疼爱郡主，不愿意让郡主远嫁，但若郡主和澈王子两情相悦，皇上也不忍心让郡主难过。郡主，你同意这桩婚事吗？”

凰北月抿着唇，沉默片刻。这皇后真是迫不及待想把她嫁出去。

“北月，宋国遥远，你一个人过去，没有人会庇护你。”皇上轻轻地抚摸着她的头发，“朕希望照顾你一生一世，朕舍不得你去。”

凰北月心里有一种异样的感觉。皇上的溺爱未免太过了。他对惠文长公主的感情，已经超越了一般的姐弟亲情，这并不寻常。

凰北月聪明冷静，观察入微。通过几次对皇后态度的观察，她心中似乎有几分明了。如果有些事情一开始就是错的，那就不应该让错误延续下去。所以，她不会选择留在南翼国。

“我……”

凰北月的话还没说完，御书房的门忽然被一把推开：“父皇！母后！”红莲气冲冲地大步走进来，手中的鞭子带着血，外面拦她的人恐怕遭殃了。

“你干什么？！”皇上重重地一拍桌子，怒喝。

红莲冲进来，眼睛有些红，瞪了凰北月一眼，便说：“听说宋国的人向父皇提亲，要让澈娶她？”

“是又如何？”皇上怒道。

“不行！”红莲歇斯底里地说，“我要嫁给澈！他要娶的人明明是我！我是南翼国最尊贵的公主！红莲灯也是我的！我和他才是一对！”

“红莲！”皇后惊恐地站起来，拖住激动的红莲。

“放开我！”红莲用力挣开皇后，泪水从这位狠辣的公主眼中跌落，“我喜欢上他了！这辈子，我非他不嫁！”

皇上怒气冲冲地看着她，深深地喘息了几下，说：“若宋国的人同意，朕也希望嫁去的人是你！”

“没错，父皇既然不喜欢我，让我嫁去宋国，正好清净了！”

“红莲！”皇后连忙捂住她的嘴巴，“你不准再任性！”

“我没有任性！这辈子我从来没有这么确定过！我从看见他的第一眼起就喜欢他了！我就是要嫁给他！”红莲激动地说。

“可他已经要娶北月郡主了！”皇后说。

“凰北月，你为什么要跟我抢他？你已经抢走了父皇，为什么还要跟我抢他！”红莲冲着凰北月怒吼。

凰北月默然不语，只是冷冷地看着她。

“放肆！”皇上一把将桌上的东西全都扫下来，“朕不允许你对北月无礼！”

“为什么？我才是父皇的亲生女儿啊！”

“北月才是朕……”皇上大声说着。

凰北月看了他一眼，立刻高声说：“我愿意嫁去宋国！”

清脆的少女声音响起，忽然让御书房鸦雀无声。几人的目光齐齐投射到凰北月身上。皇上诧异，皇后惊喜，而红莲，直接哇的一声哭出来，道：“我不准！我不准！我不准！我不准！”

凰北月挺直背脊，声音冷酷地道：“宋国的人已经提亲，我应允了，婚期和礼仪等事就请皇后操持吧。”

“一定！本宫一定让北月郡主的婚礼风光盛大！”皇后喜不自胜，连忙应允。

凰北月淡淡地点头，对皇帝行礼：“皇上，北月告退了。”说完，她便绕过桌子，慢慢地走出去。

红莲想追出去，却被皇后用力抱住：“事情已成定局，你不要再任性！”

“母后以为我是任性吗？我是真的喜欢他……”红莲哭出声来，“我为什么这么喜欢他……”

凰北月走出来很远，还能听到红莲的哭声。红莲是真的喜欢刘澈，还是因为得不到才会如此执着呢？凰北月不愿意多想。她现在唯一的希望，就是离开南翼国。不知道为什么，她觉得南翼国似乎没有什么值得她特别留恋的东西。她去宋国也挺好的，至少，有一个刘澈让她很牵挂。他是那么单纯的人，笑起来好像雪白的花盛开了。

况且，宋国那种举国上下一心想成为强者的地方，才更适合她吧！

深夜，凰北月已经熟睡，却忽然被外面敲门的声音惊醒。

东菱连忙起身披衣，出去查看。

外面的人打着灯笼，着急地问：“北月郡主睡了吗？我们殿下想见见他……”来人是紫彦，话说得特别没底气。

东菱柳眉一竖，道：“现在都三更天了，怎么可能没睡？你们王子为何要这时候来打扰郡主？”

“实在抱歉，可是王子他……做了噩梦。”紫彦不好意思地说。

“果然还是小孩子！做个噩梦有什么了不起的？”东菱简直欲哭无泪。

“东菱，”凰北月走出来，身上早已穿戴整齐，“你先进去睡觉。”

东菱点点头，进去了。

凰北月看向紫彦，道：“澈呢？”

“在外面。”紫彦打着灯笼引着凰北月走下台阶，到院子里停着的一顶轿子前。

“怎么了？”凰北月心里一跳。

紫彦说：“殿下梦醒之后就发烧了。”

凰北月掀开帘子，探身进去。轿子里挂着灯笼，刘澈的脸看起来更加苍白了。他慢慢睁开眼睛，没有像以往那样笑，而是怔怔地看着她。

“怎么了？做了什么噩梦？”凰北月探了探他的额头，确实很烫，“吃过药了吗？”

“已经吃过了。”紫彦在外面说。

“月，我梦见你了。”刘澈缓缓地开口。

“居然是噩梦吗？”凰北月笑道。

“我梦见你死了。”

“我不会死的。”她命大着呢，死过一次还能来到这里。

“是我杀了你。”

闻言，凰北月怔住，过了很久，看见他无神的眼中滚出了泪水。她忽然上前，抱了抱他，道：“怎么会呢？那是梦啊。”

刘澈抱住她，低声呜咽，像个孩子。

凰北月只能无奈地安慰他。他真是个小孩子，一个梦居然当真了。他怎么可能杀了她呢？

这天晚上，凰北月只好让丫鬟打扫了溶月轩，让刘澈过去休息。她陪着他，等到后半夜才回房睡觉。没想到，她还没睡足一个时辰，紫彦又来敲门了。

东菱刚打开门，紫彦就冲进来，道：“北月郡主，我们王子不见了！他来这里了吗？”

“没有！”凰北月大步走出来，“他怎么不见了？去哪里了？”

“不知道，我进去之时，他已经不见了。我摸了摸被子，王子大概离开了半个时辰！”

“我去找找。”凰北月说着，已经闪身出去。

此时已是深夜，大街上一个人都没有。凰北月的身影在鳞次栉比的房屋之间穿梭，最后朝一个地方飞快地掠去。

逍遥王府！

自从宋秘离开之后，这王府便一直空着，里面的仆人都被遣散了。凰北月不费吹灰之力就进去了。她来到后院，隐隐感到有元气波动，周围都是结界。

宋秘，你果然没有彻底离开啊！

凰北月根本不怕惊动任何人，完全无视结界，大步走进去。结界上的光芒只是一闪，没有阻挡她。她来到后院的炼药房，推门进去，一股浓郁的草药味道扑面而来。

啪！一条鞭子狠狠地从侧面甩过来。凰北月身子一侧，猛然前冲，将那挥鞭的人狠狠地撞倒在地上。

地上的少女闷哼一声，抬起头来，不可置信地看着她："你……你不是个废物吗？"

"我看起来很废物吗？红莲公主。"凰北月冷冷地瞥她一眼，便看向炼药房。里面除了巨大的炼药炉，还有一个黑色的大缸，缸里盛着黑色的水，有个人泡在里面。

"澈！"凰北月走过去。

"不要碰他！"红莲忽然大喊。

凰北月伸出去的手缩了回来。

"怎么回事？"看着大缸里闭着眼睛人事不知的刘澈，凰北月觉得心脏被紧紧地揪了起来。

"他的实力太强，我没办法，但圣君说可以把他的力量抽出来，让他变成一个普通人……"

"胡扯！"凰北月不等她说完就大喊，"你怎么会和圣君扯上关系？！你知道他是谁吗？！你是南翼国的公主！"

"我不管他是谁！"红莲理直气壮地吼道，"只要他能让我得到刘澈，我愿意做任何事！"

"你疯了吗？"

"我没疯。我只是喜欢他。我错了吗？我不管别人怎么想，就算让我下地狱，我也要和他在一起！"

凰北月狠狠地看着她。如果她不是永宁公主，凰北月一定在这里宰了她！

"我要救他走！我不会让宋秘的奸计得逞！他根本不是帮你，他只是把刘澈当成容器，想得到他的力量罢了！"

"呵呵呵，真聪明，你是我心中最理想的红莲，果然没让我失望。"宋秘阴森地笑着，从炼药炉后面出来。他穿着一身金色长袍，华丽庄重，手中握着金色的权杖，看起来高高在上，神圣不可侵犯。

凰北月冷冷地看着他，道："我不会让你动刘澈。"

"那我就杀了你。"宋秘忽然将权杖指向她，权杖中有红色的光芒一闪，直直射过来。

凰北月侧身闪开，那光芒立刻将后面的墙壁轰倒，在院子里击出一个巨大的深坑。他果然很强！

"凭你也想挡住我？"宋秘一跃而起，狠狠地捣下权杖。

凰北月侧身沿着水缸转了一圈。轰隆！权杖上的光芒轰在大缸上，顿时水缸破裂，里面的刘澈摔了出来。

凰北月立刻接住他，将他的身体飞快地拖开，避免宋秘的权杖伤到他。她的肩膀被权杖上的光芒擦了一下。她咬牙忍着，将手中一团黑色的灵力凝聚成一把战刀的形状，用力向上一挥。

铿！战刀和权杖撞在一起，宋秘也不得不后退半步，眼眸中忽然闪过一丝浅浅的金色光芒。

此时，昏迷过去的刘澈忽然睁开眼睛。他本来在凰北月身后，此刻却忽然抬起手抓住她的肩膀。凰北月心里一沉，身体像鱼一样迅速从他手下挣脱，然后就地一滚，便到了门外。

凰北月抬起头，只见刘澈如同被什么蛊惑了一样，慢慢走到宋秘身边，无神的双眼，空茫的表情，让他看起来像一具傀儡。

"澈！"凰北月只能叫他的名字。

他还是有感应的，听到她的声音，他麻木的身体剧烈地颤抖了一下。

"哼！"宋秘不屑地冷哼，忽然抬起手，按在刘澈的头顶，口中默念着什么。

刘澈忽然惨叫起来，头顶上有灵力不断地往外冒，而后全部钻进宋秘的手中。

"你的力量都是我的了！虽然提前取走它多年，不过足够我对付修罗城！"宋秘大笑起来，"澈儿啊！你若肯乖乖听我的话，这世上谁也不会是你的对手！可惜，你被这个女人蛊惑了！"

凰北月挥舞着战刀再次上前。宋秘将权杖往后一指，数道光芒射出，她只能飞快地后退。

"你会杀了他的！"

"他的死活，我并不在意！"宋秘冷笑道。

他话音刚落，红莲忽然扑上去。她已经是宋秘定下的光耀殿新一任红莲，本该很听他的话，宋秘没想到她会忽然反抗。

“放开他！”红莲抓住宋秘汲取刘澈力量的那只手，拼命地把他拽开。

“找死！”宋秘的权杖对准她的背，猛然击下。

红莲的身体像个破烂的洋娃娃，瞬间就被刺穿。一口血喷出来，她却紧紧地抱住刘澈，泪水狂流，道：“我不后悔，我就是喜欢你……澈，如果你是地狱，我就毫不犹豫地走进去……”

刘澈睁开眼睛。他本来就看不见，现在因为被汲取了很多力量，更是浑身疼痛，分不清楚说话的人是谁。

“你是谁？”

红莲沉默片刻，最终还是抱着他哭道：“我是红莲，红莲，红莲……”她悲凉地一遍又一遍地说。

宋秘不耐烦地看了她一眼，拎起她的身体，狠狠地扔出去。

凰北月在半空接住红莲。红莲看了她一眼，似乎笑了一下，然后就没有气息了。凰北月轻轻地把她放在地上，握紧了黑色战刀。忽然，两条冰龙从战刀上冲出去，呼啸交缠着，张口攻击宋秘。

“雕虫小技，也敢献丑！”宋秘冷笑，将权杖在地上狠狠一击。

顿时，无数星光从权杖上分散而出。接着，星光变成燃烧的火球，朝着凰北月的方向飞过来。那火球很诡异，空气都被燃烧得扭曲了。

凰北月挥舞着战刀，才被火球撞了几下，那战刀便如烙铁一样烫手。

“月。”刘澈转了一下眼珠，眼角的桔梗花瞬间绽放开来。

宋秘看向他，心里一惊。此时的刘澈如同死神，黑色的雷光忽然铺天盖地朝宋秘席卷过去。

“澈儿，你想弑父吗？”宋秘大声问。

刘澈恍若未闻。他的黑色雷光，对方只要沾到一点儿，就会瞬间被焚烧成灰烬。而此刻，宋秘身上也有金色的雷光冒出来。

“我成功了！可惜只有一半的力量，可惜啊……”

黑色和金色的雷光猛然交汇，空间飞快地扭曲了一下，然后迅速扩散开来。

原本两种雷光相持不下，可刘澈根本不惧怕，大步走进去，一抬手，又是一团黑色的雷元气射了出来。

宋秘怎么也不可能像他一样将雷元气运用得如此出神入化。黑色的雷光忽然从宋秘的下腹钻进去。刘澈的面孔冰冷而苍白，没有一丝表情。

“不准伤害她。”

刘澈说完，原本交汇的两种雷光忽然爆炸。

宋秘抬起头，看了他一眼，眼中虽有不甘之色，却只能带着重伤，借助结界遁走。刘澈也在一瞬间飞出去，朝着凰北月的方向。

凰北月被火球伤了一点儿，此时被这巨大的冲击波一冲，几乎当场晕过去。好在刘澈在半空便接住了她，将她护在自己怀中。后面的无数火球全都撞在他的背上。他咬着牙极力忍受，额头上渗出豆大的汗珠。

凰北月一只手按在他的胸口上，却被他抓住。然后，他低下头，吻了吻她的脸，轻轻拥着她，苍白的唇角浮现出单纯的笑意。

这一世，他终于可以保护她了。

两个月后，南翼国和宋国达成联姻。

惠文长公主的女儿北月郡主嫁去了宋国，成为那个血统最纯净尊贵的澈王子的妃子。

十一岁的小王子，十二岁的小王妃。

凰北月出嫁时的排场无比盛大风光，皇上几乎倾全国之力，为她铺排了真正的十里红妆。

洛洛骑着马来送嫁，惆怅地望着那长长的队伍。队伍中间，红色的轿子里，她在干什么呢？

“少爷，耿忠大人说事情已经办好了，萧家的人全都被抓了起来。关于长公主的死因，以及贪墨长公主府钱财的事情，他们都招供了。”身后的小厮打马上来，道。

“哦。”洛洛无精打采地点点头。

“还有一件事，”小厮说，“安国公府宝库里的珍宝，一夜之间被洗劫一空，连净莲炎火鼎都不见了！安国公已经气得病倒了。”

“活该！”洛洛说，“他们家被盗，关我什么事？”

“少爷，那些被盗走的珍宝，都出现在了我们布吉尔家族的地下宝库啊！”

“啊？”洛洛瞪大了眼睛，“什么？”

“除了净莲炎火鼎，那些宝贝都在咱们那儿！”小厮说着，递上一封信，“那些珍宝里还有一封信，是给少爷您的。”

洛洛连忙接过，迫不及待地拆开信，一瞬间，心跳得仿佛打鼓一样。信上洒脱地写了一句话：小小礼物，不成敬意。

对方没有署名，但他知道是她！

洛洛看着渐行渐远的送嫁队伍，抬手抹了一把眼泪。

“少爷别哭呀！咱们在宋国也有分号，您可以随时去看望北月郡主。”小厮连忙说。

“你才哭了！”洛洛一脚把小厮从马背上踹下去，然后打马飞快地回去了。

宋国。

喜庆的红烛燃烧着，缓缓地滴下烛泪。里间的喜帐上绣着龙凤，锦被上绣着鸳鸯。小王妃身穿嫁衣，额前的红盖头被缓缓地挑开。她抬起头，看着他笑起来。他虽然看不见，却也跟着笑了。

明明是两个小孩的婚礼，这在从前的凰北月看来，一定很荒唐，可现在她觉得很圆满。

刘澈和她并排坐在床边，她抓住他的手，轻轻地握着。

“死生契阔，与子成说。执子之手，与子偕老。”刘澈笑得很好看，轻轻地道，“好像一场梦。”

“这不是梦。”凰北月靠在他肩膀上，“有一天，你我白发如霜，还会这样牵着手。”

“嗯。”刘澈重重地点头，恍惚地偏着头，最终还是笑了，“好开心。”

好开心……不知道为何，他好像等这一刻很久了。如果这是一场梦，那么他就永远不要醒吧。

“月，我好困。”

“不要睡啊，墨莲。”

“我不是墨莲，我是刘澈，我和月成亲了。”

“墨莲……”

“我们会白头偕老……”

“墨莲，我为你织一个梦，在梦里，连死亡都无法将你们分开。”女孩那双织梦的手迎着冰雪中的寒风，鹅黄的衣袖轻轻地飞扬。

漫天大雪将地面染成一片雪白，那么纯净。

“我给你最美的梦……”女孩的声音逐渐哽咽。

少年的嘴角缓缓地露出安然而幸福的笑容。

蜉蝣一生，九死不悔。

墨莲……

墨莲。

番外
墨莲，我会久久惋惜你

吾主凰北月，今天心情不好。

她沉默地坐在角落，此生难得看见她落寞的眉梢眼角，哀伤清晰地溢出她的眼眸，像一场海啸，却寂静地喧嚣而过。

可真稀奇啊！

但我有什么办法？我只是一只鸟啊！最近世道太平，我一不小心就吃胖了。为此，吾主说了，我应该向紫焰火麒麟那个家伙学习学习，看看人家作为一只召唤兽多么有觉悟。至少人家带着召唤师出场时，不会因为太胖而影响姿态。

我只得去找紫焰火麒麟。我和那家伙向来不对盘。这也没什么稀奇的，他是火，我是冰，冰火两重天，能相处融洽才有鬼呢！

果不其然，紫焰火麒麟一见我马上把鼻孔抬起来，那小样把我气的，要不是看在战野对吾主一往情深的分上，我非得上去和紫焰火麒麟比画比画。

“哼！”

我呼出一股冷气，那紫焰火麒麟却岿然不动，你说气人不气人？

“你来这里做什么？”高傲的紫焰火麒麟挡在院子里，对我的到来表示并不欢迎。

我气得忘了吾主让我来请教紫焰火麒麟保持身材的事情，气哼哼地把脑袋往窗户里探。我找战野，我才不理你！

我知道紫焰火麒麟这家伙心里挺看不上我，正因为我向吾主表示了臣服，这家伙觉得我辱没了灵兽的尊严。后来他知道吾主是万兽无疆的主人，对吾主倒是很佩服。对我嘛……哼！我冰灵幻鸟稀罕他作甚？

“冰，北月呢？”战野就在窗下看书，比他那只召唤兽有礼貌多了。

他说话时，一直看我身后，黑眸中带着期待。

我只好说："吾主没来，她近来心情不好。"

紫焰火麒麟一脸不高兴地把我的话转述给战野。

战野愣了一下，问道："她是不是和风连翼吵架了？"

战野对吾主那可是无微不至地关心着，只是……他这表情是盼着人家夫妻吵架吗？还一本正经的……

"没有。"

战野随手合上书卷。他如今是南翼国的皇帝，但只要有闲暇时间，便喜欢到这座别院住几天。这里清清静静，没有多余的人，他也只是看看书而已。

"能影响她心情的，不知道是多么重大的事。"

是啊，我也不懂呀！

"没什么事就不要打扰战野了，他难得休息。"紫焰火麒麟不悦地开口道。

"我稀罕吗？"闻言，我转身就走。

我飞出别院才想起要请教紫焰火麒麟减肥的事情，算了，大不了少吃一点儿。

我翱翔于临淮城的上空，风擦身而过，又让我想起曾经北月化名戏天的日子，老实说，那时候北月还不是如今的强者，但我觉得那是她最潇洒的时光。

后来……唉，后来的日子可不太平。

"快看！是冰灵幻鸟！"

"好威风啊！"

临淮城的闹市中，看见我的人都在大呼小叫，我受欢迎的程度可比紫焰火麒麟强多了。

咦？闹市中穿着斗篷走过的人怎么那么像吾主？

我和凰北月之间并没有召唤契约，不能准确地感知她的存在。她又是极其擅长隐藏气息的强者，我只能凭着背影辨认是不是她。

"主人！"我通过灵兽空间呼唤了一声，这是我们沟通的渠道。

果然，闹市中那个斗篷人脚步顿了一下，随即缓缓地抬头，朝我的方向瞥了一眼。我知道她不想被人认出来，因此识趣地飞高一些，远远地跟在她身后。

凰北月在一个卖馄饨的摊子前站了片刻，小二热情地过来招呼她。

"这位公子，吃馄饨吗？新包好的馄饨！"

馄饨一点儿都不好吃，肉就是肉，裹一层面算什么？我正这么想着，却见凰北月当真进去坐下了。

唉……她什么山珍海味都吃过，怎么想起吃馄饨了？

片刻之后，小二麻利地端了一碗热腾腾的馄饨上来，放在她面前。

凰北月拿起筷子，默默地夹起一只馄饨，吃下去，长久地沉默不语。她就坐在那里，黑色的斗篷遮住她的脸，作为她的召唤兽的我却强烈地感觉到她悲伤的情绪。

“主人？”

“那个时候……”凰北月顿了一下，声音似乎从遥远的过去顺着记忆慢慢地流淌出来，“我和东蓤在对面的胭脂铺买东西，我根本不会挑选那些女儿家家的东西，所以无聊地到处看。我一转头就看见他坐在这里，他面前堆了一大摞空碗，不熟练地用筷子扒拉馄饨，吃完一碗，还要一碗。”

他？她？主人说的是谁呀？这么能吃，这人搞不好比我还胖……

“我看他衣着不凡，却一身杀气，那时候的我并不强，对这种一看就比我厉害许多倍的人自然会多一些关注。我想看看这么厉害的人来临淮城想做什么，谁知道……”凰北月似乎轻轻地扬起嘴角，“他竟然没带钱，更不知道钱是何物，真是个奇怪的人。”

这人不知道钱是何物？果然很奇怪！出门吃饭不给钱，还吃那么多碗，摆明了是找打。

“没钱，老板怎么会放过他？可是这些凡人纠缠不休，怎么会知道自己惹了一个多可怕的人？那少年一出手，恐怕一条街的人都活不了。我本不欲多管闲事，可是那天是皇祖母归来的好日子，整个临淮城都在庆贺，所以我一时好心，帮他给了钱。”

“主人是很善良的人。”我可是与有荣焉！外界的人说睿侯多冷酷多会算计，甚至拿樱夜公主的命去换了爵位，可是只有一直跟着她的我才知道，她是一个多善良的人。

“那不是善良……”凰北月低声说，压抑的情绪仿若暴雨将临，“我那一时的善良害了他一生，那是世间最大的恶事。”

我愣住了，怎么会？主人帮那个厉害的人给了钱，既解了他的围，又救了这卖馄饨的老板，这怎么会是世间最大的恶？

“可是，主人不这样做的话，当时岂不是要死很多人？或许临淮城里也要掀起一阵腥风血雨。”我还是觉得吾主做了对的事情。

凰北月放下筷子，将一枚银币一并留下。

“公子，等我找您钱。”小二立刻去钱罐子里找钱。这一枚银币可不是小数目，能包下他的整个摊子。

可是那小二抱着钱罐子过来，哪里还有凰北月的影子？他只当自己赚到了，这件事可千万别让老板知道。

我尾随吾主穿过热闹的街市，来到一处临河的亭子里。为了不让人注意这里，我干脆回到她的灵兽空间。

“主人，你刚刚说的那人是谁啊？”我特别好奇地道。

吾主凰北月，一向不是这么多话的人。

凰北月坐在凉亭中，从纳戒中拿出一壶酒，斟了两杯放在桌上。

不是要我陪她喝酒吧？我还从未喝过酒呢！

但是，酒这种东西会让人醉，人醉了便会丑态百出。我要是变成只醉鸟，万一控制不住做点儿什么事可怎么办？

正当我纠结之时，凰北月同时拿起两只酒杯，一杯朝着河中洒去，一杯自己缓缓地喝下。

我更加迷惑了，这是让我喝还是不让我喝呀？

“他是我的一个朋友。”

哦，朋友啊！吾主别的不多，朋友倒是满天下。但是，这是哪个朋友，我就不知道了。她哪个朋友能有如此大的力量，把她变得不像平时的凰北月？

“什么样的朋友啊？”我还是一只称职的召唤兽吗？我居然不知道她的朋友！

“什么样的？”凰北月垂下眸子，显得很平静。但她越是这么平静，我越觉得不安。

过了许久，我才听到她低缓的声音响起：“他是一个像雪一样干净洁白、像蜉蝣一样生命短暂，却让我用久久的一生去惋惜的人。”

啊？我心里还是有一长串大大的问号。

我……我只是一只鸟啊！

今天的凰北月真是太奇怪了，把我这只鸟完全整蒙了。

风连翼那个家伙常常说凰北月太聪明，看来我还得回去问问他才行。他是这个世界上最了解吾主的人，肯定知道吾主说的人是谁。

我陪着凰北月在这个地方一直待到深夜才离开。她一直都很平静，沉默地喝着酒，也没什么醉意，就是后面再也不说话了。但是，那种哀伤在她眼底像一场海啸，可她是逆天改命的凰北月，哪怕是海啸也会被她深深地隐藏下去。

唉……连我都觉得莫名地难过呢？

回到北曜国，我马上去找风连翼的召唤兽影凰。影凰这个家伙可比紫焰火麒麟好相处多了。他继承了他的召唤师怕老婆的品性，对我也十分恭敬。

影凰马上把我的话转告给风连翼。风连翼在那里调试琴弦呢，闻言也没停下动作，只是眸中一片讳莫如深之色。

“昨天是他的忌日，我想这辈子，她大概都逃不出这一天的牢笼了。”

“他是谁啊？”我问。

影凰对我摇摇头。召唤兽最能感知召唤师的情绪，他悄声对我说：“陛下的心也在滴血。”

滴血？滴哪门子的血啊？

“所以是谁？”我只好抓着影凰问。结果影凰比我还蒙呢！他是个透明人，只跟过凰北月几天，知道的事情还没我多呢！

我们走出来，我瞥了影凰一眼，忽然想起一件事，道：“听说你们风灵兽的技能最酷炫、最华丽，你怎么做到的？”

影凰打量了我一圈，说了句至理名言：“反正不能胖。”

好吧，我还是去找紫焰火麒麟好好讨教一下减肥的事情。

我会久久惋惜你，
深切得难以陈述。
想当初幽期密约，
到如今默默哀怨。
你的心儿会忘却，
你的灵魂会欺骗。
要是多少年以后，
我偶然与你相会，
用什么将你迎接？
只有沉默和眼泪。

番外

风月无边，月明千里

风雪如刀子一般割在凰北月的脸上。她放眼望去，世界一片雪白，不管从哪个方位都看不到尽头。这个鬼地方不会一年四季都这样吧？

她身上的定位仪和通讯器已经失效，食物也在两天前耗尽了，身上唯一可用的东西是一把枪，遇到敌人或猛兽还可一战。再不然，在她支撑不下去的时候，还能亲手了结自己。

这是一次付出惨重代价的训练。凰北月一步一步蹒跚前行，体力在寒冷和饥饿中急剧地消耗着，可能只需要那么一瞬间，就能跨越生和死的距离。

然而，此时此刻的她却忽然想起一件奢侈的事情。

今天是她十二岁的生日。别人的十二岁是什么样的，她不大清楚，但她相信，世上的人，都要经历酸甜苦辣、悲欢离合，一定不是每个人都幸福。

她肯定不是最惨的，毕竟她有过幸福。

在她很小很小的时候，爸爸妈妈会给她过生日。他们会买一个很大很大的多层蛋糕，亲戚朋友送的礼物堆满她的房间。她在烛光中伴着生日歌和甜腻的蛋糕香味许愿。

第一个愿望：她将来要当飞行员，可以在天空中自由翱翔。

第二个愿望：她希望爸爸妈妈不要总是加班。

第三个愿望：她长大后一定要嫁给王子，在此之前，他可千万不能秃头啊！

然后他们切蛋糕，互相把奶油抹得满脸都是，然后打起蛋糕大战。

真浪费啊！凰北月心里这么想，清寒冷漠的双眸中却难得地露出一丝柔软之色。

人不应该总是怀念过去，那是弱者的行为。她从来不怀念过往，这个时候却避无可避地想起那些。记忆如同走马灯一样，不受控制地在她周围旋转。

都说人死之前会回忆起生前的一切，她可不想就这么认命。她才活了短短十二年。

她绝不甘心！凰北月一定会站在世界之巅，让伤害过她的人胆战心惊、痛哭流涕……

砰！她的身体不受控制地倒在地上，溅起无数堆积的雪花。她立刻双手撑地，艰难地站起来。她不可能倒下！

靠着强大的意念，凰北月再次站起来，迎着凛冽狂暴的风，继续一步一步往前走。

终于，她透过风雪看到前方出现了一点暖暖的光。

到了！她到目的地了！这场训练，只有她是赢家！她永远不可能输。

身体深处骤然爆发出最后的力量，她朝着暖光的方向奔跑而去。

她的身体一点点靠近，视线一点点清晰。那是一排建筑，围着高大的围墙，有很多房间，厚重的窗帘拉开一半，可以看见里面的灯光和人影。烤肉的香味、浓郁的果汁和牛奶味道透过寒冷飘到她面前。

隐约间，她听到里面传来很多人唱歌的声音。

他们在庆祝生日，熟悉的旋律一直回荡在凰北月耳边："Happy birthday to you，Happy birthday to you……"

她努力想走进那个地方，可是再一次摔倒了。这一次一脚踏空，她摔入冰冻的河面上被开凿出来捕鱼的洞里。寒冷入骨的河水瞬间没过头顶，四面八方如同有无数双死神的手，卷着她往河底的暗流涌去。

在水中没有让她借力的地方，她的身体像断了线的风筝，在激流中翻转。她以为这一次小命会交待在这里，但片刻之后，似乎没有溺水的窒息感。她的耳边还响起调笑的声音："翼殿下，这杯酒，无论如何你得赏脸喝了吧？"

翼殿下？是谁？

凰北月猛地睁开眼睛，却在晃荡的水波之中看到一袭白衣的少年侧对着自己，面上苍白的病色却遮掩不住绝世风华，眼眸深处流泻出来的淡淡紫色仿若一抹特殊的星辉。

一杯酒递到他面前，旁边有几个人围住他，面带嘲弄之色。

"殿下身体不好，这几天又病重了，我替殿下喝吧。"一个俊朗的少年走出来，要去接那杯酒。

"放肆！我这杯酒是敬翼殿下的，你是什么身份，有资格喝本公子的酒？"拿着酒杯的人神态倨傲，盯着那名被称为"翼殿下"的绝色少年。

"可是……"那俊朗的少年还要接着说，那位翼殿下却抬手阻止他："获，退下。"

俊朗的少年虽满脸不忿，却没有违抗他的话，退到他的身后，一脸紧张地看着他接过那杯酒。

翼殿下没有犹豫，一口将酒喝干，才放下酒杯。之后，他便难以抑制地咳嗽起来，脸上的病气更重了些，连唇色都淡了许多。

“还是翼殿下知情识趣！”那几名公子看他这样，也没有半点儿同情之心，越发调笑起来。

“翼殿下在南翼国几年，差不多也该学会南翼国的规矩了，他日回到北曜国，可千万别忘了。”

“说什么呢？翼殿下也许不回北曜国了，一辈子留在南翼国做个闲散质子，有什么不好？”

“哈哈哈，说得也是，北曜国也不一定欢迎翼殿下回去！”

宇文荻俊脸涨红，紧紧地握起双拳。而那位翼殿下，面上却没有露出半分不悦之色，甚至神色都没有什么变化，依旧淡淡的，只是偶尔抬手掩去几声咳嗽。

那几位公子调笑完了，觉得没什么意思，便纷纷离开。

凰北月看在眼里，觉得那位翼殿下过于软弱，若换成她的话，那几个人别想手脚完好地离开。她会让他们知道，做人不应该如此，欺凌弱小是一件可耻的事情。

她为何会看到这个人？看他和其他人的穿着打扮，再听他们说的话，这应该是在某个久远的朝代吧？她在水中这么久，难道没有死？

风连翼坐了一会儿，便起身。

宇文荻立刻跟上，有些不甘心地说：“殿下，您不应该如此容忍他们，那些人只会越来越放肆！”

风连翼轻轻一笑，转身走下楼梯，才道：“异国为质，我的一举一动都会影响南翼国和北曜国，还是低调一些，不要惹事为好。”

“何须在意区区一个北曜国？您可是修罗王！您一句话，就能灭了……”

“荻。”风连翼回头看了他一眼，浅紫色的眸子很淡，但有什么东西让宇文荻心里一紧，立刻闭嘴。

“属下失言，请殿下责罚。”宇文荻低下头。道。

风连翼却没怪他，走出酒楼。

外面的街道很冷清，隔着几条街的主道上却灯火通明，绚丽多彩的灯光把那一整条街点缀得仿佛天上的星河。

风连翼站定，抬头遥遥望过去，才说：“荻，你听到了吗，那些人的欢声笑语？只有普通人才能如此快活，不像你我。”

宇文荻一瞬间有些揪心和后悔，道：“殿下，我真该死，明知道您最讨厌成为修罗王，还说那样的话。”

“与你无关。”风连翼轻声说，“我也并非讨厌修罗王，只是想到要成为真正的修罗王，必须断情绝爱，有些遗憾而已。难道我这一生只能做没有情爱的怪物吗？”

宇文荻道：“在我看来，这世上没有人配得上殿下！虽然无数人爱慕殿下，但那些人只是贪恋殿下的外貌，只能与殿下共享富贵，根本不能和殿下一起承担苦难！他们不值得殿下去爱！”

风连翼慢慢地往灯火阑珊处走去，笑道：“若是真心爱一个人，怎么会舍得让她承担苦难？”

宇文荻道：“可是殿下并非一般人。”

风连翼的笑容渐渐淡去。远处的灯火映在他的眼眸中，除却那高贵神秘的紫色，任何色彩都无法融入他的眼底。片刻之后，他垂下眸，不再去仰望那些绚烂的灯火。

“所以，还是断情绝爱好，像我这样的人，何苦去害另外一个人。”

“殿下……”宇文荻欲言又止，最终看着他的背影，什么都没说，默默地跟上去。

凰北月有些不解地看着这两个人，可以确定所见所闻皆不是现实。什么断情绝爱、修罗王……不过从那位紫眸的翼殿下口中说出来，倒是有些让人心疼。

“翼哥哥！”有个穿粉裙的少女从灯火阑珊处跑来，发髻上一支粉色蝶翅簪子轻盈地晃动，衬得她美丽的容颜娇俏可爱，一副天真烂漫的模样。

“樱夜公主。”风连翼淡淡地微笑，那笑容并非面对那些逼他喝酒的公子时那么淡漠虚假，稍微带了几分宠爱，但也明显看得出疏离的分寸。

但樱夜年幼，看不懂他外表上维持的礼貌，只是被他一个笑容晃得面红耳赤，羞涩地站在他面前。

“翼哥哥，今天是七夕……”她扭着手指，害羞得不敢看他，“我好不容易从宫里出来，听说你在这里……”

“公主殿下，”宇文荻习惯了应付这位天真的南翼国公主，“今日殿下身体不适，正准备回去。今日路上人太多，殿下也不喜欢去人多的地方。”

“翼哥哥哪里不舒服？我去宫里请御医！”樱夜果然是个好糊弄的孩子，注意力马上被转移，一心只担心风连翼的身体。

见她如此单纯，风连翼便道：“不是什么大毛病，用不着劳动宫里的御医。”

樱夜点点头，道：“也是，翼哥哥是风属性召唤师，医术本来就很厉害，御医算什么？”她顿时眉开眼笑，也不缠着他了，只道：“那我送你回府吧。”

凰北月差点儿笑起来，这公主倒是有意思。

眉眼略微一弯，风连翼道：“还是我送公主回宫吧。”

“回宫的路太远了，翼哥哥身体不舒服，还是早些回去休息。”樱夜脸红，想要他送自己，又担心他的身体。

风连翼道：“公主带护卫出来了吗？”

樱夜点点头，道：“带了。”

“那我送你到护卫那里吧。”

“嗯。”樱夜喜不自胜地走在他身边。

这一路僻静无人，但是远处烟花炸开的声音却很清晰。

风连翼平时便话不多，一路没说什么。樱夜三番五次抬头偷看他，只看到他若所有思的神色。渐渐地，樱夜的眉眼也染上愁绪。

“翼哥哥，”樱夜低着头，情绪低落地道，“在南翼国，你是不是每一天都过得不快乐？”

风连翼道：“没有。”

樱夜没有因此而高兴，仿佛更难过了：“你不会对我说真心话，在你心里，我和南翼国其他人没有区别。”

“不是的，在南翼国，公主是我为数不多的朋友之一。”

“既然是朋友，为何那些人折辱你，你宁肯自己受委屈都不告诉我？”樱夜忽然激动起来，小脸比刚才更红，“你明知道我是公主，在南翼国，只要我一句话，那些人都没有好下场！”

风连翼停下脚步，静静地看着她，那目光仿佛在看一个任性胡为的小孩。他又头疼，又不忍心责罚她。

樱夜难得在他面前大声说一次话，原本还理直气壮，可是看到他的目光，忽然就泄了气。

“我……我是不是很刁蛮任性、无理取闹？”

风连翼摇摇头，又重新往前走。

宇文获道：“公主殿下，那些人不过是些游手好闲的纨绔子弟，只会斗鸡走狗、仗势欺人，说起来也没有什么杀伤力。殿下是召唤师，对付他们也轻而易举，只是不想与那些人一般见识。”

樱夜不解地问：“为何？”

风连翼道：“欺凌弱小是一件挺无耻的事情。”

樱夜怔住。

凰北月也怔了一下，他的想法竟然和自己的不谋而合。

只是，他们眼中的弱者不一样。在她看来，这位翼殿下才是弱者。他看起来病恹恹的，在那几个欺辱他的公子面前，简直像个小可怜儿。而这个小可怜儿竟然觉得那几位活蹦乱跳的公子才是弱者吗？

他们穿过几条冷清的街道，走到主道上，一瞬间灯火辉煌，欢声笑语仿若浪涛一样扑面而来。

七夕佳节，路上年轻男女成双成对，恨不得时光停住，能让他们将短暂的相聚无限延长，但是俊美的翼殿下却在和那个金枝玉叶的樱夜公主道别。

樱夜在马车上痴痴地看着他，道："翼哥哥，你要保重身体。"

风连翼淡淡地微笑道："路上小心。"

马车渐渐远去，宇文获不禁笑道："樱夜公主还真是单纯，整个南翼国也只有她能这么毫无芥蒂地对待殿下，甚至幻想能和殿下成亲。她根本不懂两国之间的交锋。"

风连翼不置可否。街上热闹，人山人海，灯火交错，他却不欲停留。红尘繁杂，本就没有他留恋的东西，他只想尽快离开此处。

宇文获倒是想让自家殿下开心一下，既然打发走了樱夜公主，便可随意逛逛。他看到街上卖的花灯、糖人、面具、香喷喷的糕点，全都买了一份。

"殿下，这多好看啊！那边有人放花灯，不如殿下也放一下，许个愿？"

风连翼摇头道："我没什么愿望。"

"随便想一个也行啊，就当入乡随俗，应一下节气。"

风连翼不为所动，只道："这世上没有神，许愿有什么用？"

宇文获嘀咕道："殿下如此没有情趣，万一以后遇到心仪的女子，恐怕都哄不回家。"

风连翼皱眉道："哄女孩子，便要放花灯许愿？"

"那是啊！"宇文获来劲儿了，"这女子啊，大多喜欢形式上漂亮的东西，就譬如这花灯，许一个愿，心里多了一份寄托，谁管它灵不灵，重要的是那个心情……殿下，殿下别走啊，真的不放花灯吗？"

风连翼甩下两个字："无聊。"

二人离开最热闹的地方，宇文获怀里还抱着一堆东西，喋喋不休地向自家殿下推销。

"殿下，糖人、糖葫芦、糕饼……女孩子喜欢吃甜的。

"殿下，这面具啊，若两个人戴成一对，无意中在街上相遇，便是缘分。"

……

凰北月听得想笑，那个人，一定没有女朋友。

她刚笑完，忽然觉得一阵窒息，水压向她冲来，她的眼耳口鼻灌满了水，瞬间无法呼吸。想要呼救的本能被她压下去，不会有人来救她，她喊了也没用。这世上已经没有一个人可以保护她。

她要独自一人面对全世界，危险来袭时，如果不能自救，只好等死。她抬头望着冰河的上方。不知不觉中，她已经落入这么深了。那个她踩空掉下来的冰洞此时像一只冷漠的眼睛，注视着她的死亡。

她努力向上抬起手，哪怕不可能，也想上去。

她想活着，她不想死。

她纤细的小手无力地向上抓着，但除了冰冷的水，什么都没有。

而方才她看见的那位翼殿下，依旧和他的下属慢慢地走着。

夜风吹着河面，荡开了温柔的涟漪。

上游的人放下的花灯顺流而下，一盏一盏成群结队，照亮了他的紫色眼眸。

“多漂亮啊！”宇文获看着河面，说，“殿下，咱们也把花灯放下去吧？反正都买了。”

“你自己放吧。”

宇文获道：“殿下帮我拿着，我点火。”

风连翼伸出一只手，捧住那盏小小的花灯。

宇文获弹了下手指，指尖冒起一簇小小的火焰，将花灯中心的蜡烛点燃。

“殿下，帮忙放进水里吧！”宇文获作势抱着自己买来的一堆玩意儿，轻声道。

明知道被摆了一道，风连翼还是很好脾气地蹲下去，将花灯放进水中。花灯入水的瞬间，他有些自嘲地想：凡人的心愿，仅仅寄托在这样一盏纸糊的花灯上吗？如果他也是凡人，会许什么愿望？他目前只有一个愿望，就是不要变成断情绝爱的怪物吧？

那盏花灯很快和其他花灯汇聚在一起，像宇宙中群星聚起的光带，慢慢地远去。

灯火黯淡，风吹皱了河水，他准备起身之际，忽然看到水中有个若隐若现的身影。那是个很小的女孩子，落在水底，睁着一双绝望却拼死不肯认输的眼睛，奋力向上挣扎。他甚至看不清她长什么样子，却被一股说不上来的力量驱使着，猛地扑入河中。

“殿下！”宇文获吓得魂飞魄散，将怀里满当当的东西全部扔下，也跟着跳下水。

凰北月觉得眼花，大概是冰冷的水搅得视线模糊了，她本来还能看清那个翼殿下，此刻画面却忽然乱成一片，像是被打碎的镜子，四分五裂地散开。紧接着，她看见一个雪白的身影穿过碎裂的镜子，不顾一切地朝她游来。

她不相信世上有这样的事。

这次训练以性命为赌注，所有参与的人都立下了生死契约。他们不仅要在严酷的环境下生存，还要杀死威胁自己的对手。最终，只有一个人能赢。

在这一片区域，没有任何人会救她，救她等于杀死自己。所以，现在是幻觉，在她潜意识中还是有着软弱的那一面，渴望有人救自己。

她快要不能呼吸了，好冷、好饿、好痛……

今天是她的生日，没有一个人对她说生日快乐。

她仿佛永远不会快乐了。

她手上一紧，模糊的视线忽然有了短暂的聚焦，手上触到一种奇异的暖意，有人……有人抓住了她的手。

那触感太真实了！凰北月慢慢地睁大眼睛，慢慢地在水中看清了那个人的容颜。不可能啊！他不是存在于幻想中吗？

她以为是幻觉里的翼殿下在水中抓住她向上挣扎的手，用力一扯，把她带到自己怀里。凰北月一时之间忘记了该做什么。她像只落水的小狗可怜兮兮地蜷缩在他怀里，本能地抱住他的腰。

“殿下！殿下没事吧？”浮上水面之后，宇文获吓得脸都绿了。

“咯咯……”

这阵子，风连翼的身体确实不大好。修罗城的功法修炼起来日进千里，但每逢突破期，就会触动天地规则，他须得扛过那非常人所能忍受的痛苦。所以，他突破之后，会有很长一段时间处在病弱的状态。等下一个突破期，他必须要唤醒王族魔兽，否则更强大的天地规则攻击，他不可能活下来。但唤醒王族魔兽，也便意味着他要正式成为修罗王。

“殿下，回去吧！”宇文获常年跟在他身边，知道事情的严重性。殿下现在的状态，千万不能让南翼国的高手发现。

风属性有治愈的能力，可以掩盖殿下身上修罗王的血脉。可是一旦殿下自身的元气压制不住强大的血脉，风属性的作用就消失了。南翼国若知道殿下的实力，绝不会善罢甘休，还有北曜国又岂会容许殿下活下去？最可怕的是，和修罗城实力相当的光耀殿，一直隐在暗处探听新的修罗王是谁。据修罗城传来的消息，光耀殿那位神龙见首不见尾的圣君很可能就在南翼国。

“走吧。”风连翼没有放开凰北月，想抱着她一起站起来，尝试了一下，却有些无力。

“殿下，我背着她吧。”宇文获想把他怀里的小姑娘接过来。

但不知道为什么，风连翼就是不想把她交给任何人。这个小姑娘身上冷得吓人，没有一点儿温度，好像刚从冰窖里捞出来。若不是他的风属性元气还能感知到她身上生命的气息，他一定会以为她死了。

“不必。”风连翼看了一眼自己被她紧紧抓住的手，从在水中抓住的那一刻，她就没有松开他的手。

“那我去牵马。”宇文获也看见她的手，总不能把人家小姑娘强行拉开吧。虽然他很想，因为殿下的安危才是最重要的。

“不用了。”风连翼把女孩往怀里带了带，一只手轻轻地托住她的后脑，随后低声说：“影凰。”

“殿……”宇文获有点儿震惊，殿下从不主动召唤影凰。

身为“五灵”之一，影凰几乎没有什么存在感，因为他的召唤师的实力已经极大地超越了“五灵”。

宇文获的话没有说出口，一阵轻柔的风忽然卷过来，带着丝丝温暖，包围住风连翼和凰北月，如同一片轻柔透明的薄纱，顺着风旋无声地打转。

随后，风中的两人便消失不见了。

宇文获：“……”殿下，那我呢？

凰北月以为自己在做梦。周围是如此温暖舒适，她好像躺在厚厚的棉花上，身体像是在母体中，觉得惬意和安全。最重要的是，她手里抓着一个温暖的东西。她能感觉到那分明的骨节，掌心带着薄薄的茧。

这是一个人的手？

意识慢慢地回归，她忽然想到那个没有结束的训练。

她应该处在冰天雪地中，随时随地面对敌人的杀戮，四周不可能这么平静。

思忖之间，她感觉到有人靠近自己。多年生死的考验让她瞬间唤起全身神经，本能地松开那只手，随后以手为爪，以迅雷不及掩耳之势扣住那人的脖颈。那是一片略带寒凉的皮肤，她的手指触到皮肤下鲜血涌动的大动脉，他的血好像也不是那么温暖。

对方愣了一下，随即轻笑一声，道：“小姑娘，我救了你，你这么凶吗？”

这个声音……

凰北月茫然地睁开眼睛，瞳孔聚焦，慢慢地看清眼前的人——

他白衣胜雪，眉目如画，紫色的眼眸中流露出几分温和的笑意。他不似幻觉中看到的那么不真切，但更为惊艳了，有种光风霁月般的高贵俊美，只是紫眸又天生带着妖精的邪气。

二人距离太近，凰北月几乎怔住。但她毕竟不是樱夜那样的小姑娘，她生活的世界里教会她最重要的一点便是：不要被任何美好的外表迷惑，更不能沉溺其中，否则只有死路一条。她很快清醒过来，冷冷地瞥着他：“你是谁？”动脉被扣住，这是人的致命之处，没有人能不害怕，但这人好像很淡然。

“在下风连翼。”他倒是有问必答。

凰北月不大确定地问：“你救了我？为何？”

风连翼比她还疑惑，道：“为何？你落入水中，我自然要救你。”

凰北月看了看四周，又看了看身上完好的衣服，甚至她带在身上的武器都还在，这人没有碰过她。她不是不识好歹的人，在绝境中被救出，自己应该心存感激才是。

凰北月慢慢地松开手，道：“多谢你。”

“举手之劳而已。”风连翼想试试她额头的温度，手伸过去，目光却接触到她满是戒备杀气的眼神，不禁一愣。她小小年纪，怎么戒心这么重？这个年纪的女孩，不应该像樱夜公主一样单纯吗？

他把她带回来后，发现她身上有不少伤，稚嫩的手上除了伤，还有厚厚的茧，常年摸武器的人才会这样。

听说各国都有豢养死士的习惯，他们将年幼的孩子带走训练，那些孩子长大后没有感情，只会听命行事。

“你饿了吧，这里有些粥。”风连翼将冒着热气的清粥端过来。

凰北月没有动。她从不轻易吃陌生人给的东西，这是生存法则。

风连翼看了她一眼，起身走到外面。

凰北月这才慢慢看向那碗粥。她熟悉各种各样的毒，一闻味道就知道他没有下毒。她端起碗，狼吞虎咽地将粥喝完。

她刚把嘴巴抹干净，风连翼便进来了，且一脸温和地笑道：“外面在放烟火，你想看吗？”

凰北月犹豫了一下，似乎觉得这是一个梦，不太真实。但梦里做什么都没关系，她很想看烟火。她点点头，跟着他走出去，站在回廊上。

那个叫宇文荻的少年在院子里点了一个烟火，笑着跑回来。烟火在他身后炸开，形成一片火树银花，噼里啪啦，绚丽多彩。

凰北月怔怔地看着，那火花虽然一簇一簇的，却没办法点燃她的心。她像是失去了名为“快乐”的那根神经，看着小时候最喜欢的东西，却一直游离在外。

风连翼和她并肩站在廊下，原本面上带着几分笑意，然而看了她一眼之后，笑容却慢慢淡去。

“荻，把那个大的烟火拿出来。”

宇文荻还是头一次听见自家殿下主动要这种玩乐的东西，当下把最大的一个烟花抱出来，放在院子中。

风连翼打开一个火折子，递给凰北月："你去点火吧。"

凰北月冷漠地摇摇头，道："谢了，我不想玩。"

风连翼笑道："别害怕，小孩子也可以玩。"

凰北月："……"你说谁是小孩子？

"我……"

她的反驳还没有说出口，风连翼便一脸大人拿小孩没办法的无奈样，拉起她的小手，说："好吧，既然这么害怕，大哥哥陪你去点。"

凰北月顿时无语。谁怕了？

尽管她满心抗拒，还是被他拉到烟火前。

风连翼握住她的手，把火折子凑到引线上。

凰北月忽然紧张起来，这是她第一次点烟火。爸爸妈妈还在的时候，她还很小，他们不放心让她一个小孩去点，每次都是妈妈抱着她站在远处，然后爸爸去点火。

她本能地想缩回手，却听得风连翼的声音在耳畔响起："别怕。"

她真的不是怕。他的声音太好听，又离得这么近，让她微微失神了片刻。

片刻间，风连翼点燃了引线，转身要走，却发现她愣怔住。他拉了拉她的手，她抬起头，失神地撞进他带着笑意的紫眸中。

"殿下！"宇文荻站在走廊上大呼小叫，"引线烧完了！"

他的喊声拉回凰北月的思绪。此时，引线烧到了最后，无论如何都会被溅一身火星子。

她下意识地后退，但是身边的人比她的速度更快，她的腰被揽住，一阵风缠住他们，他们飞向一边的屋顶。

二人飞起的一瞬间，烟火蹿出来，尖啸着冲上天空，次第绽放，炸得满天炫光。

他们轻盈地落在屋顶上，在月光和烟火的辉映下，一时怔住了。

风连翼拂了一下她有些乱的头发，问道："好玩吗？"

凰北月从不欺骗自己，也不想在这个对自己没有恶意的人面前伪装。她点点头，这大概是她这辈子看过的最美的烟火。

"真奇怪。"她喃喃地说。

"哪里奇怪了？"

炸开的烟火映着凰北月清亮的眼眸，她道："今天是我的生日，但是你们这里却在过七夕，这好像一个嫁接过来的梦境。"

“你的生日？”风连翼笑了笑，“生日快乐，小姑娘。”

凰北月心口一滞，鼻尖酸涩了好久。

“谢谢。”她想了一下，似乎觉得还不够，贪心地说，“你可以重新说一次吗？”

“嗯？”

“你说‘生日快乐，凰北月’。”

原来她叫凰北月。

他转身面对着她，浅紫色的眸在烟火中潋滟无边，美得让人忘记呼吸。他在烟花盛放的喧嚣和绚丽中，对她道：“生日快乐，凰北月。”

那一瞬间，他看见她清澈的眼中迅速聚起一层水雾。然后，她的身影如同烟花一样，在他眼前消散。风连翼伸出手，却抓住一片虚无的空气。他长久地站在那里，没有回神。

“殿下？”宇文荻前一秒还在感叹自家殿下这全大陆最华丽的风属性技能只能用来泡妹子了。下一秒，妹子就不见了。

风连翼愣怔片刻，被一股清风带下去，衣袂翩然落下。

“那个小姑娘怎么走了？”

风连翼淡淡地道：“或许她不属于这里吧，走了也好。”

宇文荻盯着他，从小侍奉，他自然有些了解这位殿下。殿下看起来好像有点儿失落。

“殿下待她，似乎与众不同？”

“是吗？”风连翼没有否定，细细一想，不禁笑道，“不知为何，看到那个小姑娘，仿佛看到我自己。茫茫人海中，只有她是和我相似的。”

凰北月睁开眼睛，周围依旧冰冷。她趴在河床边缘，身体几乎和冰冻结在一起。

她爬起来，茫然地看过去。

一辆破冰车迎着风雪开到她面前，车上有个年轻男子走下来，厚实的毡帽和风镜挡住他的脸。

“恭喜你，凰北月，你是唯一一个通过考验的人，”他顿了一下，接着道，“也是五年以来的唯一一个。”

因为寒冷，凰北月的表情几乎被冻结。

那个男子又开口道：“我冒昧地问一下，在这种人类根本不可能存活的情况下，你究竟是怎么活下来的？”

“我……”凰北月张了张口，却发现脑海中一片空白。

自踩空落入冰河中开始，她就没有任何记忆。但是，她能活下来，必定是她的运气吧。

天命不绝她！

“我没有必要告诉你。”她抬起头，冷傲地直视那个男子，“若我没记错的话，通过这项训练，我的地位便超出你几个等级，你没有资格来问我。”

男子吃了一惊，但无从反驳，因为她说得没错。

凰北月越过他，坐上那辆破冰车，命令司机开车，将这片苦寒荒原中的一切抛在脑后。

南翼国。

几个月之后的夜晚，风连翼和逍遥王宋秘交流完炼药的心得，正准备回府，漆黑的夜幕中忽然迅速滑过一片暗黑的乌云。

送他出府门的逍遥王打开折扇，温雅地笑道：“天色异变，好像要下雨了，翼殿下不如在别院中暂住一晚。”

风连翼道：“多谢王爷美意，不过看起来不是雨云，倒像是一只黑色灵兽。”

“如此庞大的灵兽会有元气波动，以你我的实力不可能感觉不到。何况那个方向，似乎是长公主府那边，那里出不了什么厉害的灵兽。”

“长公主府？”风连翼想起初来南翼国的情景，有些感慨地道，“惠文长公主去世很多年了。”

宋秘的眼底飞快地闪过一丝暗色，但他以折扇扇骨轻轻地触着眉心，很好地遮掩过去。他开口道：“是啊，她去世很多年了，如今那座府里，只有个软弱可怜的北月郡主。”

风连翼的紫眸微微一闪：“北月……郡主？”

“是啊，”宋秘道，“凰北月。若长公主还活着，凰北月本该是南翼国最尊贵的少女，可惜没有母亲的光环，她竟如此黯淡。”

风连翼脑海中忽然闪过几个月前那个从水中出现的小姑娘。她睁开眼睛的刹那，他觉得世上任何光芒都及不上她。

他告别逍遥王，匆匆返回临淮城，神不知鬼不觉地潜入长公主府，循着一股宿命的气息。然后，他看到那个被外界传为废物的少女骄傲霸气地走出破败的祠堂。她哪里有半分黯淡？她分明光芒耀眼，可与日月争辉。

她朝他望过来，清冷的目光与他的目光接触的那一刻，他忽然笑了。

凰北月，这不是初见。